# VLAMMEN

Suzanne Collins

# VLAMMEN

Vertaald door Maria Postema

Van Goor

De *Hongerspelen*-trilogie bestaat uit:
*De Hongerspelen* (deel 1)
*Vlammen* (deel 2)
*Spotgaai* (deel 3)

Voor mijn ouders, Jane en Michael Collins,
en mijn schoonouders, Dixie en Charles Pryor

Eerste druk 2011
Twintigste druk 2015

ISBN 978 90 00 33197 0
NUR 330

Uitgeverij Unieboek | Het Spectrum bv, postbus 97, 3990 DB Houten

oorspronkelijke titel *Catching Fire*


Dit boek is ook leverbaar als ebook: ISBN 978 90 475 1539 5

www.unieboekspectrum.nl
www.facebook.com/youngadultboeken

tekst Suzanne Collins
vertaling Maria Postema
omslagontwerp en vormgeving binnenwerk Erwin van Wanrooy

# DEEL I

# DE VONK

# hoofdstuk I

Ik klem mijn handen om de thermoskan, ook al is de warmte van de thee allang vervlogen in de ijzige lucht. Mijn spieren spannen zich krampachtig samen tegen de kou. Als er nu een roedel wilde honden opduikt, is de kans klein dat ik in een boom kan klimmen voor ze me aanvallen. Eigenlijk moet ik opstaan, rondlopen, mijn stijve ledematen losschudden. Maar in plaats daarvan blijf ik zo roerloos als de rots onder me zitten, terwijl de dageraad langzaam het bos verlicht. Tegen de zon kan ik niets beginnen. Ik kan alleen maar machteloos toekijken hoe ze me een dag in trekt waar ik al maanden tegen opzie.

Rond het middaguur zal iedereen bij ons nieuwe huis in de Winnaarswijk arriveren. De verslaggevers, de cameraploegen, zelfs Effie Prul, mijn vroegere begeleidster: ze komen allemaal vanuit het Capitool naar District 12. Ik vraag me af of Effie nog steeds die stomme roze pruik draagt, of dat ze speciaal voor de Zegetoer een andere bizarre kleur heeft uitgekozen. En er zullen nog meer mensen op me staan te wachten. Bedienden om ervoor te zorgen dat het me tijdens de lange treinreis aan niets ontbreekt. Een voorbereidingsteam om me mooi te maken voor de publieke optredens. Cinna, mijn stylist en vriend, die de prachtige kleding heeft ontworpen waardoor het publiek me tijdens de Hongerspelen voor het eerst zag staan.

Als het aan mij lag, zou ik proberen om die hele Hongerspelen te vergeten. Er nooit meer over praten. Doen alsof het slechts een akelige droom was. Maar door de Zegetoer is dat onmogelijk. Die wordt heel strategisch precies tussen de jaarlijkse Spelen in georganiseerd, zodat het Capitool zeker weet dat de verschrikkingen ons vers in het geheugen blijven liggen. We worden in de districten niet alleen elk jaar met onze neus op de ijzeren greep van het machtige Capitool gedrukt, maar ook nog eens gedwongen die te vieren. En dit jaar ben ik een van de sterren in hun show. Ik moet van district naar district reizen om voor de juichende mensenmassa's te verschijnen die me eigenlijk haten, en recht in de gezichten van de gezinnen kijken wier kinderen ik heb gedood...

De zon blijft koppig omhoogklimmen, dus ik dwing mezelf overeind te komen. Al mijn gewrichten protesteren en mijn linkerbeen slaapt al zo lang dat ik een paar minuten heen en weer moet lopen om er weer gevoel in te krijgen. Ik ben al drie uur in het bos, maar omdat ik nauwelijks gejaagd heb, heb ik niets om mee naar huis te nemen. Voor mijn moeder en mijn zusje Prim maakt dat niets meer uit. Zij kunnen zich nu het slagersvlees uit de stad veroorloven, hoewel er voor ons drieën niets boven de smaak van vers wild gaat. Maar mijn beste vriend Gale Hawthorne en zijn familie rekenen op de buit van vandaag en ik kan hen niet in de kou laten staan. Ik begin aan de anderhalf uur durende wandeling langs onze strikken. Toen we nog op school zaten, hadden we 's middags genoeg tijd om de strikken na te lopen, te jagen en te verzamelen, en daarna ook nog alles in de stad te verhandelen. Maar nu Gale in de mijnen werkt – en ik de hele dag niks te doen heb – heb ik die taken op me genomen.

Gale heeft op dit moment al ingeklokt in de mijnen, heeft met de lift de misselijkmakende rit naar het midden van de aarde gemaakt en staat nu op de steenkoollaag in te hakken. Ik weet hoe het is, daar beneden. Elk schooljaar kreeg mijn klas als onderdeel van onze opleiding een rondleiding door de mijnen. Toen ik klein was, was het gewoon vervelend. De claustrofobische schachten, de bedorven lucht, het verstikkende donker overal. Maar nadat mijn vader en een aantal andere mijnwerkers bij een ontploffing om het leven waren gekomen, moest ik mezelf echt dwingen om die lift in te stappen. De jaarlijkse excursie werd een enorme bron van zorg. Twee keer was ik van tevoren zo ziek van angst dat mijn moeder me thuishield, omdat ze dacht dat ik griep had.

Ik denk aan Gale, die alleen in het bos echt het gevoel heeft dat hij leeft, in de frisse lucht en het zonlicht, bij het schone, stromende water. Ik snap niet hoe hij het volhoudt. Of jawel... dat snap ik wel. Hij houdt het vol omdat het de enige manier is om zijn moeder, zijn twee jongere broertjes en zijn zusje te eten te geven. En ondertussen zwem ik in het geld, ik heb meer dan genoeg om onze beide gezinnen van voedsel te kunnen voorzien, maar hij wil geen cent van me aannemen. Hij vindt het al moeilijk dat ik vlees kom brengen, hoewel ik zeker weet dat hij ook voor mijn moeder en Prim gezorgd zou hebben als ik bij de Spelen was omgekomen. Ik zeg telkens dat ik het juist fijn vind, dat ik gek word als ik de hele dag thuis zou moeten zitten. Maar toch breng ik het wild nooit langs als hij thuis is – wat geen probleem is, want hij werkt twaalf uur per dag.

Eigenlijk spreek ik Gale alleen nog op zondag, als we elkaar in het bos treffen om samen te jagen. Het is nog steeds de fijnste dag van de week, maar het is niet meer zoals vroeger, toen we alles tegen elkaar konden zeggen. Zelfs dat hebben de Spelen verpest. Ik blijf maar hopen dat we na verloop van tijd vanzelf onze ongedwongenheid weer terug zullen krijgen, maar ergens weet ik heel goed dat dat niet zal gebeuren. We kunnen niet meer terug.

Onze vallen leveren een flinke vangst op: acht konijnen, twee eekhoorns en een bever die in een draadconstructie is gezwommen die Gale zelf heeft ontworpen. Hij is een fantastische stroper: hij knoopt strikken aan boompjes zodat die ombuigen en de prooi vervolgens buiten het bereik van roofdieren trekken, laat houtblokken op wiebelige stokjesvallen balanceren, weeft manden waaruit geen vis meer kan ontsnappen. Terwijl ik verder loop en zorgvuldig elke val opnieuw zet, weet ik dat ik nooit zijn oog voor evenwicht zal krijgen, nooit zoals hij intuïtief zal aanvoelen waar de dieren zullen lopen. Het is meer dan ervaring. Het is een gave. Net zoals ik zelfs als het bijna pikdonker is een dier nog met slechts één pijl kan neerschieten.

Als ik weer bij het hek kom dat om District 12 heen loopt, staat de zon al hoog aan de hemel. Net als altijd sta ik even stil om te luisteren, maar er klinkt geen gezoem ten teken dat het harmonicagaas onder stroom staat. Dat is ook bijna nooit zo, hoewel er officieel vierentwintig uur per dag elektriciteit door het ding zou moeten lopen. Ik wurm me door het gat aan de onderkant van het hek heen en kom in het Weiland weer omhoog, op een steenworp afstand van mijn huis. Mijn oude huis. We mogen het houden omdat het het toegewezen onderkomen van mijn moeder en zusje is. Als ik dood neer zou vallen, zouden ze daar weer in moeten trekken. Maar op dit moment verblijven ze met veel plezier in mijn nieuwe huis in de Winnaarswijk, en ben ik de enige die gebruikmaakt van het bouwvallige hutje waar ik ben opgegroeid. Voor mij is dit mijn echte thuis.

Nu loop ik er naar binnen om me te verkleden. Ik verwissel mijn vaders oude leren jack voor een nette wollen jas die altijd te strak om mijn schouders lijkt te zitten. Ik laat mijn zachte, afgedragen jagerslaarzen staan en trek een paar dure, machinaal vervaardigde schoenen aan die mijn moeder beter bij iemand van mijn stand vindt passen. Mijn boog en pijlen heb ik al verstopt in een holle boomstam in het bos. Hoewel het al laat is, mag ik van mezelf nog een paar minuten in de keuken blijven zitten. Die voelt verlaten aan zonder vuur in de haard, zonder kleedje op de tafel. Met weemoed denk ik terug aan mijn oude leven hier. We redden het nauwelijks, maar ik wist waar ik thuishoorde, ik kende mijn plek in de hechte structuur van ons leven. Ik wilde dat ik terug kon naar die tijd, want achteraf gezien lijkt het allemaal zo veilig vergeleken met het heden, waarin ik zo rijk en beroemd ben en zo gehaat word door de machthebbers in het Capitool.

Mijn aandacht wordt getrokken door gejank bij de achterdeur.

Ik doe hem open en zie Boterbloem, Prims haveloze, oude kater. Hij vindt het nieuwe huis al bijna net zo afschuwelijk als ik en gaat altijd naar buiten als mijn zusje op school zit. We zijn nooit erg dol op elkaar geweest, maar dit brengt ons nader tot elkaar. Ik laat hem binnen, geef hem een stukje bevervet en kriebel hem zelfs een tijdje tussen zijn oren. 'Je bent spuuglelijk, wist je dat?' vraag ik. Boterbloem geeft mijn hand een kopje omdat hij nog meer geaaid wil worden, maar we moeten gaan. 'Kom op.' Ik pak hem met één hand op, gris met de andere mijn jagerstas mee en draag ze allebei naar buiten. De kat wurmt zich los en verdwijnt onder een struik.

Mijn tenen knellen in mijn schoenen terwijl ik over de sintelstraat knerp. Met mijn sluiproute door steegjes en achtertuinen ben ik binnen een paar minuten bij het huis van Gale. Zijn moeder, Hazelle, staat over de gootsteen gebogen en ziet me aankomen door het raam. Ze droogt haar handen af aan haar schort en verdwijnt uit zicht om de deur open te doen.

Ik mag Hazelle graag. Ik heb respect voor haar. De ontploffing waarbij mijn vader omkwam heeft ook haar man gedood, waarna ze alleen achterbleef met drie jongens en een baby die elk moment geboren kon worden. Minder dan een week voor de bevalling schuimde ze de straten nog af op zoek naar werk. Met een baby om voor te zorgen waren de mijnen geen optie, maar ze wist wat wasgoed te krijgen bij een paar winkeliers in de stad. Vanaf zijn veertiende werd Gale, de oudste van de kinderen, de kostwinner van het gezin. Hij had zich al ingeschreven voor bonnen, zodat ze een mager voorraadje graan en olie konden krijgen omdat zijn naam dan nog vaker meedeed aan de tributentrekking. Bovendien was hij zelfs op die leeftijd al een zeer goede stroper. Maar het was niet genoeg om een gezin van vijf personen mee te onderhouden, en dus werkte Hazelle zich kapot op dat wasbord. In de winter zaten haar rode handen zo vol met kloven dat ze al bij het minste of geringste begonnen te bloeden. Dankzij de zalf die mijn moeder voor haar heeft gemaakt, heeft ze daar in elk geval geen last meer van. Maar Hazelle en Gale willen koste wat kost voorkomen dat de andere jongens, Rory van twaalf en Vick van tien, en kleuter Posy van vier, zich ooit voor bonnen hoeven in te schrijven.

Hazelle glimlacht als ze het vlees ziet. Ze pakt de bever bij zijn staart en voelt zijn gewicht. 'Dat wordt een lekkere stoofpot.' In tegenstelling tot Gale heeft zij geen enkele moeite met onze jachtafspraken.

'En hij heeft ook nog een mooie pels,' antwoord ik. Het is fijn om hier bij Hazelle te zijn en gewoon net als altijd de kwaliteit van het wild te bespreken. Ze schenkt een mok kruidenthee voor me in en ik sla dankbaar mijn bevroren vingers eromheen. 'Zeg, ik zat erover te denken om Rory eens mee te nemen, als ik terug ben van de Toer. Na schooltijd. Kan ik hem leren schieten.'

Hazelle knikt. 'Prima. Gale wil dat ook wel doen, maar hij kan alleen op zondag, en volgens mij bewaart hij die liever voor jou.'

Ik kan de blos die naar mijn wangen stijgt niet tegenhouden. Het slaat natuurlijk nergens op. Bijna niemand kent mij beter dan Hazelle. Ze weet hoe sterk de band tussen mij en Gale is. Ik weet zeker dat een heleboel mensen ervan uitgingen dat we op een gegeven moment wel zouden trouwen, ook al had ik daar zelf nog nooit over nagedacht. Maar dat was voor de Spelen. Voor mijn medetribuut, Peeta Mellark, bekende dat hij smoorverliefd op me was. Ons liefdesverhaal werd onze belangrijkste tactiek om in de arena te overleven. Alleen was het voor Peeta niet zomaar een tactiek. Ik weet niet goed wat het voor mij was, maar ik weet nu wel dat het voor Gale alleen maar heel erg pijnlijk was. Mijn borstkas verkrampt als ik eraan denk dat Peeta en ik ons tijdens de Zegetoer weer als geliefden zullen moeten presenteren.

Ik klok mijn thee naar binnen, ook al is hij te heet, en duw me af van de tafel. 'Ik ga maar weer eens. 'k Moet er tenslotte wel een beetje fatsoenlijk uitzien voor de camera's.'

Hazelle geeft me een knuffel. 'Laat het eten je maar goed smaken.'

'Komt wel goed,' zeg ik.

Mijn volgende halte is de As, waar ik vroeger het grootste gedeelte van mijn buit verhandelde. Jaren geleden was het een pakhuis om steenkool in op te slaan, maar toen dat op een gegeven moment in onbruik raakte, werd het een trefpunt voor illegale handel dat vervolgens uitgroeide tot een zwarte markt met alles erop en eraan. Door het criminele tintje ben ik hier wel op mijn plek, lijkt me zo. Wie in de bossen rondom District 12 jaagt, overtreedt minstens twaalf wetten en riskeert de doodstraf.

Ze beginnen er nooit over, maar ik ben de mensen in de As veel verschuldigd. Van Gale weet ik dat Sluwe Sae, de oude vrouw die soep verkoopt, tijdens de Spelen een collecte heeft gehouden om Peeta en mij te sponsoren. De inzameling was eigenlijk alleen bedoeld voor binnen de As, maar veel andere mensen die ervan hoorden hebben ook een bijdrage gegeven. Ik weet niet precies hoeveel het was, en de prijzen voor giften in de arena waren gigantisch, maar wat mij betreft heeft hun geld ervoor gezorgd dat ik nu nog leef.

Het is nog steeds raar om met een lege jagerstas de deur open te trekken, zonder iets om te verhandelen, en in plaats daarvan de zware zak munten tegen mijn heup te voelen. Ik probeer zoveel mogelijk kraampjes aan te doen en bij allerlei verschillende mensen mijn koffie, brood, eieren, garen en olie te kopen. In een opwelling koop ik ook nog drie flessen illegaal gestookte drank van Ripper, een vrouw met één arm. Ze is gewond geraakt bij een mijnongeluk en heeft met haar handeltje een slimme manier gevonden om te overleven.

De alcohol is niet voor mijn gezin. Hij is voor Haymitch, die tijdens de Spelen onze mentor is geweest. Hij is nors, agressief en bijna altijd dronken. Maar hij heeft zijn werk gedaan – meer dan dat zelfs – want voor het eerst in de geschiedenis mochten er twee tributen winnen. Dus wat Haymitch ook doet, ik sta bij hem in het krijt. Voor de rest van mijn leven. Ik haal die flessen omdat ze een paar weken geleden op waren bij hem thuis, net toen er niets te krijgen was. Hij kreeg last van ontwenningsverschijnselen en stond trillend op zijn benen te schreeuwen tegen allerlei enge dingen die alleen hij kon zien. Prim werd doodsbang van hem en ik vond het eerlijk gezegd ook niet erg leuk om hem zo te zien. Sindsdien probeer ik een soort voorraadje aan te leggen, voor het geval hij nog eens zonder komt te zitten.

Cray, het hoofd van onze vredebewakers, fronst zijn wenkbrauwen als hij me met de flessen ziet staan. Hij is een oudere man met een knalrood gezicht en een paar slierten grijs haar die hij van links naar rechts over zijn schedel heeft gekamd. 'Die troep is veel te sterk voor jou, meisje.' Hij kan het weten. Naast Haymitch ken ik niemand die zoveel drinkt als Cray.

'O, mijn moeder gebruikt het voor haar medicijnen,' zeg ik onverschillig.

'Tja, met dat spul kun je bijna alles uitroeien,' zegt hij terwijl hij met een klap een munt neerlegt voor een fles.

Als ik bij het kraampje van Sluwe Sae kom, hijs ik mezelf omhoog zodat ik op de toonbank kan zitten en bestel een portie soep, een soort mengsel van pompoen en bonen, zo te zien. Een vredebewaker die Darius heet komt erbij staan en koopt ook een kom terwijl ik zit te eten. Vergeleken met de andere ordehandhavers vind ik hem een van de aardigste. Hij hoeft zijn autoriteit nooit zo nodig te laten gelden en is altijd wel in voor een grapje. Ik denk dat hij ergens halverwege de twintig is, maar hij lijkt niet veel ouder dan ik. Zijn glimlach en zijn rode haar dat alle kanten op piekt geven hem iets jongensachtigs.

'Moet jij niet in de trein zitten?' vraagt hij aan mij.

'Ze komen me om twaalf uur vanmiddag ophalen,' antwoord ik.

'Zou je jezelf niet een beetje optutten dan?' vraagt hij op een luide fluistertoon. Ondanks mijn slechte humeur moet ik toch lachen om zijn geplaag. 'Misschien een lint in je haar of zo?' Hij geeft een rukje aan mijn vlecht en ik duw zijn hand weg.

'Maak je maar geen zorgen. Ik moet nog even onder handen genomen worden en dan ben ik onherkenbaar,' zeg ik.

'Mooi zo,' zegt hij. 'Tijd om voor de verandering eens te laten zien dat we trots zijn op ons district, vindt u ook niet, mevrouw Everdeen?' Hij schudt quasi-afkeurend zijn hoofd naar Sluwe Sae en loopt naar zijn vrienden toe.

'Ik wil die kom terug,' roept Sluwe Sae hem na, maar omdat ze moet lachen klinkt het niet erg streng. 'Komt Gale je uitzwaaien?' vraagt ze aan mij.

'Nee, hij stond niet op de lijst,' zeg ik. 'Maar ik heb hem zondag nog gezien.'

'Goh, ik had wel gedacht dat ze hem op de lijst zouden zetten. Hij is tenslotte wel je neef,' zegt ze wrang.

Dat hoort ook weer bij de leugen die het Capitool heeft verzonnen. Toen Peeta en ik bij de laatste acht van de Hongerspelen zaten, hebben ze verslaggevers naar District 12 gestuurd om persoonlijke portretten van ons te filmen. Op de vraag wie mijn vrienden waren, verwees iedereen hen meteen door naar Gale. Maar door het liefdesverhaal dat ik in de arena aan het spelen was, konden ze Gale niet gebruiken als mijn beste vriend. Hij was te knap, te mannelijk, en had absoluut geen zin om leuk te glimlachen voor de camera's. Hij en ik lijken best veel op elkaar. We hebben zo'n Laaguiterlijk: steil donker haar, olijfkleurige huid, grijze ogen. En dus heeft een of andere slimmerik hem in mijn neef veranderd. Ik hoorde het pas toen we thuiskwamen en mijn moeder op het perron zei: 'Je neven en nichtje staan te popelen om je weer te zien!' Toen ik me omdraaide zag ik Gale en Hazelle die met alle kinderen op me stonden te wachten, dus wat kon ik anders dan het spelletje meespelen?

Sluwe Sae weet dat we geen familie zijn, maar zelfs sommige mensen die ons al jaren kennen lijken het soms te vergeten.

'Ik wou dat het allemaal achter de rug was,' fluister ik.

'Dat weet ik wel,' zegt Sluwe Sae. 'Maar je zult er toch doorheen moeten. Ga maar gauw.'

Het begint licht te sneeuwen als ik op weg ga naar de Winnaarswijk. Het is nog geen kilometer lopen vanaf het plein in het centrum van de stad, maar het voelt als een heel andere wereld. De wijk bestaat uit een vrijstaand groepje huizen die om een prachtig parkje vol bloeiende struiken zijn gebouwd. In totaal staan er twaalf villa's, allemaal zo groot dat het huis waarin ik ben opgegroeid er tien keer in past. Negen daarvan staan leeg en zijn nooit bewoond geweest. De overige drie zijn van Haymitch, Peeta en mij.

Uit de huizen waarin mijn gezin en Peeta wonen, straalt een warme, levendige gloed. De ramen zijn verlicht, de schoorstenen roken en aan de voordeuren hangen bosjes kleurig graan, versieringen voor het naderende Oogstfeest. Het huis van Haymitch daarentegen ademt een sfeer van eenzaamheid en verwaarlozing, ondanks de zorg die de terreinopziener eraan besteedt. Ik zet me schrap voor zijn deur, omdat ik weet dat het binnen een smeerboel zal zijn, en duw hem open.

Ik trek onmiddellijk vol afschuw mijn neus op. Haymitch wil niet dat er iemand komt schoonmaken en zelf doet hij bijna niets. Door de jaren heen hebben de geuren van drank en braaksel, gekookte kool en verbrand vlees, ongewassen kleren en muizenkeutels zich samengebald tot een stank waarvan de tranen me in de ogen springen. Ik waad door een laag lege verpakkingen, gebroken flessen en botjes naar de keuken, waar ik Haymitch altijd kan vinden. Hij zit aan tafel met zijn armen uitgestrekt over het hout en zijn gezicht in een plas drank, en hij snurkt als een os.

Ik duw tegen zijn schouder. 'Wakker worden!' zeg ik hard, want ik weet ondertussen wel dat er geen subtiele manier is om hem te wekken. Hij houdt even vragend op met snurken en gaat dan weer verder. Ik geef hem een hardere zet. 'Wakker worden, Haymitch. Het is de eerste dag van de Toer!' Ik wring het raam omhoog en adem een paar keer diep de frisse buitenlucht in. Met mijn voeten schuif ik de troep op de vloer een beetje opzij en ik vind een tinnen koffiepot die ik bij de gootsteen laat vollopen. Het fornuis is nog niet helemaal uit en met een paar gloeiende kooltjes wakker ik het vuur weer aan. Ik doe flink wat gemalen koffie in de pot, zodat ik zeker weet dat het resultaat lekker sterk zal zijn, en zet hem op het fornuis.

Haymitch ligt nog steeds voor pampus. Omdat er blijkbaar geen andere manier is om hem wakker te maken, vul ik een kom met ijskoud water, gooi het over zijn hoofd en doe gauw een paar passen opzij. Er komt een laag, dierlijk gebrul uit zijn keel. Hij springt overeind terwijl hij zijn stoel drie meter naar achteren schopt en zwaait met een mes in het rond. Ik was vergeten dat hij altijd met een mes in zijn hand slaapt. Ik had het uit zijn vingers moeten wrikken, maar ik heb ook wel erg veel aan mijn hoofd momenteel. Vloekend en tierend maait hij een paar keer door de lucht voordat hij bij zinnen komt. Hij veegt zijn gezicht af aan zijn mouw en draait zich om naar het raamkozijn waar ik in ben gaan zitten, voor het geval ik er snel vandoor zou moeten.

'Wat doe je?' sputtert hij.

'Je zei dat ik je een uur voordat de camera's kwamen wakker moest maken,' zeg ik.

'Hè?' vraagt hij.

'Je wilde het zelf,' houd ik vol.

Hij lijkt het zich weer te kunnen herinneren. 'Waarom ben ik zo nat?'

'Ik kreeg je niet wakker,' zeg ik. 'Hoor eens, als je vertroeteld wilt worden, had je het maar aan Peeta moeten vragen.'

'Wat had hij aan mij moeten vragen?' Ik hoef Peeta's stem maar te horen of mijn maag krimpt akelig samen van schuld, verdriet en angst. En ook een beetje van verlangen, ik zal het maar gewoon toegeven. Dat heeft alleen veel te veel concurrentie om ooit de boventoon te kunnen voeren.

Ik kijk hoe Peeta naar de tafel loopt terwijl het zonlicht dat door het raam valt de verse sneeuw in zijn blonde haar laat glinsteren. Hij ziet er zo sterk en gezond uit, zo anders dan de zieke, uitgehongerde jongen met wie ik in de arena was, en je kunt al bijna niet meer zien dat hij een beetje mank loopt. Hij legt een versgebakken brood op tafel en steekt zijn hand uit naar Haymitch.

'Of je me wakker wilde maken zonder me meteen een longontsteking te bezorgen,' zegt Haymitch terwijl hij hem het mes aangeeft. Hij trekt zijn vieze overhemd uit, waar een al even smerig hemd onder blijkt te zitten, en wrijft zichzelf droog met het stuk dat niet nat is geworden.

Peeta glimlacht en dompelt het mes in de alcohol uit een fles op de vloer. Hij veegt het lemmet af aan de zoom van zijn shirt en begint het brood te snijden. Peeta voorziet ons allemaal van vers brood. Ik jaag. Hij bakt. Haymitch drinkt. We hebben allemaal onze eigen manier om onszelf bezig te houden, om de gedachten aan onze tijd als deelnemers in de Hongerspelen op afstand te houden. Pas als hij Haymitch het kapje heeft gegeven, kijkt hij me voor het eerst aan. 'Wil jij ook een stuk?'

'Nee, ik heb in de As al gegeten,' zeg ik. 'Maar toch bedankt.' Mijn stem klinkt alsof hij niet van mij is, ontzettend stijfjes. Zo klinkt hij tegenwoordig altijd als ik met Peeta praat, sinds de camera's na het filmen van onze gelukkige thuiskomst zijn vertrokken en wij ons echte leven weer hebben opgepakt.

'Niets te danken,' zegt hij stug.

Haymitch gooit zijn overhemd ergens tussen de troep. 'Brrrr. Jullie moeten nog flink opwarmen voor de grote show begint.'

Hij heeft natuurlijk gelijk. Het publiek verwacht de twee tortelduifjes die samen de Hongerspelen hebben gewonnen, niet twee mensen die elkaar nauwelijks in de ogen kunnen kijken. Maar ik zeg alleen maar: 'Ga je wassen, Haymitch.' Dan spring ik het raam uit, laat me op de grond vallen en loop over het gras naar mijn huis.

De sneeuw blijft liggen en je kunt precies zien waar ik gelopen heb. Bij de voordeur blijf ik even staan om voor ik naar binnen ga het natte spul van mijn schoenen te stampen. Mijn moeder heeft zich een slag in de rondte gewerkt om alles piekfijn in orde te maken voor de camera's, dus dit is niet het moment om vieze voeten op haar glimmende vloeren achter te laten. Ik ben nog maar net binnen of ze staat al voor mijn neus, met één arm voor zich uit gestrekt alsof ze me tegen wil houden.

'Maak je geen zorgen, ik trek ze meteen uit,' zeg ik terwijl ik mijn schoenen op de deurmat zet.

Mijn moeder stoot een vreemd, beverig lachje uit en pakt mijn jagerstas vol boodschappen van mijn schouder. 'Het is maar sneeuw. Heb je lekker gewandeld?'

'Gewandeld?' Ze weet best dat ik de halve nacht in het bos ben geweest. Dan zie ik de man die achter haar in de deuropening van de keuken staat. Eén blik op zijn maatpak en chirurgisch geperfectioneerde gezicht is genoeg om te weten dat hij uit het Capitool komt. Er is iets mis. 'Het leek meer op schaatsen. Het is al behoorlijk glad buiten.'

'Er is iemand voor je,' zegt mijn moeder. Haar gezicht is bleek en ik hoor de angst die ze probeert te verbergen.

'Ik dacht dat ze pas tegen de middag zouden komen.' Ik doe net alsof ik haar zenuwen niet opmerk. 'Is Cinna eerder gekomen om me te helpen voorbereiden?'

'Nee Katniss, het is...' begint mijn moeder.

'Deze kant op alstublieft, juffrouw Everdeen,' zegt de man. Hij gebaart de gang in. Het is raar om in je eigen huis rondgecommandeerd te worden, maar ik ben wel zo verstandig om er niets van te zeggen.

Als ik verder loop, kijk ik nog even achterom om bemoedigend naar mijn moeder te glimlachen. 'Vast nog meer instructies voor de Toer.' Ze hebben me al van alles opgestuurd, van ons reisschema tot de protocollen die in elk district in acht moeten worden genomen. Maar als ik naar de deur van de studeerkamer loop, een deur die ik tot op dit moment nog nooit dicht heb gezien, beginnen mijn gedachten te razen. *Wie is daar? Wat wil diegene van me? Waarom ziet mijn moeder zo wit?*

'U kunt naar binnen,' zegt de Capitoolman, die door de gang achter me aan gekomen is.

Ik draai de glanzende koperen deurknop om en stap de kamer in. Mijn neus vangt de tegenstrijdige geuren op van rozen en bloed. Een kleine, witharige man die me vaag bekend voorkomt staat met zijn rug naar me toe een boek te lezen. Hij steekt een vinger op alsof hij wil zeggen: 'Eén moment alsjeblieft.' Dan draait hij zich om en mijn hart slaat over.

Ik kijk recht in de slangenogen van president Snow.

# hoofdstuk 2

In mijn beleving hoort president Snow voor marmeren pilaren met enorme vlaggen eraan te staan. Zijn aanwezigheid past totaal niet bij alle doodgewone voorwerpen in de kamer. Alsof je de deksel van een pan haalt en in plaats van stoofpot een adder met vlijmscherpe tanden aantreft.

Waarom zou hij hier zijn? Mijn gedachten schieten terug naar de eerste dagen van andere Zegetoeren. Ik kan me de winnende tributen met hun mentoren en stylisten nog voor de geest halen. En af en toe heeft er ook wel eens een of andere hoge regeringsfunctionaris zijn opwachting gemaakt. Maar president Snow heb ik nog nooit gezien. Hij woont de festiviteiten bij in het Capitool. Punt.

Als hij helemaal vanuit zijn stad hierheen is gereisd, kan dat maar één ding betekenen. Ik zit zwaar in de problemen. En als dat voor mij geldt, geldt dat ook voor mijn familie. Er gaat een rilling door me heen als ik bedenk hoe dicht mijn moeder en zusje in de buurt zijn van deze man, die mij zo veracht. Die mij altijd zal verachten, omdat ik die sadistische Hongerspelen van hem te slim af ben geweest, het Capitool voor schut heb gezet, en daarmee ook zijn gezag heb ondermijnd.

Ik heb alleen maar geprobeerd om mij en Peeta in leven te houden. Elke vorm van rebellie was puur toeval. Maar als het Capitool besluit dat er maar één tribuut kan blijven leven en jij hebt het lef om daaraan te tornen, dan is dat al een opstand op zich, denk ik. Ik kon me alleen verweren door te doen alsof ik krankzinnig was geworden door mijn hartstochtelijke liefde voor Peeta. En dus mochten we allebei blijven leven. Werden we allebei tot winnaar gekroond en mochten we naar huis om het te vieren en de camera's uit te zwaaien en met rust gelaten te worden. Tot nu.

Misschien komt het doordat het huis nog zo nieuw is, of door de schok dat hij daar staat, of door het feit dat we allebei weten dat hij me in een oogwenk kan laten vermoorden, dat ík me een indringer voel. Alsof dit zijn huis is en ik de ongenode gast ben. Daarom heet ik hem geen welkom en bied ik hem ook geen stoel aan. Ik zeg helemaal niets. Ik doe in wezen alsof hij een echte slang is, een giftige. Ik blijf stokstijf staan, wend mijn blik geen moment af en overweeg mijn vluchtopties.

'Volgens mij maken we het onszelf een stuk makkelijker als we afspreken dat we niet tegen elkaar zullen liegen,' zegt hij. 'Denk je ook niet?'

Ik denk dat mijn tong verlamd is en dat ik niet kan praten, dus ik verbaas mezelf door op vaste toon te antwoorden: 'Ja, dat zou ons een hoop tijd besparen.'

President Snow glimlacht en voor het eerst kijk ik naar zijn lippen. Ik verwacht slangenlippen, oftewel geen. Maar die van hem zijn juist overdreven vol, met veel te strak gespannen huid. Ik vraag me onwillekeurig af of ze iets met zijn mond hebben gedaan om hem er knapper uit te laten zien. Als dat zo is dan was het zonde van de tijd en het geld, want hij is absoluut niet aantrekkelijk. 'Mijn adviseurs waren bang dat je moeilijk zou gaan doen, maar je bent helemaal niet van plan om moeilijk te gaan doen, of wel soms?' vraagt hij.

'Nee,' antwoord ik.

'Dat zei ik ook al. Ik zei: "Een meisje dat zo ver gaat om haar leven te redden, heeft helemaal geen zin om het halsoverkop weer weg te smijten. En dan heb je ook haar familie nog. Haar moeder, haar zusje, al die... neven."' Aan de manier waarop hij blijft hangen bij het woord 'neven', hoor ik dat hij weet dat Gale en ik niet dezelfde stamboom hebben.

Nou, nu ligt het allemaal op tafel. Misschien is dat ook wel beter, ik kan nooit zo goed omgaan met dubbelzinnige dreigementen. Ik wil veel liever weten hoe de zaken ervoor staan.

'Laten we gaan zitten.' President Snow neemt plaats aan het grote, glanzende houten bureau waaraan Prim haar huiswerk maakt en mijn moeder de administratie doet. Hij heeft het recht niet om die stoel en ons huis zomaar in beslag te nemen, en tegelijkertijd heeft hij daar juist alle recht toe. Ik ga tegenover het bureau in een van de bewerkte stoelen met de rechte ruggen zitten. Hij is gemaakt voor langere mensen, dus alleen mijn tenen raken de grond.

'Ik heb een probleem, juffrouw Everdeen,' zegt president Snow. 'Een probleem dat begonnen is op het moment dat u die giftige bessen tevoorschijn haalde in de arena.'

Dat was het moment waarop ik vermoedde dat als de Spelmakers moesten kiezen tussen toekijken hoe Peeta en ik zelfmoord zouden plegen – wat zou betekenen dat zij geen winnaar zouden hebben – en ons allebei laten leven, ze voor dat laatste zouden gaan.

'Als de Hoofdspelmaker, Seneca Crane, ook maar een greintje verstand had gehad, had hij jullie toen meteen de lucht in laten vliegen. Maar hij had helaas een weekhartige inslag. En daarom zit jij nu hier. Kun je raden waar híj is?' vraagt hij.

Ik knik, want uit de manier waarop hij het zegt blijkt duidelijk dat Seneca Crane ter dood is gebracht. De geur van rozen en bloed is sterker geworden nu er alleen nog een bureau tussen ons in staat. Er steekt een roos in de revers van president Snow, dus het bloemenparfum lijkt in elk geval nog ergens vandaan te komen. Maar het moet genetisch versterkt zijn, want echte rozen ruiken niet zo. Wat het bloed betreft... dat weet ik niet.

'Daarna konden we niets anders doen dan jou je toneelstukje uit te laten spelen. En je was nog verdomd goed ook, als het schoolmeisje dat gek van liefde werd. De mensen in het Capitool waren behoorlijk overtuigd. Helaas trapte men in de districten niet zo massaal in je act.'

Er moet iets van verbazing op mijn gezicht te zien zijn, want hij haakt erop in.

'Dat wist je natuurlijk niet. Jij hebt geen toegang tot informatie over de stemming in de andere districten. Maar in een aantal daarvan heeft men jouw trucje met de bessen als een daad van verzet opgevat in plaats van een daad van liefde. En als nota bene een meisje uit District 12 zich tegen het Capitool kan verzetten en daar ongedeerd mee wegkomt, waarom zouden zij dan niet hetzelfde doen?' vraagt hij. 'Waarom zouden ze niet, laten we zeggen, in opstand komen?'

Het duurt even voor die laatste zin tot me doordringt. Dan komt hij keihard aan. 'Zijn er opstanden geweest?' vraag ik, doodsbang en tegelijkertijd opgetogen dat zoiets mogelijk is.

'Nog niet. Maar die komen vanzelf als dit zo doorgaat. En het is algemeen bekend dat opstanden tot een revolutie kunnen leiden.' President Snow wrijft over een plek op zijn linkerwenkbrauw, precies dezelfde plek waar ik ook altijd hoofdpijn krijg. 'Heb je enig idee wat dat zou betekenen? Hoeveel mensen er zouden sterven? Onder welke omstandigheden de overlevenden verder zouden moeten? Ik geloof best dat sommige mensen problemen hebben met het Capitool, maar als het zijn greep op de districten ook maar heel even zou laten verslappen, zou het hele systeem in elkaar storten, neem dat maar van me aan.'

Ik ben verbijsterd door de openhartigheid en zelfs de oprechtheid van zijn woorden. Alsof het welzijn van de inwoners van Panem zijn voornaamste zorg is, terwijl het tegendeel het geval is. Ik weet niet waar ik de moed vandaan haal om mijn volgende zin uit te spreken, maar ik zeg het wel. 'Dat moet dan wel een erg zwak systeem zijn, als een handjevol bessen het al ten val kan brengen.'

Het is heel lang stil terwijl hij me onderzoekend aankijkt. Dan zegt hij simpelweg: 'Het is inderdaad zwak, maar niet op de manier waarop jij denkt.'

Er wordt op de deur geklopt en de Capitoolman steekt zijn

hoofd om de hoek. 'Haar moeder vraagt of u een kopje thee wilt.'

'Zeker. Ik lust wel een kopje,' zegt de president. De deur gaat verder open en daar staat mijn moeder, met op een dienblad het porseleinen theeservies dat ze mee naar de Laag heeft genomen toen ze ging trouwen. 'Zet hier maar neer, alstublieft.' Hij legt zijn boek op de hoek van het bureau en klopt op het midden van het blad.

Mijn moeder zet het dienblad op haar bureau. Er staan een porseleinen theepot, kopjes, melk, suiker en een schaal koekjes op. Ze zijn prachtig geglazuurd met pastelkleurige bloemen. Dat kan alleen door Peeta's vingers zijn gedaan.

'Dat ziet er goed uit. Gek genoeg vergeet men vaak dat presidenten ook moeten eten en drinken, wist u dat?' zegt president Snow charmant. Of nou ja, mijn moeder lijkt in elk geval een klein beetje te ontspannen.

'Kan ik u nog ergens anders mee van dienst zijn? Ik kan zo iets stevigers voor u klaarmaken als u trek hebt,' biedt ze aan.

'Nee, dit is helemaal goed zo. Dank u,' zegt hij, waarmee hij duidelijk aangeeft dat ze weer kan gaan. Mijn moeder knikt, werpt me een snelle blik toe en loopt de kamer uit. President Snow schenkt voor ons allebei een kopje thee in, doet melk en suiker in dat van hem en roert een hele tijd. Ik heb het gevoel dat hij zijn zegje heeft gedaan en nu wacht op mijn antwoord.

'Het was niet mijn bedoeling om een opstand op gang te brengen,' zeg ik.

'Dat geloof ik best, maar het doet er verder niet toe. Je stylist blijkt erg profetisch geweest te zijn in zijn kledingkeuze. Katniss Everdeen, het meisje dat in vuur en vlam stond, heeft voor een vonk gezorgd die, als er niets aan gedaan wordt, kan uitgroeien tot een vlammenzee die heel Panem verwoest,' zegt hij.

'Waarom laat u me niet meteen executeren?' stoot ik uit.

'In het openbaar?' vraagt hij. 'Dat zou alleen maar meer olie op het vuur gooien.'

‘Dan zet u toch een ongeluk in scène,’ zeg ik.

‘Zou iemand daar intrappen?’ vraagt hij. ‘Jij niet, als je zat te kijken.’

‘Zeg dan maar wat ik moet doen. Dan doe ik dat,’ zeg ik.

‘Was het maar zo simpel.’ Hij pakt een van de bloemenkoekjes en bestudeert het. ‘Prachtig. Heeft je moeder die gemaakt?’

‘Nee, Peeta.’ En voor het eerst merk ik dat ik zijn blik niet kan vasthouden. Ik wil mijn thee pakken, maar zet het kopje weer neer als ik het tegen het schoteltje hoor rammelen. Om me een houding te geven neem ik vlug een koekje.

‘Peeta. Hoe gaat het eigenlijk met de liefde van je leven?’ vraagt hij.

‘Goed,’ zeg ik.

‘Wanneer kreeg hij door dat je eigenlijk geen zier om hem geeft?’ vraagt hij terwijl hij zijn koekje in zijn thee sopt.

‘Ik geef wel om hem,’ zeg ik.

‘Maar je bent misschien niet zo dolverliefd op die jongeman als je het land wilt doen geloven,’ zegt hij.

‘Wie zegt dat?’ vraag ik.

‘Ik,’ antwoordt de president. ‘En ik zou hier niet zijn als ik de enige was die daaraan twijfelde. Hoe is het met die knappe neef van je?’

‘Dat weet ik niet... Ik...’ Ik walg zo van dit gesprek, van het feit dat ik mijn gevoelens voor twee van de mensen die me het allerdierbaarst zijn met president Snow moet bespreken, dat mijn stem stokt.

‘Zeg het maar, juffrouw Everdeen. Hem kan ik makkelijk uit de weg ruimen als wij niet tot een goede overeenstemming komen,’ zegt hij. ‘U maakt het er niet beter op voor hem door elke zondag samen het bos in te sluipen.’

Als hij dat weet, wat weet hij dan nog meer? En hoe weet hij dat? Allerlei mensen hadden hem kunnen vertellen dat Gale en ik op zondag altijd samen jagen. We komen immers elke zondagavond beladen met wild weer tevoorschijn, en dat doen we al jaren. De echte vraag is wat hij denkt dat er in het bos voorbij District 12 gebeurt. Ze hebben ons vast niet tot daar gevolgd. Of wel? Zouden we gevolgd kunnen zijn? Dat lijkt onmogelijk. Niet door een mens, in elk geval. Door camera's? Dat is tot op heden nog nooit bij me opgekomen. Het bos is altijd onze veilige schuilplaats geweest, de plek waar het Capitool niet kon komen, waar we konden zeggen wat we voelden, onszelf konden zijn. Vóór de Spelen nog wel, in elk geval. Als we sinds die tijd in de gaten gehouden worden, wat hebben ze dan gezien? Twee jagende mensen die dingen zeggen die in het Capitool als verraad zouden worden beschouwd, dat is waar. Maar niet twee geliefden, zoals president Snow lijkt te suggereren. Wat dat betreft zijn we veilig. Tenzij... tenzij...

Het is maar één keer gebeurd. Het was kort en onverwacht, maar het is wel gebeurd.

Toen Peeta en ik na de Spelen thuiskwamen, duurde het nog een paar weken voor ik Gale onder vier ogen kon spreken. Eerst kregen we nog alle verplichte festiviteiten. Een banket voor de winnaars waarvoor alleen de allerbelangrijkste mensen uitgenodigd waren. Een feestdag voor het hele district met gratis eten en allerlei artiesten uit het Capitool. Pakjesdag, de eerste van twaalf, waarop bij alle inwoners van het district voedselpakketten werden bezorgd. Dat vond ik het leukst: om al die hongerige kinderen door de Laag te zien rennen met potten appelmoes, blikken vlees en zelfs snoep. Thuis stonden de zakken graan en de flessen olie, want die waren te zwaar om te dragen. En om dan te bedenken dat ze het hele jaar lang elke maand allemaal weer zo'n pakket zouden krijgen. Dat was een van de weinige momenten waarop ik echt blij was dat ik de Spelen had gewonnen.

En tussen alle ceremonies en feestelijkheden en verslaggevers door, die alles wat ik deed vastlegden terwijl ik bijeenkomsten voorzat en mensen bedankte en Peeta kuste voor het oog van het publiek, had ik geen seconde tijd voor mezelf. Na een paar weken keerde de rust eindelijk weer een beetje terug. De cameraploegen en verslaggevers pakten hun spullen in en gingen naar huis. Peeta en ik werden koel en afstandelijk naar elkaar, en dat zijn we nog steeds. Mijn gezin trok in ons huis in de Winnaarswijk. Het dagelijks leven in District 12 kwam weer op gang, de arbeiders gingen naar de mijnen, de kinderen naar school. Ik wachtte tot ik dacht dat de kust echt veilig was, en toen stond ik op een zondag uren voor zonsopgang op en vertrok zonder het tegen iemand te zeggen naar het bos.

Het was nog steeds warm genoeg om zonder jas naar buiten te kunnen. Ik nam een tas vol lekker eten mee: koude kip, kaas, brood van de bakker, sinaasappels. In mijn oude huis trok ik mijn jagerslaarzen aan. Zoals gewoonlijk stond het hek niet onder stroom en het was een fluitje van een cent om het bos in te glippen en mijn pijl en boog te pakken. Ik liep naar ons plekje, het plekje van Gale en mij, waar we samen ontbeten hadden op de ochtend van de boete die me naar de Spelen had gestuurd.

Ik heb minstens twee uur zitten wachten. Ik begon bijna te denken dat hij de afgelopen weken de hoop had opgegeven. Of dat hij niet meer om me gaf. Me misschien zelfs wel haatte. En het idee dat ik hem voor altijd kwijt zou raken, mijn beste vriend, de enige persoon aan wie ik ooit mijn geheimen had toevertrouwd, was zo pijnlijk dat ik er niet tegen kon. Niet boven op alle andere dingen die er waren gebeurd. Ik voelde mijn ogen waterig worden en mijn keel verkrampen, zoals altijd gebeurt wanneer ik van streek raak.

Toen keek ik op en daar stond hij drie meter verderop naar me te kijken. Zonder erbij na te denken sprong ik op en sloeg mijn armen om hem heen terwijl ik een of ander gek geluid maakte, een combinatie van lachen, stikken en huilen. Hij hield me zo stevig vast dat ik zijn gezicht niet kon zien, maar het duurde heel lang voor hij me losliet en dat was eigenlijk alleen omdat het wel moest, want ik kreeg opeens verschrikkelijk hard de hik en moest even iets drinken.

Die dag deden we wat we altijd deden. Ontbijten. Jagen, vissen en plukken. Praten over mensen in de stad. Maar niet over ons, over zijn nieuwe leven in de mijnen, over mijn tijd in de arena. Alleen over andere dingen. Tegen de tijd dat we bij het gat in het hek waren dat het dichtst bij de As zit, dacht ik volgens mij echt dat alles weer net als vroeger zou kunnen worden. Dat we gewoon weer verder konden gaan waar we waren gebleven. Ik had onze hele vangst aan Gale gegeven om te verhandelen, omdat wij nu toch zo ontzettend veel eten hadden. Ik zei tegen hem dat ik niet mee de As in ging, hoewel het me leuk leek om er weer eens rond te lopen, maar mijn moeder en zusje wisten niet eens dat ik was gaan jagen en vroegen zich waarschijnlijk af waar ik was. En toen, net toen ik voorstelde dat ik voortaan in mijn eentje elke dag de strikken zou nalopen, nam hij plotseling mijn gezicht in zijn handen en kuste me.

Ik was volkomen overdonderd. Je zou denken dat ik na al die uren die ik met Gale heb doorgebracht – en hem heb zien praten en lachen en fronsen – zijn lippen toch wel door en door zou kennen. Maar ik had nog nooit bedacht hoe warm ze zouden voelen als hij ze tegen de mijne zou drukken. Of dat die handen, die de ingewikkeldste vallen konden zetten, mij net zo makkelijk in hun greep konden houden. Ik geloof dat ik een soort geluidje maakte achter in mijn keel, en ik weet nog vaag hoe mijn vingers strak opgekruld tegen zijn borst lagen. Toen liet hij me los en zei: 'Ik moest het in elk geval één keer doen.' En toen was hij weg.

Ondanks het feit dat de zon al onderging en mijn familie zich vast zorgen maakte, ging ik naast een boom bij het hek zitten. Ik probeerde te bedenken hoe ik me voelde bij die kus, of ik het fijn had gevonden of vervelend, maar ik kon me eigenlijk alleen maar de zachte druk van Gales lippen en de geur van sinaasappels die nog aan zijn huid kleefde herinneren. Het had geen zin om deze kus te vergelijken met de vele keren dat ik met Peeta had gezoend. Ik was er nog steeds niet uit of die wel telden. Daarna ging ik eindelijk naar huis.

Die week controleerde ik de strikken en bracht het vlees naar Hazelle. Maar Gale zag ik pas de volgende zondag weer. Ik had een hele toespraak voorbereid, over dat ik geen vriendje wilde en nooit ging trouwen, maar uiteindelijk heb ik die niet gehouden. Gale deed net alsof we nooit gezoend hadden. Misschien wachtte hij tot ik iets zou zeggen, of hém zou kussen, maar ik deed ook alsof er niets gebeurd was. Maar er was wél iets gebeurd. Gale had een soort onzichtbare muur tussen ons kapotgeslagen, en daarmee ook alle hoop die ik nog had dat we onze oude, ongecompliceerde vriendschap weer zouden kunnen oppakken. Ik kon wel net doen alsof, maar ik zou nooit meer op dezelfde manier naar zijn lippen kunnen kijken.

Dat schiet allemaal door mijn hoofd terwijl de ogen van president Snow me priemend aankijken nadat hij heeft gedreigd om Gale te vermoorden. Wat ben ik stom geweest om te denken dat het Capitool me gewoon met rust zou laten als ik eenmaal weer thuis was! Ook al wist ik dan niets van de dreigende opstanden, ik wist wel dat ze woedend op me waren. En heb ik me heel terughoudend opgesteld, zoals ik in deze situatie had moeten doen? Nee, in de ogen van de president heb ik Peeta genegeerd en aan het hele district laten zien dat ik liever in het gezelschap van Gale verkeer. Nu heb ik door mijn onachtzaamheid Gale en zijn familie in gevaar gebracht, en mijn familie, en Peeta ook nog.

'Laat Gale alstublieft met rust,' fluister ik. 'Hij is gewoon mijn vriend. Hij is al jaren mijn vriend. Meer is er niet tussen ons. Bovendien denkt iedereen nu toch dat we neef en nicht zijn.'

'Ik ben alleen geïnteresseerd in hoe dat jouw relatie met Peeta beïnvloedt, en daarmee de stemming in de districten,' zegt hij.

'Tijdens de Toer wordt het gewoon weer als vanouds. Ik zal net zo verliefd op hem zijn als ik was,' zeg ik.

'Als je bent,' verbetert president Snow.

'Als ik ben,' bevestig ik.

'Alleen zul je nu nog beter je best moeten doen, willen we de opstanden de kop in drukken,' zegt hij. 'Deze Toer is je enige kans om iets aan de situatie te doen.'

'Dat weet ik. Ik zal het doen. Ik zal iedereen in de districten ervan overtuigen dat ik het Capitool niet heb uitgedaagd, dat ik gewoon stapelgek was van liefde,' zeg ik.

President Snow staat op en drukt een servetje tegen zijn opgezwollen lippen. 'Ik zou nog iets hoger mikken.'

'Hoe bedoelt u? Hoe kan ik nou nog hoger mikken?' vraag ik.

'Ik wil dat je míj overtuigt,' zegt hij. Hij laat het servetje vallen en pakt zijn boek. Ik kijk niet naar hem terwijl hij naar de deur loopt, dus ik krimp ineen als hij in mijn oor fluistert: 'O, en trouwens, ik weet van die kus.' Dan valt de deur met een zachte klik achter hem dicht.

# hoofdstuk 3

Die bloedgeur... die kwam uit zijn mond.

*Wat doet hij met dat spul?* denk ik. *Opdrinken?* Ik stel me voor hoe hij kleine slokjes uit een theekopje neemt, er een koekje in doopt en het druipend rood weer omhoog haalt.

Buiten klinkt het geluid van een auto die wordt gestart, zacht en stil als het gesnor van een kat, en dan sterft het weg in de verte. Hij glipt weg zoals hij is gekomen, onopgemerkt.

De kamer lijkt in trage, scheve cirkels om me heen te draaien en ik ben bang dat ik zal flauwvallen. Ik leun voorover en grijp met één hand het bureau vast. In de andere heb ik nog steeds Peeta's prachtige koekje. Volgens mij stond er een tijgerlelie op, maar mijn vuist heeft het tot kruimels verpulverd. Ik had niet eens in de gaten dat ik het fijnkneep, maar ik moest me blijkbaar ergens aan vasthouden toen ik de macht over mijn leven verloor.

Een bezoek van president Snow. Districten die elk moment in opstand kunnen komen. Een directe doodsbedreiging aan het adres van Gale, en dat is pas de eerste. Al mijn dierbaren zijn in gevaar. En wie weet wie er nog meer voor mijn daden zullen moeten boeten... Tenzij ik de situatie tijdens de toer weet te keren en de ontevredenheid kan sussen zodat de president zich geen zorgen meer hoeft te maken. En hoe moet ik dat doen? Door het land er volledig van te overtuigen dat ik verliefd ben op Peeta Mellark.

*Dat kan ik niet*, denk ik. *Zo goed ben ik niet.* Peeta, die is daar goed in, die is aardig. Hij kan mensen alles laten geloven wat hij wil. Ik ben altijd degene die haar mond houdt en achteroverleunt en hem zoveel mogelijk laat praten. Maar Peeta hoeft zijn liefde niet te bewijzen. Ik wel.

Ik hoor mijn moeders lichte, snelle passen in de gang. *Ze mag het niet weten*, denk ik. *Ze mag hier niets van weten.* Ik houd mijn handen boven het dienblad en wrijf gauw de koekkruimels van mijn vingers en handpalmen. Ik neem een bibberig slokje thee.

'Gaat alles goed, Katniss?' vraagt ze.

'Ja hoor, prima. Het wordt nooit uitgezonden, maar de president gaat voor de Toer altijd langs bij de winnaar om hem of haar geluk te wensen,' zeg ik opgewekt.

Mijn moeders gezicht ontspant van opluchting. 'O. Ik dacht dat er iets ergs aan de hand was.'

'Nee, helemaal niet,' zeg ik. 'Het wordt pas erg als mijn voorbereidingsteam ziet dat ik mijn wenkbrauwen helemaal niet heb bijgehouden.' Mijn moeder lacht en ik bedenk dat er nooit meer een weg terug is geweest toen ik op mijn elfde voor ons gezin ben gaan zorgen. Dat ik haar voor altijd zal moeten blijven beschermen.

'Zal ik het bad vast laten vollopen?' vraagt ze.

'Graag,' zeg ik, en ik zie hoe blij ze is met mijn reactie.

Sinds ik weer thuis ben doe ik heel erg mijn best om de band met mijn moeder te herstellen. Ik vraag of ze dingen voor me wil doen in plaats van elke poging tot hulp opzij te schuiven, zoals ik jarenlang uit boosheid heb gedaan. Ik laat haar het geld beheren dat ik heb gewonnen. Ik knuffel haar terug in plaats van me stijfjes te laten omhelzen. Door mijn verblijf in de arena besef ik nu dat ik haar niet constant moet straffen voor iets waar ze niets aan kan doen, zoals de vernietigende depressie waar ze na mijn vaders dood in belandde. Want soms gebeuren er dingen met mensen en zijn ze niet in staat daar in hun eentje mee om te gaan.

Net als ik nu, bijvoorbeeld.

Bovendien heeft ze iets geweldigs gedaan toen ik terugkwam in het district. Nadat onze familie en vrienden mij en Peeta op het treinstation hadden begroet, mochten de verslaggevers een paar vragen stellen. Iemand vroeg aan mijn moeder wat ze van mijn nieuwe vriendje vond en zij antwoordde dat Peeta weliswaar een ideale schoonzoon zou zijn, maar dat ik nog veel te jong was voor een vriendje. Waarna ze Peeta een priemende blik toewierp. De journalisten moesten lachen en er werden dingen geroepen als: 'O jee, kijk maar uit,' en Peeta liet mijn hand los en deed een stap opzij. Dat heeft verder niet lang geduurd – er werd veel te veel druk op ons uitgeoefend –, maar het gaf ons wel een excuus om iets terughoudender te zijn dan in het Capitool. En misschien kan het ook als verklaring dienen voor het feit dat ik nauwelijks met Peeta ben gezien sinds de camera's zijn vertrokken.

Ik loop naar boven, naar de badkamer, waar een stomende badkuip op me staat te wachten. Mijn moeder heeft er een klein zakje gedroogde bloemen in gedaan zodat het heerlijk ruikt. We zijn allemaal niet gewend aan de luxe van een kraan die je maar open hoeft te draaien om een onbeperkte hoeveelheid heet water tot je beschikking te hebben. In ons huis in de Laag hadden we alleen koud water, en als je in bad wilde moest je het water boven het vuur koken. Ik kleed me uit, laat me in het zijdezachte water zakken – mijn moeder heeft er ook een soort olie in gegoten – en probeer mijn gedachten te ordenen.

De eerste vraag is aan wie ik dit kan vertellen, áls ik het al aan iemand vertel. Niet aan mijn moeder en Prim uiteraard, die zouden alleen maar gek van ongerustheid worden. Niet aan Gale. Zelfs niet als ik hem op de een of andere manier een bericht zou kunnen sturen. Wat zou hij eigenlijk doen als hij het wist? Als hij alleen was, zou ik hem misschien wel overhalen om ervandoor te gaan. Hij zou makkelijk kunnen overleven in het bos. Maar hij is niet alleen en hij zou zijn familie nooit in de steek laten. En mij ook niet. Als ik weer thuiskom, moet ik hem met een smoes duidelijk maken dat onze gezamenlijke zondagen verleden tijd zijn, maar daar kan ik op dit moment niet over nadenken. Ik kan me alleen maar bezighouden met mijn volgende zet. Bovendien is Gale al zo kwaad op het Capitool, zo gefrustreerd, dat ik soms wel eens denk dat hij zelf een opstand zou willen organiseren. Ik mag die gevoelens beslist niet aanwakkeren. Nee, ik kan het niet aan een van de achterblijvers in District 12 vertellen.

Dan zijn er nog steeds drie mensen die ik in vertrouwen zou kunnen nemen, te beginnen bij Cinna, mijn stylist. Maar ik vermoed dat Cinna al gevaar loopt, en ik wil hem niet nog dieper in de problemen brengen. Dan hebben we Peeta nog, mijn tegenspeler in dit toneelstuk, maar hoe zou ik dat gesprek moeten beginnen? 'Hé, Peeta, weet je nog dat ik vertelde dat ik zeg maar net deed alsof ik verliefd op je was? Nou, het zou dus heel fijn zijn als je dat nu even vergeet en juist nóg verliefder tegen me doet, want anders laat de president Gale misschien vermoorden.' Dat kan ik niet. Bovendien zal Peeta het hoe dan ook prima doen, of hij nu weet wat er op het spel staat of niet. Dan blijft Haymitch over. Dronken, chagrijnige, agressieve Haymitch, over wiens hoofd ik net een kom ijskoud water heb gegooid. Tijdens de Spelen was het zijn taak als mentor om me in leven te houden. Ik hoop maar dat hij die klus nog een keer op zich wil nemen.

Ik glijd onder water zodat ik de geluiden om me heen niet meer hoor. Ik wilde dat de kuip groter werd, zodat ik kon zwemmen, net als vroeger met mijn vader op hete zondagen in het bos. Dat waren echt feestdagen. We gingen 's ochtends heel vroeg van huis en trokken verder het bos in dan anders, naar een meertje dat hij een keer tijdens het jagen had ontdekt. Ik kan me niet eens meer herinneren dat hij me heeft leren zwemmen, zo jong was ik. Maar ik herinner me nog wel hoe ik dook, koprollen maakte en ronddobberde. De modderige bodem van het meer onder mijn tenen. De geur van de bloemen en het groen om ons heen. Hoe ik op mijn rug dreef, net als nu, en naar de blauwe lucht keek terwijl de geluiden van het bos door het water gedempt werden. Mijn vader ving de watervogels die langs de oever nestelden, ik zocht in het gras naar eieren, en we groeven aan de kant allebei naar kattenkruidwortels, *catnip*, de plant waarnaar hij me vernoemd heeft. Als we 's avonds thuiskwamen, deed mijn moeder altijd net alsof ze me niet herkende, omdat ik zo schoon was. En dan maakte ze een heerlijke maaltijd klaar van gebraden eend en gebakken kattenkruidknolletjes met jus.

Ik heb Gale nooit meegenomen naar het meer. Het had wel gekund. Het kost veel tijd om er te komen, maar de watervogels laten zich zo makkelijk vangen dat je verder niet hoeft te jagen. Maar het is een plek die ik eigenlijk nooit met iemand heb willen delen, een plek die alleen van mij en mijn vader was. Na de Spelen ben ik er een paar keer heen gegaan, omdat ik toch maar weinig te doen heb. Het was nog steeds fijn om te zwemmen, maar ik werd er vooral somber van. Het meer is in de afgelopen vijf jaar nauwelijks veranderd en mij herken je bijna niet meer terug.

Zelfs onder water hoor ik het rumoer. Auto's die toeteren, mensen die elkaar luidruchtig begroeten, deuren die dichtslaan. Dat kan maar één ding betekenen: mijn begeleiders zijn gearriveerd. Ik kan me nog net afdrogen en een badjas omslaan als mijn voorbereidingsteam de badkamer binnenstormt. Van privacy is geen sprake. Wat mijn lichaam betreft heb ik geen geheimen voor deze drie mensen.

'Katniss, je wenkbrauwen!' gilt Venia meteen, en zelfs met mijn neerslachtige stemming kan ik een lach nauwelijks onderdrukken. Haar turkooizen haar staat op haar hele hoofd in scherpe pieken overeind en de gouden tatoeages die eerst nog beperkt bleven tot haar wenkbrauwen krullen nu ook onder haar ogen. Alles bij elkaar ziet ze eruit alsof ik haar letterlijk een schok bezorgd heb.

Octavia komt naar me toe en geeft Venia een bemoedigend klopje op haar rug. Haar voluptueuze lichaam ziet er nog ronder uit dan anders naast Venia's dunne, hoekige lijf. 'Rustig maar. Die heb je zo weer bijgewerkt. Maar wat moet ik in vredesnaam met die nagels aan?' Ze grijpt mijn hand en houdt hem plat tussen haar geelgroene vingers. Nee, haar huid is niet echt geelgroen meer, het is meer een soort licht dennengroen geworden. De subtiele kleurverandering is ongetwijfeld een poging om de grillige modetrends in het Capitool bij te houden. 'Jeetje, Katniss, had je nou echt niet iets voor me over kunnen laten?' jammert ze.

Ze heeft gelijk. Ik heb mijn nagels de afgelopen maanden tot korte stompjes gekloven. Ik heb wel overwogen om het af te leren, maar ik kon eigenlijk geen goede reden bedenken en ik had geen zin om me zorgen te maken over wat mijn voorbereidingsteam ervan zou vinden. 'Sorry,' mompel ik.

Flavius tilt een paar slierten van mijn natte, klittende haar op. Hij schudt afkeurend zijn hoofd; zijn oranje pijpenkrullen dansen op en neer. 'Heeft er iemand aan gezeten sinds we elkaar voor het laatst gezien hebben?' vraagt hij streng. 'We hebben heel duidelijk gezegd dat je niets met je haar mocht doen, denk eraan.'

'Ja!' zeg ik opgelucht, blij dat ik kan laten zien dat ik toch nog een beetje rekening met hen heb gehouden. 'Ik bedoel nee, niemand heeft het geknipt. Dat heb ik onthouden.' Dat is niet waar, maar het is simpelweg geen moment aan de orde geweest. Sinds ik weer thuis ben, draag ik het gewoon weer in de vertrouwde vlecht op mijn rug.

Dat lijkt hen weer een beetje te vermurwen, en ze geven me alle drie een kus, zetten me op een stoel in mijn slaapkamer en beginnen zoals gewoonlijk non-stop te ratelen zonder te kijken of ik überhaupt luister. Terwijl Venia mijn wenkbrauwen fatsoeneert, Octavia me nepnagels geeft en Flavius een slijmerig goedje in mijn haar masseert, hoor ik alles over het Capitool. Dat de Spelen zo'n enorm succes waren, dat het sindsdien zo saai is, dat iedereen staat te popelen tot Peeta en ik aan het eind van de Zegetoer weer langskomen. En daarna zal het niet lang meer duren voor het Capitool zich gaat voorbereiden op de Kwartskwelling.

'O, spannend hè?'

'Wat een bofkont ben jij toch ook!'

'Je mag tijdens je eerste jaar als winnaar al een mentor in een Kwartskwelling zijn!'

Opgewonden praten ze alle drie door elkaar heen.

'Ja, nou,' zeg ik toonloos. Meer krijg ik er niet uit. In een gewoon jaar is het al een nachtmerrie om een tributenmentor te moeten zijn. Ik kan niet meer langs de school lopen zonder me af te vragen welk kind ik zal moeten begeleiden. Maar om het nog erger te maken dan het al is, worden de Hongerspelen dit jaar voor de vijfenzeventigste keer gehouden, en dat betekent dat het ook een Kwartskwelling is. Die vindt elke vijfentwintig jaar plaats en herdenkt de nederlaag van de districten met allerlei uitbundige festiviteiten, en, om het extra leuk te maken, een of andere ellendige wending voor de tributen. Ik heb er zelf natuurlijk nog nooit een meegemaakt, maar ik weet nog dat ik op school geleerd heb dat het Capitool bij de tweede Kwartskwelling eiste dat er twee keer zo veel tributen de arena in moesten. Meer hebben de docenten er eigenlijk niet over verteld, en dat verbaast me, want dat is het jaar waarin onze eigen Haymitch uit District 12 tot winnaar werd gekroond.

'Haymitch kan vast op een heleboel belangstelling rekenen!' piept Octavia.

Haymitch heeft mij nooit iets over zijn ervaringen in de arena verteld, en ik zou er nooit naar vragen. Misschien heb ik ooit wel eens een herhaling van zijn Spelen op televisie gezien, maar dan was ik te jong om het me nu nog te kunnen herinneren. Het Capitool zal het hem dit jaar in elk geval wel flink inwrijven. Ergens is het maar goed dat Peeta en ik tijdens de Kwelling allebei beschikbaar zullen zijn als mentor, want Haymitch zal ongetwijfeld stomdronken zijn.

Nadat ze de Kwartskwelling uitentreuren behandeld hebben, begint mijn team aan een ellenlang gesprek over wat ze de laatste tijd allemaal voor vreselijk onbenullige dingen hebben meegemaakt. Over wie wat heeft gezegd over iemand van wie ik nog nooit gehoord heb, over de schoenen die ze net hebben gekocht en dan nog een lang verhaal van Octavia over hoe dom het van haar was om iedereen in verenkostuum op haar verjaardagsfeest te laten verschijnen.

Binnen een mum van tijd schrijnen mijn wenkbrauwen, is

mijn haar zacht en glanzend en zijn mijn nagels klaar om gelakt te worden. Ze hebben blijkbaar opdracht gekregen om alleen mijn handen en gezicht te doen, want de rest van mijn lichaam zal met dit koude weer waarschijnlijk toch bedekt zijn. Flavius wil eigenlijk heel graag zijn eigen paarse lippenstift bij me opdoen, maar legt zich tijdens het opmaken van mijn gezicht en nagels toch maar neer bij een roze. Aan het palet dat Cinna heeft samengesteld, zie ik dat we voor 'meisjesachtig' gaan, niet voor 'sexy'. Mooi zo. Ik zal geen mens overtuigen als ik uitdagend probeer te zijn. Dat heeft Haymitch me heel duidelijk te kennen gegeven toen hij mijn interview voor de Spelen met me oefende.

Mijn moeder komt een beetje verlegen binnen en zegt dat Cinna gevraagd heeft of zij aan zijn assistenten wil laten zien hoe ze op de dag van de boete mijn haar heeft gedaan. Ze reageren enthousiast en kijken dan gebiologeerd toe terwijl ze stap voor stap het ingewikkelde, gevlochten kapsel uitlegt. In de spiegel zie ik hoe hun ernstige gezichten elke beweging volgen en hoe ze geestdriftig aan de slag gaan als het hun beurt is om een stukje te proberen. Ze doen alle drie zelfs zo respectvol en aardig tegen mijn moeder dat ik me schaam dat ik me de hele tijd zo verheven boven hen voel. Wie weet hoe ik me zou gedragen, of waarover ik zou praten als ik in het Capitool was opgegroeid. Misschien zou ik me dan ook alleen druk maken om alle veren op mijn verjaardagsfeestje.

Als mijn haar is opgestoken, ga ik naar beneden, waar Cinna in de woonkamer op me zit te wachten. Als ik hem zie, krijg ik meteen weer een beetje hoop. Hij ziet er net zo uit als altijd, met eenvoudige kleren, kort bruin haar en een klein streepje gouden eyeliner. We omhelzen elkaar en bijna gooi ik meteen het hele verhaal over president Snow eruit. Maar nee, ik heb besloten dat ik het eerst met Haymitch zal bespreken; hij weet vast wel wie ik ermee kan belasten. Maar wat praat ik toch makkelijk met Cinna. Ik heb hem de afgelopen tijd vaak aan de telefoon gehad die in dit huis staat. Dat ding is eigenlijk een soort grap, want we kennen bijna niemand die er ook een heeft. Ja, Peeta, maar die ga ik natuurlijk niet bellen. Haymitch heeft die van hem al jaren geleden uit de muur gerukt. Mijn vriendin Madge, de burgemeestersdochter, heeft ook een telefoon in huis, maar als wij willen praten spreken we ergens af. In het begin werd hij dus bijna nooit gebruikt, maar toen begon Cinna te bellen om aan mijn talent te werken.

Elke winnaar hoort er een te hebben. Je talent is datgene waar je je mee bezig gaat houden nu je niet meer naar school hoeft of in de bedrijfstak van je district hoeft te werken. Het mag eigenlijk van alles zijn, als ze je er maar over kunnen interviewen. Peeta, zo blijkt, heeft echt een talent, namelijk voor schilderen. Hij glazuurt al jaren al die taarten en koekjes in de bakkerij van zijn familie, maar nu hij rijk is kan hij het zich veroorloven om echte verf op een echt doek te smeren. Ik heb geen talent, tenzij illegaal jagen meetelt, en dat is helaas niet zo. Of zingen misschien, maar er is geen haar op mijn hoofd die eraan denkt om dat voor het Capitool te doen. Mijn moeder heeft geprobeerd om mijn belangstelling te wekken voor een hele reeks geschikte alternatieven van een lijst die Effie Prul haar had gestuurd. Koken, bloemschikken, fluitspelen... Allemaal geen succes, terwijl Prim voor alle drie aanleg bleek te hebben. Uiteindelijk schoot Cinna me te hulp; hij bood aan om me te helpen mijn passie voor modeontwerpen te ontwikkelen – en daar was heel wat ontwikkeling voor nodig, aangezien modeontwerpen me vooralsnog gestolen kon worden. Maar ik zei ja omdat ik dan met Cinna kon praten en omdat hij beloofde dat hij al het werk zou doen.

Nu legt hij alle kleren, stoffen en schetsboeken met door hem getekende ontwerpen neer in mijn woonkamer. Ik pak een van de schetsboeken en bestudeer een jurk die ik zogenaamd heb bedacht. 'Nou, volgens mij kan dat nog best wat worden met mij,' zeg ik.

'Ga je aankleden, ontzettende nietsnut,' zegt hij terwijl hij me een stel kleren toewerpt.

Ik heb weliswaar geen enkele belangstelling voor mode, maar ik ben wel dol op de kleren die Cinna voor me maakt. Zoals deze. Een wijde zwarte broek van dikke, warme stof. Een simpel wit shirt. Een gebreide trui van groene, blauwe en grijze draden poezelig zachte wol. Leren veterlaarzen waar mijn tenen niet in knellen.

'Heb ik mijn eigen kleding ontworpen?' vraag ik.

'Nee, je wílt niets liever dan je eigen kleding ontwerpen en net zo goed worden als ik, je grote modeheld,' zegt Cinna. Hij geeft me een stapeltje kaarten aan. 'Die moet je buiten beeld oplezen als ze de kleren filmen. Doe alsjeblieft je best om een beetje geïnteresseerd te klinken.'

Net op dat moment komt Effie Prul binnen, die dit keer een oranje pruik op haar hoofd heeft en meteen tegen iedereen 'We liggen op schema!' begint te roepen. Ze kust me op beide wangen, wenkt ondertussen de cameraploeg het huis in en duwt me vervolgens naar mijn plek. Als Effie er niet geweest was, waren we in het Capitool nergens op tijd gekomen, dus ik doe mijn best om het haar naar de zin te maken. Ik loop als een marionet door de kamer terwijl ik kleren omhooghoud en nietszeggende dingen als 'Mooi hè?' zeg. De geluidsmensen nemen mijn stem op terwijl ik quasi opgewekt mijn kaartjes voorlees zodat ze die er later onder kunnen monteren, en daarna word ik de kamer uit gegooid zodat ze in alle rust mijn/Cinna's ontwerpen kunnen filmen.

Prim heeft speciaal voor de gelegenheid eerder vrij gekregen van school. Nu staat ze in de keuken terwijl ze door een andere ploeg wordt geïnterviewd. Ze ziet er heel lief uit in haar hemelsblauwe jurk die haar ogen extra goed doet uitkomen en met een bijpassend lint in haar blonde haar. Ze leunt een beetje naar voren op de punten van haar glimmende witte laarsjes, alsof ze elk moment kan opstijgen, alsof...

*Bam!* Het voelt alsof er daadwerkelijk iemand tegen mijn borstkas stompt. Dat is natuurlijk niet zo, maar de pijn is zo echt dat ik een stap achteruit doe. Ik knijp mijn ogen dicht en ik zie Prim niet meer – ik zie Rue, het twaalfjarige meisje uit District 11 dat in de arena mijn bondgenoot was. Ze kon als een vogel over de dunste takjes van boom tot boom vliegen. Rue, die ik niet heb kunnen beschermen. Die ik heb laten sterven. In gedachten zie ik haar op de grond liggen met de speer nog steeds diep in haar maag...

Wie zal ik nog meer niet kunnen beschermen tegen de wraak van het Capitool? Wie zal er nog meer sterven als ik president Snow niet tevredenstel?

Ik merk opeens dat Cinna me een jas probeert aan te trekken, dus ik doe mijn armen omhoog. Ik voel bont, zowel vanbinnen als vanbuiten, ik word helemaal omhuld. Dit soort pelzen heb ik nog nooit bij een dier gezien. 'Hermelijn,' zegt hij als ik over de witte mouw aai. Leren handschoenen. Een felrode sjaal. Er wordt iets harigs over mijn oren gezet. 'Straks komen oorwarmers weer helemaal in, dankzij jou.'

*Ik haat oorwarmers*, denk ik. Je hoort er veel slechter door en sinds ik door een ontploffing in de arena aan één oor doof ben geweest, vind ik ze nóg vervelender. Na mijn overwinning heeft het Capitool mijn oor weer hersteld, maar ik merk dat ik het nog steeds regelmatig controleer.

Mijn moeder komt aangesneld met iets in haar hand. 'Misschien brengt die geluk,' zegt ze.

Het is de speld die Madge me heeft gegeven voor ik naar de Spelen vertrok. Een vliegende spotgaai in een gouden ring. Ik heb geprobeerd hem aan Rue te geven, maar die wilde hem niet aannemen. Ze zei dat ze door de speld besloten had me te vertrouwen. Cinna maakt hem vast aan de knoop van mijn sjaal.

Vlak naast me klapt Effie Prul in haar handen. 'Even opletten allemaal! We gaan zo onze eerste buitenopname maken, als de winnaars elkaar begroeten aan het begin van hun fantastische reis. Goed, Katniss, een grote glimlach alsjeblieft, je bent vreselijk blij, denk eraan!' Ik overdrijf niet als ik zeg dat ze me letterlijk de deur uit duwt.

Heel even zie ik bijna niets door de sneeuw, die nu met dikke vlokken naar beneden dwarrelt. Dan ontwaar ik Peeta, die door zijn voordeur naar buiten stapt. In mijn hoofd hoor ik de opdracht van president Snow: 'Overtuig me.' En ik weet dat ik wel zal moeten.

Er glijdt een enorme glimlach over mijn gezicht en ik loop op Peeta af. Dan begin ik te rennen, alsof ik het geen seconde langer uithoud. Hij vangt me op en draait me rond en dan struikelt hij – hij heeft zijn kunstbeen nog steeds niet helemaal onder controle. We vallen samen in de sneeuw, ik boven op hem, en daar kussen we elkaar, voor het eerst in maanden. Het is een kus vol bont en sneeuwvlokken en lippenstift, maar onder dat alles voel ik de stabiliteit die Peeta altijd met zich meebrengt, en ik weet dat ik er niet alleen voor sta. Ik heb hem vreselijk veel pijn gedaan, en toch zal hij me nooit voor het oog van de camera ontmaskeren. Zal hij me niet verraden met een halfhartige kus. Hij past nog steeds op me, net als in de arena. Om de een of andere reden moet ik daar bijna van huilen. Maar dat doe ik niet, ik trek hem overeind, haak mijn handschoen in zijn elleboog en sleur hem vrolijk mee richting onze bestemming.

De rest van de dag gaat in een roes voorbij; we gaan naar het station, zeggen iedereen gedag, de trein vertrekt en we eten met ons oude team – Peeta en ik, Effie en Haymitch, Cinna en Portia – een onbeschrijflijk lekkere maaltijd die ik me daarna niet meer kan herinneren. En dan zit ik in een pyjama en een enorme kamerjas in mijn pluchen coupé te wachten tot de anderen naar bed gaan. Ik weet dat Haymitch nog uren wakker zal zijn. Hij wil nooit slapen als het buiten donker is.

Als het stil is in de trein trek ik mijn sloffen aan en sluip naar zijn deur. Ik moet een paar keer kloppen voor hij met een boze blik opendoet, alsof hij zeker weet dat ik slecht nieuws kom brengen.

'Wat moet je?' zegt hij, en ik val bijna flauw van zijn stinkende wijnadem.

'Ik wil met je praten,' fluister ik.

'Nu?' vraagt hij. Ik knik. 'Ik mag hopen dat je een goede reden hebt.' Hij wacht, maar ik weet zeker dat elk woord dat we in een Capitooltrein uitspreken wordt opgenomen. 'Nou?' blaft hij.

De trein remt af en heel even ben ik bang dat president Snow me in de gaten houdt, dat hij niet wil dat ik Haymitch in vertrouwen neem en dat hij me daarom nu maar meteen gaat vermoorden. Maar we stoppen alleen om te tanken.

'Het is zo bedompt in de trein,' zeg ik.

Een onschuldige opmerking, maar ik zie hoe Haymitch zijn ogen tot spleetjes knijpt omdat hij begrijpt wat ik bedoel. 'Ik weet wat jij nodig hebt.' Hij schuift me opzij en slingert door de gang naar een deur. Als hij hem met geweld heeft opengerukt, krijgen we een windvlaag vol sneeuw in ons gezicht. Haymitch valt naar buiten en komt op de grond terecht.

Er komt meteen een Capitoolbediende aan om hem te helpen, maar Haymitch wuift haar goedmoedig weg en wankelt verder. 'Heb even wat frisse lucht nodig. Zo terug.'

'Sorry. Hij is dronken,' zeg ik verontschuldigend. 'Ik haal hem wel.' Ik spring naar buiten en strompel over de rails achter hem aan. Mijn pantoffels worden doornat van de sneeuw terwijl Haymitch me naar de achterkant van de trein leidt waar niemand ons kan horen. Dan draait hij zich naar me om.

'Nou?'

Ik vertel hem alles. Over het bezoek van de president, over Gale, over hoe we allemaal doodgaan als ik het niet goed doe.

Zijn uitdrukking wordt ernstig, zijn gezicht lijkt opeens veel ouder in de gloed van de rode achterlichten. 'Dan moet je het dus goed doen.'

'Als jij me nou in elk geval helpt om deze reis te overleven...' begin ik.

'Nee, Katniss, het is niet alleen deze reis,' zegt hij.

'Hoe bedoel je?' vraag ik.

'Zelfs als je hier zonder kleerscheuren doorheen komt, moeten we over een paar maanden allemaal weer naar de Spelen. Jij en Peeta zullen vanaf nu elk jaar mentor zijn. En elk jaar zullen ze jullie liefdesverhaal weer herkauwen en uitgebreid op alle details van jullie privéleven ingaan en je zult voor altijd lang en gelukkig met die jongen moeten leven.'

De volle betekenis van zijn woorden dringt tot me door. Ik zal mijn leven nooit met Gale kunnen delen, zelfs niet als ik dat zou willen. Ik zal nooit alleen mogen zijn. Ik zal voor altijd verliefd moeten blijven op Peeta. Dat zal het Capitool van me eisen. Misschien mag ik nog een paar jaar bij mijn moeder en Prim blijven wonen, omdat ik nog maar zestien ben. En dan... en dan...

'Begrijp je wat ik bedoel?' dringt hij aan.

Ik knik. Hij bedoelt dat er maar één toekomst voor me is weggelegd als ik wil dat mijn dierbaren en ikzelf blijven leven. Ik moet met Peeta trouwen.

# hoofdstuk 4

Zwijgend sjokken we terug naar de trein. Als we in de gang naast mijn deur staan, geeft Haymitch me een schouderklopje en zegt: 'Je had het een stuk slechter kunnen treffen, meisje.' Hij vertrekt naar zijn eigen coupé en neemt de wijngeur met zich mee.

In mijn coupé trek ik mijn doorweekte sloffen, natte kamerjas en pyjama uit. Er liggen schone kleren in de ladekast, maar ik kruip gewoon in mijn ondergoed tussen de dekens. Ik staar het donker in en denk na over mijn gesprek met Haymitch. Hij had helemaal gelijk, over de verwachtingen van het Capitool, over mijn toekomst met Peeta; zelfs zijn laatste opmerking was waar. Natuurlijk zou ik het een stuk slechter kunnen treffen dan met Peeta. Maar daar gaat het toch niet om? Een van de weinige vrijheden die we in District 12 hebben is dat we kunnen trouwen met wie we willen, of helemaal niet. En nu hebben ze me zelfs die vrijheid afgenomen. Ik vraag me af of president Snow zal eisen dat we kinderen krijgen. Als dat gebeurt, zullen ze elk jaar met de boete mee moeten doen. En zou het niet spectaculair zijn als het kind van maar liefst twee winnaars wordt uitgekozen om de arena in te gaan? Er hebben wel vaker kinderen van winnaars meegestreden. Dat zorgt altijd voor een boel opschudding en dan zegt iedereen dat de kansen niet in het voordeel van dat gezin waren. Maar het gebeurt te vaak om een kwestie van toeval te zijn. Gale is ervan overtuigd dat het Capitool het expres doet en sjoemelt met de trekking om het extra dramatisch te maken. Door alle problemen die ik heb veroorzaakt, kan ik er waarschijnlijk zeker van zijn dat al mijn eventuele kinderen in de Spelen zullen belanden.

Ik denk aan Haymitch, die niet getrouwd is, geen gezin heeft en de wereld buitensluit met alcohol. Hij had elke vrouw uit het district kunnen krijgen, maar hij heeft gekozen voor eenzaamheid. Nee, niet eenzaamheid – dat klinkt te vredig. Het is meer eenzame opsluiting. Heeft hij dat gedaan omdat hij na zijn tijd in de arena bang was voor wat er anders zou kunnen gebeuren? Ik heb heel even kunnen ondervinden hoe dat voelt, toen ze tijdens de boete Prims naam omriepen en ik haar naar het podium haar dood tegemoet zag lopen. Maar als zus kon ik haar plek innemen, terwijl onze moeder die mogelijkheid niet had.

Mijn gedachten gaan als een razende op zoek naar alternatieven. Ik weiger me door president Snow tot dit lot te laten veroordelen. Zelfs als het zou betekenen dat ik de hand aan mezelf zou moeten slaan. Maar voor ik dat zou doen, zou ik eerst proberen te vluchten. Wat zouden ze doen als ik gewoon zou verdwijnen? Als ik het bos in ging en nooit meer terugkwam? Zou ik misschien zelfs al mijn dierbaren mee kunnen nemen om diep in de wildernis een nieuw bestaan op te bouwen? De kans is piepklein, maar het is niet onmogelijk.

Ik schud mijn hoofd om het helder te krijgen. Dit is niet het juiste moment om wilde ontsnappingsplannen te bedenken. Ik moet me op de Zegetoer concentreren. Als ik niet overtuigend genoeg toneelspeel, zijn er een heleboel mensen in groot gevaar.

De dageraad komt eerder dan de slaap, en daar staat Effie al op mijn deur te kloppen. Ik trek de eerste de beste kleren aan die ik in de bovenste la tegenkom en sleep mezelf naar de restauratiewagon. Ik zie niet in waarom ik niet in bed zou kunnen blijven liggen, want we zijn vandaag toch de hele dag onderweg, maar dan blijkt dat de schoonheidsbehandeling van gisteren alleen was om me mooi naar het station te krijgen. Vandaag zal het team me pas echt onder handen nemen.

'Waarom? Het is toch veel te koud om iets van mijn lijf te zien,' mopper ik.

'Niet in District 11,' zegt Effie.

District 11. Onze eerste halte. Ik zou liever in een van de andere districten beginnen, want Rue kwam uit District 11. Maar zo werkt de Zegetoer niet. Meestal begint hij in 12, dan gaat hij in aflopende volgorde langs alle districten naar 1 en daarna naar het Capitool. Het district van de winnaar wordt overgeslagen en komt als allerlaatste aan de beurt. Omdat de festiviteiten in 12 altijd het minst spectaculair zijn – meestal krijgen de tributen een diner aangeboden en is er een optocht op het plein waar niemand ook maar iets aan lijkt te vinden – willen ze ons district waarschijnlijk zo snel mogelijk achter de rug hebben. Dit jaar zal de Toer voor het eerst sinds Haymitch heeft gewonnen als laatste District 12 aandoen, en het Capitool zal de feestelijkheden bekostigen.

Ik probeer me het eten goed te laten smaken, zoals Hazelle zei. Het keukenpersoneel heeft duidelijk zijn best gedaan om het me naar de zin te maken. Ze hebben mijn lievelingseten klaargemaakt, lamsstoofschotel met gedroogde pruimen, en nog een aantal andere lekkernijen. Naast mijn bord staan een glas sinaasappelsap en een beker gloeiend hete chocolademelk te wachten. Dus ik eet veel, en er is echt niets op de maaltijd aan te merken, maar toch kan ik niet zeggen dat ik ervan geniet. Het irriteert me ook dat alleen Effie en ik zijn komen opdagen.

'Waar is iedereen?' vraag ik.

'Tja, Joost mag weten waar Haymitch uithangt,' zegt Effie. Ik had Haymitch ook niet verwacht, want die stapt waarschijnlijk net zijn bed in. 'Cinna is nog tot heel laat bezig geweest om je kledingwagon te ordenen. Volgens mij heeft hij meer dan honderd outfits voor je meegenomen. Je avondkleding is werkelijk prachtig. En Peeta's team ligt waarschijnlijk nog te slapen.'

'Hoeft hij niet opgedirkt te worden?' vraag ik.

'Bij hem ligt dat anders,' antwoordt Effie.

En wat houdt dat in? Het houdt in dat bij mij de hele ochtend het haar van mijn lijf wordt gerukt terwijl Peeta kan uitslapen. Ik had er eigenlijk nog nooit over nagedacht, maar in de arena mochten een aantal jongens in elk geval hun lichaamshaar behouden, terwijl het er bij de meisjes allemaal af moest. Ik kan me dat van Peeta nu ook weer herinneren, ik heb het gezien toen ik hem in de beek heb gewassen. Het was heel blond in het zonlicht toen de modder en het bloed eenmaal van zijn lichaam waren gespoeld. Alleen zijn gezicht is al die tijd helemaal glad gebleven. Geen van de jongenstributen had baardgroei, terwijl de meesten daar oud genoeg voor waren. Ik vraag me af wat ze met hen gedaan hebben.

Ik ben kapot, maar mijn voorbereidingsteam lijkt er nog erger aan toe te zijn; ze slaan de ene kop koffie na de andere achterover en geven elkaar felgekleurde pilletjes. Voor zover ik weet komen ze nooit voor twaalf uur 's middags hun bed uit, tenzij er een nationale noodtoestand is, zoals mijn beenhaar bijvoorbeeld. Ik was zo blij toen het weer aangroeide. Alsof het een teken was dat alles weer normaal werd. Ik glijd met mijn vingers over het zachte, krullende dons op mijn benen en lever mezelf over aan het team. Ze zijn alle drie lang niet zo spraakzaam als anders, dus ik hoor elk haartje uit mijn huid gerukt worden. Ik moet in een bad gaan zitten met een dikke, stinkende vloeistof terwijl ze mijn gezicht en haar vol smeren met allerlei crèmes. Daarna volgen er nog twee baden in andere, minder vieze brouwsels. Ik word geëpileerd en geschrobd en gemasseerd en ingewreven tot mijn lijf helemaal rauw is.

Flavius tilt mijn kin op en zucht. 'Zo zonde dat we van Cinna niets aan je mogen veranderen.'

'Ja, we zouden echt iets bijzonders van je kunnen maken,' zegt Octavia.

'Als je ouder wordt,' zegt Venia bijna dreigend. 'Dan moet hij ons wel onze gang laten gaan.'

Wat zouden ze willen doen? Mijn lippen net zo opblazen als die van president Snow? Mijn borsten tatoeëren? Mijn huid fuchsiaroze verven en er juwelen in implanteren? Versieringen in mijn gezicht kerven? Me gekromde klauwen geven? Of snorharen? Ik heb het allemaal gezien, en nog veel meer, bij de mensen in het Capitool. Zouden ze echt niet beseffen hoe bizar ze er in onze ogen uitzien?

De gedachte aan alle modegrillen die het team op me zou willen botvieren, maakt mijn humeur er niet beter op, en ik had al zo veel ellende aan mijn hoofd – mijn mishandelde lichaam, mijn slaapgebrek, mijn verplichte huwelijk, de angst om president Snow teleur te stellen. Tegen de tijd dat ik bij de lunch aanschuif, waar Effie, Cinna, Portia, Haymitch en Peeta al zonder mij aan begonnen zijn, voel ik me te depressief om iets te kunnen zeggen. De anderen ratelen maar door over het eten en hoe goed ze wel niet slapen in een trein. Iedereen is razend enthousiast over de Toer. Nou ja, iedereen behalve Haymitch. Hij heeft een kater en plukt wat aan een muffin. Ik heb ook niet echt trek, misschien omdat ik zo stevig heb ontbeten vanochtend of omdat ik me zo slecht voel. Ik speel een beetje met een kom soep en neem maar een paar happen. Ik kan Peeta – mijn aangewezen echtgenoot in spe – niet eens aankijken, hoewel ik weet dat hij er niets aan kan doen.

De anderen zien het wel en doen hun best me bij het gesprek te betrekken, maar ik wimpel iedereen af. Op een gegeven moment staat de trein stil. Onze ober komt melden dat we niet alleen zullen tanken, maar dat er ook een kapot onderdeel vervangen moet worden, wat minstens een uur zal gaan duren. Effie raakt helemaal overstuur. Ze haalt haar schema tevoorschijn en gaat zitten berekenen welke gevolgen deze vertraging zal hebben voor de hele rest van ons leven. Op een gegeven moment kan ik haar gewoon echt niet meer aanhoren.

'Het kan niemand iets schelen, Effie!' snauw ik. Iedereen aan tafel staart me aan, zelfs Haymitch, van wie je toch zou mogen verwachten dat hij aan mijn kant staat, want hij wordt zelf ook altijd gek van Effie. Maar ik schiet meteen in de verdediging. 'Nou, het is toch zo!' zeg ik terwijl ik opsta en de restauratiewagon uit loop.

De trein lijkt me opeens te verstikken en ik ben nu echt misselijk. Ik zoek de uitgang, ruk de deur met geweld open – er gaat een of ander alarm af maar dat negeer ik – en spring op de grond. Ik verwacht in de sneeuw te zullen landen, maar de buitenlucht voelt warm en zacht op mijn huid. De bomen zijn nog groen. Hoe ver zijn we in één dag naar het zuiden gereden? Ik loop langs het spoor en knijp mijn ogen samen tegen het felle zonlicht. Ik heb nu al spijt van wat ik tegen Effie heb gezegd. Ik kan haar moeilijk de schuld geven van de akelige situatie waar ik me momenteel in bevind, en ik zou eigenlijk terug moeten gaan om mijn excuses aan te bieden. Mijn uitbarsting was het toppunt van slechte manieren, en zij vindt manieren juist vreselijk belangrijk. Maar mijn voeten blijven langs de rails lopen, tot ik de trein voorbij ben en achter me laat. Een uur vertraging. Ik kan minstens twintig minuten de ene kant op lopen en dan heb ik nog ruim de tijd om weer terug te gaan. Maar in plaats daarvan zak ik na een paar honderd meter op de grond en blijf daar in de verte zitten staren. Als ik een pijl en boog bij me had, zou ik dan gewoon verdergaan?

Na een tijdje hoor ik voetstappen achter me. Dat is vast Haymitch die me komt uitkafferen. Ik weet wel dat ik het verdiend heb, maar ik wil het desondanks niet horen. 'Ik ben niet in de stemming voor een preek,' zeg ik waarschuwend tegen het bosje onkruid bij mijn voeten.

'Ik zal proberen het kort te houden.' Peeta komt naast me zitten.

'Ik dacht dat je Haymitch was,' zeg ik.

'Nee, die is nog even met zijn muffin bezig.' Ik kijk hoe Peeta zijn kunstbeen goed legt. 'Rotdag?'

'Stelt niks voor,' zeg ik.

Hij haalt diep adem. 'Luister, Katniss, ik wil eigenlijk al een tijdje met je praten over de manier waarop ik me in de trein heb gedragen. De vorige trein, bedoel ik. Waarin we naar huis zijn gereden. Ik wist dat je iets met Gale had. Ik was al jaloers op hem voor ik je officieel had ontmoet. En het was niet eerlijk om dingen van jou te verwachten door wat er tijdens de Spelen is gebeurd. Het spijt me.'

Zijn verontschuldiging overvalt me. Peeta deed inderdaad alsof ik lucht was nadat ik had toegegeven dat mijn liefde voor hem tijdens de Spelen een soort toneelspel was geweest. Maar dat neem ik hem niet kwalijk. In de arena heb ik het liefdesverhaal met volle overgave meegespeeld. En er waren ook momenten waarop ik niet goed kon zeggen wat ik nou precies voor hem voelde. En dat is eigenlijk nog steeds zo.

'Het spijt mij ook,' zeg ik, hoewel ik niet precies weet waar ik mijn excuses voor aanbied. Misschien voor het feit dat er een reële kans bestaat dat ik binnenkort zijn leven verwoest.

'Jij hoeft je nergens voor te verontschuldigen. Jij hebt ons alleen maar in leven gehouden. Maar ik wil niet dat we zo doorgaan, dat we elkaar in het echt negeren en dan elke keer als er camera's in de buurt zijn in de sneeuw vallen. Dus ik had bedacht dat als ik me nou, zeg maar, niet meer zo gekwetst zou gedragen, we misschien zouden kunnen proberen om gewoon vrienden te worden,' zegt hij.

Al mijn vrienden gaan waarschijnlijk dood, maar ik kan Peeta niet beschermen door hem te negeren. 'Goed,' zeg ik. Ik voel me echt beter door zijn aanbod, minder gluiperig. Het was fijn geweest als hij hier eerder mee gekomen was, voor ik wist dat president Snow andere plannen had en dat wij nooit meer gewoon vrienden zullen kunnen zijn. Maar ik ben hoe dan ook blij dat we weer met elkaar praten.

'Maar wat is er nou aan de hand?' vraagt hij.

Ik kan het niet tegen hem zeggen. Ik pluk wat aan het bosje onkruid.

'Laten we anders beginnen met iets simpels. Is het niet raar dat ik weet dat jij je leven op het spel zou zetten om dat van mij te redden... maar dat ik niet weet wat je lievelingskleur is?' zegt hij.

Er kruipt een glimlachje om mijn lippen. 'Groen. En de jouwe?'

'Oranje,' zegt hij.

'Oranje? Zoals Effies pruik?' vraag ik.

'Iets minder fel,' zegt hij. 'Meer als... een zonsondergang.'

Een zonsondergang. Ik zie het meteen voor me; de bovenrand van de wegzakkende zon, de lucht vol strepen in zachte oranjetinten. Prachtig. Ik denk aan het koekje met de tijgerlelie, en nu Peeta weer tegen me praat moet ik op mijn tong bijten om hem niet het hele verhaal over president Snow te vertellen. Maar dat mag niet van Haymitch. Ik kan beter over koetjes en kalfjes blijven kletsen.

'Iedereen is altijd zo lyrisch over je schilderijen. Best stom eigenlijk dat ik ze nog nooit gezien heb,' zeg ik.

'Nou, ik heb een hele wagon vol.' Hij staat op en steekt zijn hand uit. 'Kom op.'

Het is fijn om zijn vingers weer met de mijne verstrengeld te voelen, niet voor de show maar echt uit vriendschap. Hand in hand lopen we terug naar de trein. Bij de deur schiet het me weer te binnen. 'Ik moet eerst nog mijn excuses aan Effie aanbieden.'

'Schroom vooral niet om het er lekker dik bovenop te leggen,' zegt Peeta tegen me.

Als we terug zijn in de restauratiewagon, waar de anderen nog steeds zitten te eten, bied ik Effie dan ook zo uitvoerig mijn excuses aan dat ik het zelf zwaar overdreven vind. Maar in haar ogen wegen ze waarschijnlijk maar net op tegen mijn onbeleefde misstap, en het siert haar dat ze ze welwillend aanvaardt. Ze zegt dat ze kan zien dat ik onder grote druk sta, en haar verhaal over dat íémand toch op het schema moet letten, duurt maar vijf minuten. Kom ik daar even makkelijk vanaf.

Als Effie uitgepraat is, neemt Peeta me mee door de trein om zijn schilderijen te laten zien. Ik weet niet wat ik had verwacht. Grotere uitvoeringen van de bloemenkoekjes misschien. Maar dit is iets heel anders. Peeta heeft de Spelen geschilderd.

Sommige zou je niet meteen kunnen plaatsen als je niet zelf met hem in de arena was geweest. Water dat door de kieren van onze grot druppelt. De droge vijverbedding. Twee handen, die van hem, die naar wortels graven. Andere zou elke kijker herkennen. De gouden Hoorn des Overvloeds. Clove die de messen in de voering van haar jas schikt. Een van de mutilanten, overduidelijk de blonde met de groene ogen die Glinster moest voorstellen, die grommend op ons af komt. En ik. Ik ben overal. Hoog in een boom. Terwijl ik een shirt tegen de rotsen in de beek sla. Bewusteloos in een plas bloed lig. En eentje die ik niet kan plaatsen waarop ik tevoorschijn kom uit een zilvergrijze mist die precies bij mijn ogen kleurt. Misschien zag ik er zo uit toen hij heel hoge koorts had.

'Wat vind je ervan?' vraagt hij.

'Afschuwelijk,' zeg ik. Ik kan het bloed bijna ruiken, de modder, de kunstmatige adem van de mutilant. 'Ik doe mijn uiterste best om de arena te vergeten en jij hebt hem weer tot leven gewekt. Hoe komt het dat je je al die dingen nog zo precies herinnert?'

'Ik zie ze elke nacht,' zegt hij.

Ik weet waar hij het over heeft. Tegenwoordig kwellen de nachtmerries – mij ook voor de Spelen al niet onbekend – me zodra ik in slaap val. Maar de klassieker, waarin mijn vader bij de mijnexplosie aan stukken wordt gereten, heb ik niet vaak meer. In plaats daarvan herbeleef ik situaties uit de arena. Mijn vruchteloze poging om Rue te redden. Peeta die bijna doodbloedt. Het opgezwollen lijk van Glinster dat in mijn handen uit elkaar valt. Cato's afschuwelijke einde bij de mutilanten. Die komen het vaakst langs. 'Ik ook. Helpt het? Om ze te schilderen?'

'Ik weet het niet. Ik ben geloof ik iets minder bang om te gaan slapen 's nachts, of dat houd ik mezelf in elk geval voor,' antwoordt hij. 'Maar ze zijn er nog steeds.'

'Misschien gaan ze wel nooit meer weg. Haymitch heeft ze ook nog.' Haymitch zegt er nooit iets over, maar ik weet zeker dat hij daarom liever niet slaapt als het donker is.

'Dat is waar. Maar ik vind het persoonlijk fijner om wakker te worden met een kwast dan een mes in mijn hand,' zegt hij. 'Vind je ze echt afschuwelijk?'

'Ja. Maar ze zijn heel bijzonder. Echt,' zeg ik. En dat zijn ze ook. Maar ik wil er niet meer naar kijken. 'Wil je mijn talent ook zien?

Cinna heeft er iets heel moois van gemaakt.'

Peeta lacht. 'Een andere keer.' De trein komt met een schok weer op gang en ik zie de buitenwereld langs ons raam schuiven. 'Kom, we zijn bijna bij District 11. Dat wil ik wel eens zien.'

We lopen naar de laatste coupé van de trein. Er zijn stoelen en banken om op te zitten, maar het fijne is dat de achterste ramen helemaal omhoog het plafond in kunnen, zodat je buiten in de frisse lucht rijdt en je alle kanten op kunt kijken. Het landschap bestaat uit uitgestrekte velden waar kuddes melkvee op grazen. Heel anders dan de dichte bossen bij ons thuis. De trein mindert vaart en ik denk eerst dat we misschien weer een tussenstop gaan maken, maar dan doemt er voor ons een hek op. Het is minstens tien meter hoog, met gemene rollen prikkeldraad erbovenop, waardoor dat van ons in District 12 opeens maar kinderspel lijkt. Mijn ogen inspecteren vlug de onderkant, die bedekt is met enorme stalen platen. Daar kun je niet onderdoor graven, niet even door ontsnappen om te gaan jagen. Dan zie ik de wachttorens, op gelijke afstand van elkaar, bemand met gewapende bewakers, een bizar gezicht in die lieflijke velden vol wilde bloemen.

'Dat is wel even wat anders,' zegt Peeta.

Rue had me wel verteld dat de regels in District 11 met harde hand werden opgelegd. Maar dit had ik nooit verwacht.

Dan komen de gewassen, zo ver als het oog reikt. Mannen, vrouwen en kinderen met strooien hoeden tegen de zon gaan rechtop staan, draaien onze kant op en nemen even de tijd om hun rug te strekken terwijl ze kijken hoe de trein voorbijrijdt. In de verte zie ik de boomgaarden, en ik vraag me af of dat de plek is waar Rue heeft gewerkt en in de boomtoppen het fruit van de dunste takken heeft geplukt. Hier en daar staan wat hutjes bij elkaar – daarmee vergeleken woon je in de Laag op stand –, maar ze zijn allemaal verlaten. Waarschijnlijk zijn alle handen nodig voor de oogst.

Het gaat maar door en door en door. Ik kan niet bevatten hoe groot District 11 is. 'Hoeveel mensen zouden hier wonen?' vraagt Peeta. Ik schud mijn hoofd. Op school wordt het een groot district genoemd, meer niet. We krijgen nooit echte bevolkingsaantallen te horen. Maar er moeten veel meer kinderen zijn dan de groep die we elk jaar op televisie op de boete zien staan wachten. Hoe zouden ze dat doen? Zouden ze voorrondes houden? Of van tevoren de winnaars trekken en ervoor zorgen dat die er sowieso tussen staan? Hoe is Rue precies op dat podium beland, met alleen de fluitende wind die aanbood om haar plek in te nemen?

De uitgestrektheid, de eindeloosheid van dit gebied begint me te vervelen. Als Effie tegen ons komt zeggen dat we ons moeten omkleden, protesteer ik niet. Ik ga naar mijn coupé en laat het voorbereidingsteam mijn haar en make-up doen. Cinna komt binnen met een schattig oranje jurkje met een herfstbloemenmotief. Ik bedenk dat Peeta het vast een heel mooie kleur zal vinden.

Effie roept Peeta en mij bij zich en neemt nog één keer het programma met ons door. In sommige districten wordt de winnaar door de stad gereden terwijl de inwoners hem of haar toejuichen. Maar in 11 – misschien omdat er niet echt een stad is en alles veel verder uit elkaar ligt, of misschien omdat ze niet zo veel mankracht willen verspillen nu het oogsttijd is – blijft het publieke optreden beperkt tot het plein. Het vindt plaats voor hun kolossale, marmeren Gerechtsgebouw. Ooit moet het heel mooi geweest zijn, maar de tijd heeft zijn tol geëist. Zelfs op televisie zie je hoe de klimop de afbrokkelende gevel overwoekert en hoe het dak aan het verzakken is. Om het plein zelf staan verwaarloosde winkels, waarvan de meeste leegstaan. Waar de rijken van District 11 ook mogen wonen, hier in elk geval niet.

De hele show zal buiten worden opgevoerd, op wat Effie de veranda noemt: het betegelde gedeelte tussen de ingang en de trap, met grote pilaren die het dak dragen. Peeta en ik zullen voorgesteld worden, de burgemeester van 11 zal een toespraak houden ter ere van ons en vervolgens zullen wij reageren met een door het Capitool geschreven dankwoord. Als de winnaar speciale bondgenoten had onder de overleden tributen, dan wordt het gepast geacht daar ook nog een paar persoonlijke opmerkingen over te maken. Ik moet eigenlijk iets over Rue zeggen, en ook over Thresh, maar telkens als ik het thuis probeerde op te schrijven bleef ik uiteindelijk met een wit vel voor mijn neus zitten. Ik vind het moeilijk om over hen te praten zonder te gaan huilen. Gelukkig heeft Peeta iets voorbereid, en met een paar kleine aanpassingen geldt zijn verhaal voor ons allebei. Aan het eind van de ceremonie krijgen we een of andere gedenkplaat en dan kunnen we ons terugtrekken in het Gerechtsgebouw, waar een speciaal diner zal worden geserveerd.

Terwijl de trein het station van District 11 in rijdt, legt Cinna de laatste hand aan mijn kleding. Hij verwisselt mijn oranje haarband voor een van glanzend goud en speldt de spotgaaienbroche die ik in de arena heb gedragen op mijn jurk. Er staat geen welkomstcomité op het perron, alleen een ploeg van acht vredebewakers die ons de laadruimte van een gepantserde vrachtwagen in dirigeren. Effie snuift als de deur met een metalen klap achter ons dichtgaat. 'Tjonge, je zou haast denken dat we allemaal een stel misdadigers waren,' zegt ze.

*Niet wij allemaal, Effie. Alleen ik*, denk ik.

De vrachtwagen stopt aan de achterkant van het Gerechtsgebouw en we worden haastig naar binnen gebracht. Ik ruik dat er een heerlijke maaltijd voor ons wordt klaargemaakt, maar de geur kan de stank van schimmel en verrotting niet verbloemen. We krijgen geen tijd om rond te kijken. Terwijl we regelrecht naar de vooringang worden geleid, hoor ik hoe buiten op het plein het volkslied begint te spelen. Iemand bevestigt een microfoon aan mijn jurk. Peeta pakt mijn linkerhand. De burgemeester kondigt ons aan en de enorme deuren zwaaien kreunend open.

'Lachen!' zegt Effie terwijl ze ons een duwtje geeft. Onze voeten lopen naar voren.

*Het is zover. Nu moet ik iedereen ervan overtuigen dat ik ont-*

*zettend verliefd ben op Peeta*, denk ik. De plechtige ceremonie is behoorlijk strak gepland, dus ik weet niet zo goed hoe ik het moet aanpakken. Dit is niet het moment om hem te zoenen, maar misschien kan ik er eentje tussendoor frummelen.

Er wordt hard geapplaudisseerd, maar verder reageert het publiek niet zoals in het Capitool, met gejuich en gejoel en gefluit. We lopen over de overdekte veranda tot het dak ophoudt en we in de brandende zon boven aan de brede marmeren trap staan. Als mijn ogen een beetje gewend zijn aan het licht, zie ik dat er grote banieren aan de gebouwen rondom het plein zijn gehangen om hun bouwvallige staat te verdoezelen. Het plein is afgeladen vol, maar net als bij de boete kunnen dit nooit alle inwoners zijn.

Zoals gewoonlijk is er vlak voor het Gerechtsgebouw een speciaal podium neergezet voor de familie van de overleden tributen. Aan de kant van Thresh staat een oude vrouw met een kromme rug en een lang, gespierd meisje dat waarschijnlijk zijn zus is. Aan de kant van Rue... Ik ben niet voorbereid op Rues familie. Haar ouders, hun gezichten nog vol verdriet. Haar vijf jongere broertjes en zusjes die zo op haar lijken. Hun tengere lichaampjes, hun heldere donkere ogen. Samen zijn ze net een zwerm donkere vogeltjes.

Het applaus sterft weg en de burgemeester houdt onze eretoespraak. Er komen twee kleine meisjes de trap op met schitterende bossen bloemen. Peeta leest zijn deel van het standaarddankwoord voor en ik merk dat mijn lippen als vanzelf bewegen om het af te maken. Gelukkig hebben mijn moeder en Prim het er zo bij me ingestampt, dat ik het zelfs in mijn slaap nog zou kunnen opdreunen.

Peeta heeft zijn persoonlijke opmerkingen op een kaartje geschreven, maar hij pakt het niet. In plaats daarvan praat hij op zijn ongekunstelde, innemende manier over hoe Thresh en Rue het tot de laatste acht hebben geschopt, hoe ze allebei geholpen hebben mij in leven te houden – en daarmee ook hem in leven hebben gehouden – en dat we deze schuld nooit zullen kunnen aflossen. Hij aarzelt even, maar dan voegt hij er nog iets aan toe wat niet op het kaartje stond. Misschien omdat hij bang was dat hij het er van Effie weer af zou moeten halen. 'We kunnen uw verlies nooit goedmaken, maar als blijk van onze dank willen we graag de gezinnen van de tributen uit District 11 zolang wij leven elk jaar één maand van ons prijzengeld geven.'

In de menigte wordt naar adem gesnakt en gemompeld. Wat Peeta heeft gedaan is nog nooit eerder gebeurd. Ik weet niet eens of het wel wettelijk is toegestaan. Hij weet dat waarschijnlijk ook niet, dus heeft hij het niet gevraagd voor het geval dat niet zo is. De gezinnen in kwestie staren ons alleen maar verbijsterd aan. Hun levens zijn voorgoed veranderd toen Thresh en Rue omkwamen, maar dit verandert alles opnieuw. Van een maand prijzengeld kan een gezin makkelijk een jaar rondkomen. Zolang wij leven zullen zij geen honger lijden.

Ik kijk Peeta aan en hij glimlacht een beetje treurig naar me. Ik hoor de stem van Haymitch: *'Je had het een stuk slechter kunnen treffen.'* Op dit moment kan ik me niet voorstellen dat ik het béter had kunnen treffen. Wat een perfect cadeau. Het voelt dan ook helemaal niet geforceerd als ik op mijn tenen ga staan om hem te kussen.

De burgemeester komt naar voren en geeft ons allebei zo'n grote gedenkplaat dat ik mijn bos bloemen moet neerleggen om hem te kunnen vasthouden. De ceremonie is bijna afgelopen als ik zie dat een van de zusjes van Rue naar me staat te staren. Ze is waarschijnlijk een jaar of negen en lijkt als twee druppels water op Rue, tot de manier waarop ze staat aan toe, met haar armen een beetje gespreid. Ondanks het goede nieuws over het geld kijkt ze niet blij. Haar blik staat zelfs verwijtend. Omdat ik Rue niet gered heb?

*Nee. Omdat ik haar nog steeds niet bedankt heb*, denk ik.

Er gaat een golf van schaamte door me heen. Het meisje heeft gelijk. Hoe kan ik hier zo passief en zwijgzaam staan en Peeta in zijn eentje het woord laten doen? Als Rue had gewonnen, zou ze beslist iets over mij gezegd hebben. Ik denk aan hoe ik in de arena de moeite heb genomen om haar met bloemen te bedekken, om zeker te weten dat haar dood niet onopgemerkt zou blijven. Maar dat gebaar betekent niets als ik het nu niet onderschrijf.

'Wacht!' Ik struikel met de plaat tegen mijn borst gedrukt naar voren. Het moment waarop ik iets had mogen zeggen is voorbij, maar ik moet mijn mond opendoen. Ik ben hun te veel verschuldigd. En al had ik al mijn prijzengeld aan de gezinnen beloofd, dan zou dat mijn zwijgzaamheid van vandaag nog niet goedmaken. 'Wacht, alstublieft.' Ik weet niet hoe ik moet beginnen, maar dan vliegen de woorden over mijn lippen alsof ze heel lang in mijn achterhoofd hebben liggen rijpen.

'Ik wil de tributen van District 11 bedanken,' zeg ik. Ik kijk naar de twee vrouwen aan de kant van Thresh. 'Ik heb Thresh maar één keer gesproken. Dat was voor hem net lang genoeg om mijn leven te sparen. Ik kende hem niet, maar ik heb altijd respect voor hem gehad. Voor zijn kracht. Voor het feit dat hij de Spelen alleen op zijn eigen voorwaarden wilde spelen. De Beroeps hebben vanaf het allereerste begin geprobeerd hem bij hun team te krijgen, maar hij weigerde. Daarom heb ik respect voor hem.'

Voor het eerst kijkt de oude kromme vrouw (zou zij de oma van Thresh zijn?) op, en er speelt een zweem van een glimlach om haar lippen.

De menigte is stil geworden, zo stil dat ik me afvraag hoe ze het voor elkaar krijgen. Het lijkt wel alsof ze allemaal hun adem inhouden.

Ik wend me tot de familie van Rue. 'Maar Rue heb ik wél leren kennen, en zij zal altijd bij me zijn. Bij alle mooie dingen moet ik aan haar denken. Ik zie haar in de gele bloemen die in het Weiland bij mijn huis bloeien. Ik zie haar in de spotgaaien die in de bomen zingen. Maar bovenal zie ik haar in mijn zusje, Prim.' Mijn stem trilt, maar ik ben bijna klaar. 'Ik wil u bedanken voor uw kinderen.' Ik hef mijn hoofd om de mensenmassa toe te spreken. 'En ik wil u allen bedanken voor het brood.'

Daar sta ik dan, geknakt en kleintjes, met duizenden ogen op me gericht. Het is heel lang stil. Dan fluit iemand ergens in het publiek Rues viertonige spotgaaiendeuntje. Het wijsje dat in de boomgaarden aangaf dat de werkdag erop zat. Dat in de arena betekende dat we veilig waren. Als het melodietje afgelopen is, heb ik de fluiter gevonden, een gerimpelde oude man in een rood, verschoten shirt en een overall. Zijn ogen ontmoeten de mijne.

Wat daarna gebeurt is geen toeval. Het wordt te goed uitgevoerd om spontaan te kunnen zijn, want het gaat precies gelijk. Alle mensen in het publiek drukken de drie middelste vingers van hun linkerhand tegen hun lippen en steken ze naar me uit. Het is ons gebaar uit District 12, waarmee ik in de arena afscheid heb genomen van Rue.

Als ik niet met president Snow had gepraat, was ik door dit gebaar misschien wel tot tranen toe geroerd geweest. Maar zijn bevel om de gemoederen in de districten tot bedaren te brengen dreunt nog na in mijn oren en nu word ik er alleen maar bang van. Wat zal hij wel niet denken van dit bijzonder openlijke eerbetoon van het publiek aan het meisje dat het Capitool heeft uitgedaagd?

Met een schok besef ik wat ik heb gedaan. Het was niet expres – ik wilde hen alleen maar bedanken –, maar ik heb iets heel gevaarlijks uitgelokt. Een opstandige daad van de inwoners van District 11. Dit is precies wat ik juist de kop in moest drukken!

Ik probeer iets te bedenken om wat er net gebeurd is af te zwakken, het te ontkrachten, maar ik hoor een licht geruis dat aangeeft dat mijn microfoon is uitgezet en de burgemeester neemt het weer over. Peeta en ik nemen nog een laatste applaus in ontvangst. Hij brengt me terug naar de deuren en is zich totaal niet bewust van het feit dat het helemaal fout is gegaan.

Ik voel me raar en moet even stilstaan. Er dansen felle vlekjes zonlicht voor mijn ogen. 'Gaat het wel?' vraagt Peeta.

'Beetje duizelig. De zon was zo fel,' zeg ik. Ik zie zijn boeket. 'Ik ben mijn bloemen vergeten,' mompel ik.

‘Ik ga ze wel even halen,’ zegt hij.

‘Dat kan ik zelf wel,’ antwoord ik.

We zouden nu veilig in het Gerechtsgebouw zijn, als ik niet was blijven staan, als ik mijn bloemen niet had laten liggen. Maar in plaats daarvan zien we vanuit de donkere schaduwen op de veranda alles gebeuren.

Twee vredebewakers slepen de oude man die gefloten heeft mee de trap op. Als ze boven zijn, dwingen ze hem voor de menigte op zijn knieën te gaan zitten. En dan schieten ze een kogel door zijn hoofd.

# hoofdstuk 5

De man is nog maar net op de grond in elkaar gezakt als een muur van witte vredebewakersuniformen hem aan ons zicht onttrekt. Soldaten met automatische geweren duwen ons terug naar de ingang.

'We gaan al!' zegt Peeta, en hij schuift de vredebewaker die mij naar voren dringt opzij. 'Rustig aan, ja? Kom, Katniss.' Hij slaat zijn arm om me heen en voert me terug het Gerechtsgebouw in. De vredebewakers lopen vlak achter ons aan. Zodra we binnen zijn, worden de deuren dichtgeslagen en horen we hun laarzen terug naar de menigte stampen.

Haymitch, Effie, Portia en Cinna staan onder een scherm aan de muur waarop alleen sneeuw te zien is te wachten, met strakke gezichten van ongerustheid.

'Wat was er aan de hand?' Effie snelt naar ons toe. 'Na die prachtige toespraak van Katniss viel het geluid weg en toen zei Haymitch dat hij dacht dat hij schoten hoorde, en ik zei dat dat onzin was, maar je weet het nooit! Er zal maar net een gek tussen zitten!'

'Er was niets aan de hand, Effie. Gewoon de uitlaat van een oude vrachtwagen die knalde,' zegt Peeta vlak.

Nog twee schoten. De deuren dempen het geluid maar nauwelijks. Wie was dat? De oma van Thresh? Een van de kleine zusjes van Rue?

'Jullie twee. Meekomen,' zegt Haymitch. Peeta en ik laten de anderen achter en gaan met hem mee. De vredebewakers die in het Gerechtsgebouw staan opgesteld tonen nog maar weinig interesse in ons nu we veilig binnen zijn. We klimmen een prachtige marmeren wenteltrap op. Bovenaan is een lange gang met een versleten tapijt op de grond. Een dubbele, openstaande deur verwelkomt ons in de eerste kamer die we tegenkomen. De ruimte is minstens zes meter hoog. In het lijstwerk van het plafond zijn fruit- en bloempatronen uitgesneden en van alle kanten kijken dikke peuters met vleugels op ons neer. Er staan bloemenvazen waar een weeïge zoete geur uit komt die mijn ogen doet prikken. Onze avondkleding hangt aan rekken langs de muur. Deze kamer is helemaal gereedgemaakt voor ons, maar we zijn er nauwelijks lang genoeg om onze cadeaus neer te kunnen leggen. Haymitch rukt meteen de microfoontjes van onze borst, propt ze onder een kussen van een van de banken en gebaart dat we verder moeten.

Voor zover ik weet is Haymitch hier maar één keer geweest, toen hij tientallen jaren geleden zelf op Zegetoer was. Maar hij moet een opmerkelijk goed geheugen hebben, of een bijzonder betrouwbare intuïtie, want hij voert ons mee door een labyrint van kronkelende trappen en steeds smaller wordende gangetjes. Soms moet hij even stilstaan om een deur te forceren. Aan het protesterende gepiep van de hengsels kun je horen dat hij heel lang dicht geweest is. Uiteindelijk klimmen we een ladder op naar een luik. Als Haymitch het openduwt, blijken we in de koepel van het Gerechtsgebouw te staan. Het is een enorme ruimte, vol kapot meubilair, stapels boeken en registers en roestige wapens. De deken van stof die overal overheen ligt is zo dik dat je zeker weet dat hier al jaren niemand is geweest. Het licht doet zijn best om door de vier groezelige, vierkante ramen in de zijkanten van de koepel naar binnen te schemeren. Haymitch trapt het luik dicht en draait zich naar ons om.

'Wat is er gebeurd?' vraagt hij.

Peeta vertelt wat zich op het plein heeft afgespeeld. Het gefluit, het eerbetoon, ons gedraal op de veranda, de moord op de oude man. 'Wat is er aan de hand, Haymitch?'

‘Het is beter als jij het vertelt,’ zegt Haymitch tegen mij.

Daar ben ik het niet mee eens. Ik denk dat het duizend keer zo erg is als ik het vertel. Maar ik licht Peeta zo rustig mogelijk over alles in. Over president Snow, over de onrust in de districten. Zelfs de kus met Gale sla ik niet over. Ik leg uit dat we allemaal in groot gevaar zijn, dat het hele land in groot gevaar is door mijn truc met de bessen. ‘Het was de bedoeling dat ik het tijdens de Toer weer recht zou breien. Dat ik alle twijfelaars ervan zou overtuigen dat ik uit liefde had gehandeld. Dat ik de boel zou sussen. Maar zoals je ziet heb ik er vandaag alleen maar voor gezorgd dat er drie mensen zijn vermoord en dat iedereen op het plein gestraft zal worden.’ Ik word zo onpasselijk dat ik op een bank moet gaan zitten, ondanks de springveren en vulling die eruit komen.

‘Dan heb ik het ook nog erger gemaakt. Door dat geld weg te geven,’ zegt Peeta. Plotseling haalt hij uit naar een lamp die op een kist staat te wiebelen; hij slaat hem door de kamer zodat hij op de grond in stukken valt. ‘Dit moet echt ophouden. Nu meteen. Dat... dat spelletje dat jullie twee spelen, waarbij jullie allerlei geheimen met elkaar delen maar ze niet aan mij vertellen, alsof ik er niet toe doe, of te stom of te zwak ben om ermee om te kunnen gaan.’

‘Zo zit het helemaal niet, Peeta...’ begin ik.

‘Zo zit het wél!’ schreeuwt hij tegen me. ‘Ik heb ook mensen van wie ik hou, Katniss! Mijn familie en vrienden in District 12 gaan net zo dood als die van jou als dit mislukt. Heb ik na alles wat we in de arena hebben meegemaakt niet eens recht op de waarheid?’

‘Jij doet het altijd al zo vreselijk goed, Peeta,’ zegt Haymitch. ‘Je weet precies hoe je je voor de camera’s moet presenteren. Dat wilde ik niet verstoren.’

‘Nou, dan heb je me overschat. Want ik heb het helemaal verpest vandaag. Wat denk je dat er met de families van Rue en Thresh gaat gebeuren? Denk je echt dat ze een deel van ons prijzengeld zullen krijgen? Ik denk namelijk dat ze van geluk mogen spreken als ze vanavond nog leven!’ Peeta laat nog iets anders door de lucht vliegen, een standbeeld. Zo heb ik hem nog nooit meegemaakt.

'Hij heeft gelijk, Haymitch,' zeg ik. 'We hadden het hem wel moeten vertellen. In het Capitool al.'

'Jullie hadden zelfs in de arena een soort communicatiesysteem bedacht, hè?' vraagt Peeta. Zijn stem klinkt zachter. 'Iets waar ik niet aan meedeed.'

'Nee. Niet echt. Ik wist gewoon wat Haymitch van me wilde door wat hij stuurde, of niet stuurde,' zeg ik.

'Nou, die kans heb ik nooit gekregen. Want mij heeft hij nooit iets gestuurd tot jij kwam opdagen,' zegt Peeta.

Daar heb ik eigenlijk nooit bij stilgestaan. Bij wat Peeta gedacht moet hebben toen ik in de arena naar hem toe kwam en al brandwondenzalf en brood had gekregen, terwijl hij op het randje van de dood balanceerde en nooit iets had ontvangen. Alsof Haymitch mij in leven hield ten koste van hem.

'Luister eens, jongen...' begint Haymitch.

'Laat maar, Haymitch. Ik wist dat je een van ons moest kiezen. En ik had ook gewild dat je voor haar zou gaan. Maar dit is iets anders. Er zijn mensen doodgeschoten daar op het plein. En er zullen nog veel meer mensen doodgaan als wij het niet heel goed spelen. We weten allemaal dat ik het voor de camera's beter doe dan Katniss. Ik hoef niet van iemand anders te horen wat ik moet zeggen. Maar ik moet wel weten waar ik aan toe ben,' zegt Peeta.

'Van nu af aan vertellen we alles,' belooft Haymitch.

'En o wee als dat niet gebeurt,' zegt Peeta. Hij neemt niet eens de moeite om mij aan te kijken voor hij weggaat.

Het stof dat hij laat opvliegen, zoekt nieuwe plekken om op neer te dalen. Mijn haar, mijn ogen, mijn glanzende gouden speld.

'Héb je mij gekozen, Haymitch?' vraag ik.

'Ja,' zegt hij.

'Waarom? Je vindt hem aardiger,' zeg ik.

'Dat is waar. Maar vergeet niet dat ik, voor ze de regels veranderden, slechts één van jullie door de arena zou kunnen loodsen,' zegt hij. 'En aangezien hij vastbesloten was om jou te beschermen, dacht ik dat we er met z'n drieën misschien voor zouden kunnen zorgen dat jij weer thuiskwam.'

'O,' is het enige antwoord dat ik kan bedenken.

'Je komt er nog wel achter met welke keuzes je als mentor geconfronteerd wordt. Als we dit tenminste overleven,' zegt Haymitch. 'Je leert het vanzelf.'

Nou, vandaag heb ik in elk geval één ding geleerd. Dit is geen grotere versie van District 12. Ons hek wordt niet bewaakt en staat zelden onder stroom. Onze vredebewakers zijn niet geliefd, maar ook lang niet zo onmenselijk als de bewakers hier. Onze ontberingen leiden eerder tot vermoeidheid dan tot woede. Hier in 11 is het leed heviger en de wanhoop groter. President Snow heeft gelijk. Eén vonk zou al genoeg kunnen zijn om hen in lichterlaaie te zetten.

Alles gaat zo snel dat ik het niet kan verwerken. De waarschuwing, de schoten, het idee dat ik misschien iets in gang heb gezet wat grote gevolgen kan hebben. Het is allemaal zo onwerkelijk. En het zou nog wat anders zijn als ik van plan was geweest om de boel op te stoken, maar het is toch bizar dat ik onder deze omstandigheden zo veel problemen heb kunnen veroorzaken?

'Kom. We moeten naar dat diner,' zegt Haymitch.

Ik blijf net zo lang onder de douche staan tot ze me komen halen om opgemaakt te worden. Het team lijkt geen flauw benul te hebben van wat er vandaag is gebeurd en ze praten allemaal opgewonden over het diner. In het Capitool worden ze bijna nooit uitgenodigd voor prestigieuze feestelijkheden, maar in de districten zijn ze belangrijk genoeg om erbij te mogen zijn. Terwijl zij proberen te voorspellen welke gerechten er op tafel zullen komen, zie ik de hele tijd voor me hoe het hoofd van de oude man eraf geschoten wordt. Ik besteed ook helemaal geen aandacht aan wat iedereen met me doet, tot ik mezelf bij het weggaan in de spiegel zie. Een lichtroze strapless jurk hangt tot net op mijn schoenen. Mijn haar is naar achteren opgestoken en valt in een regen van krullen over mijn schouders.

Cinna komt achter me staan en legt een glinsterende, zilverkleurige sjaal om mijn schouders. Hij vangt mijn blik op in de spiegel. 'Mooi?'

'Hij is prachtig. Zoals altijd,' zeg ik.

'Laat eens zien hoe hij staat met een glimlach erbij,' zegt hij vriendelijk. Het is zijn manier om me eraan te herinneren dat ik over een minuut weer omringd zal zijn door camera's. Ik slaag erin mijn mondhoeken een beetje omhoog te trekken.

'Goed zo.'

Als we ons allemaal verzamelen om naar beneden te gaan voor het diner, merk ik dat Effie uit haar humeur is. Haymitch heeft haar vast niet verteld wat er op het plein is gebeurd. Het zou me niet verbazen als Cinna en Portia het wel weten, maar er lijkt een soort zwijgende overeenkomst te zijn om Effie buiten al het slechte nieuws te houden. Maar algauw horen we wat haar dwarszit.

Effie neemt het schema voor de avond door en schuift het dan boos opzij. 'En dan mogen we gelukkig allemaal weer de trein in om hier als de wiedeweerga vandoor te gaan,' zegt ze.

'Is er iets, Effie?' vraagt Cinna.

'Ik vind dat we hier bijzonder slecht behandeld worden. Eerst worden we in een stel vrachtwagens gepropt en mogen wij niet mee het podium op. En een uurtje geleden ging ik eens wat rondkijken in het Gerechtsgebouw. Ik heb namelijk vreselijk veel verstand van architectuur, moet je weten,' zegt ze.

'O, ja, dat had ik wel eens gehoord,' zegt Portia als de stilte te lang dreigt te worden.

'Maar goed, ik wilde gewoon even rondneuzen omdat districtruïnes het dit jaar helemaal gaan worden, en toen stonden er ineens twee vredebewakers voor mijn neus die zeiden dat ik terug naar mijn kamer moest gaan. Eentje gaf me nota bene een por met haar geweer!' zegt Effie.

Ik weet haast wel zeker dat dat een direct gevolg is van het feit dat Haymitch, Peeta en ik er eerder die dag tussenuit geknepen zijn. Maar het stelt me wel een beetje gerust, want dat betekent dat de kans groot is dat we inderdaad niet zijn afgeluisterd in de koepel. Hoewel ze hem nu ongetwijfeld scherp in de gaten houden.

Effie kijkt zo ontsteld dat ik haar spontaan een knuffel geef. 'Wat vreselijk, Effie. Misschien moeten we anders maar helemaal niet naar dat diner gaan. Laat ze eerst hun excuses maar eens aanbieden.' Ik weet dat ze daar nooit mee zal instemmen, maar ze fleurt meteen een stuk op bij het idee, door het gevoel dat haar klacht serieus wordt genomen.

'Nee, het gaat wel. Mijn baan heeft leuke en minder leuke kanten, dat hoort er nu eenmaal bij. En ik wil jullie dat diner natuurlijk niet onthouden,' zegt ze. 'Maar bedankt voor het aanbod, Katniss.'

Effie stelt ons in een rij op voor onze entree. Eerst de voorbereidingsteams, dan zij, de stylisten en Haymitch. Peeta en ik komen uiteraard als laatsten.

Ergens onder ons beginnen muzikanten te spelen. Als de voorhoede van onze korte stoet de eerste treden afdaalt, geven Peeta en ik elkaar een hand.

'Haymitch zegt dat ik niet tegen je had moeten schreeuwen. Je volgde alleen maar zijn instructies op,' zegt Peeta. 'En ik heb in het verleden ook genoeg voor jou verzwegen.'

Ik weet nog hoe geschokt ik was toen ik hoorde hoe Peeta ten overstaan van heel Panem bekende dat hij verliefd op me was. Haymitch wist het, maar hij had niets tegen mij gezegd. 'Ik heb zelf volgens mij ook het een en ander kapotgemaakt na dat interview.'

'Eén vaas maar,' zegt hij.

'En jouw handen. Maar het heeft nu eigenlijk geen zin meer hè, om dingen voor elkaar verborgen te houden?' zeg ik.

'Geen enkele zin,' zegt Peeta. We staan boven aan de trap te wachten tot Haymitch vijftien treden onder ons is, zoals Effie heeft opgedragen. 'Is dat echt de enige keer dat je met Gale gezoend hebt?'

Ik ben zo verbijsterd dat ik antwoord geef. 'Ja.' Zit hij dáármee in zijn maag, na alles wat er vandaag is gebeurd?

'Dat was de vijftiende. Daar gaan we,' zegt hij.

Er wordt een spotlight op ons gericht en ik zet mijn stralendste glimlach op.

We lopen de trap af en worden meegezogen in een eindeloze reeks diners, ceremonies en treinreizen die uiteindelijk niet meer van elkaar te onderscheiden zijn. Elke dag verloopt hetzelfde. Wakker worden. Aankleden. Door een juichende menigte rijden. Naar een eretoespraak luisteren. Een dankwoord uitspreken, maar alleen wat het Capitool ons voorschrijft, beslist geen persoonlijke toevoegingen meer. Soms een korte rondleiding: een vluchtige blik op de zee in het ene district, hoog oprijzende bossen in het andere, lelijke fabrieken, graanvelden, stinkende raffinaderijen. Avondkleding aantrekken. Diner bijwonen. Trein.

Tijdens de ceremonies blijven we plechtig en eerbiedig, maar altijd verbonden, door onze handen, onze armen. Tijdens de diners zijn we dolverliefd op elkaar, op het waanzinnige af. We zoenen, dansen, worden betrapt terwijl we wegsluipen om even met z'n tweetjes te kunnen zijn. In de trein zitten we stilletjes en ellendig bij elkaar terwijl we proberen in te schatten of we de juiste indruk maken.

Zelfs zonder persoonlijke toespraken om de ontevredenheid aan te wakkeren – het spreekt voor zich dat wat we in District 11 gezegd hebben eruit geknipt is voor het werd uitgezonden – voel je dat er iets in de lucht hangt, als het opborrelende schuim van een pan die elk moment kan overkoken. Niet overal: in sommige districten staat het publiek er als een stel afgematte koeien bij, hetzelfde gevoel dat District 12 meestal uitstraalt bij de ceremonie van de winnaar. Maar in andere – vooral in 8, 4 en 3 – kijken de mensen oprecht opgetogen als ze ons zien, en onder die opgetogenheid zit woede. Als ze mijn naam scanderen klinkt het meer als een roep om wraak dan als gejuich. Als de vredebewakers naar voren komen om een weerspannige menigte tot bedaren te dwingen, gaan de mensen niet achteruit maar duwen ze terug. En ik weet dat ik helemaal niets kan doen om hier iets aan te veranderen. Al speel ik nog zo geloofwaardig dat ik stapeldol ben op Peeta, dit tij zal ik niet kunnen keren. Als ik die bessen in een moment van gekte tevoorschijn heb gehaald, dan zullen deze mensen met alle plezier ook gek worden.

Cinna moet mijn kleren innemen rond mijn taille. Het voorbereidingsteam moppert over de blauwe kringen onder mijn ogen. Effie geeft me pillen om beter te slapen, maar ze helpen niet. Niet goed genoeg. Ik doezel wel weg, maar word vervolgens weer wakker van nachtmerries, steeds vaker en steeds heftiger. Peeta, die vaak de halve nacht door de trein dwaalt, hoort me schreeuwen terwijl ik me aan de verlammende medicijnen probeer te ontworstelen die de afschuwelijke dromen alleen maar langer laten duren. Hij slaagt erin me wakker te maken en te kalmeren. Daarna kruipt hij bij me in bed om me vast te houden tot ik weer in slaap val. Na die nacht weiger ik de pillen nog te slikken. Maar ik laat hem elke nacht toe in mijn bed. We trotseren de duisternis zoals we dat in de arena ook hebben gedaan, verstrengeld in elkaars armen, bang voor de gevaren die ons elk moment kunnen bespringen. Er gebeurt verder niets, maar in de trein wordt er al snel flink over geroddeld.

Als Effie erover begint denk ik: *Mooi zo. Misschien krijgt president Snow het ook wel te horen.* Ik zeg tegen haar dat we ons best zullen doen om wat discreter te zijn, maar dat doen we niet.

District 2 en 1 hebben zo hun eigen verschrikkingen voor ons in petto. Cato en Clove, de tributen uit District 2, hadden het misschien wel allebei gehaald als Peeta en ik niet hadden gewonnen. Ik heb eigenhandig het meisje, Glinster, en de jongen uit 1 gedood. Terwijl ik mijn best doe om niet naar zijn familie te kijken, hoor ik dat hij Wonder heette. Hoe kan het dat ik dat niet wist? Waarschijnlijk heb ik er voor de Spelen geen aandacht aan besteed, en daarna wilde ik het niet meer weten.

Tegen de tijd dat we bij het Capitool aankomen zijn we wanhopig. We moeten eindeloos vaak voor dolenthousiaste menigten verschijnen. Hier, bij de rijken, bij de mensen wier namen nooit in de boetebollen verdwijnen, wier kinderen nooit zullen sterven voor de zogenaamde misdaden die generaties terug zijn gepleegd, hoeft men niet bang te zijn voor een opstand. In het Capitool hoeven we niemand te overtuigen van onze liefde, maar we klampen ons vast aan het laatste sprankje hoop dat we misschien nog een paar mensen in de districten bereiken die we eerder niet hebben kunnen overtuigen. Hoe we ook ons best doen, het is niet genoeg en veel te laat. Terug in onze vertrouwde kamers in het Trainingscentrum ben ík degene die een openbaar huwelijksaanzoek voorstelt. Peeta stemt ermee in, maar verdwijnt dan een hele tijd naar zijn kamer. Haymitch zegt dat ik hem met rust moet laten.

'Ik dacht dat hij dat wilde,' zeg ik.

'Niet op deze manier,' zegt Haymitch. 'Alleen als het echt zou zijn.'

Ik ga terug naar mijn kamer, kruip onder mijn dekens, probeer niet aan Gale te denken en denk vervolgens alleen maar aan hem.

Die avond werken we ons op het podium voor het Trainingscentrum dolenthousiast door een lijst vragen heen. Caesar Flickerman, in zijn fonkelende nachtblauwe pak en zijn nog altijd kobaltblauwe haar, oogleden en lippen, leidt ons vlekkeloos door het interview. Als hij ons naar de toekomst vraagt, gaat Peeta op één knie zitten, stort zijn hart uit en smeekt me met hem trouwen. Ik zeg natuurlijk ja. Caesar is door het dolle heen, het publiek wordt hysterisch en beelden van mensenmassa's in heel Panem laten een land zien dat uitzinnig van vreugde is.

President Snow brengt ons in hoogsteigen persoon een verrassingsbezoekje om ons te feliciteren. Hij grijpt Peeta's hand vast en geeft hem een waarderend schouderklopje. Mij omhelst hij, in een wolk van bloed en rozen, en vervolgens geeft hij me een luchtkusje op mijn wang. Als hij zijn hoofd terugtrekt, terwijl zijn vingers in mijn armen klauwen en zijn gezicht naar het mijne glimlacht, durf ik mijn wenkbrauwen op te trekken. Ze vragen wat mijn lippen niet kunnen. *Is het gelukt? Was het genoeg? Ik heb alles gedaan wat je wilde, het spel meegespeeld, beloofd dat ik met Peeta zal trouwen – was het genoeg?*

Hij antwoordt door haast onmerkbaar zijn hoofd te schudden.

# hoofdstuk 6

Met die ene kleine hoofdbeweging eindigt alle hoop en begint de verwoesting van alles wat me lief is op deze wereld. Ik weet niet welke vorm mijn straf zal aannemen, hoe ver hij zal reiken, maar na afloop zal alles waarschijnlijk kapot zijn. Dus je zou denken dat ik me op dit moment volstrekt wanhopig zou voelen. Maar het vreemde is dat ik vooral opgelucht ben. Dat ik dit spel niet meer hoef te spelen. Dat de vraag of ik in deze hachelijke onderneming kan slagen beantwoord is, al is het met een krachtig *nee*. Harde tijden vragen om harde maatregelen, en ik kan me net zo hard opstellen als ik wil.

Maar niet hier en niet nu. Ik moet eerst terug naar District 12, want wat ik ook ga doen, mijn moeder, zusje, Gale en zijn familie zullen daar hoe dan ook deel van uitmaken. En Peeta ook, als ik hem zover krijg dat hij met ons meekomt. Ik zet Haymitch ook op het lijstje. Dat zijn de mensen met wie ik de wildernis in wil vluchten. Hoe ik hen zal overtuigen, waar we hartje winter naartoe kunnen, hoe we uit handen van de vredebewakers moeten blijven, dat zijn vragen waar ik geen antwoord op heb. Maar nu weet ik tenminste wat me te doen staat.

Dus in plaats van huilend in elkaar op de grond te storten, merk ik dat ik mijn rug recht, zelfverzekerder dan ik me in weken heb gevoeld. Mijn glimlach is weliswaar een beetje manisch, maar wel oprecht. En als president Snow het publiek tot stilte maant en zegt: ‘Wat zouden jullie ervan vinden als we die bruiloft hier in het Capitool voor hen organiseren?’ speel ik zonder enige moeite de rol van ‘meisje dat bijna krankzinnig van blijdschap is’.

Caesar Flickerman vraagt of de president al een datum in gedachten heeft.

'Tja, voor we een datum prikken, moeten we denk ik eerst even met de moeder van Katniss overleggen,' zegt de president. Het publiek lacht uitbundig en de president slaat zijn arm om me heen. 'Als het hele land het wil, mag je misschien nog wel voor je dertigste trouwen.'

'Ik ben bang dat u dan eerst een nieuwe wet moet aannemen,' zeg ik giechelend.

'Als het moet, dan moet het,' zegt de president met een samenzweerderig lachje.

O, wat hebben we toch een lol samen.

Daarna volgt er een feest in de eetzaal van de villa van president Snow dat zijn weerga niet kent. Het dertien meter hoge plafond is omgetoverd tot een nachtelijke hemel en de sterren zien er precies zo uit als thuis. Ze zullen er vanuit het Capitool wel hetzelfde uitzien, maar ik zou het niet met zekerheid kunnen zeggen. De stad straalt veel te veel licht uit om de sterren te kunnen zien. Ongeveer halverwege de vloer en het plafond zweven muzikanten op dingen die eruitzien als donzige witte wolken, maar ik kan niet ontdekken wat hen in de lucht houdt. De traditionele lange tafels zijn vervangen door ontelbare zachte banken en stoelen; sommige staan om open haarden heen, andere naast geurige bloementuintjes of vijvers vol exotische vissen, zodat de gasten heerlijk ontspannen kunnen eten en drinken en doen waar ze zin in hebben. In het midden van de ruimte doet een betegeld gedeelte dienst als van alles en nog wat: als dansvloer, als een podium waarop telkens allerlei artiesten verschijnen, en als de zoveelste plek om je onder de extravagant geklede feestgangers te mengen.

Maar de hoofdrol van de avond is weggelegd voor het eten. Er staan tafels vol lekkernijen langs de muren. Alles wat je je maar kunt bedenken en dingen die je nooit zou kunnen verzinnen liggen op ons te wachten. Hele gebraden koeien en varkens en geiten, draaiend aan het spit. Enorme schalen met gevogelte, gevuld met zoete vruchten en noten. Zeedieren die overgoten zijn met saus of die erom smeken in kruidige mengsels gedoopt te worden. Talloze kazen, broden, groenten en zoetigheden, watervallen van wijn en stromen sterke drank vol flakkerende vlammen.

Mijn wil om terug te vechten heeft ook mijn eetlust weer aangewakkerd. Ik heb wekenlang niet kunnen eten van de zorgen, en nu ben ik uitgehongerd.

'Ik wil alles in deze kamer proeven,' zeg ik tegen Peeta.

Ik zie dat hij mijn blik probeert te doorgronden, dat hij niet snapt waar deze omslag opeens vandaan komt. Aangezien hij niet weet dat president Snow van mening is dat ik gefaald heb, gaat hij er waarschijnlijk van uit dat ik denk dat het ons gelukt is. Misschien hoopt hij zelfs wel dat ik ergens oprecht een beetje blij ben met onze verloving. Hij kijkt verbaasd – heel even maar, want we worden gefilmd. 'Dan mag je wel rustig aan doen,' zegt hij.

'Goed, niet meer dan één hapje van elk gerecht,' zeg ik. Mijn voornemen valt al bijna meteen in duigen bij de eerste tafel, waar een stuk of twintig soorten soep op staan en waar ik een romige pompoensoep tegenkom die bestrooid is met gehakte noten en piepkleine zwarte zaadjes. 'Ik zou de hele avond alleen maar dit kunnen eten!' roep ik uit. Maar dat doe ik niet. Ik zwicht ook bijna voor een heldere, groene bouillon die – ik heb er geen andere woorden voor – naar de lente smaakt, en voor een schuimig, roze brouwsel met frambozen erop.

Er komen gezichten langs, er worden handen geschud, foto's gemaakt, luchtkusjes naast wangen gegeven. Mijn spotgaaienspeld heeft kennelijk een nieuwe trend gezet, want er komen meerdere mensen naar me toe die me hun accessoires willen laten zien. Mijn vogel staat op riemgespen, is op zijden revers geborduurd, zelfs op intieme plaatsen getatoeëerd. Iedereen wil het teken van de winnaar dragen. Ik kan me nauwelijks voorstellen hoe gek president Snow daar wel niet van moet worden. Maar wat kan hij eraan doen? De Spelen waren een enorme hit in deze stad, waar de bessen slechts symbool stonden voor het wanhopige meisje dat haar geliefde probeerde te redden.

Peeta en ik doen geen enkele poging om gezelschap te zoeken, maar iedereen komt naar ons toe. Niemand wil ons missen op dit feest. Ik doe net alsof ik het allemaal geweldig vind, maar ik geef geen zier om al deze Capitoolmensen. Ze leiden me alleen maar af van het eten.

Elke tafel biedt nieuwe verleidingen, en zelfs met mijn strenge één-hap-per-gerechtregime raak ik al snel vol. Ik pak een gebraden vogeltje dat zo groot is als een ei en zet mijn tanden erin; je schijnt het met knapperige botjes en al te moeten eten. Heerlijk. Maar ik geef de rest aan Peeta, want ik wil alles blijven proeven en het idee om eten weg te gooien, wat ik allerlei mensen zo achteloos zie doen, vervult me met afschuw. Na een tafel of tien zit ik propvol, en dan hebben we nog maar een klein deel van alle schotels geprobeerd.

Net op dat moment stort mijn voorbereidingsteam zich op ons. Hun geratel is nauwelijks te volgen door alle alcohol die ze al achterover geslagen hebben en door hun opwinding om bij zo'n fantastisch evenement aanwezig te mogen zijn.

'Waarom eten jullie niet?' vraagt Octavia.

'Ik heb al gegeten, maar ik kan echt niet meer,' zeg ik. Ze barsten allemaal in lachen uit, alsof dat het sufste is wat ze ooit hebben gehoord.

'Daar laat de rest zich ook niet door tegenhouden, hoor!' zegt Flavius. Ze tronen ons mee naar een tafel waarop hoge wijnglaasjes staan met een doorzichtige vloeistof erin. 'Dit moet je drinken!'

Als Peeta er een oppakt om een slokje te nemen, beginnen ze alle drie te gillen.

'Niet hier!' roept Octavia.

'Je moet het daar doen,' zegt Venia terwijl ze naar de deur richting de toiletten wijst. 'Anders komt het hier allemaal op de grond terecht!'

Peeta kijkt nog eens naar het glas en het kwartje valt. 'Bedoel je dat ik hiervan ga overgeven?'

Mijn team hinnikt hysterisch. 'Ja natuurlijk, zodat je kunt blijven eten,' zegt Octavia. 'Ik ben al twee keer geweest. Iedereen doet het, anders is zo'n feest toch helemaal niet leuk?'

Sprakeloos staar ik naar de mooie glaasjes. Peeta zet dat van hem met zo veel zorg weer op tafel dat je zou denken dat het kan ontploffen. 'Kom, Katniss, zullen we dansen?'

Uit de wolken boven ons zweeft muziek en hij voert me weg van het team bij de tafel, naar de dansvloer. We kennen thuis maar een paar dansen, van het soort waar je een viool en een fluit en flink de ruimte voor nodig hebt. Maar Effie heeft ons er een paar geleerd die in het Capitool erg populair zijn. De muziek is langzaam en dromerig, dus Peeta trekt me in zijn armen en we bewegen in een rondje waar nauwelijks passen bij komen kijken. Deze dans zou je nog op een taartschoteltje kunnen doen. We zijn een tijdje stil. Dan zegt Peeta op gesmoorde toon: 'Je doet braaf mee, je denkt dat je het wel aankunt, dat ze misschien best meevallen, en dan...' Zijn stem stokt.

Ik kan alleen maar denken aan de uitgemergelde lichaampjes van de kinderen op onze keukentafel terwijl mijn moeder een medicijn voorschrijft dat de ouders niet kunnen geven: meer eten. Nu we rijk zijn, kan ze hun iets mee naar huis geven. Maar vroeger hadden we meestal niets om uit te delen en was het kind hoe dan ook al niet meer te redden. En hier in het Capitool geven ze over omdat ze dan keer op keer hun buik lekker rond kunnen eten. Niet omdat ze lichamelijk of geestelijk ziek zijn, niet omdat ze een voedselvergiftiging hebben opgelopen. Maar omdat iedereen dat doet op een feestje. Het hoort erbij. Anders is het lang zo leuk niet.

Toen ik op een dag bij Hazelle langsging om het wild af te leveren, zat Vick met een nare hoest thuis. Met Gale als broer krijgt hij beter te eten dan negentig procent van de rest van District 12. Maar toch heeft hij minstens een kwartier lang over een blik glucosestroop verteld dat ze op Pakjesdag hadden gekregen en nu hadden opengemaakt, en dat ze allemaal een lepel op brood hadden gemogen en dat ze het later die week misschien nog wel een keer kregen. En dat Hazelle had gezegd dat hij wel een lepeltje in zijn thee mocht om zijn hoest een beetje te verzachten, maar dat hij dat niet eerlijk vond voor de anderen. Als het bij Gale thuis al zo gaat, hoe gaat het er dan bij andere gezinnen aan toe?

'Peeta, we moeten ons hier voor hun plezier doodvechten,' zeg ik. 'Dit stelt in verhouding niets voor.'

'Dat weet ik. Dat weet ik wel. Maar soms kan ik er gewoon niet meer tegen. Dan wordt het zo erg dat ik... dat ik mezelf bijna niet meer in de hand heb.' Hij is even stil en fluistert dan: 'Misschien hadden we het anders moeten doen, Katniss.'

'Hadden we wát anders moeten doen?' vraag ik.

'Misschien hadden we niet moeten proberen om de districten tot bedaren te brengen,' zegt hij.

Mijn hoofd zwiept snel van links naar rechts, maar niemand lijkt het gehoord te hebben. De cameraploeg is afgeleid door een tafel met schaaldieren en de stelletjes die om ons heen dansen zijn te dronken of te veel met zichzelf bezig om op ons te letten.

'Sorry,' zegt hij. En terecht. Dit is niet de juiste plek om dit soort gedachten uit te spreken.

'Bewaar maar voor thuis,' zeg ik tegen hem.

Net op dat moment komt Portia naar ons toe met een grote man die me vaag bekend voorkomt. Ze stelt hem voor als Plutarch Heavensbee, de nieuwe Hoofdspelmaker. Plutarch vraagt aan Peeta of hij me even mag lenen voor een dans. Peeta heeft zijn televisiehoofd weer opgezet, draagt me goedhartig over en waarschuwt de man dat hij niet te gehecht aan me moet raken.

Ik wil niet met Plutarch Heavensbee dansen. Ik wil zijn handen niet voelen, de ene in de mijne en de andere op mijn heup. Ik ben het niet gewend om aangeraakt te worden, behalve door Peeta of mijn familieleden, en ik zit nog liever aan een stel vieze maden dan aan een Spelmaker. Maar hij lijkt het aan te voelen en houdt me op bijna een armlengte afstand terwijl we over de vloer zwieren.

We babbelen wat over het feest, de artiesten en het eten, en dan maakt hij een grapje over dat hij sinds onze training geen punch meer aanraakt. Ik snap hem eerst niet, maar dan besef ik dat hij de man is die achterover in de schaal punch tuimelde toen ik tijdens mijn trainingssessie een pijl naar de Spelmakers schoot. Nou ja, niet echt naar hen. Ik schoot een appel uit de bek van hun gebraden varken. Maar ze schrokken er wel van.

'O, u bent de man die...' zeg ik lachend terwijl ik weer voor me zie hoe hij de punchschaal in plonsde.

'Ja. En het zal je vast goeddoen dat ik het nooit meer helemaal te boven ben gekomen,' zegt Plutarch.

Ik zou hem er graag op wijzen dat de tweeëntwintig dode tributen de Spelen waar hij medeverantwoordelijk voor was ook nooit meer helemaal te boven zullen komen. Maar ik zeg alleen maar: 'Mooi zo. Dus u bent dit jaar Hoofdspelmaker? Dat lijkt me een grote eer.'

'Tussen ons gezegd en gezwegen, er waren maar weinig gegadigden,' zegt hij. 'Je bent toch verantwoordelijk voor hoe de Spelen uitpakken.'

Ja, en je voorganger is dood, denk ik. Hij moet weten wat er met Seneca Crane is gebeurd, maar hij lijkt zich helemaal geen zorgen te maken. 'Bent u de Spelen van de Kwartskwelling al aan het voorbereiden?' vraag ik.

'O, jazeker. Of nou ja, er wordt natuurlijk al jaren aan gewerkt. Een arena is niet zomaar in een dagje gebouwd. Maar het, hoe zal ik het zeggen, het echte karakter van de Spelen wordt momenteel bepaald. Je zult het misschien niet geloven, maar ik heb vannacht nog een overleg over het plan van aanpak,' zegt hij.

Plutarch doet een stap achteruit en haalt een gouden horloge aan een ketting uit zijn borstzakje. Hij klapt het open, ziet hoe laat het is en fronst. 'Ik moet er zo vandoor.' Hij draait het horloge naar me toe zodat ik de wijzerplaat kan zien. 'Het begint om middernacht.'

'Is dat niet een beetje laat voor...' begin ik, maar dan word ik afgeleid doordat Plutarch met zijn duim over de doorzichtige wijzerplaat van het horloge strijkt. Heel even gloeit er een afbeelding op, alsof er kaarslicht op valt. Het is weer een spotgaai. Precies dezelfde als die op de speld op mijn jurk, alleen verdwijnt deze weer. Plutarch doet het horloge met een klik dicht.

'Heel mooi,' zeg ik.

'O, het is wel meer dan mooi. Er is er maar één van,' zegt hij. 'Als iemand naar me vraagt, moet je maar zeggen dat ik naar huis ben gegaan om te slapen. Die vergaderingen horen eigenlijk geheim te blijven. Maar ik dacht dat ik het aan jou wel kon vertellen.'

'Dat is zo. Het blijft onder ons,' zeg ik.

Terwijl we elkaar een hand geven, maakt hij een lichte buiging, een vaak gezien gebaar hier in het Capitool. 'Goed, dan zie ik je van de zomer bij de Spelen, Katniss. Gefeliciteerd met je verloving en veel succes met je moeder.'

'Dat zal ik nodig hebben,' zeg ik.

Plutarch verdwijnt en ik dwaal door de menigte, op zoek naar Peeta, terwijl allerlei onbekenden me feliciteren. Met mijn verloving, met mijn overwinning in de Spelen, met de kleur van mijn lippenstift. Ik geef wel antwoord, maar vanbinnen kan ik alleen maar denken aan hoe Plutarch met zijn mooie, unieke horloge stond te pronken. Het voelde een beetje raar. Bijna stiekem. Maar waarom? Misschien denkt hij dat iemand zijn idee zal stelen en ook een oplichtende spotgaai op een wijzerplaat zal zetten. Ja, hij heeft er vast een vermogen voor betaald en nu kan hij het aan niemand laten zien, omdat hij bang is dat iemand er een goedkope nepvariant van zal maken. Typisch het Capitool.

Peeta staat bij een tafel een aantal zeer kunstig versierde taarten te bewonderen. Een paar bakkers zijn speciaal de keuken uit gekomen om met hem over glazuur te praten, en je ziet dat ze elkaar verdringen om zijn vragen te mogen beantwoorden. Op zijn verzoek pakken ze een stel kleine taartjes voor hem in om mee te nemen naar District 12, zodat hij hun werk in alle rust kan bestuderen.

'Effie zei dat we om één uur in de trein moesten zitten. Ik vraag me af hoe laat het is,' zegt hij om zich heen kijkend.

'Bijna twaalf uur,' antwoord ik. Ik pluk met mijn vingers een chocoladebloem van een taart en knabbel eraan – om mijn manieren bekommer ik me absoluut niet meer.

'Tijd om bedankt en tot ziens te zeggen!' jubelt Effie naast mijn elleboog. Dit is zo'n moment waarop ik echt vreselijk blij ben met haar dwangmatige stiptheid. Nadat we Cinna en Portia gehaald hebben, leidt Effie ons langs alle belangrijke mensen van wie we afscheid moeten nemen en drijft ons dan naar de deur.

'Moeten we president Snow niet bedanken?' vraagt Peeta. 'Het is zijn huis.'

'O, hij is niet zo van de feestjes. Te druk,' zegt Effie. 'Ik heb al geregeld dat er morgen bedankbriefjes en cadeaus bij hem worden afgeleverd. Daar ben je!' Effie zwaait kort naar twee Capitoolbedienden die een stomdronken Haymitch tussen hen in overeind houden.

We rijden in een geblindeerde auto door de straten van het Capitool. De voorbereidingsteams komen in een andere auto achter ons aan. Er zijn zo veel feestgangers op de been dat we maar langzaam vooruitkomen. Maar Effie heeft dat allemaal ingecalculeerd, en precies om één uur zitten we in de trein en rijden we weg van het station.

Haymitch is naar zijn coupé gebracht. Cinna bestelt thee en we gaan allemaal rond de tafel zitten terwijl Effie haar schema's schikt en ons eraan herinnert dat de Toer nog niet afgelopen is. 'We hebben ook het Oogstfeest in District 12 nog. Dus ik stel voor dat we onze thee opdrinken en meteen naar bed gaan.' Niemand protesteert.

Als ik mijn ogen opendoe, is het vroeg in de middag. Mijn hoofd ligt op Peeta's arm. Ik kan me niet meer herinneren dat hij binnen is gekomen vannacht. Ik draai me voorzichtig om om hem verder te laten slapen, maar hij is al wakker.

'Geen nachtmerries,' zegt hij.

'Wat?' vraag ik.

'Je hebt vannacht geen nachtmerries gehad,' zegt hij.

Hij heeft gelijk. Voor het eerst in tijden heb ik als een blok geslapen. 'Maar ik heb wel gedroomd,' zeg ik terugdenkend. 'Ik liep door het bos achter een spotgaai aan. Heel lang. Eigenlijk was het Rue. Of nou ja, hij zong met haar stem.'

'Waar bracht ze je naartoe?' vraagt hij terwijl hij het haar van mijn voorhoofd veegt.

'Ik weet het niet. We zijn er nooit aangekomen,' zeg ik. 'Maar ik voelde me heel gelukkig.'

'Je sliep ook alsof je je gelukkig voelde,' zegt hij.

'Peeta, hoe komt het dat ik het nooit merk als jij een nachtmerrie hebt?' vraag ik.

'Ik weet het niet. Ik geloof niet dat ik het uitschreeuw of wild in het rond sla of zoiets. Ik word gewoon verlamd van angst wakker,' antwoordt hij.

'Dan moet je me wakker maken,' zeg ik, en ik bedenk dat ik zijn slaap soms wel tot twee of drie keer toe verstoor tijdens een slechte nacht. En dat het soms heel lang duurt voor ik weer gekalmeerd ben.

'Dat hoeft niet. Ik ben in mijn nachtmerries vooral bang om jou kwijt te raken,' zegt hij. 'Zodra ik besef dat je naast me ligt, is het weer goed.'

Jakkes. Peeta kan dat soort dingen zo achteloos zeggen, en het voelt alsof ik in mijn maag word gestompt. Hij geeft gewoon eerlijk antwoord op mijn vraag. Hij dringt niet aan op een soortgelijke reactie, op een of andere liefdesverklaring. Maar toch voel ik me vreselijk, alsof ik hem op een afschuwelijke manier gebruikt heb. Is dat zo? Ik weet het niet. Ik weet alleen dat ik het voor het eerst ongepast vind dat hij in mijn bed ligt. Wat best ironisch is, gezien het feit dat we nu officieel verloofd zijn.

'Zal thuis wel erger zijn, als ik weer alleen slaap,' zegt hij.

Dat is waar ook, we zijn bijna thuis.

Het programma in District 12 bestaat onder andere uit vanavond een diner bij burgemeester Undersee thuis en morgen een eremanifestatie op het plein tijdens het Oogstfeest. We vieren het Oogstfeest altijd op de laatste dag van de Zegetoer, maar meestal doen we dat met een maaltijd met familie of een paar vrienden, als je het je kunt veroorloven. Dit jaar zal het een openbare aangelegenheid zijn, en aangezien het wordt gefinancierd door het Capitool zal iedereen in het hele district vanavond een volle buik hebben.

Ik word pas in de burgemeesterswoning opgemaakt, want voor de buitenoptredens worden we weer in bontpelzen gehuld. We blijven maar heel even op het station staan om te glimlachen en te zwaaien en wurmen ons dan in onze auto. Zelfs onze gezinnen krijgen we pas vanavond tijdens het diner te zien.

Ik ben blij dat we in het huis van de burgemeester zullen eten en niet in het Gerechtsgebouw, waar de herdenkingsplechtigheid voor mijn vader is gehouden en waar ik na de boete naartoe moest voor dat hartverscheurende afscheid van mijn familie. Aan het Gerechtsgebouw kleeft te veel verdriet.

Maar in het huis van burgemeester Undersee voel ik me prettig, vooral nu zijn dochter Madge en ik vriendinnen zijn. Dat waren we eigenlijk altijd al, maar het werd pas officieel toen ze afscheid van me kwam nemen voor ik naar de Spelen vertrok. Toen ze me de spotgaaienspeld gaf in de hoop dat die geluk zou brengen. Sinds de Spelen brengen we veel tijd samen door, want Madge blijkt ook veel vrije tijd te hebben. In het begin ging het een beetje moeizaam, omdat we niet wisten wat we moesten doen. Andere meisjes van onze leeftijd hoor ik altijd praten over jongens, of over andere meisjes, of over kleren. Madge en ik houden niet van roddelen en kleren interesseren me echt geen bal. Maar na een paar mislukte pogingen besefte ik dat ze dolgraag mee het bos in wilde, dus heb ik haar een paar keer meegenomen en laten zien hoe je moet schieten. Ze probeert mij te leren pianospelen, maar ik vind het vooral leuk om te luisteren als zij speelt. Soms eten we bij elkaar. Madge vindt het bij mij thuis fijner. Haar ouders zijn best aardig, maar volgens mij ziet ze hen niet zo vaak. Haar vader moet District 12 leiden en haar moeder heeft vaak heel erge hoofdpijn waardoor ze dagen achtereen aan bed gekluisterd is.

'Misschien moet je haar meenemen naar het Capitool,' zei ik toen het weer een keer raak was. We konden niet pianospelen, want zelfs twee verdiepingen hoger had haar moeder te veel last van het geluid. 'Daar kunnen ze haar vast beter maken.'

'Jawel. Maar je mag alleen naar het Capitool als je wordt uitgenodigd,' zei Madge ongelukkig. Zelfs de voorrechten van de burgemeester zijn maar beperkt.

In de burgemeesterswoning kan ik Madge alleen maar even een snelle knuffel geven voor Effie me naar de tweede verdieping duwt om me klaar te gaan maken. Als ik opgemaakt ben en in een enkellange zilverkleurige jurk ben gehesen, heb ik nog steeds een uur over voor het diner begint, dus ik glip weg om haar te zoeken.

De slaapkamer van Madge is op de eerste verdieping, net als een aantal logeerkamers en haar vaders studeerkamer. Ik steek mijn hoofd om de hoek van de studeerkamer om de burgemeester te begroeten, maar er is niemand. De televisie staat te blèren en ik blijf even staan om naar de beelden van Peeta en mij te kijken op het feest van het Capitool gisteravond. We dansen, eten, zoenen. Dit wordt nu in elk huis in Panem uitgezonden. Het publiek zal ondertussen wel kotsmisselijk zijn van de gedoemde geliefden uit District 12. Ik in elk geval wel.

Ik wil net de kamer uit lopen als mijn aandacht getrokken wordt door een hard gepiep. Ik draai me om en zie dat het televisiescherm zwart wordt. Dan beginnen de woorden 'LAATSTE NIEUWS DISTRICT 8' te knipperen. Intuïtief weet ik dat dit niet voor mijn ogen, maar alleen voor die van de burgemeester bestemd is. Ik kan maar beter gaan. Nu meteen. Maar in plaats daarvan lopen mijn voeten naar de televisie toe.

Er komt een verslaggeefster in beeld die ik nog nooit heb gezien, een vrouw met grijzend haar en een schorre, gebiedende stem. Waarschuwend zegt ze dat de situatie verslechtert en dat alarmfase drie is ingegaan. Er worden extra troepen naar District 8 gestuurd en alle textielproductie is stilgezet.

Nu laten ze het grote plein van District 8 zien. Ik herken het omdat ik er vorige week nog gestaan heb. Er wapperen nog steeds banieren met mijn gezicht erop aan de daken. Op de grond is het een chaos. Het plein staat vol schreeuwende mensen die met doeken en zelfgemaakte maskers voor hun gezicht met bakstenen gooien. Gebouwen staan in brand. De politie schiet gericht op de menigte en doodt willekeurige demonstranten.

Ik heb nog nooit zoiets gezien, maar dit kan maar één ding zijn. Ik sta te kijken naar wat president Snow een opstand noemt.

# hoofdstuk 7

Een leren tas met eten en een thermosfles hete thee. Een paar met bont gevoerde handschoenen die Cinna hier heeft laten liggen. Drie takjes in de sneeuw die ik van de kale bomen heb gebroken om aan te geven welke kant ik op ga. Dat is wat ik voor Gale achterlaat op onze gebruikelijke ontmoetingsplek op de eerste zondag na het Oogstfeest.

Ik ben dieper het koude, mistige bos in gelopen, over een moeilijk begaanbaar pad dat Gale niet kent, maar dat mijn voeten met gemak vinden. Het loopt naar het meer Ik ben bang dat we op de plek waar we normaal altijd afspreken in de gaten worden gehouden, en dat kan ik niet gebruiken nu ik bij Gale mijn hart wil uitstorten. Maar zal hij wel komen? Als hij niet komt, zal ik het erop moeten wagen om midden in de nacht naar zijn huis te gaan. Er zijn dingen die hij moet weten... Dingen die ik moet uitzoeken, waar hij me bij moet helpen...

Zodra ik doorhad wat de beelden die ik op de televisie van burgemeester Undersee zag betekenden, schoot ik de kamer uit en liep de gang door. Net op tijd, want een paar seconden later kwam de burgemeester de trap op. Ik stak mijn hand naar hem op.

'Zoek je Madge?' vroeg hij vriendelijk.

'Ja. Ik wil haar mijn jurk laten zien,' zei ik.

'Nou, je weet haar te vinden.' Net op dat moment klonk er opnieuw gepiep uit zijn studeerkamer. Zijn gezicht werd ernstig. 'Pardon,' zei hij. Hij liep de kamer in en deed de deur zorgvuldig achter zich dicht.

Ik wachtte in de gang tot ik weer een beetje gekalmeerd was en zei tegen mezelf dat ik me normaal moest gedragen. Vervolgens ging ik naar de kamer van Madge, die aan haar kaptafel voor de spiegel haar golvende blonde haar zat te borstelen. Ze had dezelfde mooie witte jurk aan die ze bij de boete ook had gedragen. Ze zag me staan in de spiegel en glimlachte. 'Kijk nou toch. Alsof je zo uit het Capitool bent gewandeld.'

Ik kwam dichterbij en mijn vingers gleden over de spotgaai. 'Zelfs mijn speld hoort er tegenwoordig helemaal bij. Dankzij jou is iedereen in het Capitool helemaal weg van spotgaaien. Weet je zeker dat je hem niet terug wilt?' vroeg ik.

'Doe niet zo gek, het was een cadeau,' zei Madge. Ze bond haar haar vast met een feestelijk gouden lint.

'Hoe ben jij er eigenlijk aan gekomen?' vroeg ik.

'Hij was van mijn tante,' zei ze. 'Maar volgens mij was hij al heel lang in de familie.'

'Best een grappige keuze, een spotgaai,' zei ik. 'Door wat er tijdens de opstand is gebeurd, bedoel ik. Dat de snatergaaien uiteindelijk juist tegen het Capitool werden ingezet.'

De snatergaaien waren mutilanten, genetisch gemanipuleerde mannetjesvogels die het Capitool had ontworpen om de rebellen in de districten mee af te luisteren. Ze konden lange gesprekken onthouden en herhalen, en werden naar de gebieden gestuurd waar de rebellen zaten, om hun woorden vast te leggen en terug naar het Capitool te brengen. De rebellen kregen het door en gaven het Capitool een koekje van eigen deeg door de vogels tjokvol leugens weer terug te sturen. Toen dat ontdekt werd, liet men de snatergaaien vrij in de natuur. Binnen een paar jaar waren ze in het wild uitgestorven, maar toen hadden ze al wel gepaard met de vrouwelijke spotlijsters en zo een geheel nieuwe soort gecreëerd.

'Maar de spotgaaien zijn nooit als wapen ingezet,' zei Madge. 'Het zijn gewoon zangvogels, toch?'

'Ja, dat is ook wel zo,' zeg ik. Maar het is niet waar. Een spotlijster is gewoon een zangvogel. Een spotgáái is een dier dat ontstaan is zonder dat het Capitool dat ooit gewild heeft. Ze hadden er niet op gerekend dat de door henzelf ontworpen snatergaaien de intelligentie hadden om zich aan de natuur aan te passen, dat ze hun genetische code door zouden geven, dat ze het in een nieuwe vorm zo goed zouden doen. Ze hadden niet voorzien dat ze zo'n sterke overlevingsdrang zouden hebben.

En nu ploeter ik door de sneeuw en zie ik de spotgaaien op de takken hippen terwijl ze het gezang van andere vogels oppikken, herhalen, en er dan iets nieuws van maken. Zoals altijd doen ze me aan Rue denken. Ik denk aan de droom die ik de laatste nacht in de trein had, waarin zij een spotgaai was en ik haar achterna ging. Ik wilde dat ik nog iets langer had geslapen, om te zien waar ze me heen probeerde te brengen.

Het is een behoorlijke tocht naar het meer. Mocht hij besluiten om achter me aan te komen, dan zal Gale al zijn energie verbruiken, en die kan hij beter aan de jacht besteden. Hij was opvallend afwezig bij het diner in de burgemeesterswoning, hoewel de rest van zijn familie er wel was. Hazelle zei dat hij ziek thuis zat, maar dat was duidelijk gelogen. Tijdens het Oogstfeest kon ik hem ook al niet vinden. Vick zei dat hij aan het jagen was. Dat was waarschijnlijk wel waar.

Na een paar uur kom ik bij een oud huis aan de rand van het meer. Misschien is 'huis' een te groot woord. Het heeft maar één kamer, ongeveer negen vierkante meter groot. Mijn vader dacht dat er lang geleden heel veel huisjes stonden – je kunt nog steeds hier en daar de funderingen zien – en dat de mensen hierheen kwamen om bij het meer te luieren en te vissen. Dit huis staat als enige nog overeind omdat het van beton is; de vloer, het dak en het plafond. Er is nog maar één raam over van de vier, dat door de jaren heen helemaal vies en gelig geworden is. Het huisje heeft geen stromend water of elektriciteit, maar de open haard doet het nog en er ligt een stapel hout in de hoek die mijn vader en ik jaren geleden bij elkaar gesprokkeld hebben. Ik maak een klein vuurtje en vertrouw erop dat de mist de eventuele rook zal verhullen. Terwijl het vuur oplaait, veeg ik de sneeuw naar buiten die zich onder de lege raamkozijnen heeft opgehoopt, met een takkenbezem die mijn vader voor me heeft gemaakt toen ik een jaar of acht was en hier vadertje en moedertje speelde. Daarna ga ik op de kleine betonnen schouw zitten om bij het vuur te ontdooien en op Gale te wachten.

Hij is er al opvallend snel, met zijn boog over zijn schouder en een dode wilde kalkoen die hij onderweg waarschijnlijk is tegengekomen aan zijn riem. Hij blijft in de deuropening staan, alsof hij zich afvraagt of hij zal binnenkomen. In zijn handen houdt hij de ongeopende leren tas met eten, de thermosfles en Cinna's handschoenen. Cadeaus die hij niet wil aannemen, omdat hij kwaad op me is. Ik weet precies hoe hij zich voelt. Ik heb bij mijn moeder toch precies hetzelfde gedaan?

Ik kijk hem aan. Zijn boosheid kan zijn gevoelens van pijn en verraad vanwege mijn verloving met Peeta nauwelijks verhullen. Dit is mijn laatste kans, deze ontmoeting vandaag, om te voorkomen dat ik Gale voor altijd kwijtraak. Ik kan wel urenlang proberen om alles uit te leggen, maar dat wil niet zeggen dat hij me dan niet alsnog afwijst. Dus ik gooi meteen mijn grootste verdedigingstroef op tafel.

'President Snow heeft persoonlijk gedreigd je te laten vermoorden,' zeg ik.

Gale trekt even zijn wenkbrauwen op, maar ik zie geen echte angst of verbijstering. 'Nog meer mensen?'

'Tja, ik heb geen lijstje van hem gekregen. Maar de kans is vrij groot dat onze gezinnen er ook op staan,' zeg ik.

Dat is genoeg om hem naar het vuur te lokken. Hij gaat op zijn hurken voor de haard zitten en wrijft zich warm. 'Tenzij?'

'Tenzij niets,' zeg ik. Dit vraagt natuurlijk om een nadere uitleg, maar ik heb geen idee waar ik moet beginnen, dus blijf ik gewoon somber in de vlammen zitten staren.

Na een tijdje doorbreekt Gale de stilte. 'Nou, bedankt voor de waarschuwing.'

Ik draai me naar hem om, klaar om uit te vallen, maar dan zie ik de glinstering in zijn ogen. Ik vind het ontzettend stom van mezelf dat ik moet glimlachen. Het is niet grappig, maar het is ook wel een beetje veel om zo rauw op iemands dak te laten vallen. We zullen allemaal hoe dan ook vermorzeld worden. 'Maar ik heb dus een plan.'

'Vast iets heel briljants,' zegt hij. Hij gooit de handschoenen in mijn schoot. 'Hier. Ik hoef de afgedankte handschoenen van je verloofde niet.'

'Hij is mijn verloofde niet. Dat hoort allemaal bij onze act. En dat zijn zijn handschoenen niet. Ze zijn van Cinna geweest,' zeg ik.

'Geef ze dan maar weer hier,' zegt hij. Hij trekt de handschoenen aan, strekt zijn vingers en knikt goedkeurend. 'Nu ga ik in elk geval met lekker warme handen dood.'

'Wat een optimisme. Je weet natuurlijk ook niet wat er is gebeurd,' zeg ik.

'Kom maar op,' antwoordt hij.

Ik besluit te beginnen bij de avond waarop Peeta en ik tot winnaars van de Hongerspelen werden gekroond en Haymitch me waarschuwde voor de woede van het Capitool. Ik vertel hem over het onbehaaglijke gevoel dat zelfs thuis nog aan me knaagde, president Snow die bij ons op bezoek kwam, de moorden in District 11, de spanning in de menigten, de laatste wanhoopspoging van het huwelijksaanzoek, de president die aangaf dat het niet genoeg was, het feit dat ik zeker weet dat ik zal moeten boeten.

Gale onderbreekt me niet één keer. Terwijl ik praat stopt hij de handschoenen in zijn zak, gaat aan de slag met het eten in de leren tas en maakt een maaltijd voor ons klaar. Hij roostert het brood en de kaas, haalt het klokhuis uit de appels, legt kastanjes in het vuur om te poffen. Ik kijk naar zijn handen, naar zijn prachtige, vaardige vingers. Vol littekens, zoals ik ook had voor het Capitool alle oneffenheden van mijn huid wiste, maar krachtig en bedreven. Handen die sterk genoeg zijn om steenkool uit de mijnen te halen, maar ook precies genoeg om een verfijnde strik te zetten. Handen die ik vertrouw.

Ik houd even op om een slok thee te nemen uit de thermosfles voordat ik hem over mijn thuiskomst vertel.

'Nou, je hebt er wel een potje van gemaakt,' zegt hij.

'Ik ben nog niet klaar,' antwoord ik.

'Ik heb wel even genoeg gehoord. Sla de rest maar over en vertel eens over dat plan van je,' zegt hij.

Ik haal diep adem. 'We gaan ervandoor.'

'Hè?' vraagt hij. Hier was hij zowaar niet op voorbereid.

'We vluchten naar het bos,' zeg ik. Zijn gezicht staat ondoorgrondelijk. Zal hij me uitlachen, het afdoen als een onzinnig idee? Ik sta driftig op en bereid me voor op een ruzie. 'Je hebt zelf gezegd dat we het zouden kunnen doen! Op de ochtend van de boete. Jij zei...'

Hij doet een stap naar me toe en ik voel dat ik van de grond word getild. De kamer draait en ik moet mijn armen om Gales nek slaan om me schrap te zetten. Hij lacht vrolijk.

'Hé!' roep ik protesterend, maar ik lach ook.

Gale zet me neer, maar laat me niet los. 'Goed, we vluchten,' zegt hij.

'Echt? Vind je me niet gestoord? Ga je met me mee?' Een deel van het verpletterende gewicht valt van mijn schouders en verplaatst zich naar die van Gale.

'Ik vind je wél gestoord, en tóch ga ik met je mee,' zegt hij. Hij meent het. Hij meent het niet alleen, hij is er zelfs blij mee. 'We redden het wel. Het gaat ons lukken. We gaan ervandoor en komen nooit meer terug!'

'Weet je het zeker?' vraag ik. 'Want het wordt wel zwaar, met de kinderen erbij en zo. Ik wil niet dat we tien kilometer het bos in zijn en dat jij dan...'

'Ik weet het zeker. Ik weet het absoluut, helemaal, honderd procent zeker.' Hij buigt zijn hoofd om zijn voorhoofd tegen het mijne te kunnen leggen en trekt me tegen zich aan. Zijn huid, zijn hele lijf straalt hitte uit omdat hij zo dicht bij het vuur heeft gezeten, en met mijn ogen dicht dompel ik me onder in zijn warmte. Ik adem de geur van vochtig leer en rook en appels in, de geur van al die winterse dagen die we samen voor de Spelen hebben doorgebracht. Ik probeer me niet los te trekken. Waarom zou ik ook? Zijn stem wordt een zacht gefluister. 'Ik hou van je.'

Daarom dus.

Ik zie dat soort dingen nooit aankomen. Ze gaan te snel. Het ene moment stel je voor om te ontsnappen en het volgende... krijg je zoiets voor je kiezen. En dan geef ik ook nog het afschuwelijkste antwoord dat je maar kunt bedenken. 'Dat weet ik.'

Het klinkt verschrikkelijk. Alsof ik ervan uitga dat het logisch is dat hij van mij houdt, maar dat ik niets voor hem voel. Gale doet een stap achteruit, maar ik grijp hem vast. 'Dat weet ik! En jij... weet wat je voor mij betekent.' Het is niet genoeg. Hij maakt zich los uit mijn greep. 'Gale, ik kan op dit moment niet op die manier over iemand nadenken. Sinds ze Prims naam getrokken hebben bij de boete kan ik alleen nog maar elke minuut van de dag denken aan hoe bang ik ben. Er lijkt gewoon geen ruimte te zijn voor iets anders. Als we ergens op een veilige plek zijn kan ik misschien anders zijn. Ik weet het niet.'

Ik zie dat hij zijn teleurstelling verbijt. 'Goed, we gaan. En dan merken we het vanzelf wel.' Hij buigt zich weer over het vuur; de kastanjes branden aan. Hij wipt ze op de schouw. 'Mijn moeder zal wel niet zo makkelijk te overtuigen zijn.'

Dus hij gaat nog wel mee. Maar de euforie is verdwenen en heeft plaatsgemaakt voor een maar al te vertrouwde spanning. 'Die van mij ook niet. Ik moet haar gewoon aan haar verstand brengen dat dit het beste is. Ik zal eens een flink eind met haar gaan wandelen, tot ze echt inziet dat we het anders niet overleven.'

'Ze begrijpt het wel. Ik heb heel vaak met haar en Prim naar de Spelen gekeken. Tegen jou zal ze geen nee zeggen,' zegt Gale.

‘Ik hoop het.’ Binnen een paar seconden lijkt het minstens vijf graden kouder geworden te zijn in het huisje. ‘Haymitch zal waarschijnlijk pas echt lastig worden.’

‘Haymitch?’ Gale kijkt op van zijn kastanjes. ‘Je gaat toch niet vragen of hij ook meekomt?’

‘Ik zal wel moeten, Gale. Ik kan hem en Peeta niet achterlaten, want...’ Ik houd mijn mond als ik zijn boze blik zie. ‘Wat nou?’

‘Sorry. Ik had even niet door hoe groot ons gezelschap zou worden,’ snauwt hij me toe.

‘Ze zouden hen doodmartelen om erachter te komen waar ik was,’ zeg ik.

‘En Peeta’s familieleden dan? Die gaan heus niet mee. Sterker nog, die staan waarschijnlijk te trappelen om ons te verraden, en dat weet hij ook wel. Stel dat hij besluit om te blijven?’ vraagt hij.

Ik probeer onverschillig te klinken, maar mijn stem slaat over. ‘Dan blijft hij.’

‘Zou je hem achterlaten?’ vraagt Gale.

‘Als ik daarmee Prim en mijn moeder kan redden wel, ja,’ antwoord ik. ‘Ik bedoel, nee! Ik haal hem wel over.’

‘En mij, zou je mij achterlaten?’ Gales gezicht staat nu zo hard als steen. ‘Als ik mijn moeder er bijvoorbeeld niet van kan overtuigen om drie jonge kinderen midden in winter de wildernis in te slepen?’

‘Hazelle komt wel. Ze begrijpt heus wel dat het niet anders kan.’

‘En zo niet, Katniss? Wat dan?’ wil hij weten.

‘Dan moet je haar dwingen, Gale. Denk je dat ik dit allemaal uit mijn duim zuig?’ Ook ik ga van boosheid harder praten.

‘Nee. Ik weet het niet. Misschien manipuleert de president je wel gewoon. Hij betaalt jullie bruiloft, ik bedoel maar. Je zag hoe de mensen in het Capitool reageerden. Volgens mij kan hij het zich helemaal niet permitteren om jou te laten vermoorden. Of Peeta. Daar komt hij toch nooit mee weg?’ zegt Gale.

‘Nou, met een opstand in District 8 denk ik anders niet dat

hij veel tijd zal besteden aan het uitzoeken van mijn bruidstaart!' schreeuw ik.

Zodra de woorden mijn mond uit zijn, wil ik ze weer terugnemen. Ze missen hun uitwerking niet – Gales wangen worden rood van opwinding en zijn grijze ogen beginnen te schitteren. 'Is er een opstand in District 8?' vraagt hij op een fluistertoon.

Ik probeer de schade te herstellen. Probeer hem tot bedaren te brengen, net zoals ik geprobeerd heb de districten tot bedaren te brengen. 'Ik weet niet of het echt een opstand is. Het is er onrustig. Er zijn mensen de straat op gegaan...'

Gale pakt me bij mijn schouders. 'Wat heb je gezien?'

'Niets! Niet toen ik er was. Ik heb gewoon iets opgevangen.' Zoals gewoonlijk is het niet genoeg en veel te laat. Ik geef het op en vertel hem alles. 'Ik zag iets op de televisie van de burgemeester. Per ongeluk. Er was een menigte op straat en er stonden dingen in brand en de vredebewakers schoten mensen neer, maar er werd teruggevochten...' Ik bijt op mijn lip en probeer te beschrijven wat ik nog meer heb gezien, maar uiteindelijk spreek ik hardop uit wat er al de hele tijd aan me vreet. 'Het is mijn schuld, Gale. Door wat ik heb gedaan in de arena. Als ik gewoon zelfmoord had gepleegd met die bessen was dit allemaal niet gebeurd. Dan had Peeta gewoon naar huis kunnen gaan om verder te leven en zouden alle anderen ook veilig zijn.'

'Zodat ze veilig zouden kunnen verhongeren?' vraagt hij iets vriendelijker. 'Veilig slavenarbeid zouden kunnen verrichten? Of veilig hun kinderen naar de boete zouden kunnen sturen? Je hebt die mensen niets misdaan – je hebt hun juist een kans geboden. Ze hoeven alleen maar dapper genoeg te zijn om hem te grijpen. Er wordt al over gepraat in de mijnen. Mensen willen vechten. Snap je het niet? Het is zover! Eindelijk is het zover! Als er in District 8 een opstand is, waarom dan niet hier? Waarom dan niet overal? Misschien is dit wel eindelijk het moment waarop we...'

'Hou je mond! Je hebt geen idee waar je het over hebt. De vredebewakers in andere districten zijn heel anders dan Darius, ze zijn zelfs nog erger dan Cray. Ze geven helemaal niets om de levens van de districtinwoners,' zeg ik.

'Daarom moeten we ons aansluiten bij het verzet!' antwoordt hij hardvochtig.

'Nee! We moeten hier weg voor ze ons samen met nog een heleboel andere mensen vermoorden!' Ik ben weer aan het schreeuwen, want ik begrijp niet waarom hij dit doet. Het is allemaal zo duidelijk, waarom snapt hij het nou niet?

Gale duwt me ruw van zich af. 'Ga jij dan maar weg. Je kunt wachten tot je een ons weegt, maar ik ga niet meer mee.'

'Zonet wilde je anders maar wat graag vluchten. Ik snap niet wat een opstand in District 8 daaraan verandert – die maakt het juist alleen maar belangrijker dat we gaan. Je bent gewoon boos omdat...' Nee, ik kan hem niet met Peeta om zijn oren slaan. 'En je familie dan?'

'En de ándere families dan, Katniss? De gezinnen die niet kunnen vluchten? Snap je het niet? We mogen niet alleen aan ons eigen hachje denken. Niet als de opstand is begonnen!' Gale schudt zijn hoofd en steekt zijn afschuw niet onder stoelen of banken. 'Je zou zoveel kunnen betekenen.' Hij gooit Cinna's handschoenen naar mijn voeten. 'Ik ben van gedachten veranderd. Ik hoef geen dingen die in het Capitool gemaakt zijn.' En weg is hij.

Ik kijk met gebogen hoofd naar de handschoenen. Dingen die in het Capitool gemaakt zijn? Ging dat over mij? Denkt hij dat ik nu een of ander Capitoolproduct ben geworden, iets onreins? Ik ben woedend – het is allemaal zo oneerlijk. Maar tegelijkertijd ben ik bang dat hij nu stomme dingen gaat uithalen.

Ik ga naast het vuur zitten, wanhopig op zoek naar een beetje warmte, en probeer te bedenken wat mijn volgende stap moet worden. Ik sus mezelf door te denken dat opstanden niet binnen één dag uitbreken. Gale kan op zijn vroegst pas morgen met de mijnwerkers gaan praten. Als ik Hazelle voor die tijd te pakken krijg, kan zij hem misschien tot kalmte manen. Maar ik kan niet nu meteen gaan. Als hij thuis is, laat hij me niet binnen. Vanavond misschien, als de rest al naar bed is... Hazelle werkt vaak tot diep in de nacht om de was af te krijgen. Ik kan op het raam kloppen en haar de situatie uitleggen en dan kan zij verhinderen dat Gale iets doms doet.

Opeens moet ik weer denken aan mijn gesprek met president Snow in de studeerkamer.

*'Mijn adviseurs waren bang dat je moeilijk zou gaan doen, maar je bent helemaal niet van plan om moeilijk te gaan doen, of wel soms?' vraagt hij.*

*'Nee,' antwoord ik.*

*'Dat zei ik ook al. Ik zei: "Een meisje dat zo ver gaat om haar leven te redden, heeft helemaal geen zin om het halsoverkop weer weg te smijten."'* Ik denk aan hoe hard Hazelle heeft gewerkt om haar gezin in leven te houden. Zij zal beslist aan mijn kant staan in deze kwestie. Toch?

Het is waarschijnlijk al bijna middag en de dagen zijn zo kort. Het is beter om niet in het bos te blijven na zonsondergang als het niet hoeft. Ik stamp de restanten van mijn vuurtje uit, ruim de etensresten op en stop Cinna's handschoenen onder mijn riem. Ik houd ze nog maar even. Voor het geval Gale van gedachten verandert. Ik denk aan de uitdrukking op zijn gezicht toen hij ze op de grond smeet. Hij walgde echt van ze, van mij...

Ik ploeter door het bos en ben voor het donker bij mijn oude huis. Dat het gesprek met Gale zo slecht is gegaan is een tegenslag, maar ik ben nog steeds vastbesloten om mijn plan door te zetten en uit District 12 te ontsnappen. Nu ga ik eerst naar Peeta. Het lijkt raar, maar misschien is hij wel makkelijker om te praten dan Gale, doordat hij tijdens de Toer een aantal dingen heeft gezien die ik ook heb gezien. Hij loopt net de Winnaarswijk uit als ik hem tegenkom.

'Op jacht geweest?' vraagt hij. Je kunt zien dat hij dat geen goed idee vindt.

'Niet echt. Ga je naar de stad?' vraag ik.

'Ja. Ik word geacht om bij mijn familie te komen eten vanavond,' zegt hij.

'Ik loop wel even een stukje met je mee.' De weg van de Winnaarswijk naar het plein wordt weinig gebruikt en we kunnen er veilig praten. Maar ik lijk de woorden maar niet uit mijn mond te kunnen krijgen nu mijn gesprek met Gale zo rampzalig is verlopen. Ik bijt op mijn gebarsten lippen. Het plein komt met elke stap dichterbij en misschien is dit de enige kans die ik de komende tijd zal krijgen. Ik haal diep adem en gooi het eruit. 'Peeta, als ik zou vragen of je met mij het district wilde ontvluchten, zou je dan meegaan?'

Peeta pakt mijn arm vast zodat ik blijf staan. Hij hoeft niet naar mijn gezicht te kijken om te weten dat ik het meen. 'Hangt ervan af waarom je het vraagt.'

'President Snow vond me niet overtuigend genoeg. Er is een opstand uitgebroken in District 8. We moeten weg,' zeg ik.

'En bedoel je met "we" alleen jij en ik? Nee. Wie zou er nog meer meegaan?' vraagt hij.

'Mijn familie. Die van jou, als ze willen. Haymitch misschien,' zeg ik.

'En Gale?' vraagt hij.

'Ik weet het niet. Hij heeft misschien andere plannen,' zeg ik.

Peeta schudt zijn hoofd en glimlacht een beetje mistroostig. 'Dat zal vast. Best, Katniss, ik ga wel mee.'

Ik voel een klein sprankje hoop. 'Echt?'

'Tuurlijk. Maar ik weet zeker dat je niet gaat,' zegt hij.

Ik ruk mijn arm los. 'Dan ken je mij nog niet. Bereid je maar vast voor. We kunnen elk moment vertrekken.' Ik begin weer te lopen en hij volgt op een paar passen afstand.

'Katniss,' zegt Peeta. Ik loop door. Als hij het een stom idee vindt, wil ik het niet horen, want dit is het enige idee dat ik heb. 'Katniss, wacht nou even.' Ik schop een vieze, bevroren sneeuwklont van de weg en laat hem me inhalen. Het kolengruis maakt alles nog lelijker. 'Ik ga echt met je mee, als jij dat wilt. Ik denk gewoon dat we het beter met Haymitch kunnen bespreken. Zodat we zeker weten dat we het niet erger maken voor iedereen.' Hij rekt zijn hals uit. 'Wat is dat?'

Ik kijk op. Ik werd zo in beslag genomen door mijn eigen zorgen dat ik het vreemde lawaai vanaf het plein helemaal niet heb gehoord. Gefluit, een klap, een menigte die haar adem inhoudt.

'Kom,' zegt Peeta, en zijn gezicht staat plotseling hard. Ik begrijp niet waarom. Ik kan het geluid niet plaatsen, zou niet eens weten wat daar gebeurt. Maar hij denkt kennelijk aan iets ergs.

Als we bij het plein aankomen, is het duidelijk dat er iets aan de hand is, maar er staan zo veel mensen dat we het niet kunnen zien. Peeta klimt op een kist die tegen de muur van de snoepwinkel staat en steekt zijn hand naar me uit om me te helpen terwijl hij zijn ogen over het plein laat glijden. Ik ben halverwege als hij me plotseling terugduwt. 'Niet doen. Wegwezen, nu!' Hij fluistert, maar zijn stem klinkt ruw en dwingend.

'Hè?' vraag ik terwijl ik weer omhoog probeer te klauteren.

'Ga naar huis, Katniss. Ik kom er zo aan, echt waar!' zegt hij.

Ik weet niet wat er gaande is, maar het is iets verschrikkelijks. Ik trek me los uit zijn hand en baan me een weg door de menigte. Mensen zien me, herkennen mijn gezicht en krijgen dan een paniekerige blik in hun ogen. Handen duwen me terug. Stemmen sissen.

'Ga weg, meisje.'

'Je maakt het alleen maar erger.'

'Wil je soms dat hij doodgaat?'

Maar mijn hart bonkt nu zo snel en hevig dat ik het nauwelijks hoor. Ik weet alleen dat wat er midden op het plein gebeurt voor mij bedoeld is. Als ik me eindelijk de open plek op wring, zie ik dat ik gelijk heb. En dat Peeta ook gelijk had. En de stemmen ook.

Gales polsen zijn aan een houten paal gebonden. De wilde kalkoen die hij eerder vandaag heeft geschoten, is met een spijker door de hals boven hem vastgetimmerd. Zijn jas is naast hem op de grond gesmeten, zijn shirt is van zijn lijf gescheurd. Hij hangt bewusteloos op zijn knieën en wordt alleen door de touwen aan zijn handen overeind gehouden. Zijn rug is veranderd in een rauwe, bloederige plak vlees.

Naast hem staat een man die ik nog nooit heb gezien, maar ik herken zijn uniform. Dat pak wordt gedragen door het hoofd van onze vredebewakers. Maar dit is niet onze eigen Cray. Dit is een lange, gespierde man met scherpe vouwen in zijn broek.

De stukjes vallen nog niet helemaal op hun plek, tot ik zie hoe zijn arm de zweep optilt.

# hoofdstuk 8

'Nee!' roep ik terwijl ik naar voren spring. De arm komt al neer en instinctief weet ik dat ik niet sterk genoeg ben om hem tegen te houden. In plaats daarvan werp ik mezelf tussen Gale en de zweep. Ik houd mijn armen gespreid om zijn gehavende lichaam zoveel mogelijk te beschermen, dus ik kan de klap nergens mee afweren. Hij komt met volle kracht op de linkerkant van mijn gezicht neer.

Meteen voel ik een allesverzengende pijn. Scherpe lichtflitsen schieten over mijn netvlies en ik val op mijn knieën. Mijn ene hand ligt om mijn wang en de andere zorgt ervoor dat ik niet voorover zak. Ik voel de striem nu al opzwellen, mijn oog zit dicht. De stenen onder me zijn nat van Gales bloed, ik ruik de doordringende geur. 'Hou op! Straks gaat hij dood!' krijs ik.

Ik vang een glimp op van het gezicht van mijn aanvaller. Harde trekken, diepe rimpels, een wrede mond. Grijs haar, zo kort geschoren dat er nauwelijks nog wat over is, inktzwarte ogen die bijna alleen uit pupil lijken te bestaan, een lange rechte neus, rood van de ijzige kou. De sterke arm gaat opnieuw omhoog, zijn blik is nu op mij gericht. Mijn hand vliegt naar mijn schouder, op zoek naar een pijl, maar mijn wapens liggen natuurlijk veilig verstopt in het bos. Ik bijt op mijn tanden in afwachting van de volgende klap.

'Ho!' blaft een stem. Haymitch komt naar voren en struikelt over een vredebewaker die op de grond ligt. Het is Darius. Er puilt een enorme paarse bult door het rode haar op zijn voorhoofd. Hij is bewusteloos, maar hij ademt nog wel. Wat is er gebeurd? Heeft hij het voor Gale opgenomen toen ik er nog niet was?

Haymitch negeert hem en trekt me hardhandig overeind. 'O,

heel fijn.' Zijn hand grijpt mijn kin vast en rukt hem omhoog. 'Ze heeft volgende week een fotosessie om haar bruidsjurken te laten zien. Hoe ga ik dit aan haar stylist verkopen?'

Ik zie een glimp van herkenning in de ogen van de man met de zweep. Zonder make-up, dik ingepakt tegen de kou en met mijn vlecht achteloos in mijn jas gestopt kun je nauwelijks zien dat ik de winnaar van de laatste Hongerspelen ben. Vooral niet nu mijn halve gezicht bont en blauw is. Maar Haymitch komt al jaren op televisie, en hem vergeet je niet zo snel.

De man zet zijn zweep op zijn heup. 'Ze heeft de bestraffing van een schuldig bevonden misdadiger verstoord.'

Alles aan deze man, zijn bevelende stem, zijn vreemde accent, ademt een onbekende, gevaarlijke dreiging. Waar komt hij vandaan? Uit District 11? 3? Uit het Capitool zelf?

'Al had ze verdomme het Gerechtsgebouw opgeblazen! Moet je haar wang nou zien! Dacht je dat ze daar over een week mee voor de camera kan verschijnen?' snauwt Haymitch.

De stem van de man klinkt nog steeds glashard, maar ik hoor toch een klein spoortje twijfel. 'Dat is mijn probleem niet.'

'O nee? Nou, vriend, dat wordt het zo meteen wel. Het eerste wat ik doe als ik straks thuiskom, is het Capitool bellen,' zegt Haymitch. 'Eens kijken wie jou toestemming heeft gegeven om het knappe gezichtje van mijn winnares tot moes te meppen!'

'Hij heeft gestroopt. Wat heeft zij daar überhaupt mee te maken?' vraagt de man.

'Hij is haar neef.' Peeta pakt mijn andere arm vast, maar wel zachtjes. 'En zij is mijn verloofde. Dus als je hem wilt pakken, moet je eerst langs ons.'

Misschien zijn wij wel de enige drie mensen in het hele district die op deze manier verzet kunnen bieden, hoewel ik zeker weet dat het niet lang zal duren en we hier ongetwijfeld voor zullen boeten. Maar op dit moment kan het me allemaal niets schelen, als Gale maar blijft leven. De nieuwe hoofdvredebewaker kijkt achterom naar zijn versterkingsploeg. Tot mijn opluchting zie ik dat het bekende gezichten zijn, oude vrienden uit de As. Aan de blik in hun ogen kun je zien dat ze niet blij zijn met de situatie.

Een van hen, Purnia, een vrouw die regelmatig bij Sluwe Sae komt eten, doet een stramme pas naar voren. 'Volgens mij is het vereiste aantal zweepslagen voor een eerste vergrijp uitgedeeld, meneer. Tenzij u hem ter dood wilt veroordelen; dat vonnis zal dan door het vuurpeloton worden voltrokken.'

'Is dat hier het standaardprotocol?' vraagt de hoofdvredebewaker.

'Ja meneer,' zegt Purnia, en een aantal anderen knikken bevestigend. Ik weet zeker dat ze eigenlijk geen flauw benul hebben, want als er in de As iemand binnenkomt met een wilde kalkoen is het standaardprotocol om zo snel mogelijk op de beste bouten te bieden.

'Juist. Neem je neef mee, meisje. En zeg als hij bijkomt maar tegen hem dat ik dat vuurpeloton eigenhandig samenstel als hij nog een keer op Capitoolgrond stroopt.' De hoofdvredebewaker laat zijn hand van boven tot beneden over de streng van de zweep glijden, zodat wij onder de bloedspetters komen te zitten. Dan rolt hij hem met snelle, keurige lussen op en beent weg.

De meeste andere vredebewakers lopen in een onbeholpen formatie achter hem aan. Een klein groepje blijft achter en hijst het lichaam van Darius aan zijn armen en benen overeind. Ik vang Purnia's blik op en vorm met mijn lippen het woord 'bedankt' voor ze wegloopt. Ze reageert niet, maar ik weet zeker dat ze het heeft begrepen.

'Gale.' Ik draai me om en mijn handen worstelen met de knopen rond zijn polsen. Iemand geeft een mes aan en Peeta snijdt de touwen door. Gale zakt op de grond in elkaar.

'Hij moet naar je moeder,' zegt Haymitch.

Er is geen brancard, maar de oude vrouw van het kledingstalletje verkoopt ons de plank waarop ze in haar kraam haar waren uitstalt. 'Als je maar niet zegt hoe je eraan gekomen bent,' zegt ze terwijl ze snel haar spulletjes inpakt. Het plein is grotendeels leeggestroomd, de angst heeft het gewonnen van het medeleven. Ik kan het niemand kwalijk nemen na wat er net gebeurd is.

Tegen de tijd dat we Gale op zijn buik op de plank hebben gelegd, is er nog maar een handjevol mensen over om hem te helpen dragen. Haymitch, Peeta en een paar mijnwerkers die bij Gale in de ploeg zitten, tillen hem op.

Leevy, een meisje dat vlak bij ons oude huis in de Laag woont, pakt mijn arm. Mijn moeder heeft vorig jaar het leven van haar broertje gered toen hij de mazelen had. 'Zal ik jullie helpen?' Haar grijze ogen staan bang maar vastberaden.

'Dat hoeft niet, maar wil jij Hazelle halen? Vragen of ze naar ons toe komt?' vraag ik.

'Ja,' zegt Leevy en ze draait zich onmiddellijk om.

'Leevy!' roep ik haar na. 'Zeg dat ze de kinderen thuislaat.'

'Is goed. Ik blijf wel bij ze,' zegt ze.

'Dank je wel.' Ik gris Gales jas mee en ren achter de anderen aan.

'Doe eens wat sneeuw op je gezicht,' beveelt Haymitch over zijn schouder. Ik schep een handvol sneeuw op en druk het tegen mijn wang, zodat de pijn een klein beetje verdoofd wordt. Mijn linkeroog traant heel erg en in het schemerlicht zie ik nog maar net het paar laarzen voor me.

Tijdens het lopen hoor ik Bristel en Thom, de ploegmaten van Gale, praten over wat er volgens hen gebeurd is. Gale moet naar het huis van Cray gegaan zijn, zoals hij al zo vaak gedaan heeft, in de wetenschap dat Cray goed betaalt voor een wilde kalkoen. Maar in plaats van Cray trof hij daar de nieuwe hoofdvredebewaker aan, een man die Romulus Thread schijnt te heten. Niemand weet wat er met Cray is gebeurd. Hij heeft vanochtend nog sterkedrank gekocht in de As, toen hij blijkbaar nog het bevel over het district voerde, maar nu is hij nergens meer te bekennen. Thread liet Gale direct arresteren en aangezien hij een dode kalkoen in zijn handen had, kon hij moeilijk zeggen dat hij onschuldig was. Het nieuws dat hij in de problemen zat, ging als een lopend vuurtje rond. Hij werd naar het plein gebracht, gedwongen om schuld te bekennen, en veroordeeld tot een serie zweepslagen die onmiddellijk moesten worden uitgevoerd. Tegen de tijd dat ik er was, had hij al minstens veertig klappen gehad. Rond de dertigste was hij bewusteloos geraakt.

'Mazzel dat-ie alleen die kalkoen bij zich had,' zegt Bristel. 'Als het zijn gebruikelijke buit was geweest, had het nog veel erger kunnen zijn.'

'Hij zei tegen Thread dat hij het beest door de Laag had zien wandelen. Dat het blijkbaar onder het hek door was gekropen en dat hij het met een stok had doodgestoken. Nog steeds een misdaad. Maar als ze hadden geweten dat hij in het bos met wapens rondloopt, hadden ze hem zeker weten ter dood veroordeeld,' zegt Thom.

'Wat is er met Darius gebeurd?' vraagt Peeta.

'Hij kwam na twintig zweepslagen tussenbeide, zei dat het wel genoeg was geweest. Maar hij zei het niet netjes en officieel, zoals Purnia. Hij pakte Thread bij zijn arm en Thread gaf hem een klap tegen zijn hoofd met het handvat van de zweep. Die jongen gaat het nog zwaar krijgen,' zegt Bristel.

'Ik vrees dat wij het allemaal nog zwaar gaan krijgen,' zegt Haymitch.

Het begint te sneeuwen, hard en nat, zodat ik nog minder zie. Ik strompel achter de anderen aan over het paadje naar mijn huis en laat me meer door mijn oren dan door mijn ogen de weg wijzen. Als de deur opengaat, valt er een gouden licht op de sneeuw. Mijn moeder, die ongetwijfeld op me zat te wachten nadat ik een hele dag zonder iets te zeggen van huis ben geweest, neemt de situatie in zich op.

'Nieuw hoofd,' zegt Haymitch, en ze geeft hem een kort knikje, alsof ze aan die uitleg genoeg heeft.

Ik sta, zoals altijd, vol bewondering te kijken hoe ze van een vrouw die me nog roept om een spin dood te maken verandert in een vrouw die immuun is voor angst. Volgens mij zijn dit de enige momenten waarop mijn moeder weet wie ze is: als ze voor een zieke of stervende patiënt moet zorgen. Binnen de kortste keren is de lange keukentafel leeggehaald, ligt er een steriele witte doek overheen en wordt Gale erbovenop getild. Mijn moeder giet water uit een ketel in een kom terwijl ze ondertussen tegen Prim zegt welke dingen ze allemaal uit haar medicijnkastje moet pakken. Gedroogde kruiden en tincturen en potjes uit de winkel. Ik kijk naar haar handen, naar de lange spitse vingers die snel iets verkruimelen boven de kom en daarna een paar druppels van het een of ander toevoegen. Ze dompelt een doek in de hete vloeistof terwijl ze Prim aanwijzingen geeft om een tweede brouwsel klaar te maken.

Mijn moeder werpt me een snelle blik toe. 'Is je oog geraakt?'

'Nee, het zit gewoon dicht door de zwelling,' zeg ik.

'Hou er nog wat sneeuw tegenaan,' commandeert ze. Maar ik ben duidelijk geen noodgeval.

'Kun je hem redden?' vraag ik aan mijn moeder. Ze zegt niets, maar wringt de doek uit en houdt hem dan in de lucht om hem een beetje te laten afkoelen.

'Maak je geen zorgen,' zegt Haymitch. 'Voor Cray er was, werden er heel vaak zweepslagen uitgedeeld. We brachten ze altijd naar haar.'

Ik kan me niet herinneren dat Cray er níét was, in een tijd waarin de hoofdvredebewaker er ongehinderd op los sloeg. Maar mijn moeder moet toen ongeveer net zo oud als ik zijn geweest en werkte bij haar ouders in de apotheek. Zelfs toen had ze dus al genezende handen.

Heel voorzichtig begint ze het gehavende vlees op Gales rug schoon te maken. Ik word misselijk als ik ernaar kijk, voel me nutteloos terwijl het laatste beetje sneeuw van mijn handschoen in een plasje op de grond druppelt. Peeta zet me in een stoel en houdt een doek met verse sneeuw tegen mijn wang.

Haymitch zegt tegen Bristel en Thom dat ze naar huis moeten gaan en ik zie dat hij hen bij het afscheid een stel munten in de hand drukt. 'Wie weet wat er met jullie ploeg gaat gebeuren,' zegt hij. Ze knikken en nemen het geld aan.

Hazelle komt hijgend binnenstormen met rode wangen en verse sneeuw in haar haar. Ze gaat zwijgend op een kruk naast de tafel zitten, pakt Gales hand en drukt hem tegen haar lippen. Mijn moeder begroet haar niet eens. Haar hoofd is ergens anders, op die speciale plek waar alleen zij en de patiënt en af en toe Prim bestaan. Wij komen later wel.

Zelfs in haar bekwame handen duurt het lang voordat alle wonden zijn schoongemaakt, de flarden huid die nog gered kunnen worden weer op hun plaats liggen, er een zalf op is gesmeerd en een dun verband is aangelegd. Nu het bloed is weggewassen, zie ik hoe vaak de zweep is neergekomen en ik voel de slagen terug in die ene striem op mijn wang. Ik vermenigvuldig mijn eigen pijn met één, twee, veertig, en kan alleen maar hopen dat Gale bewusteloos blijft. Maar natuurlijk is dat te veel gevraagd. Als het laatste verband op zijn plek zit, komt er een kreun over zijn lippen. Hazelle streelt over zijn haar en fluistert iets terwijl mijn moeder en Prim door hun magere voorraad pijnstillers gaan, die normaal gesproken alleen door dokters worden verstrekt. Er is moeilijk aan te komen, ze zijn duur, en er is altijd heel veel vraag naar. Mijn moeder moet de zwaarste pillen bewaren voor de ergste pijn, maar wat is de ergste pijn? Voor mij is dat altijd de pijn die er op dat moment is. Als ik het voor het zeggen had, zouden al die pijnstillers binnen een dag op zijn, omdat ik er zo slecht tegen kan om mensen te zien lijden. Mijn moeder probeert ze te bewaren voor de mensen die echt op sterven liggen, om ze rustig weg te laten zakken.

Omdat Gale weer bijkomt, besluiten ze hem een kruidenmengsel te geven dat hij kan doorslikken. 'Dat is niet genoeg,' zeg ik. Ze kijken me aan. 'Dat is niet genoeg. Ik weet hoe het voelt. Daar kun je nauwelijks een stevige hoofdpijn mee onderdrukken.'

'We vermengen het met slaapsiroop, Katniss, en dan redt hij het wel. De kruiden zijn meer bedoeld om ontstekingen...' begint mijn moeder kalm.

'Geef hem nou gewoon die medicijnen!' schreeuw ik tegen haar. 'Geef ze dan! Wie ben jij om te bepalen hoeveel pijn hij kan verdragen?'

Gale reageert als hij mijn stem hoort en probeert zijn arm naar me uit te strekken. Door de beweging komen er meteen verse bloedvlekken in zijn verband en hij slaakt een gekwelde kreun.

'Breng haar naar buiten,' zegt mijn moeder. Haymitch en Peeta dragen me letterlijk de kamer uit terwijl ik allerlei verwensingen naar haar hoofd slinger. Ze drukken me neer op een bed in een van de extra slaapkamers tot ik niet meer tegenstribbel.

Terwijl ik daar lig te snikken en de tranen zich uit mijn dichtgeknepen oog proberen te persen, hoor ik Peeta tegen Haymitch fluisteren over president Snow en de opstand in District 8. 'Ze wil dat we er met z'n allen vandoor gaan,' zegt hij, maar als Haymitch daar een mening over heeft dan houdt hij die voor zich.

Na een tijdje komt mijn moeder binnen om mijn gezicht te behandelen. Daarna houdt ze mijn hand vast en aait over mijn arm terwijl Haymitch vertelt wat er met Gale is gebeurd.

'Dus het begint weer?' vraagt ze. 'Net als vroeger?'

'Lijkt er wel op,' antwoordt hij. 'Wie had gedacht dat we die ouwe Cray ooit zouden missen?'

Cray was sowieso al niet geliefd door het uniform dat hij droeg, maar hij had ook nog eens de gewoonte om uitgehongerde jonge vrouwen voor geld zijn bed in te lokken, wat hem pas echt gehaat maakte in het district. In heel zware tijden verzamelden de allerhongerigsten zich 's avonds voor zijn deur en verdrongen elkaar voor de kans om een paar centen te verdienen door hun lichaam te verkopen, om zo hun families te eten te kunnen geven. Als ik ouder was geweest toen mijn vader stierf, had ik er misschien wel tussen gestaan. Maar ík leerde jagen.

Ik weet niet precies wat mijn moeder bedoelt als ze zegt dat het weer begint, maar ik ben te boos en mijn wang doet te veel pijn om het te vragen. Maar het idee dat er weer slechte tijden aanbreken is wel tot me doorgedrongen, want als de bel gaat sta ik meteen naast mijn bed. Wie kan dat zijn, midden in de nacht? Er is maar één antwoord mogelijk. Vredebewakers.

'Ze mogen hem niet meenemen,' zeg ik.

'Misschien komen ze wel voor jou,' waarschuwt Haymitch.

'Of voor jou,' zeg ik.

'Het is mijn huis niet,' zegt hij. 'Maar ik doe wel open.'

'Nee, ik ga wel,' zegt mijn moeder stilletjes.

Uiteindelijk gaan we allemaal; we lopen achter haar aan door de gang naar de aanhoudende bel. Als ze de deur opendoet, staat er geen peloton vredebewakers maar een eenzame, met sneeuw bedekte gestalte. Madge. Ze steekt een kleine, vochtige kartonnen doos naar me uit.

'Voor je vriend,' zegt ze. Ik til de deksel van de doos en zie een stuk of zes flesjes met een doorzichtige vloeistof erin. 'Ze zijn van mijn moeder. Ze zei dat ik ze mee mocht nemen. Gebruik ze alsjeblieft.' Voor we haar kunnen tegenhouden, rent ze de sneeuw alweer in.

'Raar kind,' mompelt Haymitch, terwijl we achter mijn moeder aan de keuken in lopen.

Ik weet niet precies wat mijn moeder aan Gale gegeven heeft, maar ik had gelijk, het is niet genoeg. Hij klemt zijn kiezen op elkaar en zijn huid glimt van het zweet. Mijn moeder vult een spuit met de heldere vloeistof uit een van de flesjes en injecteert dat in zijn arm. Zijn gezicht ontspant vrijwel meteen.

'Wat is dat voor spul?' vraagt Peeta.

'Het komt uit het Capitool. Het heet morfling,' antwoordt mijn moeder.

'Ik wist niet eens dat Madge en Gale elkaar kenden,' zegt Peeta.

'Ze kocht altijd aardbeien van ons,' zeg ik bijna boos. Waarom ben ik nou opeens chagrijnig? Toch zeker niet omdat zij dat medicijn heeft gebracht?

'Die vindt ze dan zeker erg lekker,' zegt Haymitch.

Hij legt de vinger op de zere plek. Het suggereert dat er iets speelt tussen Gale en Madge. En dat vind ik helemaal niet leuk.

'Ze is mijn vriendin,' zeg ik alleen maar.

Nu Gale weer slaapt door de pijnstillers, zakt de spanning ook een beetje weg. Prim geeft ons allemaal wat stoofpot met brood. We bieden Hazelle een kamer aan, maar ze moet naar huis, naar haar andere kinderen. Haymitch en Peeta vinden het allebei niet erg om te blijven, maar mijn moeder stuurt hen allebei ook naar hun eigen bed. Ze weet dat het geen zin heeft om dat bij mij te proberen en laat mij de wacht over Gale houden terwijl zij en Prim even gaan slapen.

In de lege keuken ga ik op Hazelles kruk naast Gale zitten en pak zijn hand. Na een tijdje zoeken mijn vingers zijn gezicht op. Ik raak delen van zijn lichaam aan die ik nog nooit heb aangeraakt, omdat er nooit een reden voor was. Zijn zware donkere wenkbrauwen, zijn jukbeenderen, zijn neus, het kuiltje onder aan zijn hals. Mijn vingers glijden over de rand van de stoppeltjes op zijn kaak en vinden uiteindelijk hun weg naar zijn lippen. Zacht en vol, een beetje gebarsten hier en daar. Zijn adem verwarmt mijn koude huid.

Ziet iedereen er in zijn slaap jonger uit? Want op dit moment zou hij zo de jongen kunnen zijn die ik jaren geleden in het bos ontmoette, die me ervan beschuldigde dat ik uit zijn strikken stal. Wat een stel waren we samen – vaderloos, bang, maar ook vastbesloten om onze gezinnen in leven te houden. We waren wanhopig, maar na die dag niet meer alleen, want we hadden elkaar gevonden. Ik denk terug aan talloze momenten in het bos, aan de luie middagen waarop we gingen vissen, aan de dag dat ik hem heb leren zwemmen, aan die keer dat ik mijn knie had verdraaid en hij me naar huis heeft gedragen. We wisten dat we altijd op elkaar konden rekenen, beschermden elkaar, dwongen elkaar om dapper te zijn.

Voor het eerst draai ik in gedachten de situatie om. Ik stel me voor dat ik zou moeten toekijken hoe Gale zich tijdens de boete als vrijwilliger aanbood om Rory te redden, hoe hij uit mijn leven zou worden gerukt, het vriendje van een of ander vreemd meisje zou worden om te overleven, en dan samen met haar zou terugkomen. Dat hij naast haar zou gaan wonen. Zou zeggen dat hij met haar ging trouwen.

Ik voel meteen zo veel haat, voor hem, voor het denkbeeldige meisje, voor alles, dat ik bijna stik. Gale is van mij. Ik ben van hem. Iets anders is ondenkbaar. Waarom moest hij bijna doodgeslagen worden voor ik dat eindelijk kon inzien?

Omdat ik egoïstisch ben. Ik ben een lafaard. Ik ben een meisje dat, terwijl ze eigenlijk iets goeds zou kunnen doen, wil vluchten om te overleven en iedereen die niet mee kan aan zijn ellendige lot wil overlaten. Dát meisje heeft Gale vandaag in het bos gesproken.

Geen wonder dat ik de Spelen heb gewonnen. Aardige mensen winnen nooit.

*Je hebt Peeta gered*, denk ik zwakjes.

Maar zelfs daar heb ik nu mijn twijfels over. Ik wist dondersgoed dat mijn leven hier in District 12 ondraaglijk zou worden als ik die jongen zou laten doodgaan.

Ik leg mijn hoofd op de rand van de tafel, overmand door zelfhaat. Ik wilde dat ik was doodgegaan in de arena. Dat Seneca Crane me meteen de lucht in had laten vliegen toen ik de bessen liet zien, zoals hij volgens president Snow had moeten doen.

De bessen. Ik besef dat het antwoord op de vraag wie ik ben besloten ligt in dat handjevol giftige vruchten. Als ik ze heb gepakt om Peeta te redden, omdat ik wist dat ik met de nek zou worden aangekeken als ik zonder hem terugkwam, dan ben ik verachtelijk.

Als ik ze heb gepakt omdat ik van hem hield, dan ben ik nog steeds zelfzuchtig, maar wel te vergeven. Maar als ik ze heb gepakt om het Capitool te tarten, dan ben ik een waardig persoon. Het probleem is alleen dat ik zelf eigenlijk niet zo goed weet wat er op dat moment precies door me heen ging.

Hebben de mensen in de districten gelijk? Was het echt een daad van rebellie, al deed ik het misschien niet bewust? Want diep in mijn hart moet ik toch weten dat het niet genoeg is om mijzelf, of mijn familie, of mijn vrienden in leven te houden door te vluchten. Zelfs al zou ik het kunnen. Het zou niets oplossen. Er zouden nog steeds mensen gemarteld worden zoals Gale vandaag gemarteld is.

Het leven in District 12 verschilt eigenlijk niet zoveel van het leven in de arena. Op een gegeven moment moet je stoppen met rennen, je omdraaien en het opnemen tegen de tegenstander die jou wil doden. Het moeilijkste is om daar de moed voor op te brengen. Nou ja, Gale vindt dat niet moeilijk, hij is een geboren rebel. Ik ben degene die hier vluchtplannen zit te verzinnen.

'Het spijt me zo,' fluister ik. Ik buig me voorover en kus hem.

Zijn oogleden knipperen en hij kijkt me wazig van alle verdovende middelen aan. 'Hé, Catnip.'

'Hé, Gale,' zeg ik.

'Ik dacht dat je onderhand wel vertrokken zou zijn,' zegt hij.

De keuze is simpel. Ik kan als opgejaagd wild in het bos sterven, of hier naast Gale. 'Ik ga nergens heen. Ik blijf hier om de boel eens flink op te schudden.'

'Ik ook,' zegt Gale. Hij kan nog net even naar me glimlachen voor de medicijnen hem weer onder zeil trekken.

# hoofdstuk 9

Iemand schudt aan mijn schouder en ik ga overeind zitten. Ik ben met mijn gezicht op tafel in slaap gevallen en mijn goede wang zit vol kreukels van het witte kleed. De andere, die de klap van Thread heeft opgevangen, bonst akelig. Gale is buiten westen, maar hij heeft zijn vingers om de mijne geklemd. Ik ruik vers brood en als ik mijn stijve nek omdraai zie ik Peeta staan, met een intens verdrietige uitdrukking op zijn gezicht. Ik heb het vermoeden dat hij al een tijdje naar ons staat te kijken.

'Ga naar bed, Katniss. Ik zorg wel voor hem,' zegt hij.

'Peeta. Wat ik gisteren heb gezegd, over dat vluchten...' begin ik.

'Ik weet het,' zegt hij. 'Er valt niets uit te leggen.'

In het bleke, besneeuwde ochtendlicht zie ik het brood dat op het aanrecht ligt. De blauwe kringen onder zijn ogen. Ik vraag me af of hij wel geslapen heeft. Kan nooit lang geweest zijn. Ik denk aan hoe hij gisteren zei dat hij met me mee zou gaan, hoe hij naar voren kwam om het samen met mij voor Gale op te nemen, aan het feit dat hij bereid is om zijn lot volledig in mijn handen te leggen terwijl ik hem er zo weinig voor teruggeef. Wat ik ook doe, ik doe altijd iemand pijn. 'Peeta...'

'Ga nou maar naar bed, goed?' zegt hij.

Ik loop op de tast de trap op, kruip onder de dekens en val als een blok in slaap. Op een gegeven moment droom ik over Clove, het meisje uit District 2. Ze komt achter me aan, duwt me tegen de grond en trekt een mes om mijn gezicht open te snijden. Ze boort het diep in mijn wang en maakt een grote snee. Dan begint Clove te veranderen, haar gezicht wordt langer, als een snuit, er schiet een donkere vacht uit haar huid en haar vingernagels groeien uit tot lange klauwen, maar haar ogen blijven hetzelfde. Ze wordt de mutilantenversie van zichzelf, het wolfachtige wezen van het Capitool dat onze laatste nacht in de arena tot een hel heeft gemaakt. Ze gooit haar kop in haar nek en laat een lang, griezelig gejank horen dat door andere mutilanten in de buurt wordt opgepikt. Clove begint het bloed op te lebberen dat uit mijn wond stroomt, en met elke lik gaat er een nieuwe golf van pijn door mijn gezicht. Ik slaak een gesmoorde kreet en word met een schok wakker, zwetend en rillend tegelijk. Met mijn hand om mijn gehavende wang zeg ik tegen mezelf dat deze wond niet door Clove maar door Thread is veroorzaakt. Ik wilde dat Peeta hier was om me vast te houden, tot ik me herinner dat ik dat niet meer mag denken. Ik heb voor Gale en de opstand gekozen, en een toekomst met Peeta is een idee van het Capitool, niet van mij.

Mijn oog is iets minder gezwollen en ik kan er alweer een beetje mee kijken. Ik trek de gordijnen open en zie dat het winterse weer tot een ware sneeuwstorm is uitgegroeid: de buitenwereld bestaat uit een witte muur en de huilende wind lijkt opvallend veel op het gejank van de mutilanten.

Ik ben blij met de storm, met de felle rukwinden en de hoge sneeuwhopen. Hopelijk is het genoeg om de echte wolven, ook wel bekend als de vredebewakers, bij mijn huis vandaan te houden. Nu heb ik een paar dagen om na te denken. Om een plan te verzinnen. Met Gale en Peeta en Haymitch allemaal in de buurt. Deze sneeuwstorm is een geschenk uit de hemel.

Maar voordat ik naar beneden ga om aan mijn nieuwe leven te beginnen, neem ik even de tijd om de gevolgen daarvan te erkennen. Gisteren was ik nog bereid om hartje winter met mijn dierbaren de wildernis in te trekken, met een reële kans dat het Capitool ons achterna zou komen. Op z'n minst een gewaagde onderneming. Maar nu ga ik aan iets beginnen wat nog veel gevaarlijker is. Wie zich tegen het Capitool verzet, kan erop rekenen dat ze zo snel mogelijk wraak zullen nemen. Ik moet accepteren dat ik elk ogenblik kan worden opgepakt. Dat er op de deur wordt geklopt, net als gisternacht, en er een groep vredebewakers staat om me in te rekenen. Misschien word ik gemarteld. Verminkt. Op het plein door mijn hoofd geschoten, als ik het geluk heb om zo snel aan mijn eind te komen. Het Capitool heeft eindeloos veel creatieve manieren om mensen te vermoorden. Als ik eraan denk word ik doodsbang, maar laten we wel wezen: die gedachten lagen al die tijd toch al ergens in mijn achterhoofd op de loer. Ik heb als tribuut aan de Spelen deelgenomen. Ben bedreigd door de president. Met een zweep in mijn gezicht geslagen. Ik ben al een doelwit.

Nu komt het moeilijke gedeelte. Ik moet accepteren dat mijn familie en vrienden misschien hetzelfde lot zullen ondergaan. Prim. Ik hoef alleen maar aan Prim te denken en al mijn vastberadenheid verdwijnt als sneeuw voor de zon. Het is mijn taak om haar te beschermen. Ik trek de deken over mijn hoofd, maar mijn ademhaling is zo gejaagd dat ik alle zuurstof verbruik en al snel naar frisse lucht snak. Het Capitool mag Prim geen pijn doen.

En dan dringt het tot me door. Dat hebben ze al gedaan. Ze hebben haar vader vermoord in die vervloekte mijnen. Ze hebben geen poot uitgestoken toen ze bijna doodging van de honger. Ze hebben haar uitgekozen als tribuut en haar vervolgens gedwongen om toe te kijken hoe haar zus op leven en dood de Spelen uitvocht. Ze heeft al veel meer pijn geleden dan ik toen ik twaalf was. En dat is zelfs allemaal nog niets vergeleken met het leven van Rue.

Ik duw de deken van me af en zuig de koude lucht naar binnen die door de ramen sijpelt.

Prim... Rue... Zij zijn toch precies de reden waarom ik moet proberen te vechten? Wat hun is aangedaan is toch zo vreselijk verkeerd, zo onrechtvaardig, zo slecht dat ik geen andere keus heb? Niemand heeft toch het recht om hen te behandelen zoals zij behandeld zijn?

Precies. Daar moet ik aan denken als de angst me dreigt te verzwelgen. Wat ik ook ga doen, wat we ook zullen moeten doorstaan, het is voor hen. Voor Rue is het te laat, maar voor die vijf gezichtjes die vanaf het plein in District 11 naar me opkeken misschien nog niet. Voor Rory, Vick en Posy nog niet. Voor Prim nog niet.

Gale heeft gelijk. Als mensen dapper genoeg zijn, zou dit een kans kunnen zijn. Hij heeft ook gelijk dat ik, aangezien ik het in gang heb gezet, heel veel zou kunnen betekenen. Hoewel ik geen idee heb hoe ik dat precies zou moeten aanpakken. Maar besluiten om niet te vluchten is een cruciale stap in de goede richting.

Als ik onder de douche sta, maak ik dit keer geen lijsten in mijn hoofd van dingen die we mee het bos in moeten nemen, maar probeer ik te bedenken hoe men die opstand in District 8 heeft georganiseerd. Was hij eigenlijk wel gepland, of is hij gewoon uitgebroken na jaren vol wrok en haat? Hoe zouden we dat hier moeten doen? Zouden de inwoners van District 12 meedoen of hun deuren op slot draaien? Het plein was gisteren zo snel leeg na de geseling van Gale. Maar komt dat niet doordat we ons allemaal zo machteloos voelen en geen idee hebben wat we moeten doen? We hebben iemand nodig die ons aanstuurt, die ons vertelt dat het kán. En volgens mij ben ik dat niet. Ik heb misschien de opstand aangewakkerd, maar een leider moet iemand zijn met overtuigingskracht, en ik heb mezelf nog maar net overtuigd. Het moet iemand zijn die nergens voor terugdeinst, en ik moet zelf nog mijn best doen om niet het bos in te rennen. Iemand die helder en overredend kan praten, en ik sta veel te snel met mijn mond vol tanden.

Praten. Als ik aan praten denk, denk ik aan Peeta. Mensen slikken alles wat hij zegt voor zoete koek. Ik durf te wedden dat híj een menigte wel in beweging zou krijgen, als hij zou willen. Hij zou weten wat hij moest zeggen. Maar ik weet zeker dat het nog nooit bij hem opgekomen is.

Beneden zijn mijn moeder en Prim druk in de weer met Gale. Aan de uitdrukking op zijn gezicht te zien, zijn de medicijnen bijna uitgewerkt. Ik zet me schrap voor een nieuwe ruzie, maar probeer mijn stem rustig te laten klinken. 'Kun je hem niet nog een dosis geven?'

'Dat doe ik straks, als het nodig is. Ik dacht dat we eerst maar eens een laag mengsneeuw moesten proberen,' zegt mijn moeder. Ze heeft het verband losgehaald; je kunt de hitte bijna van zijn rug af zien komen. Ze legt een schone doek op zijn ontstoken huid en geeft Prim een knikje.

Prim loopt naar haar toe en roert in iets wat op het eerste gezicht een grote kom sneeuw lijkt. Maar het spul is lichtgroen van kleur en er komt een zoete, zuivere geur vanaf. Mengsneeuw. Voorzichtig schept ze het spul op de doek. Ik hoor Gales gemartelde huid bijna sissen als het sneeuwbrouwsel erop komt te liggen. Zijn ogen knipperen verbluft open en dan slaakt hij een zucht van verlichting.

'We hebben geluk dat er sneeuw ligt,' zegt mijn moeder.

Ik stel me voor hoe het moet zijn om midden in de zomer te herstellen van dit soort zweepslagen, in de verzengende hitte, als er alleen lauw water uit de kraan komt. 'Wat deden jullie in de warme maanden?' vraag ik.

Er verschijnt een frons tussen mijn moeders wenkbrauwen. 'Dan probeerden we de vliegen weg te houden.'

Mijn maag draait zich om als ik eraan denk. Ze vult een zakdoek met mengsneeuw en ik druk hem tegen de striem op mijn wang. De pijn verdwijnt meteen. Door de koude sneeuw, dat is waar, maar ook door het verdovende papje van kruidensappen dat mijn moeder erbij heeft gedaan. 'O. Wat fijn. Waarom heb je dat gisteren niet op zijn rug gelegd?'

'Eerst moest de wond bijtrekken,' zegt ze.

Ik weet niet wat dat precies inhoudt, maar wie ben ik om aan haar te twijfelen – als het maar werkt. Mijn moeder weet wat ze doet. Ik voel me opeens heel erg schuldig over gisteren, over de vreselijke dingen die ik naar haar heb gegild toen Peeta en Haymitch me de keuken uit sleepten. 'Het spijt me. Van dat geschreeuw gisteren.'

'Ik heb wel ergere dingen naar mijn hoofd gekregen,' zegt ze. 'Je hebt zelf gezien hoe mensen zijn, als iemand van wie ze houden pijn lijdt.'

Iemand van wie ze houden. De woorden verdoven mijn tong alsof daar ook een laag mengsneeuw op ligt. Natuurlijk hou ik van Gale. Maar wat voor soort liefde bedoelt ze? Wat bedoel ík als ik zeg dat ik van Gale hou? Ik weet het niet. Ik heb hem wel een kus gegeven vannacht, toen mijn emoties met me op de loop gingen. Maar ik weet zeker dat hij dat niet meer weet. Of wel? Ik hoop van niet. Als hij het nog wel weet, wordt alles alleen nog maar ingewikkelder en ik kan me echt niet met zoenen bezighouden als ik een opstand moet aanwakkeren. Ik schud even met mijn hoofd om het helder te krijgen. 'Waar is Peeta?' vraag ik.

'Hij is naar huis gegaan toen we jou hoorden opstaan. Hij wilde zijn huis niet onbeheerd achterlaten tijdens de storm,' zegt mijn moeder.

'Is hij veilig aangekomen?' vraag ik. In een sneeuwstorm kun je binnen een paar meter de weg kwijtraken en zo van het pad de vergetelheid in dwalen.

'Waarom bel je hem niet even, voor de zekerheid?' zegt ze.

Ik loop de studeerkamer in, die ik na mijn gesprek met president Snow zoveel mogelijk gemeden heb, en draai het nummer van Peeta. De telefoon gaat een paar keer over voor hij opneemt.

'Hoi. Ik wilde alleen even weten of je veilig thuis was gekomen,' zeg ik.

'Katniss, ik woon drie huizen verderop,' zegt hij.

'Dat weet ik wel, maar nou ja, met dit weer en zo,' zeg ik.

'Nou, er is niets aan de hand. Bedankt voor het bellen.' Het is heel lang stil. 'Hoe is het met Gale?'

'Gaat wel. Hij krijgt nu een laag mengsneeuw op zijn rug van mijn moeder en Prim,' zeg ik.

'En je gezicht?' vraagt hij.

'Ze hebben mij ook wat gegeven,' zeg ik. 'Heb je Haymitch al gezien vandaag?'

'Ik ben even bij hem gaan kijken. Ladderzat. Maar ik heb zijn vuur aangemaakt en wat brood voor hem neergelegd,' zegt hij.

'Ik wilde eigenlijk met... met jullie praten.' Meer durf ik niet te zeggen over de telefoon, die ongetwijfeld wordt afgetapt.

'Zal waarschijnlijk moeten wachten tot het buiten weer een beetje rustig is,' zegt hij. 'Tijdens de sneeuwstorm zal er toch niet zoveel gebeuren.'

'Nee, niet zoveel,' beaam ik.

Het duurt twee dagen voordat de storm is uitgeraasd, en dan liggen er sneeuwhopen die tot boven mijn hoofd komen. Daarna duurt het nog een dag voor het pad van de Winnaarswijk naar het plein is vrijgemaakt. Ondertussen help ik mee om voor Gale te zorgen, druk mengsneeuw tegen mijn wang en probeer te bedenken wat ik allemaal nog weet over het oproer in District 8, voor het geval we daar iets aan hebben. De zwelling in mijn gezicht neemt af, waarna ik een jeukende, genezende wond en een bont en blauw oog overhoud. Maar zodra ik de kans krijg, bel ik Peeta om te vragen of hij zin heeft om naar de stad te gaan.

We maken Haymitch wakker en slepen hem ook mee. Hij klaagt, maar niet zoveel als anders. We weten allemaal dat we moeten praten over wat er is gebeurd, en in onze huizen in de Winnaarswijk is dat veel te gevaarlijk. We wachten zelfs tot de wijk ver achter ons ligt voor we überhaupt onze mond opendoen. Tot die tijd bestudeer ik de metershoge muren van sneeuw die aan beide kanten van het smalle paadje dat ze hebben vrijgemaakt oprijzen, en vraag me af of ze boven op ons in elkaar zullen storten.

Uiteindelijk doorbreekt Haymitch de stilte. 'Dus we gaan met z'n allen de rimboe in?' vraagt hij aan mij.

'Nee,' zeg ik. 'Niet meer.'

'Was toch niet zo'n heel sterk plan, hè schat?' zegt hij. 'Nog andere ideeën?'

'Ik wil een opstand beginnen,' zeg ik.

Haymitch schiet in de lach. Het is niet eens een gemeen lachje, en dat maakt het alleen maar erger. Het geeft aan dat hij me absoluut niet serieus neemt. 'Nou, ik wil wat drinken. Laat maar weten hoe het uitpakt,' zegt hij.

'En wat is jouw plan dan?' snauw ik.

'Mijn plan is om ervoor te zorgen dat jullie bruiloft tot in de puntjes wordt geregeld,' zegt Haymitch. 'Ik heb gebeld om de fotosessie te verzetten, maar ik heb niet gezegd waarom.'

'Je hebt niet eens een telefoon,' zeg ik.

'Effie heeft er een laten installeren,' zegt hij. 'Ze heeft gevraagd of ík je naar het altaar wil brengen, wist je dat? "Hoe eerder hoe beter," zei ik.'

'Haymitch.' Ik hoor een smekende ondertoon mijn stem in kruipen.

'Katniss,' zegt hij na-aperig op dezelfde manier. 'Dat helpt niet.'

We worden stil als een ploeg mannen met schoppen ons voorbijloopt richting de Winnaarswijk. Misschien dat zij iets aan die sneeuwmuren van drie meter hoog kunnen doen. En als ze buiten gehoorsafstand zijn, zijn we al te dicht bij het centrum. Als we het plein op lopen, blijven we alle drie tegelijkertijd staan.

*Tijdens de sneeuwstorm zal er toch niet zoveel gebeuren.* Daar waren Peeta en ik het over eens. Maar we zaten er faliekant naast. Het plein heeft een ware gedaanteverwisseling ondergaan. Vanaf het dak van het Gerechtsgebouw hangt een enorme banier met het embleem van Panem erop naar beneden. Vredebewakers in smetteloos witte uniformen marcheren over de schoongeveegde keien. Op de daken staan mitrailleursnesten die door nog weer andere vredebewakers worden bemand. Het angstaanjagendst zijn de martelwerktuigen – een officiële paal voor zweepslagen, een aantal schandpalen en een galg – die midden op het plein in een rij zijn neergezet.

'Thread laat er geen gras over groeien,' zegt Haymitch.

Een paar straten verderop zie ik een vuurzee oplaaien. Niemand hoeft het hardop te zeggen – dat kan alleen maar de As zijn die daar in vlammen opgaat. Ik denk aan Sluwe Sae, aan Ripper, aan al mijn vrienden die daar hun brood verdienen.

'Haymitch, je denkt toch niet dat iedereen nog...' Ik kan de zin niet afmaken.

'Nee, zo dom zijn ze niet. Zou jij ook niet zijn, als je al wat langer meedraaide,' zegt hij. 'Nou, ik ga maar eens kijken hoeveel ontsmettingsalcohol ze bij de apotheek kunnen missen.'

Hij sjokt weg over het plein en ik kijk Peeta aan. 'Wat moet hij daar nou mee?' Dan dringt het antwoord al tot me door. 'Hij mag dat niet drinken. Straks gaat hij dood, en anders wordt-ie op z'n minst blind. Ik heb nog wel wat van die zelfgestookte alcohol op voorraad thuis.'

'Ik ook. Misschien kan hij het daarmee uithouden tot Ripper weer een manier vindt om haar spul op de markt te brengen,' zegt Peeta. 'Ik ga even kijken hoe het met mijn familie is.'

'Ik moet naar Hazelle.' Ik maak me zorgen. Ik had gedacht dat ze zodra de weg sneeuwvrij was bij ons op de stoep zou staan, maar we hebben haar nog helemaal niet gezien.

'Ik loop met je mee. Dan ga ik straks wel even langs de bakkerij,' zegt hij.

'Dank je wel.' Ik ben plotseling heel erg bang voor wat ik zal aantreffen.

De straten zijn vrijwel uitgestorven, wat op zich niet zo vreemd zou zijn rond deze tijd, als de volwassenen naar de mijnen zouden zijn en de kinderen naar school. Maar dat zijn ze niet. Ik zie gezichten naar ons gluren vanuit deuropeningen, door kieren in de luiken.

*Een opstand*, denk ik. *Wat ben ik toch ook een idioot*. Er zit één allesbepalende zwakke plek in het plan die Gale en ik allebei over het hoofd gezien hebben. Voor een opstand moet men de wet overtreden, het gezag tarten. Wíj doen dat al ons hele leven, of onze gezinnen in elk geval. We stropen, handelen op de zwarte markt, bespotten het Capitool in het bos. Maar de meeste mensen in District 12 durven niet eens naar de As om er iets te kopen. En verwacht ik nou echt dat zij zich met bakstenen en fakkels op het plein zullen verzamelen? Zodra ze mij en Peeta alleen maar zíén halen ze hun kinderen al weg bij het raam en trekken de gordijnen stevig dicht.

Hazelle is thuis en zorgt voor Posy, die heel erg ziek blijkt te zijn. Ik herken de rode vlekken; ze heeft de mazelen. 'Ik kon haar niet alleen thuislaten,' zegt ze. 'Ik wist dat Gale in goede handen was.'

'Natuurlijk,' zeg ik. 'Het gaat al veel beter met hem. Mijn moeder zegt dat hij over een paar weken de mijnen alweer in kan.'

'Als ze dan tenminste weer open zijn,' zegt Hazelle. 'Ze zeggen dat ze voorlopig gesloten blijven.' Ze werpt een nerveuze blik op haar lege wastobbe.

'Ben jij ook "gesloten"?' vraag ik.

'Officieel niet,' zegt Hazelle, 'maar niemand durft me meer in te huren.'

'Misschien komt het door de sneeuw,' zegt Peeta.

'Nee. Rory heeft vanochtend even een snel rondje gemaakt. Ze zeggen allemaal dat ze niets te wassen hebben,' zegt ze.

Rory slaat zijn armen om Hazelle heen. 'Het komt wel goed.'

Ik haal een handvol munten uit mijn zak en leg ze op tafel. 'Mijn moeder stuurt straks wel iets voor Posy.'

Als we weer buiten staan, draai ik me om naar Peeta. 'Ga jij maar vast naar je familie. Ik wil even langs de As.'

'Ik loop met je mee,' zegt hij.

'Nee. Ik heb je al veel te veel ellende bezorgd,' zeg ik tegen hem.

'En als ik niet meega naar de As komt het allemaal goed?' Hij glimlacht en pakt mijn hand. Samen wandelen we door de kronkelige straatjes van de Laag tot we bij het brandende pand zijn. Ze hebben niet eens de moeite genomen om er vredebewakers bij te zetten. Ze wisten dat niemand zou proberen het gebouw te redden.

De hitte van de vlammen laat de sneeuw om ons heen smelten en er loopt een zwart stroompje over mijn schoenen. 'Dat is al dat kolenstof, van vroeger,' zeg ik. Het zat in alle hoeken en gaten, was in de planken van de vloer gesleten. Het is een wonder dat er niet eerder brand is uitgebroken. 'Ik wil kijken hoe het met Sluwe Sae gaat.'

'Vandaag niet, Katniss. Ik denk niet dat mensen erbij gebaat zijn als we vandaag bij ze langsgaan,' zegt hij.

We lopen terug via het plein. Ik koop een paar gebakjes bij Peeta's vader terwijl ze wat over het weer babbelen. Niemand zegt iets over de akelige martelwerktuigen die op slechts een paar meter van de voordeur staan. Het laatste wat me opvalt als we het plein af lopen, is dat ik tussen de vredebewakers geen enkel bekend gezicht zie.

De dagen daarna wordt de situatie er alleen maar slechter op. De mijnen blijven twee weken dicht, en in de tussentijd gaat half District 12 bijna dood van de honger. Het aantal kinderen dat zich voor bonnen inschrijft stijgt enorm, maar vaak krijgen ze hun graan niet. Er heerst een voedseltekort, en zelfs de mensen met geld komen met lege handen de winkels uit. Als de mijnen weer opengaan worden de lonen verlaagd, de werktijden verlengd en de mijnwerkers naar schandelijk onveilige werkplekken gestuurd. Als het eten van Pakjesdag aankomt, waar iedereen reikhalzend naar uit heeft gekeken, blijkt het bedorven en aangevreten door ratten. De bouwsels op het plein worden volop gebruikt; mensen worden erheen gesleept en gestraft voor vergrijpen die zo lang door de vingers zijn gezien dat we vergeten waren dat ze strafbaar zijn.

Gale gaat naar huis zonder dat we het nog over een opstand hebben gehad. Maar diep vanbinnen denk ik dat alles wat hij ziet zijn voornemen om terug te vechten alleen maar sterker zal maken. De ontberingen in de mijnen, de gemartelde lichamen op het plein, de honger op de gezichten van zijn familie. Rory heeft zich ingeschreven voor bonnen, iets waar Gale niet eens hardop over kan praten, maar het is nog steeds niet genoeg, want het eten blijft schaars en wordt alsmaar duurder.

Het enige lichtpuntje is dat ik Haymitch zover weet te krijgen dat hij Hazelle als huishoudster aanneemt, waardoor zij wat meer te besteden heeft en Haymitch' levensstandaard langzaam maar zeker omhooggaat. Het is raar om zijn huis binnen te komen en te merken dat het fris en schoon is en er eten op het fornuis staat te pruttelen. Hij heeft het zelf nauwelijks in de gaten, want hij is ondertussen een heel andere strijd aan het voeren. Peeta en ik hebben geprobeerd om de alcohol die we nog hadden te rantsoeneren, maar het is bijna op en de laatste keer dat ik Ripper zag, stond ze aan de schandpaal.

Ik voel me net een uitgestotene als ik door de straten loop: iedereen ontwijkt me in het openbaar. Thuis hebben we echter nooit gebrek aan gezelschap. Er wordt een niet-aflatende stroom zieken en gewonden onze keuken in gedragen en mijn moeder vraagt allang geen vergoeding meer voor haar diensten. Maar haar medicijnvoorraad is zo geslonken dat ze de patiënten binnenkort alleen nog maar met sneeuw kan behandelen.

Het bos is uiteraard verboden terrein. Ik mag er niet heen. Geen sprake van. Zelfs Gale gaat daar op dit moment niet tegenin. Maar op een ochtend lap ík het verbod wel aan mijn laars. En het komt niet door het huis vol zieke en stervende mensen, de bloedende ruggen, de hologige kinderen, de stampende laarzen of de alomtegenwoordige ellende dat ik onder het hek door kruip. Het komt door de kist vol bruidsjurken die op een avond bij ons wordt afgeleverd, met een briefje van Effie erbij waarop staat dat president Snow ze persoonlijk heeft goedgekeurd.

De bruiloft. Wil hij die echt doorzetten? Wat denkt die gestoorde gek daarmee te bereiken? Wil hij de mensen in het Capitool niet teleurstellen? Er is hun een bruiloft beloofd, dus er zal een bruiloft komen. En dan vermoordt hij ons daarna? Als een les voor de districten? Ik weet het niet. Ik snap er geen bal van. Ik lig te woelen en te draaien in mijn bed tot ik het niet meer uithoud. Ik moet hier weg. Een paar uur in elk geval.

Mijn handen wroeten door mijn kast tot ik de isolerende winterkleding vind die Cinna voor me heeft gemaakt om tijdens de Zegetoer in mijn vrije tijd te dragen. Waterdichte laarzen, een sneeuwoverall die me van top tot teen bedekt, thermische handschoenen. Ik vind mijn oude jagerskleren nog steeds heel fijn, maar voor de tocht die ik voor vandaag in gedachten heb, is deze hypermoderne outfit beter geschikt. Ik loop op mijn tenen naar beneden, stop mijn jagerstas vol met eten en glip het huis uit. Door zijstraatjes en achterafsteegjes sluip ik naar de zwakke plek in het hek vlak bij Rooba de slager. Omdat hier veel arbeiders langskomen op weg naar de mijnen is de sneeuw helemaal platgetrapt. Mijn voetstappen zullen absoluut niet opvallen. Ondanks alle extra beveiligingsmaatregelen heeft Thread maar weinig aandacht aan het hek besteed – misschien dacht hij dat de barre weersomstandigheden en de wilde dieren genoeg waren om iedereen veilig binnen te houden. Toch wis ik, zodra ik onder het gaas door ben, mijn sporen uit tot de bomen ze voor me verbergen.

De zon komt net op als ik een stel pijlen en een boog ophaal en door het dikke pak sneeuw in het bos begin te ploeteren. Om de een of andere reden wil ik per se naar het meer. Misschien om er afscheid van te nemen, van mijn vader en de fijne momenten die we er samen hebben gehad, omdat ik weet dat ik er waarschijnlijk nooit meer terug zal komen. Misschien wel gewoon om weer eens vrijuit te kunnen ademen. Ergens kan het me niets schelen of ze me betrappen, als ik het nog maar één keer kan zien.

Ik doe er twee keer zo lang over als normaal. Cinna's kleren houden de warmte inderdaad erg goed vast, en als ik aankom is mijn lichaam onder het pak nat van het zweet, terwijl mijn gezicht verstijfd is van de kou. De felle winterzon die van de sneeuw weerkaatst doet rare dingen met mijn ogen, en ik ben zo moe en verzonken in mijn wanhopige gedachten dat ik de aanwijzingen niet opmerk. Het dunne sliertje rook uit de schoorsteen, de kuiltjes van verse voetafdrukken, de geur van gekookte dennennaalden. Ik ben letterlijk nog maar een paar meter bij de deur van het cementen huisje vandaan als ik stokstijf blijf staan. En niet vanwege de rook of de sporen of de geur. Maar vanwege de onmiskenbare klik van een wapen achter me.

Tweede natuur. Instinct. Ik draai me om en trek tegelijkertijd de pijl naar achteren, hoewel ik weet dat de kansen niet in mijn voordeel zijn. Ik zie het witte vredebewakersuniform, de puntige kin, de lichtbruine iris waar mijn pijl zich in zal boren. Maar het wapen valt op de grond en de vrouw strekt haar arm naar me uit om me te laten zien wat er in haar handschoen ligt.

'Niet doen!' roept ze.

Ik aarzel; ik kan deze onverwachte wending niet goed verwerken. Misschien hebben ze opdracht gekregen om me levend af te leveren, zodat ze me kunnen martelen tot ik alle mensen die ik ooit heb ontmoet verdacht heb gemaakt. *Nou, veel succes*, denk ik. Mijn vingers staan op het punt om de pijl los te laten als ik zie wat ze in haar hand houdt. Het is een klein, wit, plat rond broodje. Eigenlijk meer een cracker. De randjes zijn grijs en klef. Maar in het midden is een duidelijk zichtbaar plaatje gedrukt.

Van mijn spotgaai.

# DEEL II

# DE KWELLING

# hoofdstuk 10

Dit slaat nergens op. Mijn vogel, gebakken in brood. In tegenstelling tot de hippe afbeeldingen die ik in het Capitool heb gezien, is dit beslist geen modegril. 'Wat is dat? Wat betekent dat?' vraag ik scherp terwijl ik haar onder schot blijf houden.

'Het betekent dat we aan jouw kant staan,' zegt een beverige stem achter me.

Ik heb haar niet gezien toen ik dichterbij kwam; ze moet binnen in het huisje geweest zijn. Ik houd mijn ogen op mijn huidige doelwit gericht. Deze nieuwkomer is waarschijnlijk gewapend, maar ik durf te wedden dat ze niet de klik durft te laten horen die mijn dood zou aankondigen, omdat ze weet dat ik dan ogenblikkelijk haar metgezel vermoord. 'Kom hierheen, ik wil je zien,' beveel ik.

'Dat kan ze niet, ze...' begint de vrouw met de cracker.

'Hierheen!' schreeuw ik. Ik hoor een stap en een slepend geluid. Het lopen kost haar duidelijk heel veel moeite. Een tweede vrouw, of misschien moet ik meisje zeggen, want ze lijkt ongeveer net zo oud als ik, hinkt mijn blikveld in. Ze draagt een slecht zittend vredebewakersuniform, inclusief witte bontcape, maar hij is veel te groot voor haar tengere figuur. Voor zover ik kan zien heeft ze geen wapen bij zich. Ze heeft haar handen vol aan een onstabiele, geïmproviseerde kruk, gemaakt van een gebroken tak. De neus van haar rechterlaars blijft steken in de sneeuw, vandaar het gesleep.

Ik kijk onderzoekend naar het gezicht van het meisje, dat felrood is van de kou. Haar tanden staan scheef en ze heeft een wijnvlek boven een van haar chocoladebruine ogen. Dit is geen vredebewaker. En ook geen inwoner van het Capitool.

'Wie zijn jullie?' vraag ik argwanend, maar minder agressief.

'Ik ben Twill,' zegt de vrouw. Zij is ouder. Een jaar of vijfendertig, schat ik zo. 'En dat is Bonnie. We zijn gevlucht uit District 8.'

District 8! Dan moeten zij iets weten over de opstand!

'Hoe komen jullie aan die uniformen?' vraag ik.

'Ik heb ze uit de fabriek gestolen,' zegt Bonnie. 'Daar maken we ze. Maar deze was eigenlijk bedoeld voor... voor iemand anders. Daarom past hij zo slecht.'

'Het pistool was van een dode vredebewaker,' zegt Twill, die mijn blik volgt.

'Die cracker die je daar hebt. Met die vogel. Waar slaat dat op?' vraag ik.

'Weet je dat dan niet, Katniss?' Bonnie lijkt oprecht verbaasd.

Ze herkennen me. Natuurlijk herkennen ze me. Mijn gezicht is niet bedekt en ik sta hier buiten de hekken van District 12 met mijn pijl op hen gericht. Wie zou ik anders moeten zijn? 'Ik weet dat het dezelfde vogel is als op de speld die ik in de arena droeg.'

'Ze weet het niet,' zegt Bonnie zacht. 'Misschien weet ze nog wel nergens van.'

Opeens wil ik per se overkomen alsof ik overal van op de hoogte ben. 'Ik weet dat er een opstand was in 8.'

'Ja, daarom moesten we weg,' zegt Twill.

'Nou, jullie zijn in elk geval een flink eind gekomen. En nu?' vraag ik.

'We zijn op weg naar District 13,' antwoordt Twill.

'13?' zeg ik. 'Er is geen District 13. Dat hebben ze met de grond gelijkgemaakt.'

'Vijfenzeventig jaar geleden, ja,' zegt Twill.

Bonnie verzet haar kruk en krimpt in elkaar.

'Wat is er met je been?' vraag ik.

'Ik heb mijn enkel verstuikt. Mijn laarzen zijn te groot,' zegt Bonnie.

Ik bijt op mijn lip. Intuïtief voel ik dat ze de waarheid vertellen.

En achter die waarheid zit een heleboel informatie die ik graag zou willen horen. Toch doe ik eerst een stap naar voren en raap Twills pistool op voor ik mijn boog laat zakken. Dan aarzel ik even en denk aan een andere dag in ditzelfde bos, toen Gale en ik toekeken hoe er vanuit het niets een hovercraft verscheen die twee vluchtelingen uit het Capitool gevangennam. De jongen werd met een speer gedood. Van het roodharige meisje, zo bleek toen ik in het Capitool was, hebben ze een Avox gemaakt, een slaaf bij wie de tong is afgesneden. 'Worden jullie achtervolgd?'

'We denken van niet. Ze geloven waarschijnlijk dat we zijn omgekomen bij een ontploffing in een fabriek,' zegt Twill. 'Pure mazzel dat dat niet zo was.'

'Goed, we gaan naar binnen,' zeg ik terwijl ik naar het betonnen huisje knik. Ik loop achter hen aan met het pis-tool.

Bonnie loopt rechtstreeks naar de haard en laat zichzelf op de vredebewakerscape zakken die daar is uitgespreid. Ze steekt haar handen uit naar het zwakke vlammetje aan het uiteinde van een verkoold blok hout. Haar huid is zo bleek dat hij bijna doorschijnend is en ik zie het vuur door haar vingers heen gloeien. Twill probeert de cape, het zal de hare wel zijn, om het rillende meisje heen te slaan.

In de as staat een groot, doormidden gesneden blik met een scherpe kartelrand. Het is gevuld met kokend water waarin een handvol dennennaalden drijft.

'Thee?' vraag ik.

'We doen eigenlijk maar wat. Volgens mij heb ik een paar jaar terug tijdens de Hongerspelen iemand dennennaalden zien koken. Ik dacht in elk geval dat het dennennaalden waren,' zegt Twill fronsend.

Ik denk aan District 8, een lelijke stad die naar fabrieksdampen stinkt en waar de mensen in vervallen flats wonen. Nauwelijks een grassprietje te bekennen. Geen enkele mogelijkheid om vertrouwd te raken met de natuur. Het is een wonder dat die twee überhaupt zo ver gekomen zijn.

'Geen eten meer?' vraag ik.

Bonnie schudt haar hoofd. 'We hadden zoveel mogelijk meegenomen, maar er was maar heel weinig. Dat is al een tijdje op.' Haar trillende stem laat mijn laatste restje achterdocht smelten. Dit is gewoon een ondervoed, gewond meisje op de vlucht voor het Capitool.

'Nou, dan hebben jullie geluk vandaag,' zeg ik terwijl ik mijn jagerstas op de grond laat vallen. In het hele district gaan de mensen dood van de honger en wij hebben nog steeds meer dan genoeg. Ik ben dan ook flink aan het uitdelen de laatste tijd. Zelf heb ik mijn eigen adresjes waar ik het eerst langsga: Gales familie, Sluwe Sae, nog een paar andere handelaren uit de As die nu zonder werk zitten. Mijn moeder heeft weer andere mensen, voornamelijk patiënten, die ze wil helpen. Vanochtend heb ik expres mijn jagerstas vol eten gestopt, omdat ik wist dat mijn moeder er bij het zien van de geplunderde voorraadkast van uit zou gaan dat ik mijn ronde langs de hongerigen aan het maken was. Op die manier had ik meer tijd om naar het meer te gaan zonder dat ze zich zorgen zou maken. Ik was van plan om het eten vanavond op de terugweg bij iedereen langs te brengen, maar nu weet ik dat dat er niet van zal komen.

Ik haal twee verse broden uit de tas, met een laag kaas die in de korst is meegebakken. Sinds Peeta erachter is gekomen dat dat mijn lievelingsbrood is, hebben we daar thuis op de een of andere manier altijd een voorraadje van liggen. Het ene gooi ik naar Twill, maar dan sta ik op om het andere in Bonnies schoot te leggen, want haar oog-handcoördinatie lijkt momenteel niet helemaal in orde en ik wil niet dat het eten in het vuur belandt.

'O,' zegt Bonnie. 'O, is dat helemaal voor mij?'

Ik voel iets samentrekken in mijn buik, omdat ik aan een andere stem moet denken. Rue. In de arena. Toen ik haar de ganzantenpoot gaf. *'O, ik heb nog nooit een hele poot voor mij alleen gehad.'* Het ongeloof van de eeuwige hongerlijders.

'Ja, eet maar op, joh,' zeg ik. Bonnie houdt het brood vast alsof ze niet kan geloven dat het echt is en zet haar tanden er dan achter elkaar in, telkens opnieuw, ze kan niet stoppen. 'Het is lekkerder als je het kauwt.' Ze knikt en probeert het wat rustiger aan te doen, maar ik weet hoe zwaar het is als je echt helemaal hol bent vanbinnen. 'Volgens mij is de thee klaar.' Ik schuif het blik uit de as. Twill haalt twee tinnen kopjes uit haar rugzak en ik schep ze vol thee, waarna ik ze even op de grond zet om af te koelen. Ze zitten dicht tegen elkaar aan gekropen te eten, blazen in hun thee en nemen piepkleine, kokendhete slokjes terwijl ik het vuur aanmaak. Ik wacht tot ze het vet van hun vingers likken, en dan zeg ik: 'Zo, en vertel me nu maar eens wat jullie hebben meegemaakt.' En dat doen ze.

Na de Hongerspelen is de onvrede in District 8 alsmaar groter en groter geworden. Tot op zekere hoogte was die natuurlijk altijd al aanwezig. Maar het verschil met vroeger was dat praten alleen nu niet meer genoeg was, en het verlangen om iets te doen veranderde van een droom in werkelijkheid. De textielfabrieken die aan heel Panem leveren staan vol lawaaierige machines, en door de herrie konden ook berichten veilig worden doorgegeven, door lippen die ongemerkt, ongehinderd dingen in oren fluisterden. Twill gaf les op een school, Bonnie was een van haar leerlingen, en als de laatste bel was gegaan moesten ze allebei nog vier uur aan de slag in een fabriek waar vredebewakersuniformen werden gemaakt. Bonnie, die in de koude laadruimte de pakketten moest controleren, deed er maanden over om de twee uniformen bij elkaar te sprokkelen: de ene keer een laars, de andere keer weer een broek... Ze waren bedoeld voor Twill en haar man, want iedereen zag in dat het van het grootste belang was om het nieuws over het oproer, als het eenmaal begonnen was, ook aan andere districten over te brengen. Alleen dan kon de opstand zich verspreiden en had hij misschien kans van slagen.

De dag dat Peeta en ik langskwamen tijdens onze Zegetoer was eigenlijk een soort generale repetitie. De mensen in het publiek hadden zich in teams opgesteld naast het gebouw dat ze zouden bestormen als het oproer echt zou losbarsten. Dat was het plan: om de machtscentra van de stad over te nemen, waaronder het Gerechtsgebouw, het hoofdbureau van de vredebewakers en het Communicatiecentrum rondom het plein, en elders in de stad het spoor, de graanopslag, de elektriciteitscentrale en het wapenmagazijn.

De avond van mijn verloving, de avond waarop Peeta op zijn knieën ging en mij voor het oog van de camera's in het Capitool zijn eeuwige liefde verklaarde, was de avond waarop de opstand begon. Het was de ideale gelegenheid. Ons Zegetoerinterview met Caesar Flickerman moest in heel Panem verplicht bekeken worden. Daardoor hadden de inwoners van District 8 een gegronde reden om na zonsondergang nog buiten op straat te zijn, en ze kwamen op het plein of in een aantal wijkcentra in de stad bij elkaar om te kijken. Normaal gesproken zou dat veel te verdacht zijn. Nu was iedereen op het vastgestelde tijdstip, acht uur, op zijn plek toen de maskers werden opgezet en de hel losbarstte.

De vredebewakers werden verrast en overvallen door de enorme menigten, zodat de inwoners in eerste instantie de overhand hadden. Het Communicatiecentrum, de graanopslag en de elektriciteitscentrale werden allemaal veroverd. De wapens van gesneuvelde vredebewakers kwamen in handen van de rebellen. Men kreeg hoop dat dit niet zomaar een woeste, onbezonnen actie was, en dat het, als ze andere districten op de hoogte konden stellen, misschien echt mogelijk zou zijn om de regering in het Capitool ten val te brengen.

Maar toen keerde het tij. Er werden duizenden vredebewakers naar het district gestuurd. Hovercrafts bombardeerden de bolwerken van de rebellen plat. Het was een complete chaos waarin iedereen alleen maar zo snel mogelijk levend terug naar huis wilde. Binnen achtenveertig uur had men de stad weer onder controle. Daarna werd een week lang alles platgelegd. Geen eten, geen steenkool, iedereen moest binnenblijven. Op televisie was alleen sneeuw te zien, behalve toen de vermoedelijke aanstichters op het plein werden opgehangen. En op een avond, toen het hele district bijna verhongerd was, kreeg men het bevel om weer over te gaan tot de orde van de dag.

Voor Twill en Bonnie betekende dat dat ze weer naar school moesten. Vanwege een straat die door de bombardementen onbegaanbaar was geworden, kwamen ze te laat voor hun dienst in de fabriek. Ze moesten nog honderd meter toen het gebouw ontplofte en alle mensen die binnen waren om het leven kwamen – onder wie de man van Twill en de hele familie van Bonnie.

'Iemand heeft waarschijnlijk tegen het Capitool gezegd dat het idee voor de opstand daar ontstaan was,' zegt Twill zacht.

De twee vluchtten halsoverkop terug naar het huis van Twill, waar de vredebewakerspakken nog steeds lagen te wachten. Ze schraapten zoveel mogelijk proviand bij elkaar en jatten schaamteloos bij de buren, die nu immers dood waren. Daarna gingen ze naar het treinstation. In een pakhuis bij het spoor trokken ze de uniformen aan en wisten in deze vermomming aan boord van een trein richting District 10 te komen, in een goederenwagon vol stof. Toen de trein onderweg stopte om te tanken, sprongen ze eruit en gingen te voet verder. Ze bleven in het bos om niet ontdekt te worden, maar gebruikten het spoor om op koers te blijven, en kwamen zo uiteindelijk twee dagen geleden bij de rand van District 12 aan, waar ze gedwongen moesten stoppen toen Bonnie haar enkel verstuikte.

'Ik snap waarom jullie zijn gevlucht, maar wat denken jullie in District 13 aan te treffen?' vraag ik.

Bonnie en Twill wisselen een zenuwachtige blik uit. 'Dat weten we niet precies,' zegt Twill.

'Het ligt helemaal in puin,' zeg ik. 'Dat hebben we allemaal toch al zo vaak gezien.'

'Dat is het 'm nou juist. Ze gebruiken al zolang we ons in District 8 kunnen herinneren dezelfde beelden,' zegt Twill.

'Echt?' Ik probeer me de televisie-uitzendingen over District 13 voor de geest te halen.

'Ze laten toch altijd het Gerechtsgebouw zien?' gaat Twill verder. Ik knik. Ik heb het honderden keren gezien. 'Als je heel goed kijkt kun je het zien. Helemaal in de rechterhoek.'

'Wat dan?' vraag ik.

Twill steekt de cracker met de vogel weer naar voren. 'Een spotgaai. In een flits, als hij voorbijvliegt. Het is elke keer dezelfde.'

'Wij denken dat ze telkens de oude beelden gebruiken, omdat het Capitool niet kan laten zien hoe het daar momenteel écht is,' zegt Bonnie.

Ik stoot een ongelovig gegrom uit. 'Gaan jullie op basis dáárvan naar District 13? Een vogel op televisie? Denken jullie nou echt dat jullie daar zomaar een nieuwe stad zullen aantreffen, vol mensen die daar rustig rondwandelen? En dat het Capitool dat prima vindt?'

'Nee,' zegt Twill ernstig. 'Wij denken dat de mensen ondergronds zijn gaan wonen toen alles boven de grond werd vernietigd. We denken dat ze op de een of andere manier hebben weten te overleven. En we denken dat het Capitool hen met rust laat, omdat District 13 zich voor de Donkere Dagen voornamelijk bezighield met kernenergie.'

'Ze groeven naar grafiet,' zeg ik. Maar dan begin ik opeens te twijfelen, want die informatie komt van het Capitool.

'Ze hadden inderdaad een paar kleine mijnen, dat klopt. Maar niet genoeg voor zo veel inwoners. Dat is eigenlijk het enige wat we zeker weten,' zegt Twill.

Mijn hart bonkt te snel. Stel dat ze gelijk hebben? Zou het waar kunnen zijn? Stel dat we niet de wildernis in hoefden te trekken, maar naar een veilige plek konden vluchten? Als er echt mensen wonen in District 13, zou ik dan beter daarheen kunnen gaan, waar ik misschien nog iets zou kunnen bereiken, in plaats van hier op mijn dood te blijven wachten? Maar wacht eens... Als er echt mensen zijn in District 13, met krachtige wapens...

'Waarom helpen ze ons dan niet?' zeg ik boos. 'Als het waar is, waarom laten ze ons dan aan ons lot over? Met onze honger en de moorden en de Spelen?' En plotseling haat ik die denkbeeldige, ondergrondse stad in District 13 en de mensen die lijdzaam toekijken hoe wij hier sterven. Ze zijn geen haar beter dan het Capitool.

'Dat weten we niet,' fluistert Bonnie. 'Op dit moment hopen we alleen maar dat ze bestaan.'

Dat brengt me met een klap weer bij mijn positieven. Dit zijn waanideeën. District 13 bestaat niet, omdat het Capitool het nooit zou láten bestaan. Ze hebben zich waarschijnlijk vergist wat die beelden betreft. Spotgaaien zijn ongeveer net zo zeldzaam als stenen. En ook net zo onverwoestbaar. Als ze de eerste bombardementen op District 13 hebben overleefd, gaat het nu waarschijnlijk beter dan ooit met ze.

Bonnie heeft geen thuis meer. Haar familie is dood. Ze kan met geen mogelijkheid terug naar District 8 en ze kan zich ook niet in een ander district vestigen. Natuurlijk is het voor haar een aanlokkelijk idee dat er een onafhankelijk, bloeiend District 13 zou zijn. Ik kan het niet over mijn hart verkrijgen om tegen haar te zeggen dat ze een droom najaagt, zo ijl als een sliertje rook. Misschien lukt het haar en Twill uiteindelijk om een leven in het bos op te bouwen. Ik betwijfel het, maar ik vind hen zo zielig dat ik hen in elk geval moet proberen te helpen.

Eerst geef ik hun al het eten dat ik bij me heb, voornamelijk graan en gedroogde bonen, maar het is genoeg om het een tijdje mee uit te houden als ze rustig aan doen. Dan ga ik met Twill het bos in en probeer haar de grondbeginselen van het jagen uit te leggen. Ze heeft een wapen dat zonlicht in dodelijke energiestralen kan omzetten, dus dat kan ze als het goed is eeuwig blijven gebruiken. Als ze eindelijk haar eerste eekhoorn heeft geschoten, is het arme beest helemaal verkoold omdat ze hem vol op zijn lijf heeft geraakt. Maar ik laat haar zien hoe ze hem moet villen en schoonmaken. Met een beetje oefening komt ze er vast wel uit. Vervolgens snijd ik een nieuwe kruk voor Bonnie. Terug bij het huisje trek ik een paar van mijn extra sokken uit voor het meisje en zeg dat ze die in de tenen van haar laarzen moet stoppen om beter te kunnen lopen, en 's nachts aan haar voeten moet dragen. Ten slotte leer ik hen hoe ze een goed vuur moeten maken.

Ze willen dolgraag horen hoe de situatie in District 12 momenteel is en ik vertel hoe het eraan toegaat nu Thread er is. Ik zie aan hun gezichten dat ze denken dat dit belangrijke informatie is die ze aan de mensen in District 13 kunnen doorgeven, en ik speel het spelletje mee omdat ik hun hoop niet de grond in wil boren. Maar als het licht aangeeft dat het al laat in de middag is, besluit ik dat ik aardig genoeg geweest ben.

'Ik moet ervandoor,' zeg ik.

Ze bedanken me uitentreuren en omhelzen me.

De tranen stromen over Bonnies wangen. 'Wat geweldig dat we je zomaar in het echt ontmoet hebben. Iedereen heeft het alleen nog maar over jou sinds...'

'Ja ja, ik weet het. Sinds ik die bessen tevoorschijn heb gehaald,' zeg ik vermoeid.

De tocht terug naar huis dringt nauwelijks tot me door, zelfs niet als het begint te sneeuwen. Mijn hoofd tolt van alle nieuwe informatie over de opstand in District 8 en het onwaarschijnlijke maar o zo aanlokkelijke idee van District 13.

Na het verhaal van Twill en Bonnie is één ding in elk geval duidelijk: president Snow heeft al die tijd een spelletje met me gespeeld. Al hadden Peeta en ik elkaar helemaal doodgeknuffeld, dan was de spanning in District 8 alsnog tot uitbarsting gekomen. De bessen in mijn hand waren de vonk, dat klopt, maar het vuur had nooit door mij geblust kunnen worden. Dat moet hij geweten hebben. Waarom is hij dan toch naar mijn huis gekomen, heeft hij me bevolen om de menigte te overtuigen van mijn liefde voor

Peeta? Het was duidelijk een list om me af te leiden en ervoor te zorgen dat ik de districten niet nog verder zou opstoken. En om de Capitoolinwoners te vermaken, uiteraard. De bruiloft is gewoon bedoeld om het plaatje compleet te maken.

Ik ben bijna bij het hek als er op een tak een spotgaai neerstrijkt die naar me begint te jubelen. Als ik hem zie, besef ik dat ze me helemaal niet meer hebben uitgelegd waarom er nou eigenlijk een spotgaai op die cracker stond en wat hij betekent.

*'Het betekent dat we aan jouw kant staan.'* Dat zei Bonnie. Heb ik mensen aan mijn kant staan? Welke kant? Ben ik zonder het te beseffen het gezicht geworden van de opstand waar iedereen op hoopt? Is de spotgaai van mijn speld een symbool van verzet geworden? Als dat zo is dan doet 'mijn kant' het niet al te best. Kijk maar naar wat er in District 8 gebeurd is.

Ik leg mijn wapens in de holle boomstam vlak bij mijn oude Laaghuis en loop naar het hek. Ik zit al op één knie, klaar om het Weiland in te kruipen. Mijn hoofd zit nog steeds zo vol met alles wat ik vandaag heb meegemaakt dat ik mijn gedachten er helemaal niet bij heb, tot ik plotseling een uil hoor roepen.

Het harmonicagaas ziet er in het schemerlicht net zo onschuldig uit als anders. Maar het is het geluid waardoor ik mijn hand met een ruk terugtrek, het gezoem als een boom vol bloedzoekersnesten, dat aangeeft dat het hek onder stroom staat.

# hoofdstuk 11

Mijn voeten deinzen automatisch achteruit en ik verberg me tussen de bomen. Ik sla mijn hand over mijn mond zodat de witte ademwolkjes niet meer te zien zijn in de ijzige lucht. De adrenaline giert door mijn lijf en verdrijft alle zorgen van vandaag uit mijn hoofd terwijl ik me concentreer op het gevaar voor mijn neus. Wat is er aan de hand? Heeft Thread het hek aangezet als een extra veiligheidsmaatregel? Of is hij er op de een of andere manier achter gekomen dat ik vandaag uit zijn fuik ben ontsnapt? Is hij vastbesloten om me buiten District 12 te houden zodat hij me kan betrappen en arresteren? Wil hij me naar het plein slepen om me aan de schandpaal te nagelen, zweepslagen te geven of op te hangen?

*Rustig*, zeg ik tegen mezelf. Dit is niet de eerste keer dat ik buiten het district vastzit doordat het hek onder stroom staat. Het is in al die jaren een paar keer gebeurd, maar toen was ik altijd samen met Gale. Dan zochten we gewoon een lekkere boom op en bleven daar net zolang in zitten tot de elektriciteit weer uitviel, wat uiteindelijk altijd gebeurde. Prim had zelfs al de gewoonte om naar het Weiland te lopen als ik laat was, om te kijken of het hek aanstond, zodat mijn moeder wist dat ze zich geen zorgen hoefde te maken.

Maar vandaag zal het niet eens bij mijn familie opkomen dat ik in het bos ben. Ik heb zelfs doelbewust maatregelen getroffen om hen te misleiden en als ik niet kom opdagen, zullen ze zich zeker zorgen maken. En ergens maak ik me ook zorgen, want ik weet niet zeker of het wel toeval is dat net op de dag dat ik in het bos ben de stroom weer aangaat. Ik ging ervan uit dat niemand me onder het hek door heeft zien kruipen, maar wie zal het zeggen? Er zijn altijd ogen te huur. Iemand heeft ook gemeld dat Gale me op precies diezelfde plek heeft gezoend. Maar dat was overdag en toen was ik ook nog niet zo voorzichtig. Hangen er misschien beveiligingscamera's? Dat heb ik me al eerder afgevraagd. Is president Snow zo ook achter die kus gekomen? Het was donker toen ik onder het hek door kroop en ik had een sjaal voor mijn gezicht. Maar de verdachtenlijst van mensen die stiekem het bos in zouden sluipen is vast erg kort.

Mijn ogen turen langs de bomen, door het hek, het Weiland in. Het enige wat ik zie is de sneeuw waar hier en daar het licht uit de ramen aan de rand van de Laag op valt. Geen vredebewaker te bekennen, geen aanwijzingen dat er naar me geloerd wordt. Het maakt niet uit of Thread nu wel of niet weet dat ik vandaag buiten het district ben geweest: ik moet hoe dan ook ongezien weer aan de andere kant van het hek komen en doen alsof ik nooit ben weggeweest.

Als ik het harmonicagaas of de rollen prikkeldraad op de bovenkant aanraak, word ik meteen geëlektrocuteerd. Als ik een gat onder het hek door probeer te graven is de kans groot dat ik betrapt word, en bovendien is de bevroren grond keihard. Dan blijft er nog maar één mogelijkheid over. Ik zal er op de een of andere manier overheen moeten komen.

Ik loop dicht langs de bosrand, op zoek naar een boom met een tak die hoog en lang genoeg is voor wat ik wil doen. Na ongeveer anderhalve kilometer zie ik een oude esdoorn waar het misschien mee zou kunnen lukken. Maar de stam is te breed en te glad om tegenop te klimmen, en hij heeft geen laaghangende takken. Ik klim in de boom ernaast en waag een gevaarlijke sprong naar de esdoorn. Bijna glijd ik langs de gladde schors naar beneden, maar dan vind ik toch houvast en schuif ik langzaam naar voren over een tak die over het prikkeldraad heen hangt.

Als ik naar beneden kijk, weet ik weer waarom Gale en ik altijd in het bos bleven wachten in plaats van te proberen over het hek heen te klimmen. Om niet gebraden te worden, moet je minstens zes meter hoog zitten. Mijn tak hangt denk ik zeven meter boven de grond. Dat is een akelig eind vallen, zelfs voor iemand die al jaren in bomen klimt. Maar ik heb geen andere keus. Ik zou een andere tak kunnen zoeken, maar het is nu al bijna donker. Het sneeuwt nog steeds, dus er zal ook geen maanlicht zijn. Hier ligt in elk geval een berg sneeuw om mijn sprong op te vangen, zie ik. Zelfs als ik een andere tak zou kunnen vinden, wat ik betwijfel, dan is het nog maar de vraag waar ik dan terechtkom. Ik slinger mijn lege jagerstas om mijn nek en laat me langzaam zakken tot ik alleen nog aan mijn handen hang. Heel even schraap ik al mijn moed bij elkaar. Dan laat ik de tak los.

Ik voel hoe ik val en dan raak ik de grond met een klap die recht door mijn ruggengraat omhoogschiet. Een seconde later kom ik hard op mijn billen terecht. Ik blijf in de sneeuw liggen en probeer de schade in te schatten. Zonder op te staan weet ik door de pijn in mijn linkerhiel en mijn stuitje al dat ik gewond ben. De vraag is alleen hoe erg. Ik hoop op een paar kneuzingen, maar als ik mezelf met moeite overeind duw, vermoed ik dat ik ook iets gebroken heb. Maar ik kan lopen, dus ik ga op pad en probeer zo min mogelijk te hinken.

Mijn moeder en Prim mogen niet weten dat ik in het bos ben geweest. Ik moet iets van een alibi verzinnen, hoe zwak ook. Een paar winkels rond het plein zijn nog open en ik koop wat witte stof om verbanden mee aan te leggen. Die was toch bijna op. Verderop haal ik een zak snoep voor Prim. Ik stop een pepermuntje in mijn mond, en als ik het op mijn tong voel smelten besef ik dat ik nog helemaal niets gegeten heb vandaag. Ik had bij het meer iets te eten klaar willen maken, maar toen ik zag hoe slecht Twill en Bonnie eraan toe waren, leek het niet gepast om hun ook maar één hap te ontzeggen.

Als ik bij mijn huis ben aangekomen, kan mijn linkerhiel geen enkel gewicht meer dragen. Ik besluit tegen mijn moeder te zeggen dat ik geprobeerd heb een lek in het dak van ons oude huis te repareren en toen ben gevallen. En verder moet ik maar gewoon een beetje vaag doen over de mensen aan wie ik het eten heb uitgedeeld. Ik sleep mezelf naar binnen, klaar om voor de open haard in elkaar te storten. Maar in plaats daarvan staat me nóg een schok te wachten.

In de deuropening van onze keuken staan twee vredebewakers, een man en een vrouw. De vrouw kijkt me uitdrukkingsloos aan, maar ik zie een glimp van verbazing in de ogen van de man. Mijn thuiskomst is onverwacht. Ze weten dat ik in het bos was en daar nu gevangen zou moeten zitten.

'Hallo,' zeg ik op een neutrale toon.

Mijn moeder duikt achter hen op, maar blijft een beetje op afstand. 'Daar is ze al, precies op tijd voor het eten,' zegt ze net iets te opgewekt. Ik ben veel te laat voor het eten.

Ik overweeg even om mijn laarzen uit te trekken, wat ik normaal ook zou doen, maar ik denk niet dat ik dat kan zonder te laten merken dat ik gewond ben. In plaats daarvan duw ik alleen mijn natte capuchon naar achteren en schud de sneeuw uit mijn haar. 'Kan ik u ergens mee van dienst zijn?' vraag ik aan de vredebewakers.

'We hebben een boodschap voor u van hoofdvredebewaker Thread,' zegt de vrouw.

'Ze zitten al uren op je te wachten,' voegt mijn moeder daaraan toe.

Ze zaten te wachten tot ik niet terug zou komen. Tot ze zeker wisten dat ik was geëlektrocuteerd door het hek of vastzat in het bos, zodat ze mijn familie mee konden nemen voor verhoor.

'Dat moet dan wel een heel belangrijke boodschap zijn,' zeg ik.

'Mag ik vragen waar u bent geweest, juffrouw Everdeen?' vraagt de vrouw.

'U kunt beter vragen waar ik níét ben geweest,' zeg ik met een geërgerde zucht. Ik loop naar de keuken en dwing mezelf om mijn voeten normaal neer te zetten, ook al doet elke stap verschrikkelijk veel pijn. Ik schuif tussen de vredebewakers door en haal zonder kleerscheuren de tafel. Ik zwaai mijn tas op de grond en draai me om naar Prim, die stijfjes bij de haard staat. Haymitch en Peeta zijn er ook en zitten in de schommelstoelen te schaken. Zijn ze hier toevallig of 'op uitnodiging' van de vredebewakers? Ik ben hoe dan ook blij hen te zien.

'En, waar ben je niet geweest?' vraagt Haymitch op een verveelde toon.

'Nou, ik ben in elk geval niet bij de Geitenman langsgegaan om te vragen of we Prims geit kunnen laten dekken, omdat iemand me helemaal de verkeerde kant heeft opgestuurd,' zeg ik nadrukkelijk tegen Prim.

'Niet waar,' zegt Prim. 'Ik heb het precies uitgelegd.'

'Je zei dat hij naast de westingang van de mijn woonde,' zeg ik.

'De oostingang,' verbetert Prim.

'Ik weet zeker dat het west was, want ik vroeg: "Naast de slakkenberg?" en toen zei jij: "Ja,"' zeg ik.

'De slakkenberg naast de óóstingang,' zegt Prim geduldig.

'Niet. Wanneer heb je dat gezegd?' wil ik weten.

'Gisteravond,' doet ook Haymitch een duit in het zakje.

'Oost, zeker weten,' voegt Peeta eraan toe. Hij kijkt Haymitch aan en ze schieten in de lach. Ik werp Peeta een boze blik toe en hij probeert een schuldbewust gezicht te trekken. 'Ik kan er ook niets aan doen, maar ik heb al zo vaak tegen je gezegd dat je nooit luistert.'

'Ik durf te wedden dat mensen vandaag ook gezegd hebben dat hij daar niet woonde en dat je wéér niet geluisterd hebt,' zegt Haymitch.

'Hou je mond, Haymitch,' zeg ik, op zo'n manier dat meteen duidelijk is dat hij gelijk heeft.

Haymitch en Peeta liggen helemaal in een deuk en ook bij Prim kan er een glimlachje vanaf.

'Best. Dan mag iemand anders regelen dat die stomme geit een lam krijgt,' zeg ik, waardoor ze alleen nog maar harder moeten lachen. En ik denk: *Daarom hebben ze het zo ver geschopt, Haymitch en Peeta. Ze zijn niet van hun stuk te brengen.*

Ik kijk naar de vredebewakers. De man glimlacht, maar de vrouw is niet overtuigd. 'Wat zit er in die tas?' vraagt ze vinnig.

Ik weet dat ze op wild of planten hoopt. Iets wat me meteen zal verraden. Ik gooi de inhoud op tafel. 'Kijk zelf maar.'

'O, fijn,' zegt mijn moeder terwijl ze de stof bekijkt. 'We hebben bijna geen verband meer.'

Peeta loopt naar de tafel en maakt de zak snoep open. 'Ooo, pepermuntjes,' zegt hij terwijl hij er een in zijn mond stopt.

'Die zijn van mij.' Ik doe een uithaal naar de zak. Hij gooit hem naar Haymitch, die meteen een vuist vol snoep in zijn mond propt voor hij hem aan een giechelende Prim doorgeeft. 'Jullie hebben helemaal geen snoep verdiend!' roep ik.

'Waarom niet, omdat we gelijk hebben?' Peeta slaat zijn armen om me heen. Ik slaak een kreetje van pijn omdat mijn stuitje protesteert. Ik probeer het als een uitroep van verontwaardiging te laten klinken, maar ik zie aan zijn ogen dat hij weet dat ik gewond ben. 'Goed dan, Prim zei west. Ik heb haar heel duidelijk "west" horen zeggen. En wij zijn een stel idioten. Wat vind je daarvan?'

'Stukken beter,' zeg ik terwijl ik zijn kus beantwoord. Dan kijk ik naar de vredebewakers, alsof ik me opeens weer herinner dat zij er ook nog waren. 'Had u een boodschap voor me?'

'Van hoofdvredebewaker Thread,' zegt de vrouw. 'Hij wilde graag melden dat het hek rond District 12 vanaf nu vierentwintig uur per dag onder stroom zal staan.'

'Was dat dan nog niet zo?' vraag ik net iets te onschuldig.

'Hij dacht dat u deze informatie misschien ook wel aan uw neef zou willen doorgeven,' zegt de vrouw.

'Bedankt. Ik zal het zeggen. Dan kunnen we eindelijk weer met een gerust hart gaan slapen, nu dat hiaat in de beveiliging is aangepakt.' Ik weet dat ik wel erg ver ga, maar ik haal een soort voldoening uit die opmerking.

De kaak van de vrouw verstrakt. Dit is helemaal niet volgens plan verlopen, maar verder reikt haar opdracht niet. Ze geeft me een kort knikje en vertrekt, met de man in haar kielzog. Als mijn moeder de deur achter hen op slot heeft gedaan, zak ik tegen de tafel in elkaar.

'Waar heb je pijn?' vraagt Peeta terwijl hij me overeind houdt.

'O, mijn linkervoet heeft een opdoffer gehad. Bij mijn hiel. En mijn stuitje is er ook niet al te best aan toe.' Hij brengt me naar een van de schommelstoelen en ik laat me op het dikke kussen zakken.

Mijn moeder trekt voorzichtig mijn laarzen uit. 'Wat is er gebeurd?'

'Ik gleed uit en toen ben ik gevallen,' zeg ik. Vier paar ogen kijken me ongelovig aan. 'Op een stuk ijs.' Maar we weten allemaal dat het huis waarschijnlijk wordt afgeluisterd en dat we niet vrijuit kunnen praten. Niet hier, niet nu.

Als mijn moeder ook mijn sok heeft afgestroopt, betasten haar vingers mijn linkerhiel en ik krimp in elkaar. 'Het zou kunnen dat hij gebroken is.' Ze inspecteert mijn andere voet. 'Die lijkt in orde.' Over mijn stuitje oordeelt ze dat het zwaar gekneusd is.

Prim wordt weggestuurd om mijn pyjama en badjas te halen. Als ik me heb omgekleed, maakt mijn moeder een sneeuwkompres voor mijn linkerhiel en legt mijn been omhoog op een poef. Ik eet drie kommen stoofpot en een half brood terwijl de anderen aan tafel eten. Ik staar in het vuur, denk aan Bonnie en Twill en hoop dat het dikke pak sneeuw mijn sporen heeft uitgewist.

Prim komt naast me op de grond zitten en legt haar hoofd tegen mijn knie. We zuigen op pepermuntjes terwijl ik haar zachte blonde haar achter haar oor strijk. 'Hoe was het op school?' vraag ik.

'Gaat wel. We hebben het over de bijproducten van steenkool gehad,' zegt ze. We kijken een tijdje naar het vuur. 'Ga je je bruidsjurken nog passen?'

‘Vanavond niet. Morgen denk ik,’ zeg ik.

‘Wel wachten tot ik thuis ben, hè?’ vraagt ze.

‘Tuurlijk.’ *Als ze me voor die tijd niet komen halen.*

Mijn moeder geeft me een mok kamillethee met een paar druppels slaapsiroop erin en mijn oogleden worden ogenblikkelijk zwaar. Ze verbindt mijn gewonde voet en Peeta biedt aan om me naar bed te brengen. In eerste instantie steun ik alleen op zijn schouder, maar ik sta zo te wankelen dat hij me optilt en de trap op draagt. Hij stopt me in en wenst me welterusten, maar ik pak zijn hand om ervoor te zorgen dat hij blijft. Een van de bijwerkingen van slaapsiroop is dat het mensen losser maakt, net als alcohol, en ik weet dat ik moet uitkijken met wat ik zeg. Maar ik wil niet dat hij weggaat. Eigenlijk wil ik zelfs dat hij bij me in bed komt liggen, dat hij er is als de nachtmerries vannacht toeslaan. Om redenen die ik niet goed onder woorden kan brengen, weet ik dat ik dat niet mag vragen.

‘Niet weggaan. Pas als ik slaap,’ zeg ik.

Peeta gaat op de rand van het bed zitten en warmt mijn hand in de zijne. ‘Ik dacht bijna dat je van gedachten was veranderd vanavond. Toen je te laat was voor het eten.’

Mijn gedachten zijn wazig, maar ik kan wel raden wat hij bedoelt. Het hek stond aan, ik kwam maar niet terug en de vredebewakers stonden te wachten: hij dacht dat ik ervandoor was gegaan, samen met Gale misschien.

‘Nee, dan had ik het je wel verteld,’ zeg ik. Ik trek zijn arm omhoog en leg mijn wang tegen de rug van zijn hand, die vaag naar kaneel en dille ruikt van het brood dat hij vandaag waarschijnlijk gebakken heeft. Ik wil hem vertellen over Twill en Bonnie en de opstand en het sprookje over District 13, maar dat is gevaarlijk en ik voel hoe ik wegglijd, dus ik weet er nog één zin uit te krijgen. ‘Blijf bij me.’

Terwijl de tentakels van de slaapsiroop me naar beneden trekken, hoor ik hem een woord terugfluisteren, maar ik versta het niet goed.

Mijn moeder laat me tot twaalf uur 's middags uitslapen en maakt me dan wakker om mijn hiel te kunnen onderzoeken. Ik moet een week in bed blijven en ik protesteer niet, omdat ik me vreselijk slecht voel. Niet alleen door mijn hiel en mijn stuitje. Mijn hele lijf doet pijn van de uitputting. En dus laat ik mijn moeder me verzorgen en me ontbijt op bed brengen en nog een sprei over me heen leggen. Daarna lig ik maar gewoon wat te liggen en staar door mijn raam naar de winterlucht terwijl ik pieker over hoe dit in vredesnaam allemaal zal aflopen. Ik denk heel veel aan Bonnie en Twill, aan de stapel witte bruidsjurken beneden, en aan de vraag of Thread erachter zal komen dat ik over het hek ben geklommen en me zal arresteren. Typisch eigenlijk, want hij zou me zo kunnen arresteren voor eerdere vergrijpen, maar misschien heeft hij eerst een soort onomstotelijk bewijs nodig nu ik een winnaar ben. En ik vraag me ook af of president Snow contact heeft met Thread. Ik denk niet dat hij zich ooit één seconde met die ouwe Cray heeft beziggehouden, maar zou hij Thread precieze instructies geven over wat hij moet doen nu ik een landelijk probleem ben? Of handelt Thread op eigen houtje? Hoe het ook zij, ik weet zeker dat ze het allebei een goed idee vinden om me hier achter het hek in het district op te sluiten. Zelfs als ik een manier zou kunnen verzinnen om te ontsnappen – misschien door een touw om die esdoorntak te knopen en eroverheen te klimmen – zouden mijn familie en vrienden nooit meer mee kunnen. En bovendien heb ik tegen Gale gezegd dat ik hier zou blijven om te vechten.

De paar dagen daarna schrik ik me elke keer wezenloos als er op de deur wordt geklopt. Maar er komen geen vredebewakers om me te arresteren, dus na een tijdje ontspan ik een beetje. Het gevaar lijkt echt geweken als Peeta me tussen neus en lippen door vertelt dat de elektriciteit op sommige plekken van het hek is uitgeschakeld, omdat men bezig is de onderkant van het gaas extra stevig in de grond te bevestigen. Thread denkt blijkbaar dat ik er op de een of andere manier onderdoor ben gekropen, zelfs met die dodelijke stroom erop. Het geeft het district even rust, nu de vredebewakers eens iets anders doen dan mensen mishandelen.

Peeta brengt elke dag kaasbroodjes langs en helpt me met het familieboek. Het is een oud ding van perkament en leer, waar een of andere plantenkenner aan mijn moeders kant ooit mee begonnen is. Het boek bestaat uit bladzijden vol inkttekeningen van planten met beschrijvingen van hun geneeskrachtige toepassingen erbij. Mijn vader heeft er een stuk over eetbare planten aan toegevoegd dat ik als handleiding heb gebruikt om ons na zijn dood in leven te houden. Ik wil er al heel lang mijn eigen kennis in opschrijven. Dingen die ik uit eigen ervaring of van Gale heb geleerd, en ook de informatie die ik tijdens de training voor de Spelen heb opgepikt. Ik ben er nog niet eerder aan begonnen, omdat het heel belangrijk is dat de plaatjes uiterst nauwkeurig worden getekend. Dat doet Peeta nu. Sommige planten kent hij al, van andere hebben we gedroogde voorbeelden, en weer andere moet ik beschrijven. Hij maakt schetsen op kladpapier tot ik tevreden ben en dan tekent hij ze in het boek. Daarna schrijf ik er heel precies alles bij wat ik over de desbetreffende plant weet.

Het is een rustig, tijdrovend werkje dat me even afleidt van al mijn zorgen. Ik vind het leuk om naar Peeta's handen te kijken als hij werkt, hoe hij een wit vel met pennenstreken tot bloei laat komen en toefjes kleur aanbrengt in ons tot nu toe zwart-gelige boek. Zijn gezicht krijgt een speciale uitdrukking als hij zich concentreert. Zijn anders zo ontspannen blik wordt veel intenser, krijgt iets afstandelijks wat doet vermoeden dat er nog een heel andere wereld in hem besloten ligt. Ik heb daar wel eens eerder een glimp van opgevangen: in de arena, of als hij een menigte toespreekt, of die ene keer toen hij de geweren van de vredebewakers wegduwde in District 11. Ik weet niet zo goed wat ik ervan moet denken. Ik ontwikkel ook een lichte fascinatie voor zijn wimpers, die normaal gesproken nauwelijks opvallen doordat ze zo blond zijn. Maar van dichtbij, in het zonlicht dat door het raam naar binnen valt, hebben ze een lichtgouden kleur en zijn ze zo lang dat ik niet begrijp dat ze niet in de knoop raken als hij met zijn ogen knippert.

Op een middag stopt Peeta met het arceren van een bloemetje en hij kijkt zo plotseling op dat ik ervan schrik, alsof hij me betrapt heeft terwijl ik hem zat te begluren, en misschien deed ik dat ook wel. Maar hij zegt alleen maar: 'Volgens mij is dit de allereerste keer dat we iets normaals doen samen, wist je dat?'

'Ja,' beaam ik. De Spelen hebben van het begin af aan een smet op onze relatie geworpen. Er is nooit iets normaals aan geweest. 'Ook wel eens een keer leuk.'

Elke middag draagt hij me naar beneden zodat ik even wat anders zie dan mijn kamer, en dan maak ik iedereen nerveus door de televisie aan te zetten. Over het algemeen kijken we alleen als het verplicht is, omdat de combinatie van propaganda en machtsvertoon van het Capitool – waaronder fragmenten uit vierenzeventig jaar Hongerspelen – zo verschrikkelijk is. Maar nu ben ik heel bewust naar iets op zoek. Naar de spotgaai waar Bonnie en Twill al hun hoop op gebaseerd hebben. Het is vast onzin, maar ik wil het wel graag zeker weten. Zodat ik het idee van een voortlevend District 13 voorgoed uit mijn hoofd kan zetten.

Ik zie hem voor het eerst tijdens een nieuwsitem waarin de Donkere Dagen ter sprake komen. De smeulende puinhopen van het Gerechtsgebouw in District 13 komen in beeld en plotseling vang ik een glimp op van de zwart-witte onderkant van een spotgaaienvleugel die door de rechterbovenhoek vliegt. Dat bewijst nog niets. Het is gewoon een oud beeld dat bij oud nieuws hoort.

Maar een paar dagen later wordt mijn aandacht opnieuw naar het scherm getrokken. De nieuwslezer vertelt iets over een tekort aan grafiet dat gevolgen heeft voor de goederenproductie van District 3. Dan verschijnt er een verslaggeefster in beeld die, gehuld in een beschermend pak, volgens het journaal live voor de rokende resten van het Gerechtsgebouw in District 13 staat. Vanachter haar helm meldt ze dat er helaas net vandaag uit onderzoek is gebleken dat de mijnen in District 13 nog steeds te giftig zijn om te betreden. Tot zover het nieuws vanuit District 13. Maar net voor de journaallezer weer in beeld komt, zie ik de onmiskenbare flits van diezelfde spotgaaienvleugel.

De verslaggeefster is gewoon in de oude beelden gemonteerd. Ze is helemaal niet in District 13. En de vraag is: *Wat is daar dan wel?*

# hoofdstuk 12

Daarna is het moeilijker om rustig in bed te blijven liggen. Ik wil iets doen, meer te weten komen over District 13 of meehelpen het Capitool ten val te brengen. In plaats daarvan prop ik me vol met kaasbroodjes en kijk hoe Peeta tekent. Af en toe komt Haymitch langs met het laatste nieuws uit de stad, dat altijd slecht is. Nog meer mensen die gestraft worden of dood neervallen van de honger.

Tegen de tijd dat mijn voet genoeg hersteld is om hem weer te kunnen belasten, is de winter al aan zijn aftocht bezig. Mijn moeder geeft me oefeningen die ik moet doen en laat me af en toe in mijn eentje rondlopen. Op een nacht val ik in slaap met het vaste voornemen om de volgende ochtend de stad in te gaan, maar als ik wakker word staan Venia, Octavia en Flavius grijnzend over me heen gebogen.

'Verrassing!' kwelen ze. 'We zijn lekker vroeg!'

Nadat ik die zweepslag in mijn gezicht heb gekregen, heeft Haymitch ervoor gezorgd dat hun bezoek een paar maanden werd uitgesteld, zodat ik kon genezen. Ik had hen pas over drie weken verwacht. Maar ik probeer net te doen alsof ik dolblij ben dat het nu dan eindelijk tijd is voor mijn fotosessie. Mijn moeder heeft alle bruidsjurken keurig uitgehangen, maar ik heb er eerlijk gezegd nog niet één gepast.

Na de gebruikelijke aanstellerij over het feit dat ik weer helemaal lelijk geworden ben, gaan ze meteen aan de slag. Ze maken zich vooral zorgen om mijn gezicht, hoewel ik vind dat mijn moeder het ontzettend goed genezen heeft. Er loopt alleen nog een bleekroze streep over mijn jukbeen. Het is niet algemeen bekend dat ik een zweepslag heb gehad, dus ik zeg dat ik ben uitgegleden toen het zo vroor en me daarbij gesneden heb. Dan besef ik opeens dat ik met die smoes ook al mijn gewonde voet heb verklaard, waarmee ik waarschijnlijk niet op hoge hakken zal kunnen lopen. Maar Flavius, Octavia en Venia zijn geen achterdochtige types, dus daar staan ze verder helemaal niet bij stil.

Omdat ik maar een paar uur haarloos hoef te zijn in plaats van een paar weken, word ik geschoren in plaats van geharst. Ik moet wel weer in een bad met een of ander goedje gaan zitten, maar het is dit keer niet zo smerig en voor ik het weet zijn we alweer aan mijn haar en make-up toe. Het team heeft zoals gewoonlijk weer van alles te melden en ik doe zoals gewoonlijk mijn best om er niet naar te luisteren. Maar dan maakt Octavia een opmerking waardoor ik mijn oren spits. Het is eigenlijk maar een terloops zinnetje over dat ze geen garnalen kon krijgen voor een feestje, maar het trekt mijn aandacht.

'Waarom kon je geen garnalen krijgen? Is het de verkeerde tijd van het jaar?' vraag ik.

'O Katniss, we kunnen al weken geen zeevruchten krijgen!' zegt Octavia. 'Omdat het weer in District 4 zo slecht is, weet je wel.'

Mijn gedachten beginnen te razen. Geen zeevruchten. Al weken niet. Uit District 4. Ik denk aan de nauwelijks onderdrukte woede van de menigte tijdens de Zegetoer en plotseling weet ik honderd procent zeker dat er in District 4 een oproer is uitgebroken.

Ik begin hen tussen neus en lippen door uit te horen over de ongemakken die deze winter nog meer heeft gebracht. Ze zijn geen schaarste gewend, dus alle gaten in het aanbod maken indruk. Als ik klaar ben om aangekleed te worden, heb ik door hun geklaag over hoe moeilijk het is om aan bepaalde producten te komen – van krab tot muziekchips en linten – een idee over de districten die wel eens in opstand zouden kunnen zijn. Zeevruchten uit District 4. Elektronica uit District 3. En natuurlijk stof uit District 8.

Bij de gedachte aan zo'n wijdverspreide opstand begin ik te sidderen van angst en opwinding.

Ik wil nog veel meer vragen, maar dan komt Cinna binnen om me te omhelzen en mijn make-up te inspecteren. Hij gaat meteen aan de slag met het litteken op mijn wang. Om de een of andere reden denk ik niet dat hij het uitglijdverhaal gelooft, maar hij vraagt er niets over. Hij werkt de poeder op mijn gezicht nog wat bij en het laatste zichtbare stukje van de kras verdwijnt.

Beneden is de woonkamer leeggehaald en uitgelicht voor de fotosessie. Effie heeft de tijd van haar leven en commandeert iedereen in het rond om ons allemaal op schema te houden. Dat is waarschijnlijk maar goed ook, want er zijn zes jurken die allemaal hun eigen kroontje, schoenen, sieraden, haar, make-up, decor en belichting vereisen. Roomkleurig kant, roze rozen en pijpenkrullen. Ivoorwit satijn, gouden tatoeages en groene planten. Een strakke jurk van diamanten, een sluier met edelstenen en maanlicht. Zware witte zijde, mouwen die van mijn polsen tot op de grond vallen en parels. Zodra de ene foto is goedgekeurd, beginnen we aan de voorbereidingen van de volgende. Ik voel me net deeg dat wordt gekneed en telkens in een andere vorm wordt gezet. Mijn moeder weet me af en toe kleine hapjes eten en slokjes thee te voeren terwijl ze met me bezig zijn, maar als de sessie erop zit ben ik uitgehongerd en doodop. Ik had gehoopt dat ik nu even alleen met Cinna kon zijn, maar Effie wappert iedereen de deur uit en ik moet het doen met de belofte dat hij zal bellen.

Het is al avond en mijn voet doet pijn van al die onzinnige schoenen, dus ik laat mijn plan om de stad in te gaan varen. In plaats daarvan loop ik naar boven en was alle lagen make-up, crèmespoeling en verf weg en ga vervolgens beneden zitten om mijn haar bij de open haard te laten drogen. Prim kwam nog net op tijd uit school om de laatste twee jurken te zien en raakt er maar niet over uitgepraat. Mijn moeder en zij lijken allebei dolgelukkig met de fotosessie. Als ik in bed plof, besef ik dat dat komt doordat ze denken dat ik nu veilig ben. Dat het Capitool mijn bemoeienis met Gales afstraffing door de vingers ziet, omdat ze immers nooit zo veel zorg en geld zouden besteden aan iemand die ze toch gaan vermoorden. Ja ja.

In mijn nachtmerrie heb ik de zijden bruidsjurk aan, maar hij is gescheurd en zit onder de modder. De lange mouwen blijven de hele tijd haken aan doornen en takken terwijl ik door het bos ren. De roedel mutilanten-tributen komt steeds dichterbij tot ze me inhalen met hun hete adem en druipende hoektanden en ik mezelf wakker schreeuw.

Het is al bijna ochtend en het heeft geen nut om te proberen nog verder te slapen. Bovendien moet ik vandaag echt het huis uit om met iemand te praten. Gale zit in de mijnen, die kan ik niet bereiken. Maar ik moet bij Haymitch of Peeta of iemand anders mijn hart uitstorten over alles wat er gebeurd is vanaf het moment dat ik naar het meer ben gegaan. Over vogelvrije vluchtelingen, hekken die onder stroom staan, een onafhankelijk District 13, tekorten in het Capitool. Alles.

Ik ontbijt met mijn moeder en Prim en ga dan naar buiten om een vertrouweling te zoeken. De lucht is warm met hoopvolle vleugjes lente erin. De lente zou een goed moment zijn voor een opstand, bedenk ik. Iedereen voelt zich minder kwetsbaar als de winter weer voorbij is. Peeta is niet thuis. Hij is waarschijnlijk al de stad in. Maar tot mijn verbazing zie ik Haymitch op dit vroege uur al door zijn keuken scharrelen. Ik loop zonder te kloppen naar binnen. Boven hoor ik Hazelle de vloeren van zijn tegenwoordig brandschone huis vegen. Haymitch is niet compleet lazarus, maar hij wankelt wel een beetje. De geruchten dat Ripper weer aan het werk is, zijn blijkbaar waar. Ik denk net dat ik hem misschien maar beter gewoon naar bed kan laten gaan, als hij voorstelt om naar de stad te wandelen.

Haymitch en ik hebben tegenwoordig aan een half woord genoeg als we met elkaar praten. Binnen een paar minuten is hij op de hoogte en heeft hij me verteld dat er ook geruchten de ronde doen over opstanden in District 7 en 11. Als mijn vermoedens kloppen, zou dat betekenen dat bijna de helft van de districten in elk geval een poging heeft gedaan om in verzet te komen.

'Denk je nog steeds dat het hier niet zal lukken?' vraag ik.

'Nog niet. Die andere districten zijn veel groter. Zelfs als de helft van de inwoners doodsbenauwd binnen blijft zitten, maken de rebellen nog een kans. Hier in 12 moet iedereen meedoen, anders wordt het niets,' zegt hij.

Daar had ik nog niet aan gedacht. Dat we qua aantal niet sterk staan. 'Maar op een gegeven moment misschien wel?' houd ik vol.

'Misschien. Maar we zijn klein, we zijn zwak en we ontwikkelen geen kernwapens,' zegt Haymitch een tikkeltje sarcastisch. Hij was niet erg onder de indruk van mijn verhaal over District 13.

'Wat denk je dat ze zullen doen, Haymitch? Met de districten die in opstand zijn gekomen?' vraag ik.

'Nou ja, je hebt zelf gehoord wat ze in 8 hebben gedaan. Je hebt gezien wat ze hier hebben gedaan, en daar was niet eens een directe aanleiding voor,' zegt Haymitch. 'Als het echt uit de hand loopt, zullen ze er volgens mij niet voor terugdeinzen om nog een district weg te vagen, net als ze met 13 hebben gedaan. Om een voorbeeld te stellen, snap je?'

'Dus jij denkt dat 13 echt verwoest is? Bonnie en Twill hadden anders wel gelijk wat dat beeld van die spotgaai betreft,' zeg ik.

'Nou goed, maar dat bewijst verder toch eigenlijk niets? Er zijn zat redenen te bedenken waarom ze misschien oude beelden gebruiken. Ziet er waarschijnlijk indrukwekkender uit. En het is ook veel makkelijker. Je drukt gewoon op een paar knopjes in de montagekamer in plaats van dat je daar helemaal naartoe moet vliegen om het te filmen,' zegt hij. 'Maar het idee dat 13 er op de een of andere manier weer bovenop is gekomen en dat het Capitool daar bovendien niets aan doet, klinkt voor mij als het soort gerucht waar wanhopige mensen zich aan vastklampen.'

'Dat weet ik wel. Ik wil het gewoon zo graag,' zeg ik.
'Juist. Omdat je wanhopig bent,' zegt Haymitch.
Ik ga er niet tegenin, want hij heeft natuurlijk gelijk.
Prim komt stuiterend van opwinding thuis uit school. De leraren hebben gezegd dat er vanavond een verplicht programma op televisie komt. 'Ik denk dat het over je fotosessie gaat!'
'Dat kan niet, Prim. Ze hebben die foto's gisteren pas genomen,' zeg ik tegen haar.
'Nou, iemand had dat gehoord,' zegt ze.
Ik hoop dat ze het mis heeft. Ik heb nog helemaal geen tijd gehad om Gale op alles voor te bereiden. Sinds de zweepslagen zie ik hem alleen nog maar als hij naar ons huis komt zodat mijn moeder kan kijken of hij goed geneest. Hij wordt vaak zeven dagen per week in de mijn ingeroosterd. Ik loop altijd met hem mee terug naar de stad zodat we een paar minuten ongestoord met elkaar kunnen praten, en ik kreeg de indruk dat de geruchten over een oproer in 12 door Thread met harde hand de kop in zijn gedrukt. Hij weet dat ik er niet vandoor zal gaan. Maar hij weet ongetwijfeld ook dat als we in District 12 niet in opstand komen, ik Peeta's vrouw zal worden. Als hij me op televisie in al die prachtige jurken ziet... wat moet hij daarmee?
Als we om halfacht rond het beeldscherm gaan zitten, ontdek ik dat Prim gelijk had. Daar hebben we Caesar Flickerman, die voor het Trainingscentrum een enthousiast publiek over mijn aanstaande bruiloft vertelt. Hij kondigt Cinna aan, die halsoverkop een ster geworden is door de kleding die hij tijdens de Spelen voor me heeft ontworpen, en na wat vriendelijk gebabbel over en weer wordt onze aandacht op een gigantisch scherm gericht.
Ik snap nu hoe het kan dat ze gisteren de foto's pas gemaakt hebben en vanavond de special al uitzenden. In eerste instantie had Cinna vijfentwintig bruidsjurken ontworpen. Daarvan is eerst een aantal ontwerpen afgevallen, vervolgens zijn de jurken gemaakt en daarna hebben ze de accessoires uitgezocht. Blijkbaar kon je in het

Capitool telkens op je favoriete jurk stemmen. De verkiezing bereikt nu zijn hoogtepunt met foto's van mij in de laatste zes jurken, die vast zonder enige moeite in de show gemonteerd konden worden. Elke foto ontlokt een heleboel reacties bij het publiek. Mensen schreeuwen en juichen als hun favorieten voorbijkomen en roepen boe bij de jurken die ze niet mooi vinden. Omdat ze gestemd hebben, en waarschijnlijk ook gewed hebben op de winnaar, zijn de mensen erg begaan met mijn trouwjurk. Het is bizar om te zien, zeker als je bedenkt dat ik voor de fotograaf kwam nog nooit de moeite had genomen om er een te passen. Caesar meldt dat geïnteresseerden nog tot twaalf uur 's middags de volgende dag kunnen stemmen.

'We zullen Katniss Everdeen stijlvol op haar bruiloft laten verschijnen!' roept hij naar de menigte. Ik wil net de televisie uitzetten als Caesar tegen ons zegt dat we vooral moeten blijven kijken, omdat er vanavond nóg iets groots op stapel staat. 'U hoort het goed, dit jaar bestaan de Hongerspelen vijfenzeventig jaar, en dat betekent dat het tijd is voor onze derde Kwartskwelling!'

'Wat denk je dat ze gaan doen?' vraagt Prim. 'Het duurt nog maanden voor het zover is.'

We kijken naar onze moeder, die een ernstige, afwezige uitdrukking op haar gezicht heeft gekregen, alsof ze ergens aan terugdenkt. 'Ik denk dat ze de kaart gaan voorlezen.'

Het volkslied wordt gespeeld en ik kan niet meer slikken van walging als president Snow het podium op komt. Achter hem loopt een jongetje in een wit pak met een eenvoudige houten doos in zijn handen. Het volkslied is afgelopen en president Snow houdt een toespraak om ons allemaal aan de Donkere Dagen te helpen herinneren die tot de Hongerspelen hebben geleid. Toen de regels voor de Spelen werden opgesteld, heeft men bepaald dat elk vijfentwintigjarig jubileum gevierd zou worden met een Kwartskwelling. Die moet een nog grootsere editie van de Spelen opleveren, om de herinnering aan de slachtoffers die bij de districtenopstand zijn gevallen levend te houden.

Zijn woorden zijn toepasselijker dan ooit, want ik vermoed dat er op ditzelfde moment diverse districten in opstand zijn.

President Snow gaat verder en vertelt wat er tijdens de voorgaande Kwartskwellingen gebeurde. 'Bij het vijfentwintigjarig jubileum moesten alle districten, om de rebellen eraan te herinneren dat hun kinderen stierven omdat zij zelf voor geweld hadden gekozen, stemmen op de tributen die hen zouden vertegenwoordigen.'

Ik vraag me af hoe dat gevoeld moet hebben. Het lijkt me erger om door je eigen buren de arena in gestuurd te worden dan als je naam uit een boetebol wordt getrokken.

'Bij het vijftigjarig jubileum,' gaat de president verder, 'moest elk district, om de mensen eraan te herinneren dat er voor elke Capitoolinwoner twee rebellen waren gestorven, twee keer zo veel tributen sturen.'

Ik stel me voor dat er achtenveertig in plaats van vierentwintig deelnemers in het spel zijn. Kleinere kansen, minder hoop, en uiteindelijk meer dode kinderen. Dat was het jaar waarin Haymitch heeft gewonnen...

'Een vriendin van mij moest dat jaar meedoen,' zegt mijn moeder zacht. 'Maysilee Donner. De snoepwinkel was van haar ouders. Toen de Spelen afgelopen waren, kreeg ik haar vogel van hen. Een kanarie.'

Prim en ik kijken elkaar aan. Dit is de allereerste keer dat we de naam Maysilee Donner horen vallen. Misschien omdat mijn moeder wist dat we anders hadden willen weten hoe ze was gestorven.

'En nu is het tijd om onze derde Kwartskwelling uit te voeren,' zegt de president. Het jongetje in het wit komt naar voren en houdt de doos met gestrekte arm voor zich terwijl hij de deksel eraf haalt. We zien de keurige, rechtopstaande rijen vergeelde enveloppen. Degene die het sys-teem van de Kwartskwelling heeft bedacht, heeft eeuwen Hongerspelen voorbereid. De president pakt een envelop waar duidelijk het cijfer *75* op staat. Hij haalt zijn vinger onder de sluitflap door en trekt er een klein vierkant papiertje uit.

Zonder aarzelen leest hij voor wat erop staat: 'Bij het vijfenzeventigjarig jubileum zullen, om de rebellen eraan te herinneren dat zelfs hun sterkste mensen niet zijn opgewassen tegen de macht van het Capitool, de mannelijke en vrouwelijke tributen getrokken worden uit de groep eerdere winnaars.'

Mijn moeder slaakt een kreet en Prim verbergt haar gezicht in haar handen, maar ik voel me meer als de mensen die ik op de televisie in de menigte zie staan. Een beetje verbluft. Wat betekent dat? De groep eerdere winnaars?

Dan begrijp ik wat het betekent. Voor mij in elk geval. District 12 heeft maar drie eerdere winnaars om uit te kiezen. Twee mannen. Eén vrouw...

Ik moet de arena weer in.

# hoofdstuk 13

Mijn lichaam reageert eerder dan mijn geest en plotseling ben ik aan het rennen, de deur uit, over het gras van de Winnaarswijk, naar het donker daarachter. Mijn sokken raken doorweekt van de natte grond en ik voel de bijtende wind, maar ik blijf niet staan. Waarheen? Waar moet ik heen? Naar het bos natuurlijk. Ik ben al bij het hek als het gezoem me duidelijk maakt dat ik echt gevangenzit. Hijgend deins ik achteruit, draai me om en sprint er weer vandoor.

Als ik weer tot mezelf kom, zit ik op handen en knieën in de kelder van een van de leegstaande huizen in de Winnaarswijk. Vage strepen maanlicht vallen door de raampjes boven mijn hoofd naar binnen. Ik ben koud en nat en buiten adem, maar mijn ontsnappingspoging kan de hysterische aanval die in me opwelt niet onderdrukken. Als hij niet naar buiten komt verzuip ik erin. Ik maak een prop van de voorkant van mijn shirt, stop die in mijn mond en begin te schreeuwen. Ik weet niet hoe lang het duurt. Maar als ik ophoud heb ik vrijwel geen stem meer over.

Ik ga opgekruld op mijn zij liggen en staar naar de vlekjes maanlicht op de betonnen vloer. Terug naar de arena. Terug naar de plek van mijn nachtmerries. Daar moet ik heen. Ik moet toegeven dat ik hem niet aan zag komen. Ik had me een heleboel andere dingen voorgesteld. Dat ik publiekelijk vernederd, gemarteld en terechtgesteld zou worden. Op de vlucht zou slaan door de wildernis, achternagezeten door vredebewakers en hovercrafts. Zou trouwen met Peeta waarna onze kinderen gedwongen de arena in zouden moeten. Maar nooit dat ik zelf weer aan de Spelen zou moeten deelnemen. Waarom niet? Omdat het nog nooit is voorgekomen. Winnaars hoeven nooit meer mee te doen aan de boete. Dat hoort bij het winnen. Tot nu toe dan.

Er ligt een soort laken op de vloer, zo'n doek die ze neerleggen als ze gaan verven. Ik trek hem als een deken over me heen. In de verte roept iemand mijn naam. Maar op dat moment hoef ik van mezelf zelfs niet te denken aan de mensen van wie ik het meest houd. Ik denk alleen maar aan mezelf. En aan wat me te wachten staat.

Het laken is stijf maar houdt de warmte vast. Mijn spieren ontspannen zich, mijn hartslag vertraagt. Ik zie de houten doos in de handen van het jongetje en president Snow die de vergeelde envelop eruit haalt. Zou het kunnen dat dat echt de Kwartskwelling is die vijfenzeventig jaar geleden is opgeschreven? Het lijkt me zeer onwaarschijnlijk. Het is een te perfecte oplossing voor de problemen waar het Capitool op dit moment mee kampt. Ze ruimen mij uit de weg en krijgen tegelijkertijd de districten er weer onder: twee voor de prijs van één.

Ik hoor in gedachten de stem van president Snow weer: *'Bij het vijfenzeventigjarig jubileum zullen, om de rebellen eraan te herinneren dat zelfs hun sterkste mensen niet zijn opgewassen tegen de macht van het Capitool, de mannelijke en vrouwelijke tributen getrokken worden uit de groep eerdere winnaars.'*

Ja, de winnaars zijn onze sterkste mensen. Dat zijn degenen die de arena overleefd hebben en uit de strop van de armoede zijn geglipt die de rest van het district in een wurggreep houdt. Zij, of moet ik zeggen wij, zijn de belichaming van hoop waar eigenlijk geen hoop is. En nu zullen drieëntwintig van ons vermoord worden om te laten zien dat zelfs die hoop een illusie was.

Ik ben blij dat ik vorig jaar pas gewonnen heb. Anders had ik alle andere winnaars gekend, niet alleen doordat ze op televisie te zien zijn, maar ook doordat ze bij alle Spelen te gast zijn. Zelfs als ze niet zoals Haymitch altijd mentor hoeven te zijn, komen de meesten voor de gelegenheid elk jaar terug naar het Capitool. Veel van hen zullen wel vrienden zijn. Terwijl ik maar één vriend heb die ik misschien zal moeten vermoorden, Peeta of Haymitch. *Peeta of Haymitch!*

Ik ga met een ruk overeind zitten en gooi het laken van me af. Wat ging er nou net door mijn hoofd? Er is geen enkele situatie te bedenken waarin ik ooit Peeta of Haymitch zou vermoorden. Maar een van hen zal met mij de arena in gaan, dat staat vast. Misschien hebben ze onderling al besloten wie het gaat worden. Het maakt niet uit wie er in eerste instantie getrokken wordt, want de ander kan zich altijd als vrijwilliger aanbieden om diens plek in te nemen. Ik weet al wat er gaat gebeuren. Peeta zal tegen Haymitch zeggen dat hij hoe dan ook met mij de arena in wil. Voor mij. Om mij te beschermen.

Ik strompel de kelder door, op zoek naar een uitgang. Hoe ben ik hier eigenlijk binnengekomen? Op de tast loop ik de trap naar de keuken op en zie dat de glazen ruit in de deur aan diggelen ligt. Dus daarom bloedt mijn hand zeker. Ik snel de nacht weer in en loop rechtstreeks naar het huis van Haymitch. Hij zit in zijn eentje aan de keukentafel met een halflege fles alcohol in zijn ene vuist en zijn mes in de andere. Apezat.

'Kijk eens aan, daar is ze. Helemaal uitgeput. Heb je het eindelijk uitgedokterd, schat? Beseft dat je niet alleen gaat? En nu kom je zeker iets aan me vragen?' zegt hij.

Ik geef geen antwoord. Het raam staat wagenwijd open en de wind snijdt door me heen alsof ik buiten sta.

'Nou goed, voor hem was het makkelijker. Ik had nog niet eens een fles open of hij stond al voor m'n neus. Smeekte om er weer in te mogen. Maar wat moet jij nou zeggen, hè?' Hij doet mijn stem na. 'Ga jij alsjeblieft in zijn plaats, Haymitch, want als ik echt moet kiezen heb ik liever dat Peeta nog een kans maakt op de rest van zijn leven dan jij?'

Ik bijt op mijn lip, want zodra hij het gezegd heeft, vrees ik dat ik dat inderdaad wil. Dat Peeta blijft leven, ook al betekent dat dat Haymitch doodgaat. Nee, dat wil ik niet. Hij is vreselijk, dat is waar, maar Haymitch is familie. *Waarom ben ik hier?* denk ik. *Wat kom ik hier in vredesnaam doen?*

'Ik kom voor een borrel,' zeg ik.

Haymitch barst in lachen uit en zet de fles met een klap voor me op tafel. Ik maak met mijn mouw de halsopening schoon en neem een paar slokken voor ik me hoestend verslik. Het duurt een paar minuten voor ik weer een beetje bijgekomen ben, en dan lopen de tranen en het snot nog steeds over mijn gezicht. Maar binnen in me brandt de drank als vuur en dat bevalt me wel.

'Misschien is het wel beter als jij gaat,' zeg ik achteloos terwijl ik een stoel aanschuif. 'Jij vindt het leven toch afschuwelijk.'

'Helemaal waar,' zegt Haymitch. 'En aangezien ik vorige keer geprobeerd heb om jóú in leven te houden... ben ik dit keer denk ik verplicht om de jongen te redden.'

'Nog een goed punt,' zeg ik terwijl ik mijn neus afveeg en nog een slok uit de fles neem.

'Peeta's argument was dat ik hem nog iets verschuldigd ben, omdat ik vorig jaar voor jou heb gekozen. Dat hij mag zeggen hoe ik het moet terugbetalen. En wel door hem de arena in te laten gaan zodat hij jou kan beschermen,' zegt Haymitch.

Ik wist het wel. Peeta is ook zo voorspelbaar wat dat betreft. Terwijl ik op de vloer van die kelder aan mezelf lag te denken was hij al hier, en hij dacht ook alleen maar aan mij. Het woord 'schaamte' is niet krachtig genoeg om uit te drukken wat ik voel.

'Al zou je je leven honderd keer over mogen doen, dan zou je hem nog steeds niet verdienen, wist je dat,' zegt Haymitch.

'Ja, ja,' zeg ik nors. 'Hij steekt met kop en schouders boven ons tweeën uit, daar hoeven we het verder niet over te hebben. Maar goed, wat ga je doen?'

'Ik weet het niet.' Haymitch zucht. 'Met jou de arena in, als het me lukt. Het maakt niet uit of mijn naam wordt getrokken bij de boete. Hij biedt zich toch wel aan om in mijn plek te gaan.'

We zwijgen een tijdje. 'Het zou wel verschrikkelijk zijn voor jou hè, in de arena? Omdat je iedereen kent?' vraag ik.

'O, ik denk dat we er wel van uit kunnen gaan dat het ondraaglijk zal worden, waar ik ook ben.' Hij knikt naar de fles. 'Mag ik die weer terug?'

'Nee,' zeg ik terwijl ik mijn armen eromheen sla. Haymitch trekt een nieuwe fles vanonder de tafel vandaan en draait de dop eraf. Maar dan besef ik dat ik hier niet alleen voor een borrel ben. Ik wil nog iets anders van Haymitch. 'Oké, ik weet wat ik wil vragen,' zeg ik. 'Als Peeta en ik weer de Spelen in moeten, dan proberen we dit keer om hém in leven te houden.'

Er schiet iets door zijn bloeddoorlopen ogen. Pijn.

'Je zei zelf al dat het hoe dan ook verschrikkelijk gaat worden. En wat Peeta ook mag willen, het is zijn beurt om gered te worden. Dat zijn we hem allebei verschuldigd.' Mijn stem krijgt een smekende ondertoon. 'En trouwens, het Capitool haat mij. Ik overleef het toch niet. Hij maakt misschien nog een kans. Alsjeblieft, Haymitch. Zeg dat je me zult helpen.'

Hij kijkt fronsend naar de fles en denkt na over wat ik heb gezegd. 'Goed dan,' zegt hij uiteindelijk.

'Bedankt,' zeg ik. Ik zou nu eigenlijk naar Peeta moeten, maar ik wil niet. Mijn hoofd tolt van de alcohol en omdat ik zo bekaf ben, ga ik hem misschien wel van alles beloven, terwijl ik dat eigenlijk niet wil. Nee, ik moet nu eerst naar huis om mijn moeder en Prim onder ogen te komen.

Als ik met de fles in mijn hand het trapje naar mijn huis op wankel gaat de voordeur open en trekt Gale me in zijn armen. 'Je had gelijk. We hadden moeten gaan toen jij het zei,' fluistert hij.

'Nee,' zeg ik. Ik zie niet zo scherp meer en er klotst de hele tijd alcohol uit mijn fles over de rug van Gales jas heen, maar hij lijkt het niet erg te vinden.

'Het is nog niet te laat,' zegt hij.

Over zijn schouder zie ik hoe mijn moeder en Prim elkaar vasthouden in de deuropening. Als wij vluchten gaan zij dood. En nu moet ik ook nog Peeta beschermen. Einde discussie. 'Jawel.' Ik zak door mijn knieën en hij houdt me overeind. Terwijl de alcohol mijn hoofd overneemt, hoor ik de glazen fles op de grond kapot vallen. Dat past wel bij de situatie nu ik duidelijk mijn greep op alles aan het verliezen ben.

Als ik wakker word kan ik nog net de wc bereiken voor de alcohol weer naar buiten komt. Het brandt net zo erg nu het omhoog gaat als toen het naar beneden gleed, en het smaakt twee keer zo vies. Als ik klaar ben met overgeven voel ik me beverig en zweterig, maar het grootste deel van het spul is nu in elk geval uit mijn systeem. Maar er is toch nog heel wat in mijn bloedbaan terechtgekomen, wat zich nu uit in een bonkende hoofdpijn, een uitgedroogde mond en een borrelende maag.

Ik zet de douche aan en sta al een minuut onder het warme water als ik besef dat ik mijn ondergoed nog aanheb. Mijn moeder heeft waarschijnlijk gewoon mijn vieze bovenkleding uitgetrokken en me in bed gelegd. Ik gooi de natte spullen in de wasbak en giet wat shampoo op mijn hoofd. Mijn handen prikken en op dat moment zie ik de kleine, regelmatige hechtingen op een van mijn handpalmen en langs de zijkant van mijn andere hand. Vaag herinner ik me dat ik vannacht die ruit heb ingeslagen. Ik boen mezelf van top tot teen schoon, met alleen een korte pauze om midden in de douche opnieuw over te geven. Het is voornamelijk gal dat samen met het geurige schuim door het putje spoelt.

Als ik eindelijk schoon ben, trek ik mijn badjas aan en ga terug naar bed, zonder aandacht aan mijn druipende haar te besteden. Ik kruip onder de dekens en ben ervan overtuigd dat het zo voelt als je vergiftigd bent. De voetstappen op de trap roepen de paniek van gisteravond weer op. Ik ben nog niet klaar om mijn moeder en Prim onder ogen te komen. Ik moet me vermannen, ik moet rustig en geruststellend overkomen, zoals ik ook was toen we na de vorige boete afscheid namen. Ik moet sterk zijn. Ik ga moeizaam overeind zitten, duw mijn natte haar weg van mijn bonzende slapen en zet me schrap voor dit gesprek. Ze verschijnen in de deuropening met thee en geroosterde boterhammen, met heel zorgelijke gezichten. Ik doe mijn mond open om met een grapje de spanning te breken, en barst in tranen uit.

Heel sterk, maar niet heus.

Mijn moeder komt op de rand van het bed zitten, Prim kruipt naast me en samen houden ze me vast en maken ze sussende geluidjes tot ik zo goed als uitgehuild ben. Dan gaat Prim een handdoek halen; ze droogt mijn haar en kamt de klitten eruit terwijl mijn moeder wat thee en toast bij me naar binnen probeert te krijgen. Ze trekken me een warme pyjama aan, leggen nog een laag dekens over me heen en dan val ik weer in slaap.

Als ik wakker word, zie ik aan het licht dat het al laat in de middag is. Er staat een glas water op mijn nachtkastje en ik klok het dorstig naar binnen. Mijn buik en hoofd voelen nog steeds een beetje raar, maar veel beter dan eerst. Ik sta op, kleed me aan en vlecht mijn haar naar achteren. Voor ik naar beneden ga blijf ik nog even boven aan de trap staan, omdat ik me een beetje schaam voor de manier waarop ik op het nieuws van de Kwartskwelling heb gereageerd. Mijn labiele vlucht, het drinkgelag met Haymitch, mijn gehuil. Gezien de omstandigheden had ik volgens mij ook wel het recht om me één dag helemaal te laten gaan. Maar ik ben blij dat de camera's er niet bij waren.

Beneden word ik opnieuw omhelsd door mijn moeder en Prim, maar ze zijn niet overdreven emotioneel. Ik weet dat ze zich inhouden om het me makkelijker te maken. Als ik naar Prims gezicht kijk, kan ik me maar moeilijk voorstellen dat dit hetzelfde frêle meisje is dat ik negen maanden geleden op de dag van de boete heb achtergelaten. De combinatie van die afschuwelijke ervaring en alles wat er daarna is gebeurd – de wreedheden in het district, de eindeloze stoet zieken en gewonden die ze vaak helemaal in haar eentje behandelt als mijn moeder haar handen al vol heeft – hebben haar jaren ouder gemaakt. Ze is ook flink gegroeid, we zijn nu bijna even lang, maar dat is niet waardoor ze zoveel ouder overkomt.

Mijn moeder schept een mok vol met bouillon voor me en ik vraag of ik er nog een mag om naar Haymitch te brengen. Daarna loop ik over het gras naar zijn huis. Hij wordt net wakker en pakt de beker zonder iets te zeggen aan. Dan zitten we een tijdje naast elkaar, bijna vredig, terwijl we kleine slokjes van onze bouillon nemen en door het raam in zijn woonkamer kijken hoe de zon ondergaat. Ik hoor iemand rondlopen boven en ga ervan uit dat het Hazelle is, maar een paar minuten later komt Peeta naar beneden. Met een beslist gebaar gooit hij een kartonnen doos met lege drankflessen op tafel.

'Zo, klaar,' zegt hij.

Haymitch heeft al zijn kracht nodig om zijn ogen op de flessen te richten, dus vraag ik het maar: 'Wat is klaar?'

'Ik heb alle alcohol door de gootsteen gespoeld,' zegt Peeta.

Haymitch kijkt met een ruk op uit zijn benevelde toestand en begint ongelovig door de doos te rommelen. 'Hè?'

'Ik heb alles weggegooid,' zegt Peeta.

'Dan koopt hij toch gewoon nieuwe,' zeg ik.

'Nee,' zegt Peeta. 'Vanochtend heb ik Ripper opgezocht en gezegd dat ik haar aangeef zodra ze aan een van jullie iets verkoopt. Ik heb haar ook omgekocht, voor de zekerheid, maar volgens mij stond ze niet te springen om weer naar de gevangenis te gaan.'

Haymitch haalt met zijn mes naar hem uit, maar Peeta weert hem zo gemakkelijk af dat het gewoon zielig is. Ik voel de woede in me oplaaien. 'Jij hebt toch zeker niks te maken met wat hij doet?'

'Daar heb ik alles mee te maken. Hoe het ook zal uitpakken, twee van ons gaan de arena weer in en de ander wordt mentor. We kunnen ons geen zuiplappen permitteren in ons team. En jij moet al helemaal van dat spul afblijven, Katniss.'

'Hè?' sputter ik verontwaardigd – als ik niet zo'n kater had, zou het waarschijnlijk iets overtuigender overkomen. 'Vannacht is nota bene de enige keer dat ik ooit dronken ben geweest.'

'Ja, en moet je eens kijken hoe je eraantoe bent,' zegt Peeta.

Ik weet niet wat ik had verwacht van de eerste keer dat ik Peeta na het voorlezen van de Kwartskwelling weer zou zien. Dat we elkaar zouden omhelzen en zoenen. Elkaar misschien wat troost zouden kunnen bieden. Maar dit niet. Ik draai me om naar Haymitch. 'Maak je geen zorgen, ik haal wel nieuwe drank voor je.'

'Dan geef ik jullie allebei aan. Kunnen jullie mooi ontnuchteren aan de schandpaal,' zegt Peeta.

'Wat wil je hiermee bereiken?' vraagt Haymitch.

'Ik wil bereiken dat twee van ons heelhuids terugkomen uit het Capitool. Eén mentor en één winnaar,' zegt Peeta. 'Effie stuurt me opnames van alle nog levende winnaars. We gaan hun Spelen bekijken en zoveel mogelijk leren over hoe ze vechten. We gaan aankomen en sterk worden. We gaan ons als Beroeps gedragen. En een van ons gaat weer winnen, of jullie twee het nou willen of niet!' Hij beent de kamer uit en slaat de voordeur achter zich dicht.

Haymitch en ik krimpen allebei ineen bij de klap.

'Ik hou niet van dat soort zelfingenomen mensen,' zeg ik.

'Waarom zou je ook?' zegt Haymitch terwijl hij de laatste restjes uit de lege flessen probeert te krijgen.

'Hij wil dat jij en ik weer thuiskomen,' zeg ik.

'Dan staat hem nog een verrassing te wachten,' zegt Haymitch.

Maar na een paar dagen besluiten we om ons toch maar als Beroeps te gaan gedragen, want dat is ook de beste manier om Peeta klaar te stomen. Elke avond kijken we naar oude samenvattingen van de Spelen die door de andere nog levende winnaars zijn gewonnen. Ik besef dat we hen nooit ontmoet hebben tijdens onze Zegetoer, wat ik achteraf gezien nogal vreemd vind. Als ik erover begin, zegt Haymitch dat president Snow absoluut niet zou willen dat men Peeta en mij – vooral mij niet – in onrustige districten gezellig samen met andere winnaars zou zien. Winnaars staan overal in hoog aanzien, en als het zou lijken alsof ze mijn uitdagende gedrag jegens het Capitool goedkeurden, zou dat politiek gezien gevaarlijk kunnen zijn. Ik besef dat sommige winnaars ondertussen bejaard moeten zijn en toch nog onze tegenstander kunnen worden, een treurige maar tegelijkertijd ook geruststellende gedachte. Peeta maakt uitvoerig aantekeningen, Haymitch komt met informatie over de karakters van de winnaars, en langzaamaan krijgen we een beeld van onze concurrentie.

Elke ochtend doen we dingen om ons lijf sterker te maken. We rennen, heffen gewichten en rekken onze spieren. Elke middag werken we aan onze vechttechnieken: we werpen messen, worstelen en ik leer hun zelfs hoe ze in een boom moeten klimmen. Officieel mogen tributen niet trainen, maar niemand probeert ons tegen te houden. Zelfs bij de gewone edities kunnen de tributen uit District 1, 2 en 4 al voor de Spelen beginnen met speren en zwaarden omgaan. Daarmee vergeleken stelt dit niets voor.

Na al die jaren vol drank valt er niets meer aan Haymitch' lijf te doen. Hij is nog steeds opvallend sterk, maar als hij drie stappen rent is hij al buiten adem. En je zou toch denken dat een man die elke nacht met een mes in zijn hand slaapt de zijgevel van een huis wel zou kunnen raken, maar zijn handen trillen zo erg dat hij zelfs daar weken voor moet oefenen.

Peeta en ik bloeien echter helemaal op onder dit nieuwe regime. Het geeft me iets te doen. Het geeft ons allemaal iets anders te doen dan simpelweg onze nederlaag te accepteren. Mijn moeder zet ons op een speciaal dieet om ons aan te laten komen. Prim verzorgt onze pijnlijke spieren. Madge smokkelt de kranten uit het Capitool van haar vader voor ons mee. Bij de voorspellingen over wie de winnaar van de winnaars zal worden, staan wij tussen de grote kanshebbers. Zelfs Gale komt elke zondag langs, hoewel hij weinig opheeft met Peeta en Haymitch, en hij leert ons alles wat hij weet over strikken. Ik vind het heel vreemd om tegelijk met Peeta én

Gale te praten, maar ze lijken de problemen die ze vanwege mij hebben tijdelijk opzijgeschoven te hebben.

Als ik op een avond met Gale terugloop naar de stad bekent hij zelfs: 'Het is lastig dat je zo moeilijk een hekel aan hem kunt hebben.'

'Vertel mij wat,' zeg ik. 'Als ik in de arena gewoon een hekel aan hem had kunnen hebben, hadden we nu niet in deze ellende gezeten. Dan was hij dood en had ik gewoon lekker in m'n eentje gewonnen.'

'En wat zouden wij dan nu doen, Katniss?' vraagt Gale.

Ik ben even stil omdat ik niet weet wat ik moet zeggen. Wat zóú ik doen met mijn zogenaamde neef die mijn neef niet zou zijn als Peeta er niet was geweest? Zou hij me nog steeds gekust hebben, en zou ik die kus beantwoord hebben als ik dat gewoon had kunnen doen? Zou ik mijn hart hebben opengesteld, gesust door de zekerheid van geld en eten en de illusie van veiligheid die mijn overwinning onder andere omstandigheden had kunnen bieden? Maar dan zou de boete nog steeds dreigend boven ons hoofd hangen, boven de hoofden van onze kinderen. Wat ik ook zou willen...

'Jagen. Net als elke zondag,' zeg ik. Ik weet dat hij de vraag niet zo letterlijk bedoelde, maar een eerlijker antwoord kan ik niet geven. Gale weet dat ik voor hem heb gekozen, en niet voor Peeta, omdat ik niet gevlucht ben. Ik zie er het nut niet van in om te praten over hoe het had kunnen zijn. Zelfs als ik Peeta had vermoord in de arena, dan zou ik nog niet willen trouwen. Ik heb me alleen maar verloofd omdat ik mensen wilde beschermen, en dat heeft helemaal verkeerd uitgepakt.

Bovendien ben ik bang dat een al te emotioneel gesprek met Gale, van welke aard dan ook, er misschien toe leidt dat hij iets drastisch gaat doen. Een opstand in de mijnen beginnen, bijvoorbeeld. En Haymitch heeft gelijk, daar is District 12 nog niet aan toe. Nu zelfs nog minder dan voor de bekendmaking van de Kwartskwelling, want de ochtend daarna stapten er nog eens honderd vredebewakers uit de trein.

Aangezien ik niet van plan ben om nog een keer levend naar huis te komen, is het maar beter als Gale me zo snel mogelijk uit zijn hoofd zet. Ik ben wel van plan om na de boete nog een paar dingen tegen hem te zeggen, als we een uur de tijd krijgen om afscheid te nemen. Om Gale te laten weten dat hij al die jaren van levensbelang is geweest voor me. Dat mijn leven zoveel beter is omdat ik hem ken. Omdat ik van hem hou, al is het slechts op mijn eigen beperkte manier.

Maar daar krijg ik de kans niet voor.

De dag van de boete is heet en benauwd. De inwoners van District 12 wachten zwetend en zwijgend op het plein met machinegeweren op hen gericht. Ik sta in mijn eentje in een klein, met touwen afgezet gedeelte, en Peeta en Haymitch staan achter een soortgelijke omheining rechts van me. De boete duurt maar een minuut. Effie, die schittert met een glanzende gouden pruik op, mist haar gebruikelijke geestdrift. Ze moet behoorlijk lang in de boetebol van de meisjes graaien om dat ene papiertje te pakken te kunnen krijgen waarvan iedereen al weet dat mijn naam erop staat. Dan trekt ze de naam van Haymitch. Hij kan me nog net een ongelukkige blik toewerpen voor Peeta zich als vrijwilliger aanbiedt.

We worden onmiddellijk weggebracht naar het Gerechtsgebouw, waar hoofdvredebewaker Thread op ons staat te wachten. 'Nieuwe procedure,' zegt hij met een glimlach. We worden door de achterdeur naar buiten geleid, een auto in geduwd en naar het treinstation gereden. Er staan geen camera's op het perron, geen mensenmassa's om ons uit te zwaaien. Daar zijn Haymitch en Effie, geflankeerd door bewakers. De vredebewakers zetten ons haastig op de trein en slaan de deur dicht. De wielen beginnen te draaien.

En ik kan alleen maar uit het raam staren en kijken hoe District 12 verdwijnt, met al mijn afscheidswoorden nog op mijn lippen.

# hoofdstuk 14

Ik blijf nog lang bij het raam staan, ook als het laatste zicht op mijn thuis allang door het bos verzwolgen is. Dit keer heb ik geen enkele hoop dat ik terugkom. Bij mijn eerste Spelen had ik Prim van tevoren beloofd dat ik mijn uiterste best zou doen om te winnen, en nu heb ik mezelf gezworen dat ik alles op alles zal zetten om Peeta in leven te houden. Ik zal deze reis nooit meer in omgekeerde richting maken.

Ik had zelfs bedacht met welke laatste woorden ik afscheid van mijn dierbaren had willen nemen. Hoe ik de deuren het beste kon dichtdoen en de sleutel moest omdraaien om hen verdrietig maar veilig achter te laten. En nu heeft het Capitool zelfs dat van me afgenomen.

'We zullen hun schrijven, Katniss,' zegt Peeta achter me. 'Dat is eigenlijk nog beter ook. Dan hebben ze een tastbare herinnering aan ons. Haymitch geeft de brieven wel af als... als ze afgeleverd moeten worden.'

Ik knik en loop rechtstreeks door naar mijn coupé. Ik ga op het bed zitten, in de wetenschap dat ik die brieven nooit zal schrijven. Het zal net zo gaan als met de speech die ik toen in District 11 probeerde te schrijven om Rue en Thresh te eren. In mijn hoofd en zelfs op het podium leek het allemaal heel duidelijk, maar de woorden wilden maar niet op de juiste manier uit mijn pen komen. En bovendien was het de bedoeling dat ze gepaard zouden gaan met omhelzingen en kussen, een aai over Prims bol, een streling over Gales gezicht, een kneepje in Madges hand. Ze mogen niet worden afgeleverd met een houten kist met daarin mijn koude, stijve lichaam.

Ik ben te neerslachtig om te huilen en zou het liefst in mijn bed in elkaar kruipen en slapen tot we morgenochtend in het Capitool aankomen. Maar ik heb een missie. Nee, het is meer dan een missie. Het is mijn laatste wens. *Ik moet Peeta in leven houden.* En hoewel het hoogst onwaarschijnlijk lijkt dat me dat ondanks de toorn van het Capitool zal lukken, is het van groot belang dat ik in topvorm ben. En dat zal niet gebeuren als ik blijf rouwen om alle dierbaren die ik achterlaat. *Laat ze gaan*, zeg ik tegen mezelf. *Neem afscheid en vergeet ze.* Ik doe mijn best; ik sta bij iedereen afzonderlijk stil, laat hen dan als vogels vrij uit de beschermende kooitjes in mijn hoofd en klap de deurtjes dicht, zodat ze niet meer terug kunnen komen.

Als Effie op mijn deur komt kloppen om te zeggen dat we gaan eten ben ik leeg. Maar die leegte is niet geheel onwelkom.

De stemming tijdens de maaltijd is gelaten. Zo gelaten zelfs dat er lange stiltes vallen die alleen doorbroken worden als de lege borden worden afgeruimd en de nieuwe gang wordt geserveerd. Een koude soep van gepureerde groenten. Viskoekjes met een romige limoensaus. Die kleine vogeltjes die je met botjes en al kunt eten, met wilde rijst en waterkers. Chocolademousse met kersen.

Peeta en Effie doen af en toe een poging om een gesprek op gang te brengen, maar het slaat telkens meteen weer dood.

'Leuk, je nieuwe haar, Effie,' zegt Peeta.

'Dank je. Ik heb het expres in deze kleur laten doen, zodat het bij Katniss' speld zou passen. Ik dacht dat we voor jou misschien een gouden enkelband konden zoeken, en voor Haymitch een gouden armband of zo, zodat we echt een team lijken met z'n allen,' zegt Effie.

Effie is er duidelijk niet van op de hoogte dat mijn spotgaaienspeld tegenwoordig door de rebellen als symbool wordt gebruikt. In District 8 tenminste. In het Capitool is de spotgaai nog steeds een grappige herinnering aan een bijzonder spannende editie van de Hongerspelen. Wat zou het anders moeten zijn? Echte rebellen zetten geen geheime symbolen op zoiets duurzaams als een sieraad. Die drukken ze in een sneetje brood dat onmiddellijk kan worden opgegeten als er gevaar dreigt.

'Wat een goed idee,' zegt Peeta. 'Wat vind jij, Haymitch?'

'Best, jullie doen maar,' zegt Haymitch. Hij drinkt niet, maar ik zie dat hij het wel heel graag zou willen. Effie heeft haar eigen wijn door de obers laten weghalen toen ze zag hoe moeilijk hij het had, maar hij is er slecht aan toe. Als hij de tribuut was, zou hij Peeta niets verplicht zijn en zou hij zich helemaal lam kunnen zuipen als hij daar zin in had. Nu zal hij zijn uiterste best moeten doen om Peeta in een arena vol met zijn oude vrienden in leven te houden, en dat gaat hem waarschijnlijk niet lukken.

'Misschien moeten we voor jou ook een pruik kopen,' zeg ik in een poging tot wat luchtigheid. Hij werpt me een blik toe die zegt dat ik hem met rust moet laten en we eten allemaal zwijgend onze mousse op.

'Zullen we naar de herhaling van de boetes kijken?' zegt Effie terwijl ze een wit linnen servet tegen haar mondhoeken drukt.

Peeta gaat zijn aantekeningen over de nog levende winnaars halen en dan verzamelen we ons in de televisiecoupé om te kijken tegen wie we het in de arena moeten opnemen. We zitten allemaal net als het volkslied wordt gespeeld en de jaarlijkse samenvatting van de boeteceremonies in de twaalf districten begint.

In de geschiedenis van de Spelen zijn er vijfenzeventig winnaars geweest. Er zijn er nog negenenvijftig in leven. Veel van hun gezichten herken ik, van eerdere Spelen waarbij ik hen als tribuut of als mentor heb gezien, en van de opnames van de winnaars die we de laatste tijd hebben gekeken. Sommigen zijn zo oud of getekend door ziekte, drugsgebruik of alcohol dat ik hen niet kan plaatsen. Zoals je zou verwachten hebben District 1, 2 en 4 de meeste tributen, allemaal Beroeps. Maar elk district is erin geslaagd om minstens één winnaar en één winnares bij elkaar te schrapen.

De boetes komen in rap tempo voorbij. Peeta zet ijverig sterretjes in zijn schrift bij de namen van de gekozen tributen. Haymitch kijkt met een stalen gezicht hoe vrienden van hem naar voren komen om het podium te beklimmen. Effie geeft gesmoord, ontzet commentaar als 'O nee, niet Cecelia' en 'Tja, Chaff zal ook eens niet vechten', en zucht geregeld.

Ikzelf doe mijn best om de andere tributen in mijn geheugen te prenten, maar net als vorig jaar blijven er slechts een paar hangen. De broer en zus uit District 1 bijvoorbeeld, allebei klassieke schoonheden, die in achtereenvolgende jaren hebben gewonnen toen ik nog klein was. Brutus, een vrijwilliger uit District 2, die minstens veertig moet zijn en blijkbaar niet kan wachten om de arena weer in te gaan. Finnick, de knappe kerel met het bronskleurige haar uit District 4 die tien jaar geleden op zijn veertiende als overwinnaar uit de strijd kwam. Er wordt ook een hysterische jonge vrouw met golvend bruin haar naar voren geroepen in 4, maar haar plaats wordt direct ingenomen door een vrijwilligster, een vrouw van tachtig die een wandelstok nodig heeft om bij het podium te komen. Dan hebben we Johanna Mason, de enige nog in leven zijnde winnares uit 7, die een paar jaar geleden heeft gewonnen door te doen alsof ze een zwakkeling was. De vrouw uit 8 die door Effie Cecelia werd genoemd en die een jaar of dertig lijkt, moet zich losmaken uit de greep van de drie kinderen die op haar af rennen en zich aan haar vastklampen. Chaff, een man uit 11 van wie ik weet dat het een van Haymitch' beste vrienden is, doet ook mee.

Ik word naar voren geroepen. Dan Haymitch. En Peeta biedt zich aan. Een van de commentatoren krijgt zowaar een brok in haar keel, omdat het lijkt alsof de kansen nooit in het voordeel zullen zijn van de gedoemde geliefden uit District 12. Dan vermant ze zichzelf om vervolgens te zeggen dat ze durft te wedden 'dat dit de beste Spelen ooit zullen worden!'

Haymitch loopt zonder iets te zeggen de coupé uit. Effie maakt nog een paar onsamenhangende opmerkingen over deze of gene tribuut en wenst ons dan welterusten. Ik blijf zitten kijken hoe Peeta de bladzijden van de winnaars die het niet zijn geworden uit zijn schrift scheurt.

'Waarom probeer je niet wat te slapen?' vraagt hij.

*Omdat ik de nachtmerries niet aankan. Niet zonder jou*, denk ik. Ik weet zeker dat ze verschrikkelijk zullen zijn vannacht. Maar ik kan moeilijk aan Peeta vragen of hij bij me wil komen slapen. We hebben elkaar nauwelijks aangeraakt sinds die avond dat Gale is afgeranseld. 'Wat ga jij doen?' vraag ik.

'Ik ga nog even mijn aantekeningen doornemen, om een goed beeld te krijgen van onze concurrentie. Maar ik zal het morgenochtend allemaal met jou bespreken. Ga naar bed, Katniss,' zegt hij.

Dus ga ik naar bed en word, inderdaad, een paar uur later wakker uit een nachtmerrie waarin die oude vrouw uit District 4 in een enorme rat verandert en aan mijn gezicht begint te knagen. Ik weet dat ik geschreeuwd heb, maar er komt niemand. Peeta niet, zelfs niet een van de Capitoolbedienden. Ik trek een badjas aan in een poging het kippenvel te onderdrukken dat over mijn lijf kruipt. Ik wil niet in mijn coupé blijven, dus ik besluit iemand te zoeken die thee of hete chocolademelk of iets dergelijks voor me kan halen. Misschien is Haymitch nog wakker. Hij slaap vast niet.

Ik bestel warme melk bij een bediende, het kalmerendste wat ik kan bedenken. Als ik stemmen uit de televisieruimte hoor komen, ga ik naar binnen en zie Peeta zitten. Naast hem op de bank staat de doos met de banden van de eerdere Hongerspelen die Effie heeft gestuurd. Ik herken de aflevering waarin Brutus won.

Peeta komt overeind en zet de band af als hij me ziet. 'Kon je niet slapen?'

'Niet lang,' zeg ik. Ik trek de badjas strakker om me heen als ik denk aan de oude vrouw en hoe ze in die rat veranderde.

'Wil je erover praten?' vraagt hij. Soms kan dat helpen, maar ik schud alleen maar mijn hoofd en voel me zwak vanwege het feit dat mensen tegen wie ik het nog niet eens heb opgenomen me nu al zo kwellen.

Als Peeta zijn armen spreidt, loop ik er recht in. Het is de eerste keer sinds de Kwartskwelling is voorgelezen dat hij enige genegenheid toont. Hij heeft zich gedragen als een zeer veeleisende trainer die altijd meer wilde, altijd vond dat Haymitch en ik harder moesten rennen, meer moesten eten, onze vijand beter moesten leren kennen. Een geliefde? Vergeet het maar. We waren zelfs geen vrienden meer, zo leek het. Ik sla mijn armen stevig om zijn nek, voor hij kan zeggen dat ik me moet opdrukken of zo. Maar hij trekt me dicht tegen zich aan en verbergt zijn gezicht in mijn haar. De plek waar zijn lippen heel lichtjes mijn hals raken begint te gloeien en de warmte verspreidt zich langzaam door de rest van mijn lichaam. Het voelt zo goed, zo onwaarschijnlijk goed, en ik weet dat ik niet als eerste los zal laten.

En waarom zou ik ook? Ik heb afscheid genomen van Gale. Ik zal hem nooit meer zien, dat staat vast. Wat ik ook doe, het zal hem geen pijn meer doen. Hij zal het niet zien en anders zal hij denken dat ik doe alsof voor de camera's. Dat is in elk geval één last van mijn schouders.

Uiteindelijk verbreken we onze omhelzing omdat de Capitoolbediende binnenkomt met de warme melk. Hij zet een dienblad op tafel met een dampende kan en twee mokken. 'Ik heb een extra beker meegenomen,' zegt hij.

'Bedankt,' zeg ik.

'En ik heb een paar druppels honing in de melk gedaan. Om hem wat zoeter te maken. En een snufje kruiden,' voegt hij eraan toe. Hij kijkt naar ons alsof hij nog meer wil zeggen, schudt dan even met zijn hoofd en loopt de kamer weer uit.

'Wat had hij nou?' zeg ik.

'Ik denk dat hij medelijden met ons heeft,' zegt Peeta.

'Vast,' zeg ik terwijl ik de melk inschenk.

'Echt waar. Volgens mij zijn de inwoners van het Capitool helemaal niet blij met het feit dat wij de arena weer in moeten,' zegt Peeta. 'En dat geldt ook voor de andere winnaars. Ze raken gehecht aan hun kampioenen.'

'Ik heb zo'n vermoeden dat ze daar snel overheen zijn als het bloed eenmaal begint te vloeien,' zeg ik vlak. Kom zeg, ik heb echt geen tijd om me zorgen te gaan zitten maken over het effect dat de Kwartskwelling op de stemming in het Capitool zal hebben. 'Maar goed, zit je weer naar alle banden te kijken?'

'Niet echt. Ik spoel een beetje heen en weer om de verschillende vechttechnieken van iedereen te bekijken,' zegt Peeta.

'Wie komt er nu?' vraag ik.

'Kies jij maar,' zegt Peeta terwijl hij me de doos aangeeft.

Op de banden staat het jaar van de Spelen en de naam van de winnaar geschreven. Ik grabbel wat rond en heb er plotseling een in mijn hand die we nog niet bekeken hebben. Het jaar van de Spelen is vijftig. Dan was het dus de tweede Kwartskwelling. En de naam van de winnaar is Haymitch Abernathy.

'We hebben deze nog nooit bekeken,' zeg ik.

Peeta schudt zijn hoofd. 'Nee. Ik wist dat Haymitch het niet wilde. Net als wij onze eigen Spelen niet nog een keer zouden willen meemaken. En omdat we allemaal in hetzelfde team zitten, leek het me niet zo belangrijk.'

'Zit degene die de vijfentwintigste heeft gewonnen hier ook in?' vraag ik.

'Volgens mij niet. Die is vast al overleden, en Effie heeft alleen de winnaars gestuurd tegen wie we het misschien zouden moeten opnemen.' Peeta weegt de band van Haymitch in zijn hand. 'Hoezo? Vind je dat we ernaar moeten kijken?'

'Het is de enige Kwelling die we hebben. Misschien kunnen we nog iets nuttigs oppikken over wat er dan gebeurt,' zeg ik. Maar het voelt raar, als een enorme inbreuk op Haymitch' privacy. Ik weet niet waarom, want het is immers allemaal uitgezonden. Maar toch is het zo. Ik moet toegeven dat ik ook verschrikkelijk nieuwsgierig ben. 'We hoeven niet tegen Haymitch te zeggen dat we zijn band bekeken hebben.'

'Goed dan,' zegt Peeta. Hij stopt de band in de recorder en ik nestel me naast hem op de bank met mijn melk, die echt heerlijk is door de honing en de kruiden, en ga helemaal op in de vijftigste Hongerspelen. Na het volkslied komt president Snow in beeld terwijl hij de envelop voor de tweede Kwartskwelling trekt. Hij ziet er jonger uit, maar even afstotelijk. Hij leest het vierkante papiertje voor op dezelfde dwingende toon als hij bij de onze deed, en vertelt Panem dat er ter ere van de Kwartskwelling twee keer zo veel tributen zullen zijn. De programmamakers gaan patsboem over naar de boetes, waarbij de ene na de andere naam wordt voorgelezen.

Als we bij District 12 komen, ben ik al helemaal overdonderd door het enorme aantal kinderen dat een zekere dood tegemoet gaat. De namen in 12 worden getrokken door een vrouw, niet Effie, maar ze begint desondanks met 'Dames gaan voor!' Ze leest de naam op van een meisje uit de Laag, dat zie je aan haar uiterlijk. Het meisje heet Maysilee Donner.

'O!' zeg ik. 'Dat was een vriendin van mijn moeder.' De camera vindt haar in de menigte, ze klampt zich vast aan twee andere meisjes. Alle drie blond. Alle drie middenstandsdochters, zeker weten.

'Volgens mij is dat je moeder die haar omhelst,' zegt Peeta zacht. En hij heeft gelijk. Terwijl Maysilee zich dapper losmaakt uit hun greep en naar het podium loopt, vang ik een glimp op van mijn moeder toen ze zo oud was als ik, en niemand heeft haar schoonheid overdreven. Haar hand wordt vastgehouden door een huilend meisje dat als twee druppels water op Maysilee lijkt. Maar ook op iemand anders.

'Madge,' zeg ik.

'Dat is haar moeder. Zij en Maysilee waren een tweeling, geloof ik,' zegt Peeta. 'Mijn vader heeft een keer zoiets gezegd.'

Ik denk aan de moeder van Madge. De vrouw van burgemeester Undersee. Die haar halve leven op haar slaapkamer doorbrengt en de wereld buitensluit, aan bed gekluisterd door verschrikkelijk veel pijn. Ik denk aan het feit dat ik me nooit gerealiseerd heb dat zij en mijn moeder dit samen hebben meegemaakt. Aan Madge die in de sneeuwstorm opeens de pijnstillers voor Gale kwam brengen. Aan mijn spotgaaienspeld en hoe die plotseling een heel andere betekenis heeft gekregen nu ik weet dat hij vroeger van de tante van Madge is geweest, Maysilee Donner, een tribuut die in de arena is vermoord.

Haymitch' naam wordt als allerlaatste voorgelezen. Het is een grotere schok om hem te zien dan mijn moeder. Jong. Sterk. Ik vind het moeilijk om toe te geven, maar hij was eigenlijk best een lekker ding, met zijn donkere krullen, zijn heldere grijze Laagogen en zijn toen al gevaarlijke uitstraling.

'O Peeta, hij zal Maysilee toch niet gedood hebben, hè?' stoot ik uit. Ik weet niet waarom, maar het idee is ondraaglijk.

'Met achtenveertig spelers? Lijkt me een kleine kans,' zegt Peeta.

De optocht in de strijdwagens – waarbij de kinderen uit District 12 afschuwelijke mijnwerkerskostuums aanhebben – en de interviews komen in een flits voorbij. Er is weinig tijd om veel aandacht aan iemand te besteden. Maar omdat Haymitch zal winnen, zenden ze het hele gesprek tussen hem en Caesar Flickerman uit, die er precies hetzelfde uitziet als altijd in zijn flonkerende nachtblauwe pak. Alleen zijn donkergroene haar, oogleden en lippen zijn anders.

'En, Haymitch, wat vind je ervan dat er twee keer zo veel deelnemers aan de Spelen meedoen dan anders?' vraagt Caesar.

Haymitch haalt zijn schouders op. 'Ik zie het verschil niet zo. Ze zullen precies even stom zijn als anders, dus voor mijn kansen maakt het denk ik niet zoveel uit.'

Het publiek giert het uit en Haymitch trekt één mondhoek naar hen op. Sarcastisch. Arrogant. Onverschillig.

'Het is hem op het lijf geschreven, hè?' zeg ik.

Nu is het de ochtend waarop de Spelen beginnen. We kijken mee met een van de tributen als ze door de buis vanuit de Startkamer de arena in wordt geduwd. Onwillekeurig hap ik even naar adem. De gezichten van de tributen staan vol ongeloof. Zelfs Haymitch' wenkbrauwen gaan even aangenaam verrast omhoog, hoewel ze bijna meteen weer samentrekken in een boze frons.

Het is de mooiste plek die je je maar kunt bedenken. De gouden Hoorn des Overvloeds ligt midden in een groen weiland met groepjes prachtige bloemen. De hemel is helderblauw met donzige witte wolken. Felgekleurde zangvogels fladderen hoog in de lucht. Aan de manier te zien waarop sommige tributen hun neus in de lucht steken, moet het er heerlijk ruiken. Een hoog totaalshot laat zien dat het weiland zich kilometerslang uitstrekt. In de verte lijkt er aan de ene kant een bos te zijn, en aan de andere kant een besneeuwde berg.

Veel spelers zijn gedesoriënteerd door de schoonheid, want als de gong gaat lijken de meesten hun best te moeten doen om zich wakker te schudden uit een soort droomtoestand. Maar Haymitch niet. Die staat al bij de Hoorn des Overvloeds om wapens en een rugzak met de beste spullen te pakken. Als de meeste anderen nog van hun plaat moeten stappen, is hij al op weg naar het bos.

Achttien tributen komen die eerste dag om tijdens het bloedbad. De anderen vallen kort daarna bij bosjes neer, als duidelijk wordt dat bijna alles op deze prachtige plek – het weelderige fruit dat aan de struiken hangt, het water in de kristalheldere beekjes, zelfs de geur van de bloemen als hij van dichtbij wordt ingeademd – dodelijk gif bevat. Alleen het regenwater en het eten bij de Hoorn des Overvloeds kunnen veilig genuttigd worden. Bovendien is er ook nog een grote, goed bevoorrade Beroepstroep van tien tributen, die het gebied rond de berg uitkammen op zoek naar slachtoffers.

Haymitch heeft zo zijn eigen problemen in het bos, waar de pluizige, goudkleurige eekhoorns vleeseters blijken te zijn die in groepen aanvallen, en de steken van de vlinders helse pijnen veroorzaken die al dan niet tot de dood leiden. Maar hij blijft doorgaan, altijd met de berg ver weg in zijn rug.

Maysilee Donner blijkt behoorlijk vindingrijk te zijn voor een meisje dat met alleen een klein rugzakje bij de Hoorn des Overvloeds is vertrokken. Daarin zaten een kom, wat gedroogd rundvlees en een blaaspijp met vijfentwintig pijlen. Door gebruik te maken van al het gif om haar heen weet ze de blaaspijp al snel in een moordwapen te veranderen; ze doopt de pijltjes in het dodelijke spul en schiet ze vervolgens in het lijf van haar tegenstanders.

Na vier dagen komt de pittoreske berg tot een vulkaanuitbarsting die nog weer eens twaalf spelers wegvaagt, onder wie de helft van de Beroepstroep. Omdat de berg vloeibaar vuur spuwt en het weiland geen enkele beschutting biedt, hebben de overgebleven dertien tributen – onder wie Haymitch en Maysilee – geen andere keuze dan in het bos te blijven.

Haymitch lijkt vastbesloten om in dezelfde richting verder te gaan, weg van de berg die nu een vulkaan is, maar een doolhof van dichte heggen dwingt hem om met een boog terug naar het midden van het bos te keren, waar hij drie van de Beroeps tegenkomt en zijn mes trekt. Zij zijn veel groter en sterker, maar Haymitch is opvallend snel en heeft er al twee gedood als de derde zijn mes te pakken krijgt. De jongen staat op het punt zijn keel door te snijden als hij door een pijltje wordt geraakt en op de grond valt.

Maysilee Donner stapt de bosjes uit. 'Met z'n tweeën blijven we langer leven.'

'Ik geloof dat je dat net bewezen hebt,' zegt Haymitch terwijl hij over zijn hals wrijft. 'Bondgenoten?' Maysilee knikt. Daar staan ze dan, binnen een mum van tijd betrokken bij zo'n verbond dat je bijna onmogelijk nog kunt verbreken als je weet dat je heel misschien naar huis gaat en je district onder ogen moet komen.

Net als Peeta en ik doen ze het samen beter. Ze kunnen vaker uitrusten, bedenken een systeem om meer regenwater op te vangen, vechten in een team en delen het eten dat de dode tributen bij zich droegen. Maar Haymitch wil nog steeds per se doorlopen.

'Waarom?' vraagt Maysilee telkens, maar hij negeert haar tot ze weigert om nog een stap te verzetten als ze geen antwoord krijgt.

'Omdat hij toch ergens moet ophouden, snap je?' zegt Haymitch. 'De arena kan niet eeuwig doorgaan.'

'Wat denk je dan aan te treffen?' vraagt Maysilee.

'Ik weet het niet. Misschien wel iets wat we kunnen gebruiken,' zegt hij.

Als ze met behulp van een brander uit de rugzak van een van de dode Beroeps eindelijk door die ondoordringbare heggen weten te komen, staan ze op een stuk vlakke, droge aarde dat naar een afgrond leidt. In de diepte zijn puntige rotsen te zien.

'Meer is er niet, Haymitch. Kom, we gaan terug,' zegt Maysilee.

'Nee, ik blijf hier,' zegt hij.

'Goed dan. We zijn nog maar met z'n vijven. Misschien is het toch wel een goed moment om afscheid te nemen,' zegt ze. 'Ik wil niet dat wij als laatsten overblijven.'

'Goed,' zegt hij en hij knikt. Dat is alles. Hij geeft haar geen hand, kijkt haar niet eens aan. En dan loopt ze weg.

Haymitch loopt dicht langs de rand van de afgrond, alsof hij iets onderzoekt. Zijn voet schopt per ongeluk een kiezel weg die ogenschijnlijk voorgoed in het ravijn verdwijnt. Maar als hij even later gaat zitten om uit te rusten schiet de steen naast hem weer omhoog. Haymitch staart er verbaasd naar en dan krijgt zijn gezicht een vreemde, intense uitdrukking. Hij smijt een kei ter grootte van zijn vuist over de rand en wacht af. Als het ding rechtstreeks terug zijn hand in vliegt, begint hij te lachen.

Op dat moment horen we Maysilee gillen. Het pact bestaat niet meer en zíj heeft het verbroken, dus niemand zou het hem kunnen verwijten als hij haar aan haar lot zou overlaten. Maar Haymitch rent toch naar haar toe. Hij is nog net op tijd om te zien hoe een zwerm zuurstokroze vogels met lange, dunne snavels haar nek doorboort. Hij houdt haar hand vast als ze sterft en ik kan alleen maar denken aan Rue en dat ik ook te laat was om haar te redden.

Later die dag komt er nog een tribuut om bij een gevecht en

wordt een derde opgegeten door zo'n groep pluizige eekhoorns, zodat alleen Haymitch en een meisje uit District 1 nog over zijn om met elkaar om de titel te strijden. Zij is groter dan hij en even snel, en het onvermijdelijke gevecht is bloederig en afschuwelijk en ze zijn allebei al levensgevaarlijk gewond als Haymitch uiteindelijk zijn wapen kwijtraakt. Hij strompelt door het prachtige bos terwijl hij met zijn hand zijn darmen terug zijn buik in duwt en is net bij de rand als ze de bijl gooit. Hij zakt op de grond in elkaar en de bijl valt de afgrond in. Nu het meisje ook geen wapens meer heeft, blijft ze staan en probeert ze het bloed dat uit haar lege oogkas gutst te stelpen. Misschien denkt ze dat ze Haymitch kan overleven, die nu stuiptrekkend op de grond ligt. Maar wat zij niet weet, en hij wel, is dat de bijl zal terugkomen. En als hij weer over de rand vliegt, boort hij zich in haar hoofd. Het kanon gaat af, haar lichaam wordt opgehaald, en de trompetten schallen om Haymitch' overwinning aan te kondigen.

Peeta zet de band uit en we blijven een tijdje zwijgend zitten.

Uiteindelijk zegt Peeta: 'Dat krachtveld onder aan de rotswand, dat was net zoiets als dat veld rond het dak van het Trainingscentrum, dat je teruggooit als je eraf probeert te springen om zelfmoord te plegen. Haymitch heeft een manier gevonden om het in een wapen te veranderen.'

'En niet alleen als wapen tegen de andere tributen, maar ook tegen het Capitool,' zeg ik. 'Jij weet ook wel dat ze dit niet verwacht hadden. Het was niet bedoeld als onderdeel van de arena. Ze zijn nooit van plan geweest om het door iemand als wapen te laten gebruiken, en ze stonden voor schut toen hij erachter kwam. Ik durf te wedden dat ze heel wat moeite hebben moeten doen om daar een verhaal omheen te verzinnen. Daarom kan ik me natuurlijk niet herinneren dat ik dit ooit op televisie heb gezien. Het is bijna net zo erg als wij met die bessen!'

Ongewild begin ik te lachen, echt te lachen, voor het eerst in maanden. Peeta schudt zachtjes zijn hoofd, alsof ik gek geworden ben – en misschien is dat ook wel zo, een beetje dan.

'Bijna, maar niet helemaal,' zegt Haymitch achter ons. Ik draai me met een ruk om, bang dat hij kwaad zal worden omdat we zijn band bekeken hebben, maar hij lacht alleen maar een beetje meesmuilend en neemt een slok uit een wijnfles. Nou, tot zover de nuchterheid, blijkbaar. Misschien zou ik boos moeten worden omdat hij weer drinkt, maar een ander gevoel heeft op dit moment de overhand.

Ik heb al die weken zo mijn best gedaan om mijn tegenstanders te leren kennen, zonder er ook maar een moment over na te denken wie mijn teamgenoten zijn. Nu laait er een nieuw soort zelfvertrouwen in me op, omdat ik eindelijk denk te weten wie Haymitch is. En ik kom er langzaamaan achter wie ík ben. En zeg nou zelf, twee mensen die het het Capitool zo moeilijk hebben gemaakt, kunnen vast wel een manier bedenken om Peeta levend naar huis te krijgen.

# hoofdstuk 15

Ik ben al zo vaak door Flavius, Venia en Octavia onder handen genomen dat het intussen toch een bekende procedure zou moeten zijn waar ik even doorheen moet. Maar ik ben niet voorbereid op de emotionele beproeving die me te wachten staat. Tijdens de voorbereidingen barsten ze allemaal minstens twee keer in huilen uit, en Octavia loopt eigenlijk de hele ochtend aan één stuk door zachtjes te jammeren. Het blijkt dat ze echt aan me gehecht geraakt zijn, en ze zijn helemaal van de kaart bij het idee dat ik terug moet naar de arena. Daar komt nog bij dat ze met mij ook hun toegang tot allerlei grote sociale evenementen kwijtraken, met name mijn bruiloft, en dat maakt de situatie helemaal ondraaglijk. Aangezien zij nog nooit gehoord hebben van het idee dat je je groot zou kunnen houden voor iemand anders, komt het er uiteindelijk op neer dat ík hén moet troosten. En omdat ik degene ben die de arena in moet om afgeslacht te worden, is dat behoorlijk irritant.

Maar het is wel interessant als ik denk aan wat Peeta zei over de bediende in de trein en dat die niet blij was dat de winnaars weer moesten vechten. Dat alle inwoners van het Capitool dat niet leuk vonden. Ik denk nog steeds dat dat allemaal vergeten zal zijn zodra de gong gaat, maar het is ergens wel een openbaring dat de mensen in het Capitool überhaupt iets om ons geven. Ze hebben er immers geen enkele moeite mee om jaar in jaar uit naar een stel kinderen te kijken die elkaar moeten uitmoorden. Maar misschien weten ze te veel van de winnaars, vooral van diegenen die al jaren beroemdheden zijn, om te vergeten dat we mensen zijn. Het is meer alsof je je eigen vrienden ziet sterven. Meer zoals de Spelen voor ons in de districten zijn.

Als Cinna binnenkomt, ben ik prikkelbaar en doodmoe, omdat ik de hele tijd mijn voorbereidingsteam heb moeten opbeuren, vooral omdat hun eindeloze stroom tranen me doet denken aan de tranen die thuis ongetwijfeld vergoten worden. Daar sta ik dan in mijn dunne badjas met mijn brandende huid en hart, en ik weet dat ik geen enkele medelijdende blik meer kan verdragen. Dus zodra hij een voet over de drempel zet, snauw ik: 'Als je gaat huilen, vermoord ik je hier ter plekke, ik zweer het.'

Cinna glimlacht alleen maar. 'O jee, ik voel nattigheid. Heb je een zware ochtend achter de rug?'

'Je kunt me uitwringen,' antwoord ik.

Cinna legt zijn arm om mijn schouders en neemt me mee naar de lunch. 'Maak je geen zorgen. Ik stop mijn emoties altijd in mijn werk. Dan ben ik de enige die er last van heeft.'

'Ik kan dat gejank niet nog een keer aan,' zeg ik waarschuwend.

'Ik weet het. Ik praat wel met ze,' zegt Cinna.

Ik voel me iets beter door het eten. Fazant met verschillende soorten gelei in de kleuren van edelstenen, piepkleine, echte minigroentes in een botersaus en aardappelpuree met peterselie. Als toetje dopen we stukken fruit in een pan gesmolten chocola. Cinna moet nog een tweede pan bestellen, omdat ik het spul met een lepel naar binnen begin te werken.

'En, wat dragen we bij de openingsceremonie?' vraag ik uiteindelijk terwijl ik de tweede pan leegschraap. 'Hoofdlampen of vuur?' Ik weet dat Peeta en ik tijdens de optocht van de strijdwagens kostuums aan moeten die iets met steenkool te maken hebben.

'Iets in die richting,' zegt hij.

Als het tijd is om ons om te kleden voor de ceremonie komt mijn voorbereidingsteam binnen, maar Cinna zegt dat ze die ochtend al zulk fantastisch werk hebben geleverd dat er nu niets meer te doen valt en stuurt hen weg. Ze gaan ergens uithuilen en laten mij gelukkig achter in Cinna's handen. Hij steekt eerst mijn haar op, in het gevlochten kapsel dat mijn moeder hem heeft geleerd, en gaat dan verder met mijn make-up. Vorig jaar heeft hij heel weinig gebruikt, zodat het publiek me in de arena zou herkennen. Maar nu gaat mijn gezicht bijna helemaal schuil achter opvallende kleuren en donkere schaduwen. Hoge wenkbrauwbogen, scherpe jukbeenderen, gloeiende ogen, donkerpaarse lippen. Het kostuum lijkt in eerste instantie bedrieglijk eenvoudig, gewoon een strakke zwarte overall die me van mijn nek tot mijn enkels helemaal bedekt. Hij zet een halve kroon op mijn hoofd, net zo een als waarmee ik vorig jaar tot winnaar uitgeroepen ben, alleen is deze niet van goud, maar van zwaar zwart metaal. Dan dimt hij het licht in de kamer om de schemering na te bootsen en drukt op een knopje in de stof bij mijn pols. Ik kijk gefascineerd omlaag terwijl mijn pak langzaam tot leven komt: eerst straalt het een zacht, goudgeel licht uit, maar dan verandert het geleidelijk in het oranjerood van brandende kolen. Ik zie eruit alsof ik bedekt ben met gloeiende kooltjes – nee, ik zie eruit alsof ik een gloeiend kooltje bén, dat rechtstreeks uit onze open haard is geplukt. De kleuren vlammen op en doven dan weer, verschuiven en lopen in elkaar over, precies zoals echte kolen doen.

'Hoe heb je dat gemaakt?' vraag ik vol bewondering.

'Portia en ik hebben heel veel vuur bestudeerd,' zegt Cinna. 'Kijk maar eens naar jezelf.'

Hij draait me om naar een spiegel zodat ik het hele plaatje kan aanschouwen. Ik zie geen meisje, zelfs geen vrouw, maar een of ander buitenaards wezen dat eruitziet alsof ze zo in de vulkaan zou kunnen gaan wonen die tijdens de Spelen van Haymitch zo veel tributen heeft gedood. De zwarte kroon, die nu roodgloeiend lijkt, werpt vreemde schaduwen over mijn dik geschminkte gezicht. Katniss, het meisje dat in vuur en vlam stond, heeft haar flakkerende vlammen, glinsterende edelsteenjaponnen en zachte kaarslichtjurkjes achter zich gelaten. Ze is net zo dodelijk als het vuur zelf.

'Volgens mij... is dit precies wat ik nodig had om de anderen onder ogen te kunnen komen,' zeg ik.

'Ja, volgens mij liggen je dagen van roze lippenstift en strikjes nu wel achter je,' zegt Cinna. Hij drukt weer op het knopje op mijn pols en het licht gaat uit. 'Anders raakt de batterij op. Geen gezwaai en geglimlach dit keer als je straks op de strijdwagen staat. Ik wil dat je strak voor je uitkijkt, alsof het hele publiek je aandacht niet waard is.'

'Eindelijk iets waar ik goed in ben,' zeg ik.

Cinna moet nog een paar dingen doen, dus ik besluit om naar de begane grond van het Correctiecentrum te gaan, naar de enorme ruimte waar de strijdwagens staan en de tributen zich verzamelen voor de openingsceremonie. Ik had gehoopt Peeta en Haymitch hier aan te treffen, maar die zijn er nog niet. Anders dan vorig jaar, toen alle tributen zo ongeveer aan hun wagen vastgeplakt zaten, is de sfeer nu heel ontspannen. De winnaars, zowel de tributen van dit jaar als hun mentoren, staan in kleine groepjes te praten. Zij kennen elkaar natuurlijk allemaal en ik ken niemand, en ik ben niet echt iemand die zich aan iedereen gaat voorstellen. Dus aai ik maar een beetje over de hals van een van mijn paarden en probeer niet opgemerkt te worden.

Het werkt niet.

Ik hoor het geknars al voor ik zelfs maar doorheb dat hij naast me staat, en als ik mijn hoofd omdraai, kijk ik recht in de befaamde zeegroene ogen van Finnick Odair, op slechts een paar centimeter van de mijne. Hij gooit een suikerklontje in zijn mond en leunt tegen mijn paard.

'Dag Katniss,' zegt hij, alsof we elkaar al jaren kennen, terwijl we elkaar nog nooit ontmoet hebben.

'Dag Finnick,' zeg ik net zo nonchalant, hoewel ik het niet prettig vind dat hij zo dicht bij me staat, vooral niet omdat hij zo bloot is.

'Suikerklontje?' vraagt hij terwijl hij zijn hand uitsteekt, waar een hele berg op ligt. 'Ze zijn eigenlijk voor de paarden, maar wat kan ons dat schelen? Zij kunnen nog jaren suiker eten, maar jij en ik... Nou ja, als wij iets lekkers zien, kunnen we het maar beter zo snel mogelijk pakken.'

Finnick Odair is een soort levende legende in Panem. Hij was pas veertien toen hij de vijfenzestigste Hongerspelen won, en is daarom nog steeds een van de jongste winnaars. Omdat hij uit District 4 kwam was hij Beroeps en waren de kansen sowieso al in zijn voordeel, maar geen enkele trainer kon zeggen dat Finnick zijn uitzonderlijke schoonheid van hem geleerd had. Hij was lang, atletisch, met een goudbruine huid en bronskleurig haar, en dan die waanzinnig mooie ogen. Terwijl de andere tributen dat jaar met moeite een handvol graan of een paar lucifers wisten te bemachtigen als donatie, kwam Finnick nooit iets tekort, geen eten, geen medicijnen en geen wapens. Het duurde ongeveer een week voor zijn tegenstanders doorhadden dat hij hun grootste concurrent was, maar toen was het al te laat. Hij kon toch al goed overweg met de speren en messen die hij bij de Hoorn des Overvloeds had bemachtigd, maar toen hij een zilveren parachute ontving met een drietand eraan – misschien wel het duurste geschenk dat ik iemand ooit heb zien ontvangen in de arena – was het gedaan. De bedrijfstak van District 4 is visserij. Hij wóónde praktisch op het water. De drietand was een natuurlijk, dodelijk verlengstuk van zijn arm. Van een of andere klimplant die hij vond, vlocht hij een net dat hij gebruikte om zijn tegenstanders in te verstrikken zodat hij ze met de drietand kon doorboren, en binnen een paar dagen was de kroon van hem.

Sindsdien zijn de inwoners van het Capitool helemaal weg van hem.

Omdat hij zo jong was, konden ze de eerste twee jaar niet zoveel met hem beginnen. Maar sinds zijn zestiende verjaardag wordt hij tijdens de Spelen altijd achtervolgd door allerlei types die stapelverliefd op hem zijn. Hij is altijd vrij snel weer op hen uitgekeken – soms heeft hij er wel vier of vijf achter elkaar tijdens zijn jaarlijkse bezoek. Oud of jong, mooi of gewoontjes, rijk of heel erg rijk: hij houdt hen gezelschap en neemt hun exorbitante cadeaus aan, maar hij blijft nooit bij hen, en als hij eenmaal weg is komt hij nooit meer terug.

Ik kan niet ontkennen dat Finnick een van de allermooiste en sensueelste mensen op deze aardbol is. Maar ik kan ook eerlijk zeggen dat ik me nooit tot hem aangetrokken heb gevoeld. Misschien is hij te knap, of misschien is hij te makkelijk te krijgen, of misschien is het eigenlijk vooral dat je hem te makkelijk weer kunt kwijtraken.

'Nee, dank je,' zeg ik op zijn suikeraanbod. 'Maar ik zou je kostuum wel graag een keertje willen lenen.'

Hij is gehuld in een gouden net dat op strategische wijze voor zijn kruis is vastgeknoopt zodat hij technisch gezien niet naakt is, maar daar is dan ook wel alles mee gezegd. Ik weet zeker dat zijn stylist van mening is dat hoe meer het publiek van Finnick ziet, hoe beter.

'Ik word echt doodsbang van je in dat pak. Wat is er met alle mooie kleinemeisjesjurken gebeurd?' vraagt hij, waarna hij met het puntje van zijn tong zijn lippen bevochtigt. De meeste mensen zullen dat vast enorm opwindend vinden. Maar ik moet om de een of andere reden meteen aan die ouwe Cray denken als hij weer eens bij een arme, uitgehongerde jonge vrouw stond te kwijlen.

'Daar ben ik uit gegroeid,' zeg ik.

Finnick pakt de kraag van mijn kostuum en voelt eraan met zijn vingers. 'Jammer hoor, die Kwelling. Je had een luizenleventje kunnen hebben hier in het Capitool. Sieraden, geld, alles wat je hartje begeert.'

'Ik hou niet van sieraden en ik heb meer geld dan ik nodig heb. Waar gaat dat van jou eigenlijk aan op, Finnick?' vraag ik.

'O, ik hou me al jaren niet meer met zoiets banaals als geld bezig,' zegt Finnick.

'En hoe betaalt men jou dan voor jouw gezelschap?' vraag ik.

'Met geheimen,' zegt hij zachtjes. Hij buigt zijn hoofd naar voren zodat zijn lippen bijna de mijne raken. 'En jij, meisje in vuur en vlam? Heb jij nog geheimen waar ik mijn kostbare tijd aan zou willen besteden?'

Om de een of andere stomme reden word ik rood, maar ik dwing mezelf om stug vol te houden. 'Nee, ik ben een open boek,' fluister ik terug. 'Iedereen schijnt mijn geheimen al te kennen voor ik dat zelf doe.'

Hij glimlacht. 'Ik vermoed helaas dat dat waar is.' Zijn ogen schieten opzij. 'Daar is Peeta. Ik vind het heel erg dat jullie je bruiloft moeten afzeggen. Ik weet hoe verschrikkelijk dat moet zijn voor jullie.' Hij werpt nog een suikerklontje in zijn mond en slentert weg.

Peeta komt naast me staan, in precies dezelfde kleding als ik. 'Wat moest Finnick Odair van je?' vraagt hij.

Ik draai me om, breng mijn lippen tot vlak bij die van Peeta en kijk hem net als Finnick met halfgesloten ogen zwoel aan. 'Hij bood me suiker aan en wilde al mijn geheimen weten,' zeg ik met mijn verleidelijkste stem.

Peeta lacht. 'Getver. Niet waar.'

'Wel waar,' zeg ik. 'Ik zal je er straks uitgebreid over vertellen, als mijn kippenvel weg is.'

'Denk je dat wij ook zo waren geworden als er maar een van ons had gewonnen?' vraagt hij terwijl hij om zich heen kijkt naar de andere winnaars. 'De zoveelste act van de freakshow?'

'Echt wel. Vooral jij,' zeg ik.

'Zo. En waarom vooral ik?' zegt hij glimlachend.

'Omdat jij een zwak hebt voor mooie dingen en ik niet,' zeg ik zelfgenoegzaam. 'Ze zouden je hun Capitoolwereldje in lokken en dan zou je voor altijd verloren zijn.'

'Oog voor schoonheid hebben is niet hetzelfde als een zwakte,' betoogt Peeta. 'Behalve wat jou betreft misschien.' De muziek begint en ik zie hoe de brede deuren opengaan voor de eerste strijdwagen, ik hoor het gebrul van de menigte. 'Zullen we?' Hij steekt zijn hand uit om me op de wagen te helpen.

Ik klauter erop en trek hem vervolgens omhoog. 'Blijf staan,' zeg ik terwijl ik zijn kroon rechtzet. 'Heb je gezien hoe je pak eruitziet als het aanstaat? We gaan weer stralen.'

'Zeker weten. Maar Portia zegt dat we heel erg uit de hoogte moeten doen. Dus niet zwaaien en dat soort dingen,' zegt hij. 'Waar zijn ze eigenlijk?'

'Ik weet het niet.' Ik kijk naar de stoet wagens. 'Misschien kunnen we maar beter onszelf vast aanzetten.' Dat doen we, en zodra we beginnen te gloeien zie ik mensen druk pratend naar ons wijzen, en ik weet dat we bij deze ceremonie opnieuw hét onderwerp van gesprek zullen zijn. We zijn bijna bij de uitgang. Ik kijk met uitgestrekte hals om me heen, maar Portia en Cinna, die vorig jaar tot op het allerlaatste moment bij ons waren, zijn allebei nergens te bekennen. 'Moeten we elkaar weer een hand geven dit jaar?' vraag ik.

'Dat mogen we zelf weten, denk ik,' zegt Peeta.

Ik kijk in die blauwe ogen die nooit echt dodelijk zullen worden, hoe dik ze ook geschminkt zijn, en denk aan hoe ik nog geen jaar geleden bereid was hem te vermoorden. Ik was ervan overtuigd dat hij míj probeerde te vermoorden. Nu is alles omgedraaid. Ik ben vastbesloten om hem in leven te houden, en weet dat ik daarvoor mijn eigen leven zal moeten geven. Maar een deel van mij dat minder dapper is dan ik zou willen is blij dat Peeta, en niet Haymitch, naast me staat. Onze handen vinden elkaar zonder dat er verder nog iets over wordt gezegd. Natuurlijk gaan we dit samen doen.

Het geluid van de menigte zwelt aan tot één lange schreeuw als we het schemerende avondlicht in rijden, maar we reageren geen van beiden. Ik kijk gewoon strak naar een punt in de verte en doe net alsof er geen publiek is, geen hysterie. Desondanks vang ik af en toe een glimp op van ons op de enorme schermen langs de route, en we zijn niet alleen mooi, we zijn dreigend en sterk. Nee, we zijn meer dan dat. Wij, gedoemde geliefden uit District 12, die zoveel hebben geleden en zo weinig van onze overwinning hebben kunnen genieten, wij zijn niet op zoek naar de aandacht van de fans, wij vereren hen niet met onze glimlach, wij vangen hun luchtkusjes niet. Wij zijn meedogenloos.

En ik vind het geweldig. Eindelijk mag ik mezelf zijn.

Als we met een bocht de rondweg om de Stadscirkel op rijden, zie ik dat verschillende stylisten het idee van Cinna en Portia om hun tributen te laten oplichten hebben gestolen. De met elektrische lampjes bezaaide kostuums van District 3, waar ze elektronica maken, slaan tenminste nog ergens op. Maar wat moeten de veehouders uit District 10, die verkleed zijn als koeien, in vredesnaam met vlammende riemen? Zichzelf braden? Triest, hoor.

Peeta en ik wachten tot de deuren van het Trainingscentrum achter ons dicht zijn voor we ontspannen. Daar zijn Cinna en Portia, die vinden dat we het goed gedaan hebben, en zelfs Haymitch is dit jaar van de partij, hoewel hij niet bij onze strijdwagen staat, maar bij die van de tributen van District 11. Ik zie hem onze kant op knikken en dan lopen ze met hem mee om ons te begroeten.

Ik ken Chaff van gezicht, omdat ik jarenlang op televisie heb gezien hoe hij en Haymitch hun fles aan elkaar doorgaven. Hij heeft een donkere huid, is ongeveer één meter tachtig en een van zijn armen eindigt in een stompje omdat hij zijn hand heeft verloren tijdens de Spelen die hij dertig jaar geleden heeft gewonnen. Ik weet zeker dat ze hem een soort kunstmatige vervanging hebben aangeboden, net zoals ze bij Peeta hebben gedaan toen ze zijn onderbeen moesten amputeren, maar die wilde hij blijkbaar niet.

De vrouw, Seeder, zou bijna uit de Laag kunnen komen met haar olijfkleurige huid en steile zwarte haar met grijze strepen erdoor. Alleen aan haar gouden ogen is te zien dat ze uit een ander district komt. Ze moet een jaar of zestig zijn, maar ze ziet er nog sterk uit, en niets wijst erop dat ze door de jaren heen naar de drank of de morfling of een ander ontsnappingsmiddel heeft gegrepen. Voor iemand iets kan zeggen omhelst ze me. Vanwege Rue en Thresh, dat voel ik gewoon. Voor ik het weet fluister ik: 'De gezinnen?'

'Ze leven nog,' zegt ze zachtjes voor ze me loslaat.

Chaff slaat zijn goede arm om me heen en zoent me vol op de mond. Geschrokken ruk ik me los terwijl hij en Haymitch bulderen van het lachen.

Meer tijd krijgen we niet voor de Capitoolbedienden ons met zachte dwang naar de liften begeleiden. Ik krijg sterk de indruk dat ze het niet prettig vinden dat de winnaars zo vriendschappelijk met elkaar omgaan, maar die trekken zich daar niets van aan. Terwijl ik naar de liften wandel, met mijn hand nog steeds in die van Peeta, komt er iemand ritselend naast me lopen. Het meisje trekt haar hoofdtooi van bebladerde takken los en gooit hem achter haar neer, zonder te kijken waar hij terechtkomt.

Johanna Mason. Uit District 7. Hout en papier, vandaar die boom. Ze heeft gewonnen door zichzelf erg overtuigend als zwak en hulpeloos neer te zetten, zodat de anderen haar zouden negeren. Vervolgens bleek ze verschrikkelijk goed te kunnen doden. Ze woelt door haar korte piekhaar en rolt met haar ver uit elkaar staande ogen. 'Vind je mijn kostuum niet afschuwelijk? Mijn stylist is de grootste idioot van het Capitool. Ze maakt al veertig jaar bomen van onze tributen. Ik wilde dat ik Cinna had gekregen. Jij ziet er geweldig uit.'

Meisjes onder elkaar. Hier ben ik altijd al vreselijk slecht in geweest. Geklets over kleren, haar, make-up. Dus lieg ik: 'Ja, hij heeft me geholpen om mijn eigen kledinglijn te ontwerpen. Je zou eens moeten zien wat hij met fluweel kan.' Fluweel. De enige stof die ik zo snel kan bedenken.

'Heb ik al gezien. Tijdens jullie Toer. Die strapless jurk die je aanhad in District 2, die donkerblauwe met diamanten. O, die was zo mooi dat ik mijn hand wel door het scherm wilde steken om hem zo van je lijf te rukken,' zegt Johanna.

*Dat zal vast*, denk ik. *Met een paar centimeter van mijn vlees erbij zeker.*

Terwijl we op de lift staan te wachten, ritst Johanna de rest van haar boom los, laat hem op de grond vallen en schopt hem dan vol afschuw weg. Op haar mosgroene muiltjes na is ze spiernaakt. 'Dat is beter.'

We belanden uiteindelijk met haar in dezelfde lift, en onderweg naar de zevende verdieping keuvelt ze met Peeta over zijn schilderijen terwijl het licht van zijn nog altijd gloeiende kostuum op haar blote borsten valt. Als ze weg is negeer ik hem, maar ik weet zeker dat hij staat te grijnzen. Ik trek met een ruk mijn hand los als Chaff en Seeder zijn uitgestapt en wij als enigen overblijven, en hij barst in lachen uit.

'Wat nou?' zeg ik, en ik draai me naar hem om terwijl we onze verdieping op lopen.

'Het komt door jou, Katniss. Heb je dat niet in de gaten?' zegt hij.

'Wat komt door mij?' vraag ik.

'Dat ze allemaal zo doen. Finnick met zijn suikerklontjes en Chaff die je zoent en dat gedoe met Johanna die zich uitkleedt.' Hij probeert op een wat serieuzere toon verder te gaan, maar dat lukt helaas niet. 'Ze pesten je gewoon een beetje, omdat je zo... nou ja, je weet wel bent.'

'Nee, dat weet ik niet,' zeg ik. En ik heb écht geen idee waar hij het over heeft.

'Net als toen je mij niet naakt wilde zien in de arena, ook al was ik halfdood. Je bent zo... keurig,' zegt hij uiteindelijk.

'Niet waar!' zeg ik. 'Ik heb nota bene het hele jaar bijna de kleren van je lijf gerukt zodra er een camera in de buurt was!'

'Jawel, maar... Nou ja, in de ogen van het Capitool ben je keurig,' zegt hij in een duidelijke poging om me te sussen. 'In mijn ogen ben je perfect. Ze plagen je alleen maar.'

'Niet waar. Ze lachen me uit, en jij ook!' zeg ik.

'Nee hoor.' Peeta schudt zijn hoofd, maar hij houdt nog steeds met moeite zijn gezicht in de plooi. Ik besluit net nog eens goed na te denken over de vraag wie deze Spelen eigenlijk zou moeten overleven als de andere lift opengaat.

Haymitch en Effie komen naar ons toe en kijken alsof ze ergens heel tevreden over zijn. Dan verstrakt Haymitch' gezicht.

*Wat heb ik nou weer gedaan?* wil ik bijna zeggen, maar dan zie ik dat hij langs me heen naar de ingang van de eetkamer kijkt.

Effie tuurt even dezelfde kant op en zegt dan opgewekt: 'Zo te zien hebben ze een bijpassend stel voor jullie gevonden dit jaar.'

Ik draai me om en zie het roodharige Avoxmeisje dat me hier vorig jaar ook heeft bediend tot de Spelen begonnen. Ik bedenk hoe fijn het is om hier een vriendin te hebben. Ik zie dat de mannelijke Avox die naast haar staat ook rood haar heeft. Dat bedoelde Effie waarschijnlijk met een bijpassend stel.

Dan loopt er een rilling over mijn rug. Want hem ken ik ook. Niet uit het Capitool, maar van jaren vol ontspannen gesprekjes in de As, grappen boven de soep van Sluwe Sae, en die laatste dag waarin ik hem bewusteloos op het plein heb zien liggen terwijl het leven uit Gale wegbloedde.

Onze nieuwe Avox is Darius.

# hoofdstuk 16

Haymitch grijpt me bij mijn pols alsof hij bang is voor wat ik zal doen, maar ik ben net zo sprakeloos als Darius nadat hij door de beulen van het Capitool onder handen is genomen. Haymitch heeft me ooit verteld dat ze de tong van de Avox afsnijden zodat ze nooit meer kunnen praten. In gedachten hoor ik de heldere, opgewekte stem van Darius door de As schallen om me te plagen. Niet zoals mijn medewinnaars me nu op de hak nemen, maar omdat we elkaar oprecht aardig vonden. Als Gale hem zo zou zien...

Ik weet dat hij gestraft zal worden als ik nu naar hem toe ga of enige blijk van herkenning zal geven. En dus kijken we elkaar alleen maar in de ogen. Darius, die nu een stomme slaaf is, en ik, die nu mijn dood tegemoet ga. Wat zouden we ook tegen elkaar moeten zeggen? Dat we het erg vinden voor de ander? Dat we meevoelen met de pijn van de ander? Dat we blij zijn dat we de kans gekregen hebben de ander te leren kennen?

Nee, Darius zou niet blij moeten zijn dat hij me heeft gekend. Als ik er eerder was geweest om Thread tegen te houden, had hij niet naar voren hoeven komen om Gale te redden. Zou hij geen Avox zijn. En zou hij ook vooral niet míjn Avox zijn, want het is overduidelijk dat president Snow hem voor mij hierheen heeft laten komen.

Ik draai mijn pols uit Haymitch' greep, loop naar mijn oude slaapkamer en doe de deur achter me op slot. Ik ga op de rand van mijn bed zitten met mijn ellebogen op mijn knieën en mijn voorhoofd op mijn vuisten, kijk in het donker naar mijn gloeiende pak en stel me voor dat ik in mijn oude huis in District 12 ineengedoken naast het vuur zit. Als de batterij leeg is, wordt het pak langzaam weer zwart.

Als Effie uiteindelijk op de deur klopt om te zeggen dat we gaan eten, sta ik op, trek mijn pak uit, vouw het netjes op en leg het samen met mijn kroon op tafel. In de badkamer was ik de donkere strepen make-up van mijn gezicht. Ik trek een simpel shirt en dito broek aan en loop door de gang naar de eetkamer.

Ik merk weinig van het diner, behalve dat Darius en het roodharige Avoxmeisje onze obers zijn. Effie, Haymitch, Cinna, Portia en Peeta zijn er allemaal, ik geloof dat ze over de openingsceremonie praten. Maar de enige keer dat ik me echt aanwezig voel, is als ik expres een schaal erwtjes van tafel stoot en, voor iemand me kan tegenhouden, op de grond hurk om ze op te ruimen. Darius staat pal naast me als ik de schaal wegduw, en even zitten we samen naast elkaar, uit het zicht, terwijl we de erwtjes van de vloer scheppen. Eén kort ogenblik vinden onze handen elkaar. Ik voel zijn huid, ruw onder de boterachtige saus van het eten. In de wanhopige greep waarmee onze vingers zich in elkaar haken zitten alle woorden die we nooit hardop zullen kunnen zeggen. Dan maakt Effie achter me een afkeurend geluid, want 'Dat is jouw taak niet, Katniss!' en laat hij me los.

Als we in de zitkamer de herhaling van de openingsceremonie gaan bekijken, wurm ik me op de bank tussen Cinna en Haymitch in, omdat ik niet naast Peeta wil zitten. Deze afschuwelijke situatie met Darius hoort bij mij en Gale en misschien zelfs bij Haymitch, maar niet bij Peeta. Hij kende Darius goed genoeg om hem in het voorbijgaan met een knikje te begroeten, maar Peeta was geen echte Asganger zoals wij. Bovendien ben ik nog steeds boos op hem, omdat hij me samen met de andere winnaars heeft uitgelachen, en ik zit absoluut niet te wachten op zijn medeleven en troostende woorden. Ik ben nog steeds van plan hem in de arena te redden, maar dat wil niet zeggen dat ik nu aardig tegen hem hoef te doen.

Terwijl ik kijk hoe de stoet naar de Stadscirkel rijdt, bedenk ik dat het al erg genoeg is dat ze ons tijdens de gewone edities in verkleedkleren hijsen en in strijdwagens door de straten laten paraderen. Kinderen in kostuums zijn sneu, maar oudere winnaars, zo blijkt, zijn deerniswekkend. Een paar tributen die aan de jongere kant zijn, zoals Johanna en Finnick, of wier lichamen nog niet zijn afgetakeld, zoals Seeder en Brutus, is het nog gelukt om enige waardigheid te behouden. Maar de meesten, in de greep van alcohol, morfling of ziekte, zien er bizar uit in hun kostuums waarin ze koeien, bomen en broden moeten voorstellen. Vorig jaar hadden we op elke deelnemer uitgebreid commentaar, maar nu wordt er alleen af en toe een opmerking gemaakt. Geen wonder dat het publiek uit zijn dak gaat als Peeta en ik verschijnen, zo jong en sterk en mooi in die fantastische kostuums. Het schoolvoorbeeld van hoe tributen zouden moeten zijn.

Zodra het is afgelopen sta ik op, bedank Cinna en Portia voor hun geweldige werk en ga naar bed. Effie roept me nog na dat ik niet moet vergeten om vroeg te komen ontbijten zodat we onze trainingstactiek kunnen bepalen, maar zelfs haar stem klinkt hol. Arme Effie. Vorig jaar had ze eindelijk een keer geluk in de Spelen met mij en Peeta, en nu is het allemaal in elkaar gestort en zo'n puinzooi geworden dat zelfs zij er geen positieve draai meer aan kan geven. Hier in het Capitool geldt dat vast als een ware tragedie.

Ik lig net in bed als er zachtjes op mijn deur wordt geklopt, maar ik doe alsof ik het niet hoor. Ik wil Peeta niet in mijn kamer vanavond. Vooral niet met Darius in de buurt. Het is bijna net zo erg als wanneer Gale hier zou zijn. Gale. Hoe moet ik hem loslaten als Darius constant door de gangen spookt?

Mijn nachtmerries zitten vol tongen. Eerst kijk ik verstijfd en machteloos toe hoe gehandschoende handen de bloederige ingreep in Darius' mond uitvoeren. Dan ben ik op een feest waar iedereen maskers draagt en ik achtervolgd word door iemand wiens natte tong telkens naar buiten schiet – dat zal Finnick wel zijn –, maar als hij me te pakken krijgt en zijn masker afzet is het president

Snow, met opgezwollen lippen waar allemaal bloederig speeksel van afdruipt. Uiteindelijk ben ik terug in de arena; mijn tong is zo droog als schuurpapier en ik probeer bij een poel vol water te komen die zich telkens als ik er bijna ben weer terugtrekt.

Als ik wakker word, wankel ik naar de badkamer en klok water uit de kraan naar binnen tot ik niet meer kan. Ik trek mijn zweterige kleren uit en plof naakt weer in bed, waarna ik op de een of andere manier weer in slaap val.

De volgende ochtend treuzel ik zo lang mogelijk voor ik naar het ontbijt ga, want ik heb absoluut geen zin om onze trainingstactiek te bespreken. Wat valt er te bespreken? Elke winnaar weet al wat de anderen kunnen. Of konden, in elk geval. Peeta en ik zullen gewoon blijven doen alsof we verliefd zijn en dat was het dan wel weer. Ik zie er gewoon heel erg tegen op om erover te moeten praten, vooral als Darius er stilzwijgend naast staat. Ik blijf heel lang onder de douche staan, trek langzaam de kleren aan die Cinna voor de training heeft klaargelegd en bestel door de intercom eten van het menu in mijn kamer. Binnen een minuut staan er worstjes, eieren, aardappelen, brood, sap en chocolademelk voor mijn neus. Ik eet mijn buik rond en probeer de minuten uit te rekken tot het tien uur is, het tijdstip waarop we naar het Trainingscentrum onder in het gebouw moeten. Om halftien staat Haymitch op mijn deur te bonzen; hij heeft het duidelijk helemaal gehad met me en zegt dat ik NU naar de eetkamer moet komen. Toch poets ik eerst nog mijn tanden voor ik heel langzaam door de gang loop – scheelt toch weer vijf minuten.

In de eetkamer zitten alleen Peeta en Haymitch nog. Haymitch' gezicht is rood van de drank en van woede, en om zijn pols draagt hij een massief gouden armband met vlammen erop – ongetwijfeld zijn concessie aan Effies plan om bij elkaar passende aandenkens te dragen – die hij ongelukkig ronddraait. Het is echt een mooie armband, maar door het gedraai ziet hij eruit als iets beperkends, een handboei in plaats van een sieraad. 'Je bent laat,' snauwt hij me toe.

'Sorry. Ik heb uitgeslapen na alle nachtmerries met verminkte tongen die me de halve nacht wakker hebben gehouden.' Het was vijandig bedoeld, maar mijn stem stokt aan het eind van de zin.

Haymitch kijkt me boos aan, maar dan wordt zijn blik milder. 'Goed, laat ook maar. Vandaag hebben jullie tijdens de training twee taken. Ten eerste: verliefd blijven.'

'Dat spreekt voor zich,' zeg ik.

'En ten tweede: vrienden maken,' zegt Haymitch.

'Nee,' antwoord ik. 'Ik vertrouw hen voor geen cent, de meesten kan ik niet uitstaan en ik doe het liever gewoon met z'n tweeën.'

'Dat zei ik eerst ook, maar...' begint Peeta.

'Maar daarmee red je het niet,' houdt Haymitch vol. 'Jullie zullen dit keer echt meer bondgenoten nodig hebben.'

'Waarom?' vraag ik.

'Omdat jullie sterk in het nadeel zijn. Jullie tegenstanders kennen elkaar al jaren. Dus wie zullen ze het eerst aanvallen, denk je?' vraagt hij.

'Ons. En ze gaan die oude vriendschappen heus niet zomaar opzijschuiven, dus waarom zouden we die moeite doen?' zeg ik.

'Omdat jullie kunnen vechten. Jullie zijn geliefd bij het publiek. Dat maakt jullie nog steeds interessant als bondgenoten. Maar alleen als jullie de anderen laten weten dat jullie een team met hen willen vormen,' zegt Haymitch.

'Dus je wilt ons in de Beroepstroep dit jaar?' vraag ik, en het lukt me niet om de afkeer in mijn stem te verbergen. Traditiegetrouw bundelen de tributen uit District 1, 2 en 4 hun krachten, eventueel met een paar andere uitzonderlijk goede vechters erbij, om vervolgens gezamenlijk op de zwakkere deelnemers te jagen.

'Dat is tot nu toe toch ook onze tactiek geweest? Om te trainen als Beroeps?' werpt Haymitch tegen. 'En over het algemeen wordt vóór de Spelen al besloten wie er bij de Beroepstroep mogen. Peeta is er vorig jaar nog maar net tussengekomen.'

Ik denk aan de walging die ik voelde toen ik erachter kwam dat

Peeta zich tijdens de vorige Spelen bij de Beroeps had aangesloten. 'Dus we moeten proberen om in een goed blaadje te komen bij Finnick en Brutus – bedoel je dat?'

'Niet per se. Het zijn allemaal winnaars. Je mag ook je eigen groep samenstellen als je dat liever hebt. Kies maar wie je wilt. Ik zou voor Chaff en Seeder gaan. Hoewel je Finnick niet moet uitsluiten,' zegt Haymitch. 'Zoek teamgenoten die van pas zouden kunnen komen. Denk eraan, je staat niet meer in de ring met een stel bibberende kinderen. Deze mensen zijn allemaal door de wol geverfde moordenaars, hoe slecht ze er ook aan toe lijken te zijn.'

Misschien heeft hij wel gelijk. Maar wie zou ik kunnen vertrouwen? Seeder misschien. Maar wil ik echt een pact met haar sluiten, om haar dan later misschien te moeten vermoorden? Nee. Toch heb ik onder dezelfde omstandigheden ook een pact met Rue gesloten. Ik zeg tegen Haymitch dat ik het zal proberen, ook al vermoed ik dat dit helemaal niets voor mij is.

Effie is iets te vroeg om ons naar beneden te brengen, want vorig jaar kwamen we als laatsten binnen, ook al waren we gewoon op tijd. Maar Haymitch wil niet dat ze met ons meeloopt naar de sportzaal. De andere winnaars zullen ook geen kinderoppas meenemen, en omdat we de jongsten zijn is het belangrijk om te laten zien dat we op eigen benen kunnen staan. Dus ze brengt ons naar de lift, doet ons haar nog even goed en drukt voor ons op het knopje, en daar zal ze het mee moeten doen.

Het is zo'n kort ritje dat er geen tijd is om te praten, maar als Peeta mijn hand pakt, trek ik hem niet terug. Gisteravond heb ik hem weliswaar genegeerd, maar tijdens de training moeten we een onafscheidelijk team lijken.

Effies angst dat we misschien de laatsten zouden zijn blijkt ongegrond. Alleen Brutus en de vrouw uit District 2, Enobaria, zijn er al. Enobaria lijkt een jaar of dertig en het enige wat ik nog over haar weet, is dat ze tijdens een gevecht een tribuut heeft gedood door met haar tanden zijn keel open te scheuren. Daar is ze zo beroemd mee geworden dat ze na haar overwinning haar tanden cosmetisch heeft laten aanpassen, zodat ze nu allemaal een scherpe punt hebben en met goud zijn ingelegd. Ze heeft een enorme schare bewonderaars in het Capitool.

Tegen tienen is nog maar de helft van de tributen aanwezig. Atala, de vrouw die de training leidt, begint stipt op tijd met haar verhaal en trekt zich niets aan van de magere opkomst. Misschien had ze het wel verwacht. Ik ben ergens een beetje opgelucht, want dat betekent dat er twaalf mensen zijn tegen wie ik niet hoef te doen alsof ik vrienden met hen wil worden. Atala somt de lijst met trainingsonderdelen op, waaronder ook vecht- en overlevingstechnieken, en zegt dan dat we aan de slag kunnen.

Ik zeg Peeta dat we ons volgens mij het beste kunnen opsplitsen, zodat we een breder terrein beslaan. Hij gaat lekker speren smijten met Brutus en Chaff en ik loop naar het onderdeel waar je knopen kunt leren leggen. Daar gaat bijna nooit iemand heen. Ik vind de trainer aardig en hij begroet me enthousiast, misschien omdat ik vorig jaar ook bij hem ben geweest. Hij reageert heel tevreden als ik hem laat zien dat ik nog steeds de val kan zetten waarbij je je vijand aan zijn been aan een boom kunt laten hangen. Mijn strikken in de arena zijn hem duidelijk opgevallen en hij beschouwt me nu als een vergevorderde leerling, dus ik vraag of we alle knopen nog eens kunnen bespreken die misschien van pas kunnen komen en ook een paar die ik waarschijnlijk niet zal gebruiken. Ik zou het helemaal niet erg vinden om de hele ochtend alleen met hem door te brengen, maar na anderhalf uur slaat iemand van achteren zijn armen om me heen, en zijn vingers maken met gemak de ingewikkelde knoop af waar ik op zat te ploeteren. Het is Finnick, uiteraard, die zijn hele jeugd kennelijk niets anders heeft gedaan dan vissen met drietanden en moeilijke knopen in touwen leggen om er netten van te maken. Ik kijk even toe hoe hij een stuk touw opraapt, er een strop van maakt en dan doet alsof hij zichzelf ophangt in een poging mij aan het lachen te maken.

Ik rol met mijn ogen en loop naar een ander vrij onderdeel waar je kunt leren hoe je een vuur moet maken. Ik bouw al heel goede vuurtjes, maar ik ben nog altijd erg afhankelijk van lucifers om ze aan te krijgen. De trainer zet me dan ook aan het werk met een vuursteen, een vuurslag en een lapje verkoolde stof. Het is veel moeilijker dan het lijkt en ik werk zo geconcentreerd als ik kan, maar ik heb toch nog bijna een uur nodig om een vonk te laten branden. Als ik met een triomfantelijke grijns opkijk, zie ik dat ik gezelschap heb.

De twee tributen uit District 3 zitten naast me en hebben moeite om met lucifers een goed vuur te maken. Ik overweeg even of ik weg zal gaan, maar ik wil heel graag nog een keer met de vuursteen oefenen en als ik bij Haymitch verslag moet uitbrengen over de vrienden die ik geprobeerd heb te maken, zijn deze twee misschien nog wel een draaglijke keuze. Ze hebben allebei een tenger postuur, een vale huid en zwart haar. De vrouw, Wiress, is ongeveer net zo oud als mijn moeder en praat op een zachte, verstandige toon. Maar ik merk meteen dat ze de neiging heeft om halverwege een zin op te houden, alsof ze is vergeten dat je er bent. Beetee, de man, is ouder en een beetje onrustig. Hij draagt een bril, maar hij kijkt er de hele tijd onderdoor. Ze zijn een beetje vreemd, maar ik ben er vrij zeker van dat deze twee niet zullen proberen mij een ongemakkelijk gevoel te bezorgen door al hun kleren uit te trekken. En ze komen uit District 3. Misschien kunnen ze mijn vermoedens bevestigen dat daar een opstand aan de gang is.

Ik kijk de zaal rond. Peeta staat midden in een kring ruige messenwerpers. De morflingverslaafden uit District 6 zijn bij het camouflageonderdeel en schilderen felroze krullen op elkaars gezicht. De mannelijke tribuut uit District 5 kotst zijn wijn over de zwaardvechtersmat. Finnick en de oude vrouw uit zijn district oefenen bij het boogschieten. Johanna Mason is alweer naakt en smeert haar huid in met olie voor een worstelles. Ik besluit maar te blijven zitten waar ik zit.

Wiress en Beetee vormen aangenaam gezelschap. Ze zijn vriendelijk, maar niet opdringerig. We praten over onze talenten en zij vertellen dat ze allebei dingen uitvinden, waar mijn zogenaamde belangstelling voor mode nogal zwakjes bij afsteekt. Wiress begint over een soort naaiapparaat waar ze mee bezig is.

'Het voelt aan hoe dik de stof is en kiest dan de sterkte...,' zegt ze, maar voor ze haar zin heeft afgemaakt, wordt haar aandacht volledig in beslag genomen door een strootje.

'...de sterkte van de draad,' vult Beetee aan. 'Automatisch. Geen menselijke fouten meer.' Dan begint hij over zijn laatste succes, een muziekchip die klein genoeg is om in een lovertje te passen, maar waar uren muziek op kan. Opeens schiet me te binnen dat Octavia het daar tijdens de fotosessie voor de bruiloft over heeft gehad, en ik ruik een kans om de opstand terloops ter sprake te brengen.

'O ja, daar heb ik wel eens van gehoord. Mijn voorbereidingsteam was een paar maanden geleden helemaal overstuur, omdat ze die niet konden krijgen,' zeg ik achteloos. 'Er waren vast wel meer producten uit District 3 die niet geleverd konden worden.'

Beetee kijkt me aan vanonder zijn bril. 'Dat klopt. Hadden jullie eenzelfde probleem met de steenkoolproductie dit jaar?'

'Nee. Nou ja, we hebben een paar weken stilgelegen toen het nieuwe hoofd van de vredebewakers met zijn ploeg werd geïnstalleerd, maar dat heeft weinig problemen gegeven,' zeg ik. 'Qua productie, bedoel ik. Voor de meeste mensen betekent twee weken thuiszitten vooral twee weken hongerlijden.'

Volgens mij begrijpen ze wat ik probeer te zeggen. Dat er bij ons geen opstand is geweest. 'O. Wat vervelend,' zegt Wiress op een licht teleurgestelde toon. 'Ik vond jullie district erg...' Ze wordt afgeleid door iets in haar hoofd en haar stem sterft weg.

'...interessant,' vult Beetee aan. 'Wij allebei.'

Ik krijg een rotgevoel, want ik weet dat hun district het veel zwaarder gehad moet hebben dan het onze. Ik heb het idee dat ik het voor de mensen uit District 12 moet opnemen. 'Nou ja, we hebben maar weinig inwoners in 12,' zeg ik. 'Niet dat je dat tegenwoordig nog zou denken als je ziet hoeveel vredebewakers er rondlopen. Maar ze vinden het blijkbaar toch wel de moeite waard om ons in de gaten te houden.'

Terwijl we naar het onderdeel lopen waar je schuilplaatsen kunt bouwen, blijft Wiress staan en kijkt naar de tribunes waar de Spelmakers rondhangen; ze eten en drinken en werpen af en toe een blik onze kant op. 'Kijk,' zegt ze terwijl ze met haar hoofd naar hen knikt. Ik kijk op en zie Plutarch Heavensbee in de schitterende paarse mantel met de bontkraag die aangeeft dat hij de Hoofdspelmaker is. Hij eet een kalkoenbout.

Ik snap niet zo goed waarom dat commentaar behoeft, maar ik zeg: 'Ja, hij is dit jaar gepromoveerd tot Hoofdspelmaker.'

'Nee, nee. Daar bij de hoek van de tafel. Je kunt het...' zegt Wiress.

Beetee tuurt onder zijn bril door. '...nog net zien.'

Verbaasd staar ik de kant op die ze aangeven. Maar dan zie ik het. Bij de hoek van de tafel lijkt de lucht op een stuk van ongeveer vijftien bij vijftien centimeter te trillen. Het is alsof er piepkleine, zichtbare golfjes doorheen gaan, die de scherpe randen van het hout en de beker wijn die iemand daar heeft neergezet vertekenen.

'Een krachtveld. Ze hebben een krachtveld opgetrokken tussen ons en de Spelmakers. Ik vraag me af waarom ze dat gedaan hebben,' zegt Beetee.

'Door mij, denk ik,' beken ik. 'Ik heb vorig jaar een pijl naar ze geschoten tijdens mijn privésessie.' Beetee en Wiress kijken me nieuwsgierig aan. 'Ze hadden het zelf uitgelokt. Maar hebben alle krachtvelden zo'n vierkant?'

'Fout,' zegt Wiress vaag.

'Het is eigenlijk een foutje in het veld, een zwakke plek,' zegt Beetee. 'Ideaal gezien zou het natuurlijk onzichtbaar zijn, snap je?'

Ik wil hun nog meer vragen, maar er wordt omgeroepen dat de lunch klaarstaat. Ik kijk om me heen of ik Peeta zie, maar die zit bij een stuk of tien andere tributen, dus ik besluit met District 3 te eten. Misschien wil Seeder er ook wel bij komen.

Als we de eetzaal in lopen, zie ik dat een aantal leden van Peeta's groep daar anders over denkt. Ze slepen alle kleinere tafeltjes naar elkaar toe om één grote tafel te maken, zodat we allemaal samen moeten eten. Nu weet ik niet meer wat ik moet doen. Zelfs op school at ik eigenlijk nooit met andere mensen aan een tafel. Eerlijk gezegd had ik waarschijnlijk altijd alleen gegeten als Madge er niet de gewoonte van had gemaakt om bij me te komen zitten. Anders had ik waarschijnlijk wel met Gale geluncht, maar omdat hij twee klassen hoger zit, hadden we nooit tegelijkertijd pauze.

Ik pak een dienblad en loop langs de karretjes vol eten die langs de muren staan. Bij de stoofpot sluit Peeta zich bij me aan. 'Hoe gaat het?'

'Best. Prima. Ik vind de winnaars uit District 3 aardig,' zeg ik. 'Wiress en Beetee.'

'Echt?' vraagt hij. 'De anderen maken de hele tijd grapjes over hen.'

'Goh, en waarom verbaast me dat niet?' zeg ik. Ik denk terug aan hoe Peeta op school altijd omringd werd door massa's vrienden. Best opvallend eigenlijk dat hij me ooit heeft opgemerkt en me toen niet gewoon een raar kind vond.

'Johanna heeft ze Knetter en Gek gedoopt,' zegt hij. 'Ik geloof dat hij Knetter is en zij Gek.'

'En het is natuurlijk heel stom van mij om te denken dat ze van pas zouden kunnen komen. Omdat Johanna Mason iets heeft gezegd terwijl ze haar borsten stond in te smeren bij het worstelen,' snauw ik terug.

'Volgens mij bestaat die bijnaam al heel lang. En ik wilde je niet beledigen. Ik vertel alleen maar wat ik heb gehoord,' zegt hij.

'Nou, Wiress en Beetee zijn slim. Ze vinden dingen uit. Ze zagen dat er een krachtveld was opgetrokken tussen ons en de Spelmakers. En als we bondgenoten moeten zoeken, dan wil ik met hen.' Ik smijt de opscheplepel terug in de stoofpot, zodat we allebei onder de jus komen te zitten.

'Waarom ben je zo boos?' vraagt Peeta terwijl hij de spetters van zijn shirt veegt. 'Omdat ik je zat te pesten in de lift? Het spijt me. Ik dacht dat je er wel om zou kunnen lachen.'

'Laat maar,' zeg ik hoofdschuddend. 'Het heeft met allerlei dingen te maken.'

'Met Darius,' zegt hij.

'Met Darius. Met de Spelen. Met het feit dat we van Haymitch een team met de anderen moeten vormen,' zeg ik.

'We kunnen het ook gewoon met z'n tweeën doen, hoor,' zegt hij.

'Dat weet ik wel. Maar misschien heeft Haymitch wel gelijk,' zeg ik. 'Niet tegen hem zeggen dat ik dit heb gezegd, maar meestal heeft hij gelijk wat de Spelen betreft.'

'Nou, jij mag uiteindelijk bepalen wie onze bondgenoten worden. Maar op dit moment gaat mijn voorkeur uit naar Chaff en Seeder,' zegt Peeta.

'Seeder vind ik best, maar Chaff niet,' zeg ik. 'Nog niet in elk geval.'

'Kom met hem eten. Ik zorg ervoor dat hij je niet nog een keer zoent, erewoord,' zegt Peeta.

Chaff valt inderdaad wel mee tijdens de lunch. Hij is nuchter en hoewel hij te hard praat en veel slechte grappen maakt, gaan die meestal ten koste van hemzelf. Ik snap wel waarom hij goed gezelschap is voor Haymitch, die altijd zo depressief is. Maar ik weet nog steeds niet zeker of ik er al klaar voor ben om een team met hem te vormen.

Ik doe erg mijn best om gezelliger te doen, niet alleen bij Chaff maar bij de hele groep. Na de lunch ga ik naar het eetbare-insectenonderdeel met de tributen uit District 8: Cecelia, die thuis drie kinderen heeft, en Woof, een stokoude kerel die hardhorend is en niet lijkt te snappen wat er aan de hand is, aangezien hij de hele tijd giftige kevers in zijn mond probeert te stoppen. Ik wilde dat ik op de een of andere manier iets kon zeggen over Twill en Bonnie die ik in het bos heb ontmoet, maar ik weet niet hoe. Kasjmier en Gloss, de broer en zus uit District 1, vragen of ik met hen hangmatten wil komen maken. Ze doen beleefd maar koeltjes, en ik kan alleen maar denken aan het feit dat ik de tributen uit hun district, Glinster en Wonder, vorig jaar allebei gedood heb, en dat zij hen waarschijnlijk gekend hebben en misschien zelfs wel hun mentoren waren. Zowel mijn hangmat als mijn poging om aansluiting bij hen te vinden is hooguit middelmatig te noemen. Ik doe een tijdje mee met Enobaria bij het zwaardvechten en af en toe zeggen we iets tegen elkaar, maar het is duidelijk dat we allebei niet willen samenwerken. Als ik het een en ander over vissen probeer te leren, staat Finnick opeens weer voor mijn neus, maar dit keer eigenlijk alleen om me aan Mags voor te stellen, de bejaarde vrouw die ook uit District 4 komt. Door haar districtaccent en haar spraakgebrek – ze klinkt alsof ze een beroerte heeft gehad – kan ik maar één op de vier woorden verstaan. Maar ze kan met werkelijk alles een goede vishaak maken: met een doorn, het vorkbeen van een vogel, een oorbel. Na een tijdje luister ik niet meer naar de docent, maar probeer ik gewoon alles na te doen wat Mags doet. Als ik een heel aardige haak weet te fabriceren met een kromme spijker en die vastmaak aan een paar van mijn haren, werpt ze me een tandeloze glimlach toe en zegt iets onverstaanbaars wat volgens mij wel eens als compliment bedoeld zou kunnen zijn. Plotseling herinner ik me hoe zij zich als vrijwilliger aanbood om de plaats in te nemen van de jonge, hysterische vrouw uit haar district. Dat was vast niet omdat ze dacht dat ze een kans maakte om te winnen. Ze heeft het gedaan om dat meisje te redden, net zoals ik me vorig jaar als vrijwilliger heb aangeboden om Prim te redden. En ik besluit dat ik haar in mijn team wil.

Geweldig. Nu moet ik straks tegen Haymitch zeggen dat ik een bejaarde en Knetter en Gek als bondgenoten wil. Dat vindt-ie vast fantastisch.

Ik besluit het vrienden maken maar even te laten zitten en ga naar de schietbaan om weer tot zinnen te komen. Het is heerlijk om daar al die verschillende pijlen en bogen uit te proberen. De docent, Tax, ziet dat de gewone schietschijven voor mij geen uitdaging vormen en begint van die maffe nepvogeltjes heel ver omhoog te gooien die ik dan moet raken. Eerst lijkt het stom, maar dan blijkt het eigenlijk best leuk. Bijna alsof ik op een levend wezen jaag. Omdat ik alles raak wat hij omhoogwerpt, slingert hij op een gegeven moment steeds meer vogels de lucht in. Ik vergeet de rest van de sportzaal en de winnaars en hoe ongelukkig ik me voel en verlies mezelf in het schieten. Als ik erin slaag om in één keer vijf vogels neer te halen, besef ik dat het zo stil is geworden dat ik ze allemaal op de grond kan horen vallen. Ik draai me om en zie dat de meeste winnaars hun werk hebben neergelegd om naar mij te kijken. De uitdrukking op hun gezichten varieert van afgunstig tot hatelijk en bewonderend.

Na de training hangen Peeta en ik een beetje rond en wachten tot Haymitch en Effie komen om te eten. Als we worden geroepen voor het diner barst Haymitch meteen los. 'Minstens de helft van de winnaars heeft tegen zijn mentoren gezegd dat ze moeten vragen of jij hun bondgenoot wil worden. Dat kan nooit aan je zonnige karakter liggen.'

'Ze hebben haar zien schieten,' zegt Peeta glimlachend. 'Ik heb haar eerlijk gezegd ook voor het eerst pas écht zien schieten. Ik was van plan om zo meteen ook een officieel verzoek in te dienen.'

'Ben je echt zo goed?' vraagt Haymitch aan mij. 'Zo goed dat Brutus je wil?'

Ik haal mijn schouders op. 'Maar ik wil Brutus niet. Ik wil Mags en District 3.'

'Het zal ook eens niet.' Haymitch zucht en bestelt een fles wijn. 'Ik zeg wel tegen iedereen dat je er nog over nadenkt.'

Na mijn schietdemonstratie word ik af en toe nog wel een beetje geplaagd, maar ik heb niet meer het gevoel dat mensen de spot met me drijven. Ik heb eigenlijk meer het gevoel dat ik op de een of andere manier ben opgenomen in het winnaarsclubje. De twee dagen daarna breng ik met bijna iedereen die de arena in gaat wel wat tijd door. Zelfs met de morflingen, die me met hulp van Peeta als een veld gele bloemen beschilderen. Zelfs met Finnick, die een uur met mij en een drietand aan de slag gaat in ruil voor een uur schietles. En hoe beter ik deze mensen leer kennen, hoe erger het wordt. Want over het algemeen heb ik geen hekel aan hen. En sommigen vind ik zelfs aardig. En veel zijn er zo slecht aan toe dat ik instinctief de neiging heb hen te beschermen. Maar ze zullen allemaal moeten sterven als ik Peeta wil redden.

De laatste dag van de training eindigt met onze privésessies. We krijgen allemaal vijftien minuten de tijd om onze kunsten te vertonen en de Spelmakers versteld te doen staan, maar ik heb geen idee wat we hun zouden moeten laten zien. Er worden veel grappen over gemaakt tijdens de lunch. Wat we zouden kunnen doen. Zingen, dansen, strippen, moppen tappen. Mags, die ik ondertussen iets beter kan verstaan, besluit dat ze gewoon een tukje gaat doen. Ik weet niet wat ik ga doen. Wat pijlen schieten, denk ik. Haymitch zei dat we hen als het even kan moeten verrassen, maar ik heb geen flauw idee waarmee.

Omdat ik de meisjestribuut uit District 12 ben, moet ik als laatste. De eetzaal wordt steeds stiller terwijl de tributen achter elkaar weglopen om hun ding te doen. Het is makkelijker om de oneerbiedige, onoverwinnelijke houding die we ons allemaal hebben aangemeten vol te houden als we met meer zijn. Telkens als iemand de deur uit loopt, kan ik alleen maar denken aan het feit dat diegene waarschijnlijk nog maar een paar dagen te leven heeft.

Uiteindelijk blijven Peeta en ik met z'n tweeën over. Hij strekt zijn armen uit over de tafel om mijn handen te pakken. 'Weet je al wat je de Spelmakers gaat laten zien?'

Ik schud mijn hoofd. 'Ik kan ze dit keer moeilijk als schietschijf gebruiken, met dat krachtveld tussen ons in. Misschien ga ik een paar vishaken maken. En jij?'

'Geen idee. Ik zou zo graag een taart willen bakken of zo,' zegt hij.

'Anders ga je nog wat meer camoufleren,' stel ik voor.

'Als die morflingen nog iets voor me overgelaten hebben,' zegt hij zuur. 'Die zijn al sinds dag één niet bij dat onderdeel weg te slaan.'

We zwijgen een tijdje en dan flap ik eruit waar we allebei aan denken. 'Hoe moeten we die mensen vermoorden, Peeta?'

'Ik weet het niet.' Hij legt zijn voorhoofd op onze verstrengelde handen.

'Ik wil niet dat ze onze bondgenoten worden. Waarom wilde Haymitch dat we iedereen leerden kennen?' zeg ik. 'Dat zal het zoveel moeilijker maken dan vorig jaar. Op Rue na, misschien. Zij leek gewoon te veel op Prim.'

Peeta kijkt peinzend met gefronste wenkbrauwen op. 'Haar dood was het ergst, hè?'

'Ze waren geen van alle erg fraai,' zeg ik, en ik denk aan hoe Glinster en Cato aan hun einde zijn gekomen.

Peeta wordt weggeroepen, dus ik blijf in mijn eentje zitten wachten. Er gaat een kwartier voorbij. Dan een halfuur. Pas na bijna veertig minuten word ik geroepen.

Als ik naar binnen ga, ruik ik de scherpe geur van schoonmaakmiddel en zie dat een van de matten naar het midden van de zaal is gesleept. De sfeer is heel anders dan vorig jaar, toen de Spelmakers halfdronken en afwezig aan de hapjes van het banket zaten te plukken. Ze fluisteren met elkaar en kijken enigszins geïrriteerd. Wat heeft Peeta gedaan? Iets wat ze vervelend vonden?

Ik word ongerust. Dat is niet de bedoeling. Ik wil niet dat Peeta zichzelf doelbewust de woede van de Spelmakers op de hals haalt. Dat hoort bij mijn taak. Ze moeten hun pijlen op mij richten in plaats van op Peeta. Maar wat heeft hij gedaan dat ze zo chagrijnig zijn? Want daar zou ik graag nog een schepje bovenop doen, om zo door die zelfvoldane buitenkant te prikken van de mensen die hun hersenen gebruiken om te bedenken op welke leuke manieren ze ons zullen doden. Zodat ze inzien dat wíj geraakt worden door de wreedheden van het Capitool, maar dat hun dat net zo goed kan overkomen.

*Hebben jullie enig idee hoe erg ik jullie haat?* denk ik. *Jullie, die je talenten inzetten voor de Spelen?*

Ik probeer oogcontact te maken met Plutarch Heavensbee, maar hij lijkt me expres te negeren, net zoals hij de hele trainingsperiode heeft gedaan. Ik weet nog hoe hij naar me toe kwam om met me te dansen, hoe ingenomen hij was met het feit dat hij me de spotgaai op zijn horloge kon laten zien. Zijn vriendelijke houding is hier helemaal verdwenen. Dat is ook logisch: ik ben maar een tribuut en hij is de Hoofdspelmaker. Zo machtig, zo ver weg, zo veilig...

Plotseling weet ik precies wat ik ga doen. Iets wat Peeta's actie, wat hij ook gedaan heeft, helemaal omver zal blazen. Ik loop naar het knopenonderdeel en pak een stuk touw. Ik ga ermee aan de slag, maar dat valt nog niet mee, omdat ik deze knoop zelf nog nooit heb gelegd. Ik heb alleen gezien hoe Finnicks behendige vingers het deden, en die waren zo vlug. Na een minuut of tien heb ik een vrij degelijke strop gefabriceerd. Ik sleep een van de oefenpoppen van de schietbaan naar het midden van de zaal en hang die bungelend aan zijn nek aan een rekstok. Het zou een leuk detail zijn om de handen nog op de rug vast te binden, maar ik denk niet dat ik daar nog tijd voor heb. Ik ren naar het camouflageonderdeel, waar een aantal andere tributen, de morflingen waarschijnlijk, een gigantische troep heeft gemaakt. Maar ik vind een halfvol blik met bloedrood bessensap dat precies goed is. De vleeskleurige stof van de poppenhuid vormt een goede, absorberende ondergrond. Zorgvuldig verf ik, zonder dat ze kunnen zien wat ik schrijf, met mijn vingers de woorden op het lijf. Dan doe ik snel een stap opzij en kijk naar de reactie op de gezichten van de Spelmakers als ze de naam lezen die op de pop staat.

*SENECA CRANE.*

# hoofdstuk 17

De Spelmakers reageren onmiddellijk en zeer bevredigend. Een paar slaken een gilletje. Anderen laten hun wijnglas uit hun handen glippen, zodat die rinkelend op de grond kapot vallen. Twee lijken te overwegen of ze zullen flauwvallen. Iedereen kijkt geschokt.

Nú heb ik de aandacht van Plutarch Heavensbee. Hij staart me strak aan terwijl het sap van de perzik die hij net in zijn hand kapotgeknepen heeft tussen zijn vingers door druipt. Na een tijdje schraapt hij zijn keel en zegt: 'U kunt gaan, juffrouw Everdeen.'

Ik geef hem een eerbiedig knikje, draai me om en loop weg, maar op het laatste moment kan ik de verleiding toch niet weerstaan om het blik bessensap over mijn schouder te gooien. Ik hoor hoe de inhoud tegen de pop spettert terwijl er nog een paar wijnglazen breken. Als ik in de lift sta en de deuren dichtgaan, zie ik dat ze zich geen van allen verroerd hebben.

*Dat heeft hen in elk geval verrast*, denk ik. Het was ondoordacht en gevaarlijk en ik zal er ongetwijfeld dubbel en dwars voor moeten boeten. Maar op dit moment voel ik iets wat dicht in de buurt van euforie komt en daar mag ik van mezelf best even van genieten.

Ik ga onmiddellijk op zoek naar Haymitch om hem over mijn sessie te vertellen, maar er is niemand. Ze zullen zich wel aan het klaarmaken zijn voor het diner en ik besluit om zelf ook even te gaan douchen, omdat mijn handen onder de sapvlekken zitten. Als ik onder de straal sta, begin ik me af te vragen of mijn laatste actie wel zo verstandig was. Ik zou me nu te allen tijde moeten laten leiden door de vraag: 'Helpt dit om Peeta in leven te houden?' Indirect is dat nu misschien niet het geval. Wat er tijdens de training gebeurt is strikt geheim, dus het heeft geen zin om maatregelen tegen me te nemen als niemand weet wat ik heb gedaan. Vorig jaar werd ik zelfs beloond voor mijn brutale gedrag. Maar dit was iets heel anders. Als de Spelmakers boos op me zijn en besluiten om me in de arena te straffen, zou Peeta ook bij die aanval betrokken kunnen raken. Misschien was het te impulsief. Maar toch... Ik kan niet zeggen dat ik er spijt van heb.

Als we bij elkaar komen voor het eten zie ik dat Peeta's handen vol bleke, gekleurde vlekken zitten, ook al is zijn haar nog nat van de douche. Waarschijnlijk heeft hij toch iets met camouflage gedaan. Zodra de soep is opgediend, snijdt Haymitch het onderwerp aan waar we allemaal aan denken. 'En, hoe zijn jullie privésessies gegaan?'

Peeta en ik kijken elkaar even aan. Om de een of andere reden zit ik niet te springen om hardop uit te spreken wat ik heb gedaan. In de rust van de eetzaal lijkt mijn daad opeens erg heftig. 'Jij eerst,' zeg ik tegen hem. 'Het was vast iets heel bijzonders. Ik moest veertig minuten wachten voor ik naar binnen mocht.'

Peeta lijkt dezelfde tegenzin te voelen als ik. 'Nou, ik... Ik heb iets met camouflage gedaan, net zoals jij al voorstelde, Katniss.' Hij aarzelt. 'Maar dan een beetje anders. Ik heb verf gebruikt, zeg maar.'

'En wat heb je daarmee gedaan?' vraagt Portia.

Ik denk terug aan hoe geërgerd de Spelmakers waren toen ik de sportzaal binnen kwam voor mijn sessie. De geur van schoonmaakmiddelen. De mat die over die plek in het midden van de zaal was gelegd. Moest die iets bedekken wat ze niet weggepoetst kregen? 'Je hebt iets geverfd, hè? Een schilderij.'

'Heb je het gezien?' vraagt Peeta.

'Nee, maar ze hadden erg hun best gedaan om het aan het zicht te onttrekken,' zeg ik.

'Nou ja, dat is normaal. Ze kunnen niet aan de ene tribuut laten zien wat de andere heeft gedaan,' zegt Effie onbekommerd. 'Wat heb je gemaakt, Peeta?' Ze kijkt een beetje geëmotioneerd. 'Een schilderij van Katniss?'

'Waarom zou hij een schilderij van mij maken, Effie?' vraag ik, meteen geïrriteerd.

'Om te laten zien dat hij alles gaat doen wat hij kan om jou te beschermen. Dat verwacht iedereen in het Capitool in elk geval. Hij heeft zich toch vrijwillig aangeboden om met jou de arena in te gaan?' zegt Effie, alsof het allemaal volstrekt logisch is.

'Nou, ik heb eigenlijk een schilderij van Rue gemaakt,' zegt Peeta. 'Van hoe ze eruitzag nadat Katniss haar bedekt had met bloemen.'

Het is heel lang stil aan tafel terwijl iedereen dit verwerkt. 'En wat wilde je daar precies mee bereiken?' vraagt Haymitch, waarbij hij alle woorden heel zorgvuldig uitspreekt.

'Dat weet ik niet precies. Ik wilde hen gewoon verantwoordelijk stellen, al was het maar heel even,' zegt Peeta. 'Voor de moord op dat meisje.'

'Dit is verschrikkelijk.' Effie klinkt alsof ze elk moment in huilen uit kan barsten. 'Zo mag je niet denken, Peeta. Nooit. Je bezorgt jezelf en Katniss alleen maar meer ellende.'

'Ik moet me dit keer bij Effie aansluiten,' zegt Haymitch. Portia en Cinna zeggen niets, maar hun gezichten staan ernstig. En ze hebben natuurlijk gelijk. Maar ook al deel ik hun zorgen, ik vind toch dat hij iets geweldigs heeft gedaan.

'Dit is zeker geen goed moment om te zeggen dat ik een pop aan een strop heb gehangen en daar de naam van Seneca Crane op heb geschilderd?' vraag ik. Dat heeft het gewenste effect. Na een ogenblik van ongeloof krijg ik hun afkeuring als een lading bakstenen over me heen.

'Heb je... Seneca Crane... opgehangen?' vraagt Cinna.

'Ja. Ik wilde laten zien dat ik zulke goede knopen heb leren leggen, en toen kwam Seneca op de een of andere manier zomaar in die strop terecht,' zeg ik.

'O Katniss,' zegt Effie op gesmoorde toon. 'Hoe wist je dat überhaupt?'

'Was het geheim dan? Die indruk wekte president Snow helemaal niet. Volgens mij wilde hij het maar wat graag aan me vertellen,' zeg ik. Effie loopt weg van tafel met haar servet tegen haar gezicht gedrukt. 'Nu is Effie overstuur. Ik had moeten liegen en gewoon moeten zeggen dat ik een paar pijlen had geschoten.'

'Je zou denken dat we het zo gepland hebben,' zegt Peeta met een zweem van een glimlach tegen me.

'Is dat dan niet zo?' vraagt Portia. Haar vingers drukken haar oogleden dicht alsof ze een heel fel licht probeert buiten te sluiten.

'Nee,' zeg ik, en ik bekijk Peeta opeens met andere, waarderende ogen. 'We wisten allebei niet wat we gingen doen voor we naar binnen gingen.'

'O, en Haymitch?' zegt Peeta. 'We hebben besloten dat we geen andere bondgenoten willen in de arena.'

'Mooi zo. Dan ben ik in elk geval niet verantwoordelijk als door jullie stompzinnigheid mijn vrienden doodgaan,' zegt hij.

'Dat dachten wij ook,' zeg ik tegen hem.

We eten zwijgend ons eten op, maar als we opstaan om naar de zitkamer te gaan, legt Cinna zijn arm om me heen en geeft me een kneepje. 'Kom, dan gaan we die trainingsscores eens bekijken.'

We scharen ons rond de televisie en ook Effie loopt met rode ogen weer naar binnen. De gezichten van de tributen komen per district in beeld, en hun score komt onder hun foto te staan. Eén tot en met twaalf. Voorspelbaar hoge scores voor Kasjmier, Gloss, Brutus, Enobaria en Finnick. De rest scoort laag tot gemiddeld.

'Hebben ze ooit wel eens een nul gegeven?' vraag ik.

'Nee, maar eens moet de eerste keer zijn,' antwoordt Cinna.

En hij krijgt gelijk, wat die eerste keer betreft. Want Peeta en ik halen allebei een twaalf, en zijn daarmee de eersten in de geschiedenis van de Hongerspelen. Niemand is in de stemming om het te vieren.

'Waarom hebben ze dat gedaan?' vraag ik.

'Omdat de anderen jullie nu wel móéten aanvallen,' zegt Haymitch vlak. 'Ga naar bed. Ik wil jullie even niet meer zien.'

Peeta loopt zwijgend met me mee naar mijn kamer, maar voor hij me welterusten kan wensen, sla ik mijn armen om hem heen en leg mijn hoofd tegen zijn borst. Zijn handen glijden omhoog over mijn rug en zijn wang rust op mijn haar. 'Het spijt me als ik het erger heb gemaakt,' zeg ik.

'Niet erger dan ik. Waarom heb je het eigenlijk gedaan?' vraagt hij.

'Ik weet het niet precies. Om hun te laten zien dat ik meer ben dan een pion in hun Spelen?' zeg ik.

Hij lacht een beetje. Hij denkt nu vast ook aan de nacht voor de Spelen vorig jaar. We stonden op het dak omdat we allebei niet konden slapen. Peeta zei toen ook zoiets, maar ik begreep niet wat hij bedoelde. Nu wel.

'Ik ook,' zegt hij tegen me. 'En ik wil niet beweren dat ik het niet ga proberen. Om jou naar huis te krijgen, bedoel ik. Maar als ik heel eerlijk ben...'

'Als je heel eerlijk bent, denk je dat president Snow hun waarschijnlijk rechtstreeks heeft opgedragen om er hoe dan ook voor te zorgen dat we in de arena doodgaan,' zeg ik.

'Dat is wel door mijn hoofd geschoten, ja,' zegt Peeta.

En ook door het mijne. Meerdere keren. Maar hoewel ik weet dat ik nooit levend uit de arena zal komen, klamp ik me nog steeds vast aan de hoop dat dat Peeta wel zal lukken. Per slot van rekening heeft *hij* die bessen niet tevoorschijn gehaald, dat heb ik gedaan. Niemand heeft er ooit aan getwijfeld dat Peeta's uitdagende gedrag voortkwam uit liefde. Dus misschien wil president Snow hem wel liever in leven houden, geknakt en met een gebroken hart, als een levende waarschuwing aan anderen.

'Maar zelfs als dat gebeurt, dan weet iedereen dat we strijdend ten onder zijn gegaan, toch?' vraagt Peeta.

'Iedereen,' antwoord ik. En voor het eerst neem ik afstand van de persoonlijke tragedie waar ik helemaal in opgegaan ben sinds ze de Kwelling bekend hebben gemaakt. Ik denk aan de oude man die in District 11 werd doodgeschoten, aan Bonnie en Twill, aan de geruchten over de opstanden. Ja, iedereen in de districten zal kijken om te zien hoe ik met dit doodvonnis omga, de laatste daad waarmee president Snow zijn macht over mij zal laten gelden. Ze zullen hopen op een teken dat hun strijd niet voor niets is geweest. Als ik duidelijk kan maken dat ik me tot het allerlaatst tegen het Capitool ben blijven verzetten, dan zal het Capitool mij doden... maar niet mijn geest. Een betere manier om de rebellen hoop te geven kan ik niet bedenken.

Het mooie aan dit idee is dat mijn besluit om Peeta in leven te houden en daarbij zelf te sterven op zich al een daad van verzet is, door te weigeren om de Hongerspelen volgens de regels van het Capitool te spelen. Mijn persoonlijke agenda sluit naadloos aan bij mijn publieke. En als ik Peeta echt zou kunnen redden... wat een revolutie betreft zou dat ideaal zijn. Dood ben ik namelijk meer waard. Dan kunnen ze een soort martelaar van me maken en mijn gezicht op banieren zetten, en dat zal meer mensen op de been brengen dan ik levend ooit voor elkaar zou krijgen. Maar Peeta zou levend meer waard zijn, en extra tragisch, omdat hij zijn pijn zal kunnen omzetten in woorden die mensen zullen veranderen.

Peeta zou door het lint gaan als hij wist dat ik dit soort dingen dacht, dus ik zeg alleen maar: 'Maar goed, wat zullen we met onze laatste dagen doen?'

'Ik wil gewoon elke minuut van de rest van mijn leven bij jou zijn, voor zover dat mogelijk is,' antwoordt Peeta.

'Kom op dan,' zeg ik, terwijl ik hem mijn kamer in sleur.

Het is zo'n luxe om weer met Peeta te slapen. Nu pas besef ik hoezeer ik ernaar gehunkerd heb om iemand bij me in de buurt te hebben. Om hem naast me te voelen in het donker. Ik wilde dat ik de afgelopen nachten niet had verspild door hem buiten te sluiten. Ik val in een diepe slaap, omhuld door zijn warmte, en als ik mijn ogen weer opendoe, valt het daglicht door de ramen.

'Geen nachtmerries,' zegt hij.

'Geen nachtmerries,' bevestig ik. 'Jij?'

'Geen enkele. Ik was vergeten hoe het voelt om echt te slapen,' zegt hij.

We blijven een tijdje liggen en hebben geen haast om de dag te beginnen. Morgenavond worden de televisie-interviews uitgezonden, dus vandaag moeten Effie en Haymitch ons daarop voorbereiden. *Nog meer hoge hakken en sarcastische opmerkingen*, denk ik. Maar dan komt het roodharige Avoxmeisje binnen met een briefje van Effie waarop staat dat zij en Haymitch van mening zijn dat we ons na onze onlangs afgeronde Toer prima kunnen redden in het openbaar. De trainingssessies zijn afgelast.

'Echt?' zegt Peeta, terwijl hij het briefje uit mijn hand pakt en bestudeert. 'Weet je wel wat dat betekent? Dat we de hele dag kunnen doen wat we willen.'

'Jammer dat we nergens naartoe kunnen,' zeg ik spijtig.

'Wie zegt dat?' vraagt hij.

Het dak. We bestellen een heleboel eten, pakken een stel dekens en gaan naar het dak voor een picknick. Een picknick die een hele dag duurt, in de bloementuin vol tinkelende windklokjes. We eten. We liggen in de zon. Ik trek omlaaghangende klimranken los en gebruik mijn in de training opgedane kennis om te oefenen met knopen leggen en netten weven. Peeta tekent me. We bedenken een spel met het krachtveld om het dak – de een gooit er een appel in en de ander moet hem vangen.

Niemand komt ons storen. Aan het eind van de middag lig ik met mijn hoofd in Peeta's schoot en vlecht een bloemenkrans terwijl hij met mijn haar speelt, zogenaamd omdat hij zijn knopen aan het oefenen is. Na een tijdje bewegen zijn handen niet meer.

‘Wat is er?’ vraag ik.

‘Ik wou dat ik dit moment kon bevriezen, het hier en nu, en voor altijd zo verder kon leven,’ zegt hij.

Meestal voel ik me schuldig en akelig als hij dit soort opmerkingen maakt, waarin zijn onvoorwaardelijke liefde voor mij doorschemert. Maar ik ben zo warm en ontspannen en klaar met de zorgen over een toekomst die ik nooit zal hebben, dat ik het woord er zomaar uit laat glippen. ‘Oké.’

Ik hoor de glimlach in zijn stem. ‘Dus het mag van jou?’

‘Het mag van mij,’ zeg ik.

Zijn vingers gaan weer naar mijn haar en ik dommel in, maar hij maakt me wakker om naar de zonsondergang te kijken. Er hangt een spectaculaire geeloranje gloed aan de horizon achter de wolkenkrabbers van het Capitool. ‘Ik dacht dat je dit niet zou willen missen,’ zegt hij.

‘Bedankt,’ zeg ik. Want ik kan het aantal zonsondergangen dat ik nog zal zien op een of twee handen tellen, en ik wil er niet één missen.

We gaan niet naar beneden om met de anderen te eten, en niemand komt ons halen.

‘Blij toe. Ik word er zo moe van dat iedereen zich door mij zo ellendig voelt,’ zegt Peeta. ‘Dat iedereen huilt. En Haymitch...’ Hij hoeft zijn zin niet af te maken.

We blijven op het dak tot het bedtijd is en glippen dan zachtjes mijn kamer in zonder iemand tegen te komen.

De volgende ochtend worden we gewekt door mijn voorbereidingsteam. De aanblik van mij en Peeta die samen slapen is te veel voor Octavia, want ze barst onmiddellijk in tranen uit. ‘Denk aan wat Cinna heeft gezegd,’ zegt Venia streng. Octavia knikt en loopt snikkend de kamer uit.

Peeta moet terug naar zijn kamer om zich ook aan te kleden en ik blijf alleen achter met Venia en Flavius. Het gebruikelijke gebabbel blijft achterwege. Ze doen zelfs nauwelijks hun mond open, behalve om te zeggen dat ik mijn kin omhoog moet doen of om een opmerking te maken over een bepaalde make-uptechniek. Het is bijna lunchtijd als ik iets op mijn schouder voel druppelen, en als ik me omdraai zie ik Flavius kleine plukjes van mijn haar knippen terwijl de tranen geruisloos over zijn wangen stromen. Venia kijkt hem veelbetekenend aan, waarna hij de schaar voorzichtig op tafel legt en wegloopt.

Dan is alleen Venia nog over; haar huid is zo bleek dat haar tatoeages er bijna vanaf lijken te springen. Helemaal stijf van vastberadenheid doet ze mijn haar, nagels en make-up, met vliegensvlugge vingers om haar afwezige teamgenoten te compenseren. Al die tijd ontwijkt ze mijn blik. Pas als Cinna binnenkomt om me goed te keuren en haar weg te sturen pakt ze mijn handen, kijkt me recht aan en zegt: 'We willen je graag laten weten wat een... voorrecht het is geweest om jou er zo mooi mogelijk uit te laten zien.' Dan vliegt ze de kamer uit.

Mijn voorbereidingsteam. Mijn maffe, oppervlakkige, lieve huisdieren, met hun obsessies voor veren en feestjes, breken bijna mijn hart met hun afscheid. Uit Venia's laatste woorden blijkt duidelijk dat we allemaal weten dat ik niet terugkom. Weet de hele wereld het? vraag ik me af. Ik kijk naar Cinna. Hij weet het in elk geval. Maar zoals hij heeft beloofd, hoef ik bij hem niet bang te zijn voor tranen.

'En, wat draag ik vanavond?' vraag ik met een blik op de kledinghoes waar mijn jurk in zit.

'President Snow heeft persoonlijk opdracht gegeven voor deze jurk,' zegt Cinna. Hij ritst de hoes los, en daaronder zit een van de trouwjurken die ik voor de fotoses-sie heb gedragen. Zware witte zijde met een lage hals, een strakke taille en mouwen die van mijn pols tot op de grond vallen. En parels. Overal parels. Ze zijn in mijn jurk genaaid, hangen in snoeren om mijn hals en vormen het kroontje op de sluier. 'Dat ze na die uitzending over je fotosessie de Kwartskwelling bekend hebben gemaakt, heeft de mensen er niet van weerhouden op hun favoriete jurk te stemmen. Deze heeft gewonnen. De president zegt dat je hem vanavond moet dragen. Naar onze bezwaren is niet geluisterd.'

Ik wrijf een stukje zijde tussen mijn vingers heen en weer en probeer te bedenken wat president Snow hiermee wil. Omdat ik de regels van het Capitool publiekelijk aan mijn laars heb gelapt, mag het hele land ook mijn pijn en verlies en vernedering zien, en op deze manier kan daar in zijn ogen geen enkele twijfel over bestaan. Wat verschrikkelijk wreed dat de president mijn bruidsjurk in mijn doodskleed verandert. De klap komt hard aan en laat een doffe pijn achter in mijn binnenste. 'Tja, het zou ook zonde zijn om zo'n mooie jurk niet te gebruiken,' is het enige wat ik zeg.

Cinna helpt me voorzichtig in de jurk. Als hij om mijn schouders valt, gaan die even protesterend op en neer. 'Was hij altijd al zo zwaar?' vraag ik. Ik kan me nog wel herinneren dat niet alle jurken even luchtig waren, maar deze voelt aan alsof hij een ton weegt.

'Ik heb hem hier en daar wat moeten aanpassen, voor het licht,' zegt Cinna. Ik knik, maar ik snap niet wat dat ermee te maken heeft. Hij maakt het plaatje af met de schoenen en de parels en de sluiers. Werkt mijn make-up nog wat bij. Laat me heen en weer lopen.

'Je bent verschrikkelijk mooi,' zegt hij. 'Goed, Katniss, omdat het lijfje zo strak zit, mag je je armen niet boven je hoofd houden. In elk geval niet tot je gaat ronddraaien.'

'Ga ik dan weer ronddraaien?' vraag ik, en ik denk aan mijn jurk van vorig jaar.

'Ik weet zeker dat Caesar het zal vragen. En zo niet, dan stel je het zelf voor. Maar niet meteen. Bewaar het tot je grote finale,' draagt Cinna me op.

'Geef me maar een teken zodat ik weet wanneer het moet,' zeg ik.

'Goed. Heb je nog ideeën voor je interview? Ik weet dat Haymitch jullie aan je lot heeft overgelaten,' zegt hij.

'Nee, ik fladder er wel een beetje doorheen. Ik ben helemaal niet zenuwachtig, gek genoeg.' En dat is ook zo. Hoe hartgrondig president Snow me ook mag haten, dit Capitoolpubliek heb ik in mijn zak.

Effie, Haymitch, Portia en Peeta staan al bij de lift. Peeta heeft een elegante smoking en witte handschoenen aan. Het soort pak dat de bruidegom hier in het Capitool draagt als hij gaat trouwen.

Bij ons thuis gaat het allemaal veel eenvoudiger. De vrouw huurt een witte jurk die al honderden keren is gedragen. De man draagt iets schoons – als het maar geen mijnwerkerskleren zijn. Ze vullen wat formulieren in in het Gerechtsgebouw en krijgen een huis toegewezen. Er komen vrienden en familieleden langs voor een maaltijd of een stukje taart, als daar geld voor is. Zelfs als dat niet zo is, wordt er altijd een traditioneel lied gezongen als het kersverse stel over de drempel van hun nieuwe huis stapt. En we hebben onze eigen bescheiden ceremonie, waarbij ze hun eerste vuur aanmaken, een stukje brood roosteren en dat samen opeten. Het klinkt misschien ouderwets, maar in District 12 voelt iedereen zich pas getrouwd na het brood roosteren.

De andere tributen staan achter de coulissen allemaal al zachtjes met elkaar te praten, maar als Peeta en ik eraan komen, worden ze stil. Ik besef dat iedereen met een vernietigende blik naar mijn trouwjurk kijkt. Zijn ze jaloers omdat hij zo mooi is? Bang dat het publiek nu aan mijn voeten zal liggen?

Uiteindelijk zegt Finnick: 'Onvoorstelbaar dat Cinna je in dat ding heeft gehesen.'

'Hij moest wel. President Snow heeft hem gedwongen,' zeg ik verdedigend. Van Cinna moeten ze afblijven.

Kasjmier gooit haar golvende blonde krullen naar achteren en snauwt minachtend: 'Nou, je ziet er belachelijk uit!' Ze grijpt de hand van haar broer en trekt hem naar zijn plek vooraan in de rij waarin we naar het podium zullen lopen. De andere tributen beginnen zich ook op te stellen. Ik ben in de war, want hoewel ze allemaal boos zijn, geven sommigen ons ook meelevende schouderklopjes, en Johanna Mason blijft zelfs even staan om het parelsnoer rond mijn hals recht te trekken.

'Zet het hem betaald, goed?' zegt ze.

Ik knik, maar ik heb geen idee waar ze het over heeft. Niet tot we allemaal buiten op het podium zitten en Caesar Flickerman, wiens haar en gezicht dit jaar lavendelblauw zijn, zijn openingspraatje heeft gehouden en de tributen aan hun interviews beginnen. Voor het eerst besef ik hoe ongelooflijk verraden de winnaars zich voelen, en wat een woede daarmee gepaard gaat. Maar ze zijn zo slim, zo geweldig slim in hoe ze het spelen, want uiteindelijk is alles wat ze zeggen een verkapte aanval op de regering en dan vooral op president Snow. Dat geldt niet voor iedereen, overigens. Sommige kampioenen, zoals Brutus en Enobaria, zijn in het verleden blijven hangen en komen hier alleen om weer aan de Spelen mee te kunnen doen, en andere deelnemers zijn te verbluft, te zwaar onder invloed of anderszins te zeer de weg kwijt om de aanval te kunnen inzetten. Maar veel winnaars hebben nog genoeg gezond verstand en lef om terug te vechten.

Kasjmier geeft de voorzet met een verhaal over dat ze de hele tijd moet huilen als ze eraan denkt hoe erg de inwoners in het Capitool het vinden dat ze ons straks kwijt zijn. Gloss vertelt dat hij en zijn zus hier altijd zo vreselijk vriendelijk ontvangen zijn. Beetee twijfelt aan de rechtsgeldigheid van de Kwelling, en vraagt zich op zijn nerveuze, krampachtige wijze af of die recentelijk nog wel uitgebreid door experts is bestudeerd. Finnick draagt een gedicht voor dat hij heeft geschreven voor zijn enige ware liefde in het Capitool, en er vallen ongeveer honderd mensen flauw die allemaal zeker weten dat hij hen bedoelt. Als Johanna Mason naar voren komt, vraagt ze of er niet iets aan de situatie gedaan kan worden. De bedenkers van de Kwartskwelling hebben er immers niet op gerekend dat de winnaars en het Capitool zo van elkaar zouden gaan houden. Niemand zou zo wreed zijn om zo'n sterke band door te snijden. Seeder peinst stilletjes over het feit dat bij haar in District 11 iedereen denkt dat president Snow oppermachtig is. Dus als hij oppermachtig is, waarom wijzigt hij de Kwelling dan niet? Chaff haakt daar meteen op in en hamert er nogmaals op dat de president de Kwelling zou kunnen wijzigen als hij zou willen, maar blijkbaar denkt hij dat het niemand iets kan schelen.

Tegen de tijd dat ik word aangekondigd, is het publiek in alle staten. Mensen jammeren, storten in, er wordt zelfs geroepen om verandering. Als ze mij in mijn witte zijden bruidsjurk zien, breekt er haast een rel uit. Geen Katniss meer, geen gedoemde geliefden die nog lang en gelukkig zullen leven, geen bruiloft. Ik zie zelfs een paar kleine barstjes in de professionele houding van Caesar komen als hij hen tot stilte probeert te manen omdat ik anders niet te verstaan ben, maar mijn drie minuten tikken razendsnel weg.

Eindelijk wordt het even wat rustiger en hij zegt gauw: 'Nou, Katniss, dit is duidelijk een bijzonder emotionele avond voor iedereen. Is er nog iets wat je wilt zeggen?'

Mijn stem trilt als ik begin te praten. 'Alleen dat ik het zo jammer vind dat jullie nooit onze bruiloft zullen meemaken... Maar ik ben blij dat jullie me in elk geval nog in de jurk zien. Is hij niet... prachtig?' Ik hoef niet naar Cinna te kijken voor een teken. Ik weet dat dit het juiste moment is. Ik begin langzaam rond te draaien, en hef de mouwen van mijn zware jurk tot boven mijn hoofd.

Als ik de kreten uit het publiek hoor, denk ik dat ze schreeuwen omdat ik er zo mooi uitzie. Dan zie ik dat er langs mijn rug iets omhoogkomt. Rook. Van vuur. Niet het flakkerende spul dat vorig jaar in de strijdwagen om me heen wapperde, maar echt vuur dat mijn jurk verslindt. Ik raak in paniek terwijl de rook steeds dikker wordt. Verkoolde stukjes zwarte zijde dwarrelen door de lucht en de parels kletteren op het podium. Om de een of andere reden durf ik niet stil te blijven staan, want mijn lijf lijkt niet te branden en ik weet niet wat er gebeurt, maar wel dat Cinna hierachter moet zitten. En dus blijf ik rondjes draaien. Een fractie van een seconde hap ik naar adem als ik helemaal verzwolgen word door de vreemde vlammen. Dan is het vuur in één klap verdwenen. Ik kom langzaam tot stilstand terwijl ik me afvraag of ik nu naakt ben en waarom Cinna mijn bruidsjurk heeft verbrand.

Maar ik ben niet naakt. Ik heb een jurk aan die precies hetzelfde ontwerp heeft als mijn trouwjurk, alleen heeft deze de kleur van steenkool en is hij gemaakt van piepkleine veertjes. Verwonderd gaan mijn handen en de lange, golvende mouwen de lucht in, en op dat moment zie ik mezelf op het televisiescherm. Ik ben geheel in het zwart gekleed, op de witte vlekken van mijn mouwen na. Of moet ik mijn vleugels zeggen?

Want Cinna heeft me in een spotgaai veranderd.

# hoofdstuk 18

Ik smeul nog steeds een beetje na, dus Caesar steekt met enige aarzeling zijn hand uit om mijn hoofdtooi aan te raken. Het wit is weggebrand en heeft een gladde, strakke zwarte sluier achtergelaten die in de rug van de zwarte jurk valt. 'Veren,' zegt Caesar. 'Je lijkt wel een vogel.'

'Een spotgaai, volgens mij,' zeg ik, en ik flap even met mijn vleugels. 'Dat is de vogel op de speld die ik als districtsaandenken draag.'

Er schiet een glimp van herkenning over Caesars gezicht, en ik zie dat hij weet dat de spotgaai niet zomaar mijn aandenken is. Dat die ondertussen voor veel meer staat. Dat wat in het Capitool als een flitsende verkleedpartij beschouwd zal worden, in de districten een heel ander effect zal hebben. Maar hij maakt er het beste van.

'Nou, petje af voor je stylist. Volgens mij is iedereen het met me eens als ik zeg dat we nog nooit zoiets spectaculairs gezien hebben tijdens een interview. Cinna, volgens mij moet je even het applaus in ontvangst nemen!' Caesar gebaart dat Cinna op moet staan. Dat doet hij, en hij maakt een lichte, sierlijke buiging. En plotseling maak ik me zorgen om hem. Wat heeft hij gedaan? Iets ontzettend gevaarlijks. Een rebelse daad op zich. En dat heeft hij voor míj gedaan. Ik denk aan wat hij heeft gezegd...

*'Maak je geen zorgen. Ik stop mijn emoties altijd in mijn werk. Dan ben ik de enige die er last van heeft.'*

... en ik ben bang dat hij zichzelf oneindig veel last heeft bezorgd. President Snow zal de betekenis van mijn vurige transformatie heus niet over het hoofd zien.

Het publiek, dat met stomheid geslagen was, begint luid te applaudisseren. Ik kan de zoemer die aangeeft dat mijn drie minuten om zijn nauwelijks horen. Caesar bedankt me en ik ga terug naar mijn stoel, in een jurk die nu lichter dan lucht voelt.

Als ik Peeta voorbijloop, die op weg is naar voren, kijkt hij me niet aan. Ik ga voorzichtig zitten, maar behalve wat rookwolkjes hier en daar lijk ik ongedeerd, dus ik concentreer me op zijn interview.

Caesar en Peeta bleken tijdens hun eerste optreden een jaar geleden al een geweldig duo. Hun ongedwongen gekibbel, komische timing en hun talent om vanuit het niets hartverscheurende momenten te creëren, zoals bij Peeta's liefdesverklaring aan mij, hebben hen vreselijk populair gemaakt bij het publiek. Ze beginnen ontspannen met een paar grappen over vuur en veren en wat er gebeurt als je gevogelte te lang braadt, maar iedereen kan zien dat Peeta ergens mee zit, dus Caesar gaat vrij snel over op het onderwerp waar iedereen aan denkt.

'En, Peeta, wat ging er door je heen toen je, na alles wat je hebt meegemaakt, de inhoud van de Kwelling hoorde?' vraagt Caesar.

'Ik was in shock. Ik had net gezien hoe mooi Katniss eruitzag in al die bruidsjurken, en dan opeens...' Peeta's stem sterft weg.

'Besefte je dat er nooit een bruiloft zou komen?' vraagt Caesar voorzichtig.

Peeta is heel lang stil, alsof hij een besluit probeert te nemen. Hij kijkt naar het ademloze publiek, dan naar de grond en ten slotte weer naar Caesar. 'Caesar, denk je dat onze vrienden hier een geheim kunnen bewaren?'

De mensen stoten een ongemakkelijk lachje uit. Waar heeft hij het over? Voor wie moeten ze een geheim bewaren? Het hele land kijkt mee.

'Dat denk ik wel,' zegt Caesar.

'We zijn al getrouwd,' zegt Peeta zacht. Het publiek reageert verbijsterd, en ik moet mijn gezicht in de plooien van mijn jurk verbergen om mijn verwarring niet te laten zien. Waar wil hij in vredesnaam naartoe?

'Maar... hoe kan dat nou?' vraagt Caesar.

'O, het is geen officieel huwelijk. We zijn niet naar het Gerechtsgebouw geweest of zo. Maar we hebben een bepaald huwelijksritueel in District 12 – ik weet niet wat men in andere districten doet, maar wij doen dit,' zegt Peeta, en hij vertelt kort over het brood roosteren.

'Waren jullie families erbij?' vraagt Caesar.

'Nee, we hebben het tegen niemand gezegd. Zelfs niet tegen Haymitch. En de moeder van Katniss had het nooit goedgevonden. Maar weet je wat het is, we wisten dat we geen broodritueel zouden hebben als we in het Capitool zouden trouwen. En we wilden eigenlijk allebei niet langer wachten. Dus op een dag hebben we het gewoon gedaan,' zegt Peeta. 'Voor ons voelt dit veel echter dan met een of ander papiertje of een groot feest.'

'En dit was vóór de Kwelling?' zegt Caesar.

'Natuurlijk was dat voor de Kwelling. Ik weet zeker dat we het daarna nooit meer gedaan zouden hebben,' zegt Peeta overstuur. 'Maar wie had dit verwacht? Niemand. We hebben de Spelen overleefd, we hebben gewonnen, iedereen leek zo blij om ons samen te zien, en dan zomaar uit het niets – ik bedoel, hoe hadden we dat moeten zien aankomen?'

'Dat kon je niet zien aankomen, Peeta.' Caesar legt een arm om zijn schouders. 'Je zegt het zelf al, dat kon niemand. Maar ik moet toegeven dat ik blij ben dat jullie in elk geval een paar fijne maanden gehad hebben samen.'

Daverend applaus. Alsof ik daar moed uit put, kijk ik op uit mijn veren en werp het publiek een tragisch glimlachje toe om hen te bedanken. Mijn ogen tranen door de laatste rook uit de veren, dus dat maakt het helemaal af.

'Ik ben níét blij,' zegt Peeta. 'Ik wou dat we hadden gewacht tot het allemaal officieel was.'

Dat brengt zelfs Caesar even van zijn stuk. 'Maar heel even is toch nog altijd beter dan helemaal niet?'

'Dat zou ik misschien ook denken, Caesar,' zegt Peeta bitter, 'als er nu geen baby op komst zou zijn.'

Ja, hoor. Hij heeft het weer voor elkaar. Hij heeft een bom laten exploderen die de inspanningen van alle tributen voor hem in één keer wegvaagt. Hoewel, misschien ook niet. Misschien heeft hij dit jaar alleen de lont aangestoken van een bom die de winnaars zelf hebben opgebouwd. In de hoop dat iemand hem tot ontploffing zou kunnen brengen. Misschien dachten ze dat ik dat zou zijn, in mijn bruidsjurk, en wisten ze niet hoezeer ik op Cinna's talent vertrouw, terwijl Peeta genoeg heeft aan zijn eigen scherpe geest.

De bom barst en de beschuldigingen van onrechtvaardigheid, barbarij en wreedheid vliegen door de lucht. Zelfs de grootste, bloeddorstigste, naar de Spelen smachtende Capitoolaanhanger kan er – al is het misschien maar voor even – niet meer omheen hoe afschuwelijk de hele situatie is.

Ik ben zwanger. Het publiek kan het nieuws nog niet meteen verwerken. Het moet eerst aankomen en doordringen en door andere stemmen bevestigd worden voor ze langzaam als een kudde gewonde dieren kreunend en jankend om hulp beginnen te roepen. En ik? Ik weet dat mijn gezicht in een extreme close-up op het scherm wordt geprojecteerd, maar ik doe geen enkele poging om het te verbergen. Want zelfs ík heb even de tijd nodig om te begrijpen wat Peeta heeft gezegd. Daar was ik toch juist zo bang voor, waar het de bruiloft en de toekomst betrof – dat ik mijn kinderen kwijt zou kunnen raken in de Spelen? En dat zou nu toch werkelijkheid kunnen worden? Als ik niet mijn hele leven de ene na de andere verdedigingslaag had opgebouwd zodat ik nu alleen bij de gedachte aan een huwelijk of een gezin al in elkaar krimp?

Caesar krijgt de menigte niet meer in bedwang, zelfs niet als de zoemer gaat. Peeta geeft een afscheidsknikje en loopt zonder nog iets te zeggen terug naar zijn plaats. Ik zie Caesars lippen bewegen, maar het is één grote chaos en ik versta geen woord van wat hij zegt. Alleen het schetterende volkslied, dat zo hard is gezet dat ik het tot in mijn botten voel doordreunen, laat ons weten waar we zijn in de uitzending. Ik sta automatisch op en terwijl ik dat doe, voel ik dat Peeta zijn arm naar me uitstrekt. De tranen stromen over zijn wangen als ik zijn hand pak. Hoe echt zijn die tranen? Is dit een bewijs dat hij door dezelfde angsten wordt gekweld als ik? Als alle winnaars? Alle ouders in alle districten van Panem?

Ik kijk weer naar de menigte, maar ik zie alleen de gezichten van de vader en moeder van Rue voor me. Hun verdriet. Hun verlies. Ik draai me spontaan opzij naar Chaff en steek mijn hand uit. Ik voel hoe mijn vingers zich sluiten om het stompje dat het uiteinde van zijn arm vormt en houd het stevig vast.

En dan gebeurt het. Door de hele rij geven winnaars elkaar een hand. Sommigen doen het meteen, zoals de morflingen en Wiress en Beetee. Anderen, zoals Brutus en Enobaria, aarzelen maar kunnen niet op tegen de dwingende greep van de mensen om hen heen. Tegen de tijd dat de laatste tonen van het volkslied klinken, staan we alle vierentwintig in één ononderbroken rij, in wat waarschijnlijk het eerste publieke vertoon van solidariteit tussen de districten is sinds de Donkere Dagen. Dat men zich dat in het Capitool ook realiseert blijkt als de schermen een voor een op zwart springen. Maar het is al te laat. In alle verwarring hebben ze ons te lang in beeld gelaten. Iedereen heeft het gezien.

Op het podium is het nu ook een chaos, want de lichten gaan uit zodat we struikelend de weg terug naar het Trainingscentrum moeten vinden. Ik ben Chaff kwijtgeraakt, maar Peeta brengt me veilig naar een lift. Finnick en Johanna willen bij ons instappen, maar een gespannen kijkende vredebewaker verspert hun de weg en we schieten met z'n tweeën omhoog.

Zodra we de lift uit komen, pakt Peeta me bij mijn schouders. 'We hebben niet veel tijd, dus ik vraag het maar meteen. Moet ik ergens mijn excuses voor aanbieden?'

'Nee,' zeg ik. Het was een grote stap om zonder mijn toestemming te nemen, maar ik ben vooral blij dat ik het niet wist, dat ik geen tijd had om erover na te denken. Anders had ik me misschien zo schuldig gevoeld jegens Gale dat ik niet had durven erkennen wat Peeta's woorden eigenlijk voor me hebben gedaan. Ik voel me sterker.

Ergens, heel ver weg, ligt een plek die District 12 heet, waar mijn moeder en zusje en vrienden met de gevolgen van deze avond zullen moeten omgaan. En een kort hovercrafttochtje verderop ligt een arena, waar Peeta en ik en de andere tributen morgen met onze eigen straf geconfronteerd zullen worden. Maar zelfs als wij allemaal op een verschrikkelijke manier aan ons eind komen, dan is er vanavond iets gebeurd op dat podium wat niet meer ongedaan gemaakt kan worden. Wij, de winnaars, hebben ons eigen oproer georganiseerd, en misschien, heel misschien zal het Capitool déze opstand niet onder controle kunnen houden.

We wachten tot de anderen terugkomen, maar als de lift opengaat, stapt alleen Haymitch eruit. 'Het is een gekkenhuis daarbeneden. Iedereen is naar huis gestuurd en de herhaling van de interviews op televisie gaat niet door.'

Peeta en ik rennen naar het raam en proberen te zien wat er in de onrustige straten onder ons gebeurt. 'Wat zeggen ze?' vraagt Peeta. 'Vragen ze aan de president of hij de Spelen wil tegenhouden?'

'Volgens mij weten ze zelf niet wat ze moeten vragen. Niemand heeft ooit zoiets meegemaakt. Alleen al van het idee dat ze zich verzetten tegen de plannen van het Capitool raken de mensen hier in de war,' zegt Haymitch. 'Maar president Snow gaat de Spelen echt niet afgelasten. Dat weten jullie toch wel, hè?'

Ja, dat weet ik. Hij kan nu niet opeens terugkrabbelen. De enige andere optie die hij nog heeft is terugslaan, en hard ook. 'Zijn de anderen naar huis?' vraag ik.

'Dat moest. Ik hoop dat ze door die mensenmassa kunnen komen,' zegt Haymitch.

'Dan zien we Effie dus nooit meer,' zegt Peeta. Vorig jaar hebben we haar ook niet gezien op de ochtend dat de Spelen begonnen. 'Bedank haar maar namens ons.'

'Nee, dat is niet genoeg. Je moet er echt iets bijzonders van maken. We hebben het hier wel over Effie,' zeg ik. 'Zeg maar dat we haar heel erg waarderen en dat ze de beste begeleidster ooit was en doe haar maar... doe haar maar onze liefdevolle groeten.'

We blijven een tijdje zwijgend staan om het onvermijdelijke uit te stellen. Uiteindelijk zegt Haymitch het. 'Dan moeten wij nu ook maar afscheid nemen.'

'Nog een laatste raad?' vraagt Peeta.

'Blijf leven,' zegt Haymitch kortaf. Dat is al haast een vaste grap tussen ons. Hij omhelst ons allebei kort, en ik voel dat hij niet meer aankan. 'Ga naar bed. Jullie hebben je rust hard nodig.'

Ik weet dat ik een heleboel tegen Haymitch zou moeten zeggen, maar ik kan niets bedenken wat hij eigenlijk nog niet weet, en mijn keel zit zo dichtgeknepen dat ik betwijfel of ik er überhaupt wel iets uit krijg. En dus laat ik Peeta voor de zoveelste keer voor ons beiden het woord doen.

'Hou je taai, Haymitch,' zegt hij.

We lopen de kamer door, maar als we in de deuropening zijn, houdt de stem van Haymitch ons tegen. 'Katniss, als je in de arena bent...' begint hij. Dan zwijgt hij, met zo'n boze blik dat ik zeker weet dat ik hem nu al teleurgesteld heb.

'Nou?' vraag ik een beetje beledigd.

'Vergeet dan niet wie de vijand is,' zegt Haymitch tegen me. 'Dat is alles. Ga nou maar. Wegwezen hier.'

We lopen de gang door. Peeta wil even langs zijn eigen kamer om zijn make-up eraf te wassen en zegt dat hij over een paar minuten naar me toe komt, maar hij mag van mij niet weg. Ik weet zeker dat elke deur die tussen ons sluit op slot zal gaan en dan moet ik de nacht alleen doorbrengen. Bovendien heb ik ook een douche in mijn kamer. Ik weiger zijn hand los te laten.

Slapen we? Ik weet het niet. We houden elkaar de hele nacht vast en zweven ergens tussen dromen en waken. We praten niet, allebei bang om de ander te storen in de hoop dat we misschien een paar kostbare minuten rust kunnen creëren.

Cinna en Portia komen rond zonsopgang binnen, en ik weet dat Peeta weg moet. Tributen gaan in hun eentje de arena in. Hij geeft me een klein kusje. 'Tot gauw,' zegt hij.

'Tot gauw,' antwoord ik.

Cinna, die me zal helpen aankleden voor de Spelen, loopt met me mee naar het dak. Ik sta op het punt om de ladder naar de hovercraft op te klimmen als het me opeens te binnen schiet. 'Ik heb geen afscheid van Portia genomen.'

'Ik geef het wel aan haar door,' zegt Cinna.

De elektrische stroom plakt me vast aan de ladder tot de dokter de volgchip in mijn linkeronderarm heeft geplaatst. Nu kunnen ze me in de arena te allen tijde traceren. De hovercraft vliegt weg en ik kijk uit de ramen tot ze zwart worden. Cinna blijft maar aandringen dat ik iets moet eten, en als dat niet gaat dat ik iets moet drinken. Het lukt me om kleine slokjes water te blijven drinken, door te denken aan de uitdroging die vorig jaar bijna mijn einde betekende. En door te bedenken dat ik mijn krachten nodig zal hebben om Peeta in leven te houden.

Als we bij de arena in de Startkamer zijn, neem ik een douche. Cinna vlecht mijn haar en helpt me om mijn kleren over mijn eenvoudige ondergoed aan te trekken. Dit jaar bestaat de tributenkleding uit een nauwsluitende blauwe overall van heel dun materiaal met een rits aan de voorkant, een vijftien centimeter brede, opgevulde riem van glanzend paars plastic en een paar kunststof schoenen met rubberen zolen.

'Wat denk je?' vraag ik, en ik steek mijn arm naar Cinna uit zodat hij de stof kan bekijken.

Hij fronst zijn wenkbrauwen terwijl hij het dunne spul tussen zijn vingers heen en weer wrijft. 'Ik weet het niet. Dit soort stof zal weinig bescherming bieden tegen kou of vocht.'

‘En tegen de zon?’ vraag ik, en ik zie een brandende zon voor me boven een dorre woestijn.

‘Misschien. Als hij bewerkt is,’ zegt hij. ‘O, deze zou ik bijna vergeten.’ Hij haalt mijn gouden spotgaaienspeld uit zijn zak en bevestigt hem aan de overall.

‘Die jurk van gisteren was fantastisch,’ zeg ik. Fantastisch en roekeloos. Maar dat weet Cinna ook wel.

‘Ik hoopte al dat je hem mooi zou vinden,’ zegt hij met een kort glimlachje.

We gaan zitten en houden net als vorig jaar elkaars hand vast tot de stem zegt dat ik me klaar moet maken voor de start. Hij loopt met me mee naar de ronde metalen plaat en trekt de rits van mijn overall stevig dicht. ‘Denk eraan, meisje dat in vuur en vlam staat,’ zegt hij, ‘ik zou nog steeds al mijn geld op jou inzetten.’ Hij geeft me een kus op mijn voorhoofd en doet een stap achteruit terwijl de glazen buis me van bovenaf omhult.

‘Dank je wel,’ zeg ik, hoewel hij me waarschijnlijk niet meer kan horen. Ik steek mijn kin in de lucht en houd mijn hoofd omhoog zoals hij altijd zegt, en wacht tot de plaat zal stijgen. Maar dat gebeurt niet. En dan nog steeds niet.

Ik kijk naar Cinna en trek vragend mijn wenkbrauwen op. Hij schudt alleen even kort zijn hoofd, net zo verbouwereerd als ik. Waarom duurt dit zo lang?

Plotseling vliegt de deur achter hem open en stormen er drie vredebewakers de kamer in. Twee klemmen zijn armen achter zijn rug en doen hem handboeien om terwijl de derde hem zo hard tegen zijn slaap slaat dat hij op zijn knieën valt. Maar ze blijven maar op hem in beuken, met handschoenen met ijzeren punten erop die diepe wonden maken in zijn gezicht en lichaam. Ik gil de longen uit mijn lijf en bonk op het onbreekbare glas, maar ik kan niet naar hem toe. De vredebewakers doen alsof ik lucht ben en slepen Cinna's slappe lichaam de kamer uit. Dan zie ik alleen nog de bloedvegen op de grond.

Misselijk en doodsbang voel ik hoe de plaat omhooggaat. Ik leun nog steeds tegen het glas als de wind mijn haar doet opwaaien en ik dwing mezelf om rechtop te gaan staan. Net op tijd, want de buis verdwijnt en dan sta ik onbeschut in de arena. Er lijkt iets mis met mijn gezichtsvermogen. De grond is te fel, hij blinkt en gaat de hele tijd op en neer. Ik tuur naar mijn voeten en besef dat mijn metalen plaat omringd wordt door blauwe golven die over mijn schoenen klotsen. Langzaam kijk ik op en zie hoe het water zich naar alle kanten uitstrekt.

Ik kan maar één ding denken.

*Dit is geen plek voor een meisje dat in vuur en vlam staat.*

# DEEL III

# DE VIJAND

# hoofdstuk 19

'Dames en heren, de vijfenzeventigste Hongerspelen zijn begonnen!' De stem van Claudius Templesmith, de commentator van de Hongerspelen, dreunt in mijn oren. Ik heb minder dan een minuut de tijd om me te oriënteren. Dan gaat de gong en mogen de tributen van hun metalen platen af stappen. Maar waar moeten we heen?

Ik kan niet meer logisch nadenken. Ik zie alleen maar het in elkaar geslagen, bebloede lichaam van Cinna voor me. Waar is hij nu? Wat doen ze met hem? Wordt hij gemarteld? Gedood? Maken ze een Avox van hem? Zijn mishandeling was duidelijk bedoeld om mij van mijn stuk te brengen, net zoals de aanwezigheid van Darius op onze verdieping dat was. En het hééft me van mijn stuk gebracht. Ik wil niets liever dan op mijn metalen plaat in elkaar storten. Maar dat kan natuurlijk niet na wat ik net gezien heb. Ik moet sterk zijn. Dat ben ik aan Cinna verplicht, die alles op het spel gezet heeft door tegen president Snow in te gaan en mijn bruidsjurk in een spotgaaienkleed te veranderen. En ik ben het ook aan de rebellen verplicht, die op dit moment misschien wel moed putten uit het voorbeeld van Cinna en aan het vechten zijn om het Capitool ten val te brengen. Mijn besluit om deze Spelen niet volgens de regels van het Capitool te spelen moet mijn laatste opstandige daad worden, en dus klem ik mijn kiezen op elkaar en dwing mezelf om mee te doen.

*Waar ben je?* Ik snap nog steeds niets van mijn omgeving. *Waar ben je?!* Ik eis een antwoord van mezelf en langzaam wordt de wereld scherp. Blauw water. Roze lucht. Withete, genadeloos felle zon. Goed, daar is de Hoorn des Overvloeds, de glanzende gouden hoorn, ongeveer vijfendertig meter verderop. In eerste instantie lijkt hij op een rond eiland te liggen. Maar als ik beter kijk, zie ik de dunne reepjes land die als de spaken van een wiel uit de cirkel steken. Volgens mij zijn het er ongeveer tien of twaalf, en ze lijken allemaal even ver uit elkaar te liggen. Tussen de spaken is niets dan water. Water en twee tributen.

Dat is alles. Er zijn twaalf spaken, met telkens twee op hun metalen platen balancerende tributen ertussen. De andere tribuut in mijn waterige driehoek is de oude Woof uit District 8. Hij staat rechts van mij, op ongeveer dezelfde afstand als de strook land aan mijn linkerhand. Voorbij het water zie ik naar alle kanten een smal strand met daarachter dicht struikgewas. Ik kijk de kring tributen rond op zoek naar Peeta, maar hij wordt waarschijnlijk door de Hoorn des Overvloeds aan mijn zicht onttrokken.

Ik schep een handvol water op als er weer een nieuwe golf over mijn voeten slaat en ruik eraan. Dan breng ik mijn natte vingertop even naar mijn tong. Het is zout water, zoals ik al vermoedde. Net als de golven die Peeta en ik zagen tijdens onze korte rondleiding over het strand van District 4. Maar het lijkt in elk geval schoon.

Er zijn geen boten, geen touwen, zelfs geen stukken drijfhout waar je je aan vast kunt klampen. Nee, er is maar één manier om naar de Hoorn des Overvloeds te komen. Als de gong gaat, aarzel ik geen seconde en duik naar links. Het is een langere afstand dan ik gewend ben en door de golven is het iets lastiger om een rechte lijn aan te houden dan in mijn stille meertje thuis, maar mijn lichaam voelt vreemd licht en ik glijd moeiteloos door het water. Misschien komt het door het zout. Ik hijs me druipend op het droge en ren over de zanderige strook land naar de Hoorn. Vanaf deze kant zie ik geen andere tributen aankomen, maar ik kan niet zien wat er achter het gouden gevaarte gebeurt. Ik laat me echter niet afremmen door de gedachte aan eventuele tegenstanders. Ik denk nu als een Beroeps, en ik wil eerst een wapen te pakken krijgen.

Vorige jaar lagen de voorraden flink verspreid rondom de Hoorn, met de waardevolste spullen het dichtst bij de opening. Maar dit jaar lijkt de buit opgestapeld in een zes meter hoge berg. Mijn blik valt ogenblikkelijk op een gouden boog waar ik nog net bij kan en ik ruk hem los.

Er is iemand achter me. Ik word gewaarschuwd door iets, ik weet het niet, een zachte verschuiving in het zand of misschien alleen een verandering in de luchtstroom. Ik trek een pijl uit de koker die nog steeds in de berg zit en leg hem op mijn boog terwijl ik me omdraai.

Een paar meter verderop staat Finnick, glinsterend en bloedmooi, met een drietand in zijn hand, klaar voor de aanval. In zijn andere hand bungelt een net. Hij glimlacht een beetje, maar de spieren in zijn bovenlijf zijn gespannen in afwachting van wat komen gaat. 'Jij kunt ook zwemmen,' zegt hij. 'Waar heb je dat geleerd in District 12?'

'We hebben een groot bad,' zeg ik.

'Dat kan haast niet anders,' zegt hij. 'Vind je het een fijne arena?'

'Niet echt. Maar jij vast wel. Ze hebben hem waarschijnlijk speciaal voor jou gebouwd,' zeg ik met een bittere ondertoon. Het lijkt er in elk geval wel op, met al dat water, terwijl ik durf te wedden dat er maar een paar winnaars kunnen zwemmen. En er was geen zwembad in het Trainingscentrum, geen mogelijkheid om het te leren. Óf je kon al zwemmen voor je hier kwam, óf je kunt maar beter een heel snelle leerling zijn. Voor je überhaupt aan het eerste bloedbad kunt deelnemen moet je eerst twintig meter water zien te overbruggen. Dat geeft District 4 een enorme voorsprong.

Heel even blijven we stokstijf staan om elkaar in te schatten, onze wapens, wat we kunnen. Dan grijnst Finnick plotseling. 'Maar goed dat we bondgenoten zijn. Toch?'

Ik voel een valstrik en sta op het punt mijn pijl weg te laten vliegen, in de hoop dat die zijn hart zal raken voor de drietand me zal doorboren, maar dan draait hij zijn hand en valt het zonlicht op iets rond zijn pols. Een massief gouden armband met een vlammenpatroon. Dat is de armband die Haymitch droeg op de ochtend van de eerste trainingsdag. Ik overweeg even of Finnick hem gestolen zou kunnen hebben om mij te misleiden, maar op de een of andere manier weet ik dat dat niet zo is. Haymitch heeft die armband aan hem gegeven. Als een teken voor mij. Of eigenlijk is het een opdracht. Dat ik Finnick moet vertrouwen.

Ik hoor nog meer voetstappen naderen en weet dat ik nú moet beslissen. 'Inderdaad!' snauw ik, want ook al is Haymitch mijn mentor en probeert hij me in leven te houden, toch ben ik hier boos om. Waarom heeft hij me niet van tevoren verteld dat hij deze afspraak had gemaakt? Waarschijnlijk omdat Peeta en ik hadden gezegd dat we geen bondgenoten wilden. Nu heeft Haymitch er zelf een uitgekozen.

'Bukken!' beveelt Finnick dwingend, en het klinkt zo anders dan de poeslieve, verleidelijke toon die hij normaal gesproken altijd aanslaat dat ik hem gehoorzaam. Zijn drietand suist over mijn hoofd en er klinkt een misselijkmakende klap als hij zijn doel raakt. De man uit District 5, de alcoholist die overgaf op de zwaardvechtersmat, zakt door zijn knieën terwijl Finnick de drietand uit zijn borst trekt. '1 en 2 zijn niet te vertrouwen,' zegt Finnick.

Er is geen tijd om aan zijn woorden te twijfelen. Ik wrik de pijlenkoker los. 'Allebei een kant?' vraag ik. Hij knikt en ik sprint om de berg heen. Ongeveer vier spaken bij elkaar vandaan komen Enobaria en Gloss net aan land. Het zijn langzame zwemmers, of misschien waren ze bang dat er nog andere gevaren in het water zouden zitten, wat heel goed mogelijk is – soms kun je maar beter niet te lang over dingen nadenken. Maar nu ze het zand hebben bereikt, zullen ze hier binnen een paar seconden zijn.

'Nog iets bruikbaars?' hoor ik Finnick roepen.

Mijn ogen gaan vliegensvlug over de berg naast me en zien knotsen, zwaarden, pijlen en bogen, drietanden, messen, speren, bijlen, metalen voorwerpen waarvan ik niet weet hoe ze heten... en verder niets.

'Wapens!' schreeuw ik terug. 'Alleen maar wapens!'

'Hier ook!' bevestigt hij. 'Pak wat je wilt en dan gaan we!'

Ik schiet een pijl naar Enobaria, die akelig dichtbij is gekomen, maar ze is erop voorbereid en duikt terug het water in voor hij haar kan treffen. Gloss is lang niet zo snel, en ik doorboor zijn kuit met een pijl voor hij zich in de golven stort. Ik slinger een extra boog en een tweede pijlenkoker over mijn schouders, laat twee lange messen en een priem in mijn riem glijden en ga aan de voorkant van de berg weer bij Finnick staan.

'Doe daar eens wat aan, wil je?' vraagt hij. Ik zie dat Brutus op ons af komt stormen. Hij heeft zijn riem losgemaakt en houdt die strakgetrokken als een soort schild tussen zijn handen. Ik schiet en hij slaagt erin om de pijl met zijn riem af te weren voordat die in zijn lever kan belanden. Uit het gat in de riem komt een paarse vloeistof die zijn hele gezicht onderspuit. Terwijl ik een nieuwe pijl op mijn boog leg, gaat Brutus plat op de grond liggen, rolt een meter door naar het water en verdwijnt in de golven. Ik hoor het gekletter van vallend metaal achter me. 'We smeren 'm,' zeg ik tegen Finnick.

Door de confrontatie met Brutus hebben Enobaria en Gloss tijd gehad om bij de Hoorn des Overvloeds te komen. Brutus is binnen schootsafstand en Kasjmier is vast en zeker ook ergens in de buurt. Dit zijn echte Beroeps, en ze hebben ongetwijfeld van tevoren al een pact gesloten met z'n vieren. Als het alleen om mij ging, zou ik het misschien wel samen met Finnick tegen hen opnemen. Maar ik moet aan Peeta denken. Ik heb hem inmiddels ontdekt, hij staat nog steeds op zijn metalen plaat in de driehoek die vrijwel recht voor de Hoorn des Overvloeds ligt. Ik ren ervandoor en Finnick komt me zonder meer achterna, alsof hij wist dat ik dit zou gaan doen. Als ik niet dichterbij kan komen, trek ik mijn messen uit mijn riem zodat ik naar hem toe kan zwemmen om hem op de een of andere manier op het droge te krijgen.

Finnick legt een hand op mijn schouder. 'Ik ga hem wel halen.'

Ik voel mijn achterdocht oplaaien. Zou dit allemaal een list zijn? Heeft Finnick eerst mijn vertrouwen gewonnen om vervolgens naar Peeta te zwemmen en hem te verdrinken? 'Ik kan het zelf wel,' houd ik vol.

Maar Finnick heeft zijn wapens al op de grond laten vallen. 'Je moet je zo min mogelijk inspannen, in jouw toestand,' zegt hij, terwijl hij zich bukt en op mijn buik klopt.

*O ja. Ik was zwanger, dat is waar ook*, denk ik. Terwijl ik probeer te bedenken wat dat betekent en hoe ik me dan zou moeten gedragen – misschien moet ik overgeven of zo –, gaat Finnick klaarstaan bij de waterkant.

'Dek me,' zegt hij, waarna hij met een perfecte duik verdwijnt.

Ik hef mijn boog om eventuele aanvallers vanaf de Hoorn des Overvloeds af te weren, maar niemand lijkt zin te hebben om ons achterna te komen. Gloss, Kasjmier, Enobaria en Brutus staan inderdaad allemaal bij elkaar en halen de beste wapens uit de berg. Ik kijk snel de rest van de arena rond en zie dat de meeste andere tributen nog steeds niet van hun plaat gekomen zijn. Wacht, nee, er staat iemand op de spaak links van me, tegenover die van Peeta. Het is Mags. Maar ze gaat niet op weg naar de Hoorn en ze probeert ook niet te vluchten. In plaats daarvan plonst ze het water weer in en begint naar me toe te zwemmen; haar grijze hoofd dobbert op en neer tussen de golven. Tja, ze is oud, maar na tachtig jaar in District 4 gewoond te hebben, kan ze vast nog wel blijven drijven.

Finnick is ondertussen bij Peeta aangekomen en sleept hem mee terug, met één arm over zijn borst terwijl de andere arm hem met moeiteloze slagen door het water stuwt. Peeta laat zich zonder tegenstribbelen meesleuren. Ik weet niet wat Finnick heeft gezegd of gedaan om hem ervan te overtuigen zijn leven in zijn handen te leggen – misschien heeft hij hem de armband laten zien. Of misschien was het voldoende om mij hier te zien staan wachten. Als ze bij het zand zijn, trek ik Peeta aan land.

'Zo, daar zijn we weer,' zegt hij en hij geeft me een kus. 'We hebben bondgenoten.'

'Ja. Precies zoals Haymitch wilde,' antwoord ik.

'Help me eens even herinneren, hebben we nog met iemand anders een afspraak gemaakt?' vraagt Peeta.

'Alleen met Mags, geloof ik,' zeg ik. Ik knik naar de oude vrouw die koppig naar ons toe blijft zwemmen.

'Ik kan Mags niet achterlaten,' zegt Finnick. 'Zij is een van de weinige mensen die mij oprecht aardig vindt.'

'Ik heb niks tegen Mags,' zeg ik. 'Vooral niet nu ik de arena heb gezien. Met haar vishaken maken we waarschijnlijk de meeste kans op een maaltijd.'

'Katniss wilde haar al vanaf dag één erbij hebben,' zegt Peeta.

'Katniss heeft een opvallend goed beoordelingsvermogen,' zegt Finnick. Hij steekt één hand in het water en tilt Mags eruit alsof ze een klein hondje is. Ze zegt iets waar volgens mij het woord 'dobberen' in voorkomt en klopt dan op haar riem.

'Kijk, ze heeft gelijk. Hij is er ook achter.' Finnick wijst naar Beetee, die in het water ligt te spartelen, maar wel zijn hoofd boven water weet te houden.

'Hoe bedoel je?' vraag ik.

'Onze riemen. Daar blijf je mee drijven,' zegt Finnick. 'Je moet natuurlijk nog wel zelf vooruit zien te komen, maar je verdrinkt in elk geval niet.'

Ik vraag bijna of Finnick eerst Beetee en Wiress wil halen zodat die met ons mee kunnen, maar Beetee drijft drie spaken verderop en Wiress zie ik niet eens. Voor hetzelfde geld rekent Finnick net zo snel met hen af als hij met de tribuut uit District 5 heeft gedaan, dus ik stel toch maar voor dat we verdergaan. Ik geef Peeta een boog, een pijlenkoker en een mes, en houd de rest zelf bij me. Maar Mags trekt aan mijn mouw en blijft net zo lang brabbelen tot ik haar de priem geef. Tevreden klemt ze het handvat in haar tandeloze mond en steekt haar armen omhoog naar Finnick. Hij gooit zijn net over zijn schouder, hijst Mags erbovenop, grijpt met zijn vrije hand zijn drietanden vast en dan rennen we bij de Hoorn des Overvloeds vandaan.

Waar het zand ophoudt, begint een bos dat direct omhoogloopt. Nee, het is niet echt een bos. Niet het soort bos dat ik ken, in elk geval. *Jungle*. Dat vreemde, bijna in onbruik geraakte woord komt in me op. Een term die ik waarschijnlijk wel eens tijdens een eerdere editie van de Hongerspelen heb gehoord, of van mijn vader heb geleerd. De meeste bomen, met gladde stammen en weinig takken, ken ik niet. De aarde is diepzwart en sponzig en gaat vaak schuil onder kronkelende klimplanten met kleurige bloemen. De zon is heet en fel en de lucht is warm en vochtig, en ik krijg het gevoel dat ik hier nooit echt droog zal worden. De dunne blauwe stof van mijn overall laat het zeewater snel verdampen, maar hij kleeft nu al aan mijn huid door het zweet.

Peeta gaat voorop en snijdt met zijn hakmes een pad uit de dichte begroeiing. Ik zorg ervoor dat Finnick als tweede gaat, want hij is misschien wel het sterkst, maar hij heeft ook zijn handen vol aan Mags. Bovendien is de drietand waar hij zo verschrikkelijk goed mee overweg kan veel minder geschikt voor de jungle dan mijn pijlen. Door de steile helling en de hitte raken we binnen de kortste keren buiten adem. Maar Peeta en ik hebben hard getraind en Finnick heeft zo'n fantastisch lichaam dat we zelfs met Mags over zijn schouder in rap tempo toch nog zo'n anderhalve kilometer klimmen voor hij vraagt of we even kunnen stoppen. En volgens mij is dat meer voor Mags dan voor hemzelf.

Het wiel is niet meer te zien door het gebladerte, dus klim ik in een boom met rubberachtige takken voor een beter uitzicht. En heb daar vervolgens meteen spijt van.

Rondom de Hoorn des Overvloeds lijkt de grond te bloeden en het water zit vol paarse vlekken. Lichamen liggen op de grond en drijven in de zee, maar vanaf deze afstand, ook omdat iedereen dezelfde kleren aanheeft, kan ik niet zien wie er nog leeft en wie er dood is. Ik zie alleen dat sommigen van de kleine blauwe figuurtjes nog steeds aan het vechten zijn. Tja, wat had ik dan gedacht? Dat de verstrengelde handen van alle winnaars gisteravond een soort algemene wapenstilstand tot gevolg zouden hebben? Nee, dat heb ik nooit geloofd. Maar ik had denk ik wel gehoopt dat ze misschien wat meer... Wat? Meer zelfbeheersing zouden tonen? Meer tegenzin, in elk geval. Voordat ze blindelings op het afslachten zouden overgaan. *En jullie kennen elkaar allemaal*, denk ik. *Jullie deden alsof jullie vrienden waren.*

Ik heb hier maar één echte vriend. En die komt niet uit District 4.

Ik laat het lichte, klamme briesje mijn wangen verkoelen voor ik een besluit neem. Ondanks die armband kan ik maar beter gewoon door de zure appel heen bijten en Finnick nu doodschieten. Er zit geen toekomst in dit bondgenootschap. En hij is te gevaarlijk om te laten gaan. Nu hebben we een voorzichtige vertrouwensband, en misschien is dit wel mijn enige kans om hem te vermoorden. Ik zou hem tijdens het lopen makkelijk in zijn rug kunnen schieten. Ontzettend laag, dat is waar, maar zal het minder laag zijn als ik wacht? Tot ik hem beter ken? Tot ik hem meer verschuldigd ben? Nee, dit is het juiste moment. Ik werp nog één laatste blik op de vechtende figuurtjes en het bebloede strand om mijn besluit te sterken en glijd dan weer omlaag.

Maar als ik op de grond sta, merk ik dat Finnick mijn gedachtegang heeft gevolgd. Alsof hij weet wat ik heb gezien en wat dat met me heeft gedaan. Hij houdt een van zijn drietanden in een achteloos verdedigende positie omhoog.

'Wat doen ze daarbeneden, Katniss? Houden ze allemaal elkaars handje vast? Hebben ze beloofd dat ze geen geweld zullen gebruiken en alle wapens in zee gesmeten, omdat het Capitool hun rug op kan?' vraagt Finnick.

'Nee,' zeg ik.

'Nee,' herhaalt Finnick. 'Want alles wat er hiervoor is gebeurd, is verleden tijd. En niemand in deze arena heeft toevallig gewonnen.' Hij kijkt even naar Peeta. 'Behalve Peeta dan misschien.'

Dan weet Finnick dus wat Haymitch en ik ook weten. Over Peeta. Dat hij oprecht goed is, veel beter dan wij allemaal. Finnick heeft zonder ook maar met zijn ogen te knipperen die tribuut uit 5 gedood. En hoe lang duurde het voordat ik dodelijk werd? Toen ik Enobaria, Gloss en Brutus aanviel, heb ik bewust geprobeerd hen te vermoorden. Peeta zou op z'n minst eerst geprobeerd hebben om te onderhandelen, om te kijken of er een uitgebreider bondgenootschap mogelijk zou zijn. Maar wat zou hij daarmee bereiken? Finnick heeft gelijk. Ik heb gelijk. De mensen in deze arena hebben niet gewonnen vanwege hun mededogen.

Ik houd zijn blik vast en vraag me af wie er sneller zou zijn. Hoe lang het zou duren om een pijl door zijn hoofd te schieten en hoe lang zijn drietand erover zou doen om mijn lichaam te bereiken. Ik zie dat hij wacht tot ik de eerste stap zet. Dat hij probeert te bedenken of hij me eerst zal afweren of meteen tot de aanval zal overgaan. Ik voel dat we er allebei bijna uit zijn als Peeta doelbewust tussen ons in komt staan.

'En, hoeveel doden zijn er al gevallen?' vraagt hij.

*Ga opzij, idioot*, denk ik. Maar hij blijft vastberaden staan waar hij staat.

'Moeilijk te zeggen,' antwoord ik. 'Minstens zes, denk ik. En ze zijn nog steeds aan het vechten.'

'Zullen we verdergaan? We hebben water nodig,' zegt hij.

Tot nu toe hebben we nog geen enkel zoetwaterbeekje of vijver gezien, en het zoute water kunnen we niet drinken. Opnieuw denk ik terug aan de vorige Spelen, waarin ik bijna ben gestorven door uitdroging.

'Laten we maar snel op zoek gaan,' zegt Finnick. 'Als de anderen vannacht op ons komen jagen, moeten we een goede schuilplaats hebben.'

Wij. Ons. Jagen. Vooruit dan, misschien zou het wat overhaast zijn om Finnick nu al te vermoorden. Hij is tot nu toe erg behulpzaam geweest. Haymitch heeft hem goedgekeurd. En wie weet wat de nacht voor ons in petto heeft? In het ergste geval kan ik hem altijd nog in zijn slaap doden. Dus ik laat het moment voorbijgaan. Net als Finnick.

Doordat er geen water is, krijg ik steeds meer dorst. Ik houd de omgeving scherp in de gaten terwijl we omhoog blijven lopen, maar helaas. Na nog zo'n anderhalve kilometer zie ik dat we bijna de boomgrens bereikt hebben en ik vermoed dat we de top van de heuvel naderen. 'Misschien hebben we aan de andere kant meer geluk, en vinden we daar een bron of zo.'

Maar er is geen andere kant. Ik heb het als eerste door, ook al ben ik het verst van de top. Mijn oog valt op een vreemd, trillend vierkant dat als een verwrongen glazen plaat in de lucht hangt. Eerst denk ik dat het komt door de felle zon of door de hitte die opstijgt van de grond. Maar het blijft op één plek, verschuift niet mee als ik verder loop. En op dat moment leg ik het verband tussen dit vierkant en Wiress en Beetee in het Trainingscentrum, en besef ik wat er voor ons ligt. Mijn waarschuwingskreet ligt net op mijn lippen als Peeta's mes uithaalt om een stel ranken weg te maaien.

Er klinkt een scherp, zoevend geluid. Heel even zijn de bomen verdwenen en zie ik een kale vlakte. Dan wordt Peeta weer teruggeworpen uit het krachtveld, hij botst tegen Finnick en Mags op en ze vallen alle drie op de grond.

Ik ren naar de plek waar hij roerloos in een web van klimplanten ligt. 'Peeta?' Vaag ruik ik de geur van verschroeid haar. Ik roep zijn naam nog een keer, schud hem zachtjes door elkaar, maar hij reageert niet. Mijn vingers gaan tastend over zijn lippen, maar ik voel geen warme adem, terwijl hij zo-even nog aan het hijgen was. Ik druk mijn oor tegen zijn borst, tegen de plek waar ik altijd lig met mijn hoofd, waarvan ik weet dat ik er het krachtige, regelmatige bonzen van zijn hart zal horen.

Maar alles blijft stil.

# hoofdstuk 20

'Peeta!' schreeuw ik. Ik schud hem harder door elkaar, ga zelfs zo ver dat ik hem in zijn gezicht sla, maar het heeft allemaal geen zin. Zijn hart staat stil. Ik sla een leeg omhulsel. 'Peeta!'

Finnick zet Mags tegen een boom en duwt me opzij. 'Laat mij eens.' Zijn vingers drukken op Peeta's hals, glijden over zijn ribben en borstbeen. Dan knijpt hij Peeta's neus dicht.

'Nee!' gil ik en ik stort me op Finnick, omdat ik zeker weet dat hij ervoor wil zorgen dat Peeta echt dood is en met geen mogelijkheid nog weer tot leven zal kunnen komen. Finnicks hand komt omhoog en slaat zo hard tegen mijn borstkas dat ik tegen een boomstam aanvlieg die een eindje verderop staat. Even ben ik helemaal overrompeld, alles doet pijn en ik krijg geen lucht meer, maar dan zie ik dat Finnick Peeta's neus weer vastpakt. Zittend haal ik een pijl tevoorschijn, ik leg vliegensvlug de keep op de pees en wil hem net laten wegvliegen als ik zie dat Finnick Peeta kust. En dat is zo bizar, zelfs voor Finnick, dat ik me inhoud. Nee, hij kust hem niet. Hij knijpt zijn neus dicht maar zijn mond is open, en hij blaast lucht in zijn longen. Ik zie het, ik zie echt hoe Peeta's borst rijst en daalt. Dan ritst Finnick de bovenkant van Peeta's overall los, drukt de muizen van zijn handen tegen de plek waar zijn hart zit en begint ze op en neer te duwen. Nu ik over mijn schrik heen ben, begrijp ik wat hij probeert te doen.

Een heel enkele keer heb ik mijn moeder ook wel eens zoiets zien proberen, maar niet vaak. Als in District 12 je hart ophoudt met kloppen, is de kans sowieso klein dat je familie je nog op tijd naar mijn moeder kan brengen. Haar patiënten zijn meestal verbrand, gewond of ziek. Of ze gaan dood van de honger, natuurlijk.

Maar Finnicks wereld is anders. Ik weet niet wat hij aan het doen is, maar hij heeft het eerder gedaan. Het ritme en zijn handelingen zijn heel strak. En ik merk dat de punt van mijn pijl naar de grond zakt terwijl ik me vooroverbuig om het beter te kunnen zien, wanhopig op zoek naar een teken dat hij resultaat boekt. De martelende minuten slepen zich voort en ik voel mijn hoop vervliegen. Als ik besluit dat het te laat is, dat Peeta dood is, vertrokken, voor altijd onbereikbaar, komt er een klein kuchje uit zijn mond en haalt Finnick zijn handen weg.

Ik smijt mijn wapens op de grond en stort me in zijn armen. 'Peeta?' zeg ik zacht. Ik veeg de vochtige blonde pieken uit zijn gezicht en voel de hartslag in zijn hals weer tegen mijn vingers bonken.

Zijn wimpers knipperen open en zijn ogen vinden de mijne. 'Pas op,' zegt hij zwakjes. 'Daar verderop hangt een krachtveld.'

Ik lach, maar de tranen stromen over mijn wangen.

'Het is blijkbaar een stuk sterker dan het veld om het dak van het Trainingscentrum,' zegt hij. 'Maar het gaat alweer. Ik ben alleen een beetje bibberig.'

'Je was dood! Je hart stond stil!' barst ik los, voordat ik me afvraag of dat wel een goed idee is. Ik sla mijn hand over mijn mond, omdat er van die akelige, gesmoorde geluiden uit komen die ik altijd maak als ik huil.

'Nou, het doet het weer, volgens mij,' zegt hij. 'Rustig maar, Katniss.' Ik knik, maar de geluiden houden niet op. 'Katniss?' Nu maakt Peeta zich zorgen om míj, wat de situatie er alleen maar krankzinniger op maakt.

'Laat haar maar. Het zijn gewoon de hormonen,' zegt Finnick. 'Door het kind.' Ik kijk naar hem op, hij zit op zijn knieën en is nog steeds een beetje buiten adem van de klim en de hitte en de moeite die het heeft gekost om Peeta uit de dood te laten herrijzen.

'Nee. Het is niet...' weet ik eruit te krijgen, maar ik word onderbroken door een nog hysterischer gesnik, dat alleen maar lijkt te bevestigen wat Finnick over de baby zei. Hij kijkt me aan en ik werp hem door mijn tranen heen een boze blik toe. Ik ben geïrriteerd omdat hij zo zijn best heeft gedaan, en dat is stom, dat weet ik heus wel. Ik wilde alleen maar dat Peeta zou blijven leven, en ik kon daar niet voor zorgen en Finnick wel, dus ik zou niets dan dankbaarheid moeten voelen. En ik bén hem ook dankbaar. Maar ik ben ook woedend, want dit betekent dat ik voor altijd bij Finnick Odair in het krijt zal staan. Voor altijd. Hoe kan ik hem dan ooit nog in zijn slaap vermoorden?

Ik verwacht een zelfvoldane of sarcastische blik op zijn gezicht te zien, maar vreemd genoeg kijkt hij vooral nadenkend. Zijn ogen schieten heen en weer tussen mij en Peeta, alsof hij zich iets afvraagt, en dan schudt hij even met zijn hoofd, alsof hij het helder probeert te krijgen. 'Hoe gaat het met je?' vraagt hij aan Peeta. 'Denk je dat je verder kunt lopen?'

'Nee, hij moet uitrusten,' zeg ik. Mijn neus loopt als een gek en ik heb niet eens een reepje stof dat als zakdoek kan dienen. Mags scheurt een handvol mos van een boomtak en geeft het aan mij. Ik ben zo'n wrak dat ik het klakkeloos aanneem. Ik snuit luidruchtig mijn neus en veeg de tranen van mijn gezicht. Het is fijn, dat mos. Absorberend en verbazingwekkend zacht.

Ik zie een gouden glans op Peeta's borst. Ik steek mijn hand uit en pak het schijfje dat aan een ketting om zijn nek hangt. Mijn spotgaai is erin gegraveerd. 'Is dat jouw aandenken?' vraag ik.

'Ja. Vind je het erg dat ik jouw spotgaai heb gebruikt? Ik wilde iets wat bij jouw aandenken paste,' zegt hij.

'Nee, natuurlijk vind ik dat niet erg.' Ik laat een geforceerd glimlachje zien. Dat Peeta een spotgaai blijkt te dragen in de arena is zowel een zegen als een vloek. Aan de ene kant is het waarschijnlijk een steuntje in de rug van de rebellen in de districten. Aan de andere kant is het moeilijk voor te stellen dat president Snow dit door de vingers zal zien, en dat maakt de taak om Peeta in leven te houden alleen maar lastiger.

'Wilde je dan hier ons kamp opslaan?' vraagt Finnick.

'Volgens mij is hier blijven geen optie,' antwoordt Peeta. 'Zonder water of beschutting. Ik voel me prima, echt. Als we het maar rustig aan doen.'

'Rustig aan is beter dan helemaal niet.' Finnick helpt Peeta overeind terwijl ik me probeer te vermannen. Sinds ik vanochtend ben opgestaan, heb ik moeten toekijken hoe Cinna tot moes werd geslagen, ben ik weer een arena in gegaan en heb ik Peeta zien sterven. Desondanks ben ik blij dat Finnick alles op mijn zwangerschap blijft gooien, want vanuit het oogpunt van een sponsor reageer ik voorlopig niet al te best op wat er gebeurt.

Ik controleer mijn wapens – ik weet al dat er helemaal niets mis mee is, maar dan lijkt het alsof ik meer grip op de situatie heb. 'Ik ga voorop,' kondig ik aan.

Peeta wil tegensputteren, maar Finnick legt hem het zwijgen op. 'Laat haar maar.' Hij trekt zijn wenkbrauwen naar me op. 'Jij wist dat dat krachtveld er hing, hè? Je wilde hem toch op het allerlaatste moment waarschuwen?' Ik knik. 'Hoe wist je dat?'

Ik aarzel. Het zou gevaarlijk kunnen zijn om te onthullen dat ik van Beetee en Wiress heb geleerd hoe je een krachtveld kunt herkennen. Ik weet niet of het de Spelmakers is opgevallen toen die twee het me tijdens de training aanwezen. Ik beschik hoe dan ook over zeer waardevolle informatie. En als ze daarachter komen, kunnen ze misschien iets met het krachtveld doen zodat ik de storing niet meer kan zien. Dus lieg ik: 'Ik weet het niet. Het lijkt haast wel alsof ik het kan horen. Luister maar.' We worden allemaal stil. We horen insectengeluiden, vogels, het ruisen van de wind door de bladeren.

'Ik hoor helemaal niets,' zegt Peeta.

'Jawel,' houd ik vol. 'Het lijkt een beetje op het geluid dat het hek rond District 12 maakt als het aanstaat, maar dan veel zachter,' zeg ik. Iedereen spitst opnieuw ingespannen zijn oren. Ik ook, hoewel er niets te horen valt. 'Ja!' zeg ik. 'Horen jullie dat niet? Het komt van de plek waar Peeta die schok kreeg.'

'Ik hoor het ook niet,' zegt Finnick. 'Maar als jij het wel hoort, ga dan vooral voorop, zou ik zeggen.'

Ik besluit dit zoveel mogelijk uit te buiten. 'Da's ook raar,' zeg ik. Ik draai mijn hoofd van links naar rechts, alsof ik iets niet begrijp. 'Ik hoor het alleen met mijn linkeroor.'

'Is dat het oor dat de dokters toen hebben opgelapt?' vraagt Peeta.

'Ja,' zeg ik, en dan haal ik mijn schouders op. 'Misschien hebben ze het beter gedaan dan ze dachten. Ik hoor soms heel rare dingen aan die kant, waarvan je normaal gesproken niet zou denken dat ze geluid maken. Insectenvleugels en zo. Of sneeuwvlokken als ze de grond raken.' Perfect. Nu zal alle aandacht zich richten op de chirurgen die vorig jaar na de Spelen mijn dove oor genezen hebben, en dan mogen zij uitleggen waarom ik nu het gehoor van een vleermuis heb.

'Jij,' zegt Mags, en ze geeft me een duwtje om aan te geven dat we op pad moeten. Omdat we langzaam zullen gaan, geeft Mags er de voorkeur aan om zelf te lopen, met behulp van een tak die Finnick vlug tot wandelstok omtovert. Hij maakt er ook een voor Peeta, en dat is fijn, want ondanks zijn protesten zou Peeta volgens mij het liefst op de grond gaan liggen. Finnick volgt als laatste, dus we worden in elk geval gedekt door iemand die nog helemaal waakzaam is.

Ik vertrek met het krachtveld aan mijn linkerhand, want dat is zogenaamd de kant van mijn superoor. Maar omdat ik dat verhaal uit mijn duim gezogen heb, snijd ik een trosje harde noten los die als druiven aan een boom hangen en gooi die tijdens het lopen voor me uit. Dat is maar goed ook, want ik heb het gevoel dat ik de zwakke plekken in het krachtveld vaker over het hoofd zie dan opmerk. Telkens als er een noot tegen het veld aan komt, stijgt er een rookwolkje op waarna de noot zwartgeblakerd en met gebarsten dop weer voor mijn voeten op de grond valt.

Na een paar minuten word ik me bewust van een smakkend geluid achter me, en als ik me omdraai zie ik dat Mags de dop van een van de noten pelt en hem in haar inmiddels al volle mond stopt. 'Mags!' roep ik uit. 'Spuug uit! Misschien zijn ze wel giftig.'

Ze mompelt iets, besteedt verder geen aandacht aan mij en likt zo te zien met veel smaak haar lippen af. Ik kijk hulpzoekend naar Finnick, maar die lacht alleen maar. 'We merken het vanzelf,' zegt hij.

Ik loop weer verder en peins over Finnick, die die ouwe Mags redt maar haar vervolgens wel onbekende noten laat eten. Die persoonlijk door Haymitch is goedgekeurd. Die Peeta uit de dood heeft laten opstaan. Waarom heeft hij hem niet gewoon laten liggen? Niemand zou hem iets hebben verweten. Het zou nooit bij me opgekomen zijn dat hij in staat was geweest om hem weer tot leven te wekken. Waarom heeft hij Peeta in vredesnaam gered? En waarom wilde hij per se met mij in een team? Hij is bereid me te doden, als het erop aankomt. Maar de keuze of we vechten of niet laat hij aan mij over.

Ik blijf maar lopen, gooi mijn noten, vang af en toe een glimp van het krachtveld op, en probeer verder naar links af te buigen om een plek te vinden waar we erdoorheen kunnen, weg van de Hoorn des Overvloeds en hopelijk richting water. Maar na een uur besef ik dat het geen zin heeft. We komen niet verder naar links. Het krachtveld lijkt ons zelfs met een flauwe bocht naar rechts te leiden. Ik sta stil en kijk achterom naar Mags' hinkende gestalte en het glanzende zweet op Peeta's voorhoofd. 'Zullen we even uitrusten?' vraag ik. 'Ik wil nog een keer van bovenaf kijken.'

De boom die ik uitkies, lijkt nog verder de lucht in te steken dan de andere. Ik klauter omhoog door de kronkelige lianen en probeer zo dicht mogelijk bij de stam te blijven. Ik heb geen idee hoe snel deze taaie takken zullen breken. Toch klim ik hoger dan eigenlijk verstandig is, want ik wil ergens naar kijken. Terwijl ik me vastklamp aan de top van de stam, die nauwelijks dikker is dan een jong boompje, en heen en weer zwaai in de klamme bries worden mijn vermoedens bevestigd. Er is een reden waarom we niet links af kunnen slaan, waarom dat ook nooit zal kunnen. Vanuit deze gevaarlijke positie kan ik voor het eerst de vorm van de hele arena zien. Het is een volmaakte cirkel. Met een volmaakt rad in het midden. De lucht boven de rondlopende jungle heeft overal dezelfde roze kleur. En volgens mij kan ik ook een of twee van die golvende vierkanten onderscheiden, zwakke plekken zoals Wiress en Beetee ze noemden, omdat ze iets laten zien wat eigenlijk verborgen had moeten blijven. Om het helemaal zeker te weten schiet ik een pijl naar de leegte boven de bomen. Ik zie een lichtflits, vang een glimp op van de echte blauwe lucht en dan wordt de pijl weer de jungle in gesmeten. Ik klim naar beneden om de anderen het slechte nieuws te brengen.

'Door het krachtveld zitten we gevangen in een cirkel. Of eigenlijk in een koepel. Ik weet niet hoe hoog hij is. Je hebt de Hoorn des Overvloeds, de zee, en dan de jungle daaromheen. Heel precies. Heel symmetrisch. En niet heel groot,' zeg ik.

'Heb je nog water gezien?' vraagt Finnick.

'Alleen het zoute water waarin we de Spelen begonnen zijn,' zeg ik.

'Er moet toch nog een andere waterbron zijn,' zegt Peeta fronsend. 'Anders zijn we over een paar dagen allemaal dood.'

'Nou ja, de begroeiing is erg dicht. Misschien zijn er ergens poeltjes of bronnen of zo,' zeg ik aarzelend. Intuïtief voel ik dat het Capitool deze onpopulaire Spelen het liefst zo snel mogelijk achter de rug wil hebben. Misschien heeft Plutarch Heavensbee al de opdracht gekregen om ons om zeep te helpen. 'Het heeft in elk geval geen zin om te proberen uit te zoeken wat er aan de andere kant van de heuvel is, want het antwoord is: niets.'

'Er móét ergens drinkwater zijn tussen het krachtveld en het rad,' houdt Peeta vol. We weten allemaal wat dat betekent. We moeten terug naar beneden. Terug naar de Beroeps en de bloedvergieten. Terwijl Mags nauwelijks kan lopen en Peeta te verzwakt is om te vechten.

We besluiten om een paar honderd meter de helling af te dalen en dan verder met de cirkel mee te lopen. Misschien is er op die hoogte wel ergens water. Ik ga nog steeds voorop en gooi af en toe nog een noot naar links, maar we zijn nu een flink eind bij het krachtveld vandaan. De felle zon laat de lucht dampen en maakt het soms moeilijk om de omgeving goed te zien. Halverwege de middag is het duidelijk dat Peeta en Mags niet verder kunnen.

Finnick kiest een plek uit om ons kamp op te slaan, zo'n tien meter bij het krachtveld vandaan; volgens hem kunnen we het als wapen gebruiken door onze vijanden ertegenaan te gooien als we worden aangevallen. Dan plukken hij en Mags de puntige grasprieten die in anderhalve meter hoge bosjes bij elkaar staan en beginnen er matten van te vlechten. Omdat Mags kennelijk niet ziek is geworden van de noten, plukt Peeta hele trossen tegelijk en roostert ze door ze tegen het krachtveld te gooien. Hij haalt de doppen er zorgvuldig af en legt de gepelde noten op een blad. Ik houd de wacht, onrustig, verhit en murw gebeukt door alle emoties van de dag.

Dorst. Ik heb zo'n dorst. Uiteindelijk houd ik het niet meer uit. 'Finnick, als jij nou de wacht houdt, dan ga ik nog een keer op zoek naar water,' zeg ik. Niemand staat te juichen bij het idee dat ik alleen op pad ga, maar het gevaar van uitdroging ligt op de loer.

'Maak je geen zorgen, ik ga niet ver weg,' beloof ik Peeta.

'Ik ga mee,' zegt hij.

'Nee, ik wil ook nog wat jagen als het lukt,' zeg ik tegen hem. Ik zeg er niet bij: 'En jij mag niet mee omdat je te veel herrie maakt,' maar ik denk het wel. Hij zou én de dieren wegjagen, én mij in gevaar brengen met zijn zware tred. 'Ik ben zo terug.'

Ik sluip door het bos en ben blij dat deze grond zich heel goed leent voor geruisloze voetstappen. Ik loop in een schuine lijn naar beneden, maar kom alleen nog maar meer weelderige, groene planten tegen.

Als er een kanonschot klinkt blijf ik staan. Dat moet betekenen dat het eerste bloedblad bij de Hoorn des Overvloeds is afgelopen. Nu wordt bekendgemaakt hoeveel slachtoffers er zijn gevallen. Ik tel de schoten, één voor elke dode winnaar. Acht. Niet zoveel als vorig jaar. Maar het lijken er meer, omdat ik bijna al hun namen ken.

Plotseling word ik helemaal slap en ik leun tegen een boom om even uit te rusten, terwijl ik voel hoe de hitte het vocht als een spons uit mijn lichaam zuigt. Het wordt nu al moeilijk om te slikken en de vermoeidheid kruipt langzaam omhoog. Ik wrijf eens met mijn hand over mijn buik, in de hoop dat een aardige zwangere vrouw me zal sponsoren, zodat Haymitch wat water kan sturen. Helaas. Ik zak in elkaar op de grond om nieuwe krachten op te doen.

Nu ik zo stilzit, zie ik de dieren: vreemde vogels met schitterende veren, boomhagedissen met flitsende blauwe tongen, en in de takken rond de stammen hangt iets wat eruitziet als een kruising tussen een rat en een opossum. Ik schiet hem uit de boom om hem wat beter te kunnen bekijken.

Zo, da's een lelijk beest, zeg – een groot knaagdier met een grijsgevlekte pluisvacht en twee vervaarlijk uitziende snijtanden die tot over zijn onderlip steken. Terwijl ik hem schoonmaak en vil, valt me nog iets anders op. Zijn snuit is nat. Als bij een dier dat uit een beekje heeft gedronken. Opgewonden loop ik vanaf zijn boom in steeds grotere cirkels rond. De waterbron van dit beest móét hier ergens in de buurt zijn.

Niets. Ik vind niets. Nog geen dauwdruppel. Uiteindelijk, omdat ik weet dat Peeta zich vast zorgen om me maakt, loop ik terug naar het kamp, verhitter en gefrustreerder dan ooit.

Als ik terugkom, zie ik dat de anderen de kampplek helemaal omgetoverd hebben. Mags en Finnick hebben een soort hut gefabriceerd van de grasmatten; hij is aan één kant open maar heeft drie muren, een vloer en een dak. Mags heeft ook een paar kommen gevlochten waar Peeta de geroosterde noten in heeft gedaan. Ze kijken me alle drie hoopvol aan, maar ik schud mijn hoofd. 'Nee. Geen water. Maar het is er wel. Hij wist waar het was,' zeg ik, en ik houd de gevilde rat omhoog zodat ze hem allemaal kunnen zien. 'Hij had nog niet zo lang geleden gedronken toen ik hem uit zijn boom schoot, maar ik kon de bron niet vinden. Echt, ik heb elke millimeter van de grond in een omtrek van dertig meter nagezocht.'

'Kunnen we hem eten?' vraagt Peeta.

'Ik weet het niet zeker. Maar zijn vlees lijkt erg op dat van een eekhoorn. We zouden hem moeten braden...' Ik aarzel als ik bedenk dat ik hier dan zonder enige hulpmiddelen een vuur zou moeten maken. Zelfs als me dat lukt, zou de rook een probleem vormen. We zitten hier allemaal zo dicht op elkaar in deze arena, dat we die met geen mogelijkheid zouden kunnen verbergen.

Peeta heeft een ander idee. Hij snijdt een blokje knaagdiervlees af, prikt het aan de punt van een scherpe tak en laat het in het krachtveld vallen. Er klinkt een scherp gesis en de stok vliegt weer terug. Het stuk vlees is zwart vanbuiten, maar gaar vanbinnen. We beginnen allemaal enthousiast te applaudisseren, maar houden daar snel mee op als we ons herinneren waar we zijn.

Terwijl de witte zon wegzakt in de rozige lucht, gaan wij in de hut bij elkaar zitten. Ik ben nog steeds op mijn hoede wat de noten betreft, maar Finnick zegt dat Mags ze kent van een andere editie van de Spelen. Ik heb niet de moeite genomen om naar het eetbareplantenonderdeel te gaan tijdens de training, omdat het me vorig jaar zo makkelijk afging. Nu wilde ik dat ik dat wel gedaan had. Daar zaten vast en zeker een paar van de onbekende planten bij die hier overal om me heen staan. En dan had ik vooraf misschien een iets duidelijker beeld gehad van de plek waar ik heen zou gaan. Maar Mags lijkt zich inderdaad nog kiplekker te voelen, en zij eet die noten al uren. Ik pak er eentje en neem een klein hapje. Hij heeft een milde, lichtzoete smaak die me aan kastanjes doet denken en ik besluit dat hij eetbaar is. Het knaagdier is stevig en smaakt naar wild, maar is opvallend sappig. Het is heus geen slechte maaltijd voor onze eerste avond in de arena, als we maar iets hadden om het mee weg te spoelen.

Finnick stelt een heleboel vragen over het beest, dat we een boomrat besluiten te noemen. Hoe hoog zat hij in de boom, hoe lang heb ik naar hem gekeken voor ik hem neerschoot, wat was hij aan het doen? Ik kan me niet echt herinneren dat hij überhaupt iets aan het doen was. Een beetje rondsnuffelen naar insecten, zoiets.

Ik ben bang voor de nacht die eraan komt. De strak gevlochten muren bieden in elk geval nog enige bescherming, maar wie weet wat er hier na zonsondergang allemaal door de jungle sluipt. Gelukkig komt er kort voor de zon achter de horizon verdwijnt een bleke maan op, waardoor het niet helemaal stikdonker wordt. Ons gesprek valt stil, omdat we weten wat er komen gaat. We gaan in een rij voor de opening van de hut zitten en Peeta laat zijn hand in de mijne glijden.

De lucht wordt verlicht door het embleem van het Capitool dat plotseling aan de hemel lijkt te staan. Terwijl ik naar de klanken van het volkslied luister, denk ik: *Dit is veel zwaarder voor Finnick en Mags*. Maar het blijkt voor mij ook geen pretje om te moeten zien hoe de gezichten van de acht dode winnaars in de lucht worden geprojecteerd.

De man uit District 5, die Finnick met zijn drietand heeft gedood, verschijnt als eerste. Dat betekent dat alle tributen uit District 1 tot en met 4 nog leven – de vier Beroeps, Beetee en Wiress, en Mags en Finnick uiteraard. De man uit District 5 wordt gevolgd door de mannelijke morfling uit 6, Cecelia en Woof uit 8, beide tributen uit 9, de vrouw uit 10 en Seeder uit 11. Het Capitoolembleem komt weer in beeld, de laatste tonen van de muziek klinken en dan wordt de hemel donker, op de maan na.

Niemand zegt iets. Ik wil niet pretenderen dat ik een van hen echt goed kende, maar ik denk aan die drie kinderen die zich aan

Cecelia vastklampten toen ze haar wegvoerden. Aan hoe aardig Seeder tegen me was toen we elkaar voor het eerst ontmoetten. Zelfs de gedachte aan de glazig kijkende morfling die gele bloemen op mijn wangen schilderde doet pijn. Allemaal dood. Allemaal weg.

Ik weet niet hoe lang we hier nog gezeten zouden hebben als de zilveren parachute niet naar beneden was gekomen. Hij zweeft door het bladerdak en valt voor onze voeten op de grond. Niemand steekt zijn hand ernaar uit.

'Voor wie zou hij zijn?' vraag ik uiteindelijk.

'Geen idee,' zegt Finnick. 'Ik stel voor dat Peeta hem openmaakt, omdat die vandaag is doodgegaan.'

Peeta trekt het touwtje los en strijkt de ronde zijden lap glad. Op de parachute ligt een klein ijzeren voorwerp dat ik niet kan benoemen. 'Wat is dat?' vraag ik. Niemand weet het. We geven het aan elkaar door, bestuderen het om de beurt. Het is een hol metalen buisje, dat aan één kant taps toeloopt. Aan de andere kant krult een uitstekend stuk van de rand om naar beneden. Het komt me vaag bekend voor. Het zou bij een fiets kunnen horen, bij een gordijnroede, bij van alles eigenlijk.

Peeta blaast erdoorheen om te kijken of er geluid uit komt. Dat is niet zo. Finnick stopt zijn pink erin, om te testen of het een wapen zou kunnen zijn. Tevergeefs.

'Zou je ermee kunnen vissen, Mags?' vraag ik. Mags, die met bijna alles kan vissen, schudt haar hoofd en bromt iets.

Ik pak het aan en rol het heen en weer over mijn handpalm. Omdat we bondgenoten zijn, zal Haymitch op dit moment ongetwijfeld samenwerken met de mentoren van District 4. Hij is betrokken geweest bij de keuze van deze donatie. Dat betekent dat het iets waardevols is. Dat het onze levens kan redden. Ik denk terug aan vorig jaar, toen ik verschrikkelijk graag water wilde maar hij het niet stuurde omdat hij wist dat ik het zelf zou kunnen vinden als ik hard genoeg mijn best deed. De geschenken van Haymitch, of het gebrek daaraan, bevatten altijd een belangrijke boodschap. Ik kan hem bijna horen grommen: *'Gebruik je hersenen nou toch eens een keer. Wat zou dat nou zijn?'*

Ik veeg het zweet uit mijn ogen en houd het geschenk omhoog in het maanlicht. Ik beweeg het heen en weer, bekijk het van verschillende kanten, bedek stukken en trek mijn hand dan weer weg, in een poging om het te dwingen aan mij te onthullen waar het voor dient. Uiteindelijk prik ik het gefrustreerd rechtop in de grond. 'Ik geef het op. Misschien kunnen Beetee en Wiress er wijs uit worden als we ons bij hen aansluiten.'

Ik ga liggen en druk mijn gloeiende wang tegen de grasmat terwijl ik geïrriteerd naar het ding blijf staren. Peeta wrijft over een gespannen plek tussen mijn schouders en ik laat mezelf een beetje ontspannen. Ik vraag me af waarom het hier helemaal niet is afgekoeld nu de zon onder is. Ik vraag me af wat er thuis allemaal gebeurt.

Prim. Mijn moeder. Gale. Madge. Ik stel me voor hoe ze thuis naar me zitten te kijken. Ik hoop in elk geval dat ze thuis zitten, en niet allemaal gearresteerd zijn door Thread, om net zo gestraft te worden als Cinna. Als Darius. Iedereen wordt gestraft vanwege mij.

Ik verlang zo naar hen, naar mijn district, naar mijn bos. Een fatsoenlijk bos met stevige loofbomen, vol eten en wild dat niet eng is. Ruisende beekjes. Verkoelende briesjes. Nee, een koude wind om deze verstikkende hitte weg te blazen. Ik roep zo'n wind op in mijn hoofd, laat de kou mijn wangen bevriezen en mijn vingers verkleumen, en plotseling heeft het stukje metaal dat half in de zwarte aarde steekt een naam.

'Een tap!' roep ik uit terwijl ik met een ruk overeind kom.

'Een wat?' vraagt Finnick.

Ik trek het ding uit de grond en veeg het schoon. Krom mijn hand om het spitse uiteinde zodat het niet meer te zien is en kijk naar de omgekrulde andere kant, een soort tuitje. Ja, ik heb dit ding eerder gezien. Lang geleden, toen ik op een koude, winderige dag met mijn vader in het bos was. Het zat stevig in een gat dat in de stam van een esdoorn was geboord, zodat het sap moeiteloos onze emmer in kon stromen. Ahornsiroop maakte zelfs van ons smakeloze brood nog een lekkernij. Na het overlijden van mijn vader wist ik niet wat er was gebeurd met de paar tappen die hij had. Waarschijnlijk had hij ze ergens verstopt in het bos, waar ze nooit meer gevonden zouden worden.

'Het is een tap. Een soort kraantje. Je prikt hem in een boom en dan komt het sap eruit.' Ik kijk naar de harde groene stammen om ons heen. 'Nou ja, je moet wel het juiste soort boom hebben.'

'Sap?' vraagt Finnick. Bij de zee hebben ze ook niet het juiste soort bomen.

'Om siroop van te maken,' zegt Peeta. 'Maar in deze bomen zit dan vast iets anders.'

We springen allemaal tegelijk overeind. Onze dorst. Het gebrek aan bronnen. De scherpe voortanden en natte snuit van de boomrat. Er kan maar één ding in deze bomen zitten, iets wat iedereen wil hebben. Finnick wil de tap meteen met een steen in de groene bast van een enorme boom timmeren, maar ik houd hem tegen. 'Wacht. Straks beschadigt hij. We moeten eerst een gat boren,' zeg ik.

We hebben niets om mee te boren, dus geeft Mags haar priem aan, die door Peeta in één keer vijf centimeter de schors in wordt geslagen. Hij en Finnick gaan om de beurt met de priem en de messen aan de slag om het gat groter te maken, tot de tap erin past. Ik duw hem er zorgvuldig in tot hij stevig vastzit en we doen allemaal vol verwachting een stap achteruit. Eerst gebeurt er niets. Dan rolt er een druppel water uit het tuitje die op de handpalm van Mags terechtkomt. Ze likt hem eraf en steekt haar hand uit voor de volgende.

Door de tap heen en weer te wrikken en bij te stellen komt er uiteindelijk een dun straaltje water uit de boom. Om de beurt houden we onze mond onder de tuit en bevochtigen onze uitgedroogde tong. Mags haalt een van haar mandjes, en het gras is zo strak gevlochten dat het water erin blijft zitten. We vullen de mand, geven hem aan elkaar door, drinken grote slokken en wassen daarna zelfs heel luxueus ons gezicht schoon. Net als alles hier is het water aan de warme kant, maar dit is niet het moment om kieskeurig te gaan zitten doen.

Nu we niet meer worden afgeleid door onze dorst, merken we opeens allemaal hoe moe we zijn en we maken ons klaar voor de nacht. Vorig jaar probeerde ik altijd al mijn spullen bij de hand te hebben voor het geval ik er midden in de nacht snel vandoor moest. Dit jaar heb ik geen rugzak om in te pakken. Ik heb alleen mijn wapens, die ik sowieso geen moment zal loslaten. Dan denk ik aan de tap en ik wrik hem los uit de boomstam. Ik haal de bladeren van een taaie rank, haal die door het buisje en bind de tap stevig aan mijn riem.

Finnick biedt aan om de eerste wacht op zich te nemen en ik vind het goed, want ik weet dat we het met z'n tweeën zullen moeten doen tot Peeta weer helemaal is uitgerust. Ik ga naast Peeta op de vloer van de hut liggen en zeg tegen Finnick dat hij me wakker moet maken als hij moe is. Maar in plaats daarvan word ik een paar uur later ruw gewekt door een soort gebeier. *Bim! Bam!* Het klinkt net iets anders dan de klok in het Gerechtsgebouw die ze op oudejaarsavond altijd luiden, maar het lijkt er wel op. Peeta en Mags slapen erdoorheen, maar Finnick kijkt net zo waakzaam als ik me voel. Het gebeier houdt op.

'Volgens mij waren het er twaalf,' zegt hij.

Ik knik. Twaalf. Wat houdt dat in? Eén slag voor elk district? Zou kunnen. Maar waarom? 'Zou het iets betekenen, denk je?'

'Geen idee,' zegt hij.

We wachten op verdere instructies, of een boodschap van Claudius Templesmith misschien. Een uitnodiging voor een feestmaal. Maar alleen in de verte gebeurt nog iets opvallends. Daar slaat een oogverblindende bliksemschicht in een hoog oprijzende boom, waarna er een onweer losbarst. Ik neem aan dat het een voorbode is van regen, water voor de mensen die niet zo'n slimme mentor als Haymitch hebben.

'Ga maar slapen, Finnick. Het is toch mijn beurt om de wacht te houden,' zeg ik.

Finnick aarzelt, maar niemand kan eeuwig wakker blijven. Hij gaat bij de opening van de hut liggen, met één hand stevig om zijn drietand, en valt in een onrustige slaap.

Met mijn pijl en boog in mijn hand kijk ik naar de jungle, die een spookachtige, bleekgroene kleur heeft in het maanlicht. Na ongeveer een uur houdt het onweer op. Maar ik hoor nu wel dat de regen eraan komt; een paar honderd meter verderop roffelt hij al op de bladeren. Ik wacht tot hij ons bereikt, maar dat gebeurt niet.

Ik schrik me wild als het kanon afgaat, hoewel het weinig indruk maakt op mijn slapende bondgenoten. Het heeft geen zin om hen hiervoor wakker te maken. Weer een winnaar dood. Ik mag van mezelf niet eens nadenken over wie het zou kunnen zijn.

De ongrijpbare regen houdt plotseling op, net als de storm vorig jaar in de arena.

Vlak daarna zie ik hoe er langzaam een mist optrekt vanuit de richting waar het net nog zo plensde. *Gewoon een reactie. Koele regen op de dampende grond*, denk ik. De mist kruipt gestaag naar ons toe. Sommige flarden kronkelen naar voren en krullen zich dan als vingers om, alsof ze de rest van de muur met zich meetrekken. Terwijl ik toekijk, voel ik hoe mijn nekharen overeind gaan staan. Er klopt iets niet aan deze mist. Het voorste gedeelte beweegt zich te regelmatig naar voren om natuurlijk te kunnen zijn. En als hij niet natuurlijk is...

Een misselijkmakende, weeïge geur dringt mijn neusgaten binnen en ik draai me om naar de anderen, schreeuw dat ze wakker moeten worden.

In de paar seconden die ik nodig heb om de anderen te wekken, springen de blaren op mijn lijf.

# hoofdstuk 21

Piepkleine, schroeiende wondjes. Overal waar de mistdruppels mijn huid raken.

'Rennen!' gil ik naar de anderen. 'Rennen!'

Finnick wordt onmiddellijk wakker en komt met een ruk overeind om het tegen de vijand op te nemen. Als hij de muur van mist ziet gooit hij Mags, die nog steeds slaapt, over zijn schouder en rent ervandoor. Peeta staat al wel rechtop, maar reageert minder snel. Ik grijp zijn arm en duw hem door de jungle achter Finnick aan.

'Wat? Wat is er aan de hand?' vraagt hij verbluft.

'Een soort mist. Giftig gas. Loop nou door, Peeta!' zeg ik dringend. Hij heeft het overdag dan wel heel hard ontkend, maar ik zie nu dat zijn val in het krachtveld hem niet in de koude kleren is gaan zitten. Hij is langzaam, veel langzamer dan anders. En de wirwar van klimplanten en struikgewas, die mij af en toe uit mijn evenwicht brengt, laat hem bij elke stap struikelen.

Ik kijk achterom naar de muur van mist die zich naar beide kanten in een rechte lijn lijkt uit te strekken. Ik voel een hevige aandrang om te vluchten, om Peeta in de steek te laten en mezelf te redden. Het zou zo makkelijk zijn, om zo hard mogelijk weg te rennen, misschien zelfs in een boom te klimmen tot waar de mist niet meer reikt, want hij lijkt niet hoger te komen dan een meter of twaalf. Ik weet nog dat ik dat ook heb gedaan tijdens de vorige Spelen, toen de mutilanten tevoorschijn kwamen. Ik ging ervandoor en dacht pas weer aan Peeta toen ik al bij de Hoorn des Overvloeds was. Maar dit keer bal ik mijn angst samen, druk hem weg en blijf bij hem. Dit keer gaat het er niet om dat ík overleef. Peeta moet overleven. Ik denk aan de ogen die nu in de districten aan het beeldscherm gekluisterd zijn, om te zien of ik zal vluchten, zoals het Capitool wil, of dat ik dapper stand zal houden.

Ik klem mijn vingers strak om de zijne en zeg: 'Kijk naar mijn voeten. Probeer in mijn voetsporen te lopen.' Dat helpt. We lijken iets sneller vooruit te komen, maar niet genoeg om even te kunnen uitrusten, en de mist blijft aan onze hielen likken. Af en toe springen er druppels uit de nevelige massa. Ze branden, maar niet als vuur. Het voelt minder heet aan, maar het doet intens veel pijn, dit chemische goedje dat op onze huid spat, daar blijft kleven en zich een weg door ons vlees vreet. Aan onze overalls hebben we niets. We zouden net zo goed vloeipapier aan kunnen hebben, zo weinig bescherming bieden ze.

Finnick, die in eerste instantie hard is weggerend, blijft staan als hij zich realiseert hoe zwaar we het hebben. Maar dit is niet iets waar je tegen kunt vechten, je kunt het alleen maar proberen te ontlopen. Hij schreeuwt ons bemoedigend toe, probeert ons vooruit te helpen. Het geluid van zijn stem dient als wegwijzer, maar meer kan hij niet voor ons doen.

Peeta's kunstbeen raakt verstrikt in een kluwen kruipplanten en hij valt naar voren voor ik hem kan opvangen. Terwijl ik hem overeind help, zie ik iets wat veel enger is dan de blaren en ons veel meer verzwakt dan de brandwonden. De linkerkant van zijn gezicht is helemaal slap, alsof al zijn spieren zijn afgestorven. Zijn ooglid hangt bijna helemaal over zijn oog heen. Zijn mond trekt in een vreemde hoek naar beneden. 'Peeta...' begin ik. En op dat moment voel ik mijn arm verkrampen.

De chemische stof die in de mist zit brandt niet alleen; hij tast je zenuwen aan. Er schiet een geheel nieuwe angst door me heen en ik ruk Peeta mee naar voren, wat hem alleen maar weer doet struikelen. Als hij eindelijk weer overeind staat, zijn mijn beide armen onbeheerst aan het stuiptrekken. De mist heeft ons bijna ingehaald, de muur is nog maar een meter van ons verwijderd. Er is iets mis met Peeta's benen; hij probeert te lopen, maar ze knikken op een spastische, marionetachtige manier onder zijn lijf vandaan.

Ik voel hoe hij naar voren wordt getrokken, en ik besef dat Finnick is teruggekomen en Peeta nu meesleept. Ik duw mijn schouder, die ik nog wel onder controle lijk te hebben, onder Peeta's arm en doe mijn best om Finnicks snelle tempo bij te houden. We zijn ongeveer tien meter bij de mist vandaan als Finnick stilstaat.

'Dit lukt zo niet. Ik moet hem dragen. Kun jij Mags op je rug nemen?' vraagt hij aan mij.

'Ja,' zeg ik dapper, maar de moed zakt me in de schoenen. Ik denk niet dat Mags meer dan dertig kilo weegt, maar ik ben zelf ook niet zo groot. Maar goed, ik heb vast wel eens zwaardere lasten meegezeuld. Het zou alleen fijn zijn als mijn armen niet alle kanten op gingen. Ik hurk op de grond en ze legt zichzelf over mijn schouder, zoals ze bij Finnick ook altijd doet. Langzaam kom ik overeind en als ik mijn benen helemaal doorstrek, kan ik haar net houden. Finnick heeft Peeta ondertussen over zijn schouder gegooid en we lopen weer verder, Finnick voorop en ik achter hem aan, over het pad dat hij door de klimplanten baant.

De mist blijft maar komen, geruisloos en regelmatig en plat, op de graaiende flarden na. Hoewel mijn instinct zegt dat ik er zo hard mogelijk van weg moet rennen, besef ik dat Finnick in een schuine lijn van de heuvel af loopt. Hij probeert uit de buurt van het gas te blijven en ons ondertussen naar het water rondom de Hoorn des Overvloeds te leiden. *Ja, water*, denk ik terwijl de bijtende druppels steeds dieper mijn lijf in dringen. Wat ben ik nu blij dat ik Finnick niet vermoord heb, want hoe had ik Peeta hier anders levend vandaan gekregen? Ik ben zo blij dat ik iemand heb die me kan helpen, al is het dan maar tijdelijk.

Het is niet Mags' schuld dat ik begin te vallen. Ze doet haar uiterste best om zichzelf zo licht mogelijk te maken, maar ik kan gewoon niet heel veel tillen. Vooral niet nu mijn rechterbeen stijf lijkt te worden. De eerste twee keer dat ik op de grond plof kan ik weer overeind komen, maar de derde keer wil mijn been niet meer meewerken en terwijl ik worstel om op te staan, zak ik er doorheen. Mags rolt van me af en komt voor me op de grond terecht. Ik zwaai woest met mijn armen en probeer me aan de ranken en boomstammen overeind te trekken.

Finnick staat alweer naast me, met Peeta over zijn schouder. 'Het lukt niet,' zeg ik. 'Kun jij hen allebei dragen? Ga maar vast, ik haal jullie wel in.' Het is een wat twijfelachtig voorstel, maar ik probeer het met alle stelligheid die ik kan opbrengen te zeggen.

Ik zie Finnicks groene ogen in de maneschijn. Ik zie ze net zo goed als overdag. Het lijken haast kattenogen, alsof ze het licht reflecteren. Misschien komt het doordat ze glanzen van de tranen. 'Nee,' zegt hij. 'Ik kan hen niet allebei dragen. Mijn armen doen het niet meer.' Het is waar. Zijn armen schudden ongecontroleerd langs zijn zij. Zijn handen zijn leeg. Van zijn drie drietanden is er nog maar één over, en die houdt Peeta vast. 'Het spijt me, Mags. Ik kan het niet.'

Wat er dan gebeurt is zo bizar en gaat zo snel voorbij dat ik me niet eens kan verroeren om er iets aan te doen. Mags hijst zichzelf overeind, drukt een kus op Finnicks lippen en hobbelt dan recht de mist in. Haar lichaam begint onmiddellijk woest te kronkelen en ze valt in een afschuwelijke dans op de grond.

Ik wil schreeuwen, maar mijn keel staat in brand. Ik doe één vergeefse stap naar haar toe als ik het kanon hoor afgaan en weet dat haar hart stilstaat, dat ze dood is. 'Finnick?' roep ik schor, maar hij heeft zich al omgedraaid en gaat weer op de vlucht voor de mist. Mijn ene been sleept nutteloos over de grond terwijl ik moeizaam achter hem aan loop, omdat ik geen idee heb wat ik anders zou moeten doen.

Tijd en ruimte verliezen hun betekenis terwijl de mist mijn hoofd lijkt binnen te dringen, mijn gedachten vertroebelt en alles onwerkelijk maakt. Een of andere diepgewortelde, dierlijke overlevingsdrang dwingt me om achter Finnick en Peeta aan te blijven strompelen, in beweging te blijven, ook al ben ik waarschijnlijk al dood. Ik sterf stukje bij beetje af. En Mags is ook dood. Dat weet ik zeker, of misschien denk ik alleen dat ik het zeker weet, want dit slaat allemaal nergens op.

Het maanlicht dat Finnicks bronskleurige haar doet glanzen, druppels brandende pijn die me besproeien, een houten been. Ik loop achter Finnick aan tot hij op de grond zakt, met Peeta nog steeds boven op hem. Ik lijk niet in staat om mijn voorwaartse beweging te stoppen en blijf doorgaan tot ik over hun uitgestrekte lichamen val en de stapel gewoon nog wat hoger maak. *Dus zo, op dit moment en op deze plek, gaan we dood*, denk ik. Maar de gedachte is vaag en veel minder verontrustend dan de pijn die mijn lichaam momenteel voelt. Ik hoor Finnick kreunen en sleep me moeizaam van de anderen af. Nu zie ik de muur van mist weer, die een soort parelwitte kleur heeft gekregen. Misschien houden mijn ogen me voor de gek, of komt het door het maanlicht, maar de mist lijkt te veranderen. Ja, hij wordt dichter, alsof hij tegen een glazen ruit drukt en daardoor wel moet condenseren. Ik knijp mijn ogen tot spleetjes en zie dat er geen grijpgrage slierten meer uit komen. Hij beweegt zelfs helemaal niet meer. Net als alle verschrikkingen die ik in de arena heb gezien, heeft hij de grens van zijn grondgebied bereikt. Of anders hebben de Spelmakers besloten dat ze ons nu nog even niet gaan vermoorden.

'Hij staat stil,' probeer ik te zeggen, maar er komt alleen maar een akelig gekras uit mijn opgezwollen mond. 'Hij staat stil,' zeg ik nog een keer, en nu klinkt het blijkbaar beter, want Peeta en Finnick draaien allebei hun hoofd naar de mist. Die begint nu op te stijgen, alsof hij langzaam de lucht in wordt gezogen. We kijken tot alle mist verdwenen is en er geen enkel sliertje meer rondzweeft.

Peeta rolt van Finnick af, die op zijn rug gaat liggen. Hijgend en stuiptrekkend blijven we liggen; ons lijf en hoofd vol gif. Nadat er een paar minuten zijn verstreken, maakt Peeta een onduidelijk gebaar naar boven. 'Aa-ben.' Ik kijk op en zie twee dingen zitten die waarschijnlijk apen zijn. Ik heb nog nooit een aap gezien in het echt – dat soort beesten hebben we thuis niet in ons bos. Maar ik heb vast wel eens een plaatje gezien, of ze zaten een keer in de Spelen of zo, want bij het zien van deze dieren denk ook ik meteen aan het woord *aap*. Volgens mij hebben deze een oranje vacht, hoewel dat moeilijk te zien is, en ze zijn ongeveer half zo groot als een volwassen mens. De aanwezigheid van de apen zie ik als een goed teken. Die zouden hier toch vast niet blijven rondhangen als de lucht nog giftig was. Heel even nemen we elkaar zwijgend op, mens en aap. Dan gaat Peeta moeizaam op zijn knieën zitten en kruipt de helling af. We kruipen alle drie, want lopen lijkt opeens net zo'n onmogelijke opgave als vliegen. We kruipen tot de klimplanten in een smal zandstrand overgaan en het warme water dat de Hoorn des Overvloeds omringt over onze gezichten klotst. Ik trek mijn hoofd met een ruk terug, alsof ik het in het vuur heb gehouden.

*Zout in de wond strooien.* Nu begrijp ik pas echt wat die uitdrukking betekent, want het zoute water zorgt voor zo'n helse pijn in mijn wonden dat ik bijna flauwval. Maar ik voel ook nog iets anders, alsof de pijn wegtrekt. Ik neem de proef op de som door heel voorzichtig alleen mijn hand in het water te dopen. Een marteling, inderdaad, maar dan wordt het minder. Door het blauwe water zie ik een melkachtige substantie uit mijn wonden sijpelen, en met het wit neemt ook de pijn af. Ik gesp mijn riem los en trek mijn overall uit, die in een vod vol gaten is veranderd. Mijn schoenen en onderkleding hebben op onverklaarbare wijze niets te lijden gehad. Heel langzaam, één stukje ledemaat per keer, week ik het gif uit mijn lijf. Peeta lijkt hetzelfde te doen. Maar Finnick is na de eerste aanraking met het water weer weggekropen; hij ligt nu op zijn buik in het zand en heeft niet de wil of de kracht om zichzelf te zuiveren.

Uiteindelijk, als ik het ergste overleefd heb, mijn ogen onder water heb geopend, water heb opgesnoven en weer uitgesnoten en zelfs een paar keer heb gegorgeld om mijn keel te spoelen, functioneer ik weer voldoende om Finnick te kunnen helpen. Er zit weer wat gevoel in mijn been, maar mijn armen zijn nog steeds krampachtig aan het stuiptrekken. Ik kan Finnick niet het water in slepen, en bovendien zou hij dan misschien wel letterlijk doodgaan van de pijn. Daarom schep ik beverige handen vol water op en gooi die over zijn vuisten. Omdat hij ze niet in de zee houdt, komt het gif op dezelfde manier uit zijn wonden als het erin is gegaan: in wolkjes mist waar ik heel angstvallig bij uit de buurt blijf. Peeta herstelt voldoende om me te kunnen helpen. Hij snijdt Finnicks overall los en vindt ergens twee schelpen waarmee we veel beter kunnen scheppen dan met onze handen. We concentreren ons eerst op het natmaken van Finnicks armen, omdat die heel erg beschadigd zijn, en hoewel er een heleboel wit spul uit komt, merkt hij er niets van. Hij blijft gewoon liggen met zijn ogen dicht en kreunt af en toe.

Ik kijk om me heen en besef steeds beter dat we ons in een uiterst gevaarlijke positie bevinden. Het is nacht, dat is waar, maar deze maan geeft veel te veel licht om ongezien te kunnen blijven. We mogen van geluk spreken dat we nog niet zijn aangevallen. We zouden hen vanaf de Hoorn des Overvloeds kunnen zien aankomen, maar als de vier Beroeps ons allemaal tegelijk aanvallen, kunnen we nooit tegen hen op. En als ze ons nog niet in de gaten hadden, dan worden we straks wel verraden door Finnicks gekreun.

'Hij moet echt met zijn lijf in het water,' fluister ik. Maar we kunnen niet zomaar zijn gezicht onderdompelen, niet nu hij er nog zo slecht aan toe is. Peeta knikt naar Finnicks voeten. We pakken er allebei een beet, draaien hem honderdtachtig graden rond en slepen hem het zoute water in. Een paar centimeter per keer. Zijn enkels. Paar minuten wachten. Tot halverwege zijn kuit. Wachten. Zijn knieën. Er wervelen witte wolkjes uit zijn huid en hij kermt. We blijven hem ontgiften, stukje bij beetje. Ik merk dat ik me zelf ook steeds beter ga voelen naarmate ik langer in het water ben. Niet alleen mijn huid herstelt, ook mijn spierbeheersing komt terug en mijn gedachten worden helderder. Ik zie dat Peeta's gezicht langzaam weer normaal wordt; zijn ooglid trekt omhoog, de grimas rond zijn mond verdwijnt.

Finnick komt langzaam bij zijn positieven. Zijn ogen gaan open, richten zich op ons, en het dringt tot hem door dat hij geholpen wordt. Ik leg zijn hoofd op mijn schoot en we laten hem ongeveer tien minuten weken, met zijn hele lichaam vanaf zijn nek in het water. Peeta en ik glimlachen naar elkaar als Finnick zijn armen boven het zeewater uit steekt.

'Nu alleen je hoofd nog, Finnick. Dat is het ergste, maar daarna voel je je veel beter, als je het aankunt,' zegt Peeta. We helpen hem om rechtop te gaan zitten en laten hem in onze handen knijpen terwijl hij zijn ogen, neus en mond zuivert. Zijn keel is nog steeds te rauw om te kunnen praten.

'Ik ga proberen een boom af te tappen,' zeg ik. Mijn vingers frummelen aan mijn riem en de tap die nog steeds aan zijn rank hangt.

'Ik boor eerst wel een gat,' zegt Peeta. 'Blijf jij maar bij hem. Jij bent hier de genezer.'

*Geloof je het zelf*, denk ik. Maar ik zeg het niet hardop, want Finnick heeft het al zwaar genoeg. Hij heeft de grootste klap gehad van de mist, hoewel ik niet helemaal begrijp hoe dat komt. Misschien doordat hij groter is of doordat hij zich meer moest inspannen. En dan is Mags er natuurlijk ook nog. Ik snap nog steeds niet wat er is gebeurd. Waarom hij haar in de steek heeft gelaten om Peeta te kunnen dragen. Waarom zij dat niet alleen klakkeloos accepteerde, maar vervolgens ook zonder enige aarzeling recht op haar dood af rende. Was dat omdat ze zo oud was dat haar dagen toch al geteld waren? Dachten ze dat Finnick meer kans maakte om te winnen met mij en Peeta als bondgenoten? De holle blik in Finnicks ogen zegt dat dit niet het juiste moment is om ernaar te vragen.

In plaats daarvan probeer ik mezelf weer bij elkaar te rapen. Ik red mijn spotgaaienbroche van mijn geruïneerde overall en speld hem op de schouderband van mijn hemd. De zwemriem is blijkbaar zuurbestendig, want die ziet er nog zo goed als nieuw uit.

Omdat ik al kan zwemmen, heb ik de riem niet per se nodig, maar Brutus heeft mijn pijl afgeweerd met de zijne, dus ik gesp hem toch weer om, met het idee dat hij misschien wat bescherming biedt. Ik doe mijn haar los en kam het met mijn vingers, waarbij het flink uitdunt omdat het zo beschadigd is door de mistdruppels. Dan maak ik weer een vlecht van wat er nog over is.

Peeta heeft op een meter of tien van het smalle strand een goede boom gevonden. We kunnen hem haast niet zien, maar het geluid van zijn mes tegen de houten stam is luid en duidelijk te horen. Ik vraag me af wat er met de priem is gebeurd. Mags heeft hem waarschijnlijk laten vallen of mee de mist in genomen. Hoe dan ook, hij is verdwenen.

Ik ben iets verder het ondiepe water in gegaan en laat me afwisselend op mijn buik en mijn rug drijven. Waar het zeewater mij en Peeta alleen heeft genezen, ondergaat Finnick een complete transformatie. Hij komt voorzichtig in beweging, probeert eerst al zijn ledematen uit, en gaat dan langzaam over op zwemmen. Maar dit is een heel ander soort zwemmen dan wat ik doe, deze ritmische slagen, zijn regelmatige tempo. Hij duikt en komt weer boven, laat water uit zijn mond sproeien, maakt koprollen in een soort vreemde spiraalbeweging waarvan ik al duizelig word als ik er alleen maar naar kijk. En dan, als hij zo lang onder water is geweest dat ik zeker weet dat hij verdronken is, komt zijn hoofd opeens pal naast me weer omhoog en ik schrik me rot.

'Niet doen,' zeg ik.

'Wat niet? Bovenkomen of onder water blijven?' vraagt hij.

'Allebei. Geen van beide. Ga nou maar gewoon in het water liggen en gedraag je,' zeg ik. 'Of nee, als je je zo goed voelt, kunnen we Peeta wel gaan helpen.'

Het is maar een heel klein stukje van de zee naar de rand van het oerwoud, maar toch merk ik in die korte tijd meteen dat er iets veranderd is. Misschien valt het toe te schrijven aan al mijn jagersjaren, of doet mijn geopereerde oor het echt iets beter dan de bedoeling was. Ik vóél hen boven ons hangen. Ze hoeven niet te kwetteren of te krijsen; alleen de aanwezigheid van zo veel ademende, warme lijven is al genoeg.

Ik raak Finnicks arm aan en hij volgt mijn blik omhoog. Ik weet niet hoe ze zo stil hierheen hebben kunnen komen. Misschien waren ze wel niet stil. Wij waren alle drie alleen maar bezig om ons lijf weer gezond te krijgen. En ondertussen hebben zij zich verzameld. De takken van de junglebomen buigen door onder het gewicht van niet vijf, niet tien, maar vele tientallen apen. De twee die we als eerste zagen toen we aan de mist ontkomen waren, voelden als een welkomstcomité. Deze horde voelt bedreigend.

Ik leg twee pijlen op mijn boog en Finnick grijpt zijn drietand stevig vast. 'Peeta,' zeg ik zo rustig mogelijk. 'Kun je me even komen helpen?'

'Ja, wacht even. Volgens mij ben ik er bijna,' zegt hij, nog steeds bezig met de boom. 'Hupsakee. Heb je die tap?'

'Ja, die heb ik. Maar we hebben iets gevonden waar je even naar moet kijken,' ga ik behoedzaam verder. 'Kom maar heel rustig naar ons toe, anders maak je het bang.' Om de een of andere reden wil ik niet dat hij de apen ziet of zelfs maar hun kant op kijkt. Sommige dieren vatten oogcontact al op als agressief gedrag.

Peeta draait zich hijgend van het harde werken om. Door de vreemde toon van mijn verzoek weet hij dat er iets aan de hand is. 'Goed,' zegt hij nonchalant. Hij komt door de jungle naar ons toe en ik weet dat hij heel erg zijn best doet om stil te zijn, maar dat is nou eenmaal nooit zijn sterkste punt geweest, zelfs niet toen hij nog twee gezonde benen had. Maar het gaat goed, hij loopt en de apen blijven zitten. Hij is nog maar vijf meter bij het strand vandaan als hij hun aanwezigheid voelt. Zijn ogen schieten nog geen seconde omhoog, maar het lijkt wel alsof hij een bom laat ontploffen. De apen vliegen in één krijsende oranje pluizige massa uit de bomen en storten zich boven op hem.

Ik heb nog nooit een dier zo snel zien bewegen. Ze glijden door de lianen alsof ze ingevet zijn. Overbruggen springend onmogelijke afstanden tussen de ene boom en de andere. Met ontblote tanden, overeind staande nekharen en klauwen die als stiletto's worden uitgeslagen. Ik heb dan wel geen ervaring met apen, maar normale dieren gedragen zich niet zo in het wild. 'Mutilanten!' stoot ik uit terwijl Finnick en ik door het struikgewas stormen.

Ik weet dat elke pijl raak moet zijn, en dat zijn ze ook. In het spookachtige licht schiet ik de ene na de andere aap neer; ik mik op hun ogen en hart en keel zodat elke treffer dodelijk is. Maar als Finnick de beesten niet als vissen zou doorboren en opzij zou gooien en Peeta niet met zijn mes op ze in zou hakken, zou ik alsnog het onderspit delven. Ik voel klauwen in mijn been, over mijn rug, tot iemand de aanvaller uitschakelt. De lucht ruikt naar vertrapte planten, bloed en de vieze, muffe apen. Peeta, Finnick en ik stellen ons op in een driehoek, een paar meter uit elkaar, met onze ruggen naar elkaar toe. De moed zakt me in de schoenen als mijn vingers mijn laatste pijl naar achteren trekken. Dan bedenk ik opeens dat Peeta ook nog een koker heeft. En hij schiet niet, hij heeft dat mes waar hij mee vecht. Ik heb het mijne nu ook getrokken, maar de apen zijn sneller, ze springen zo snel naar voren en weer terug dat je nauwelijks tijd hebt om te reageren.

'Peeta!' schreeuw ik. 'Je pijlen!'

Peeta draait zich om, ziet dat ik in de knel zit, laat zijn koker van zijn schouder glijden en dan gebeurt het. Een aap vliegt vanuit een boom richting zijn borst. Ik heb geen pijl, niets om mee te schieten. Ik hoor de bons die aangeeft dat Finnicks drietand een ander slachtoffer heeft gemaakt en weet dat zijn wapen bezet is. De hand waarmee Peeta het mes vastheeft kan niets doen, omdat hij daarmee de pijlenkoker probeert los te maken. Ik gooi mijn mes naar de naderende mutilant, maar het beest maakt een salto, ontwijkt het en blijft op koers.

Machteloos en ongewapend doe ik het enige wat er in mijn hoofd opkomt. Ik ren naar Peeta toe om hem tegen de grond te duwen en zijn lichaam met het mijne te beschermen, ook al weet ik dat ik het niet zal halen.

Maar zij haalt het wel. Het lijkt wel alsof ze uit de lucht komt vallen. Het ene moment is ze er niet, en het volgende staat ze wankelend voor Peeta. Ze zit al onder het bloed, uit haar opengesperde mond komt een hoge gil en haar pupillen zijn zo groot dat haar ogen zwarte gaten lijken.

De krankzinnige morfling uit District 6 gooit haar graatmagere armen omhoog alsof ze de aap wil omhelzen en hij boort zijn tanden in haar borst.

# hoofdstuk 22

Peeta laat de pijlenkoker vallen en duwt zijn mes diep in de rug van de aap, hij steekt en steekt tot het beest zijn kaken ontspant. Hij schopt de mutilant weg en zet zich schrap voor de volgende. Ik heb zijn pijlen, mijn boog is gespannen, en Finnick, die zwaar ademt maar momenteel niet met een aap bezig is, staat achter me.

'Kom dan! Kom maar op!' schreeuwt Peeta hijgend van woede. Maar er is iets gebeurd met de apen. Ze trekken zich terug, klimmen de bomen weer in, verdwijnen in de jungle, alsof ze door een onhoorbare stem worden weggeroepen. De stem van de Spelmakers, die zegt dat het zo genoeg is geweest.

'Neem haar mee,' zeg ik tegen Peeta. 'Wij dekken je.'

Voorzichtig tilt Peeta de morfling op en draagt haar de laatste paar meters naar het strand. Finnick en ik houden onze wapens in de aanslag, maar op de oranje kadavers na zijn alle apen verdwenen. Peeta legt de morfling op het strand. Ik snijd de stof rond haar borst weg en er komen vier diepe gaten tevoorschijn. Er lopen straaltjes bloed uit, waardoor ze er veel minder dodelijk uitzien dan ze zijn. De echte schade zit aan de binnenkant. Door de plekken waar de aap haar geraakt heeft, weet ik zeker dat hij iets vitaals kapot heeft gescheurd, een long, misschien zelfs haar hart.

Liggend op het zand hapt ze als een vis op het droge naar adem. Haar slappe huid heeft een ziekelijk bleke kleur, haar ribben steken uit als bij een kind dat is omgekomen van de honger. Ze moet rijk genoeg geweest zijn om eten te kunnen kopen, maar in plaats daarvan greep ze naar de morfling, net zoals Haymitch naar de drank greep, denk ik. Alles aan haar ademt verspilling – haar lichaam, haar leven, de lege blik in haar ogen. Ik houd een van haar stuiptrekkende handen vast; het is onduidelijk of hij beweegt door het gif dat onze zenuwen ook heeft aangetast, of ze in shock is door de aanval of dat het ontwenningsverschijnselen zijn van de drug waar ze van leefde. We kunnen niets doen. Alleen maar bij haar blijven terwijl ze sterft.

'Ik hou de bomen in de gaten,' zegt Finnick voor hij wegloopt. Ik zou ook graag weglopen, maar ze grijpt mijn hand zo stevig beet dat ik haar vingers met geweld zou moeten loswrikken, en voor zoiets hardvochtigs heb ik de kracht niet. Ik denk aan Rue en dat ik misschien een lied zou kunnen zingen of zo. Maar ik weet niet eens hoe de morfling heet, laat staan of ze van liedjes houdt. Ik weet alleen dat ze doodgaat.

Peeta gaat op zijn hurken naast haar andere zij zitten en streelt over haar haar. Als hij op zachte toon begint te praten, lijkt het haast alsof hij onzin uitkraamt, maar de woorden zijn niet voor mij bedoeld. 'Thuis kan ik met mijn verfdoos elke kleur maken die je maar kunt bedenken. Roze, zo licht als een babyhuidje. Of zo donker als rabarber. Groen als lentegras. Blauw dat glinstert als ijs op water.'

De morfling staart in Peeta's ogen en hangt aan zijn lippen.

'Ik heb ooit drie dagen verf moeten mengen voor ik de juiste kleurschakering had gevonden voor zonlicht op een witte vacht. Ik dacht namelijk dat het geel moest zijn, maar er was veel meer voor nodig. Allerlei verschillende kleuren over elkaar. Laagje voor laagje,' zegt Peeta.

De oppervlakkige, haperende ademhaling van de morfling wordt steeds trager. Haar vrije hand tast naar het bloed op haar borst en haar vingers tekenen de krullerige figuurtjes die ze zo graag schilderde.

'Ik ben er nog niet achter hoe ik een regenboog moet maken. Ze komen zo vlug op en zijn dan zo snel weer verdwenen. Ik heb nooit genoeg tijd om ze vast te leggen. Alleen een beetje blauw hier of wat paars daar. En dan vervagen ze weer. Lossen op in de lucht,' zegt Peeta.

Zijn woorden lijken de morfling te hypnotiseren. Alsof ze in trance raakt. Ze tilt een trillende hand op en verft iets wat waarschijnlijk een bloem moet voorstellen op Peeta's wang.

'Dank je wel,' fluistert hij. 'Wat mooi.'

Heel even licht het gezicht van de morfling op in een grijns en ze slaakt een schril kreetje. Dan valt haar met bloed besmeurde hand op haar borst, ze zucht nog één laatste keer en het kanon gaat af. Haar klemmende vingers laten mijn hand los.

Peeta draagt haar het water in en komt daarna naast me zitten. De morfling drijft een tijdje richting de Hoorn des Overvloeds, de hovercraft verschijnt, er komt een grijper met vier tanden naar beneden die haar vastpakt en de nachtelijke hemel in tilt, en dan is ze weg.

Finnick komt het bos uit met een vuist vol pijlen, nog nat van het apenbloed. Hij gooit ze naast me op het zand. 'Dacht dat je die misschien wel terug zou willen.'

'Bedankt,' zeg ik. Ik waad het water in en was de viezigheid weg, van mijn wapens, van mijn wonden. Als ik weer naar de bomen loop om wat mos te plukken om de pijlen mee af te drogen, zijn alle apenlijken verdwenen.

'Waar zijn die nou gebleven?' vraag ik.

'Dat weten we ook niet. De planten bewogen en toen waren ze weg,' zegt Finnick.

We staren de jungle in, verdoofd en uitgeput. Nu het weer rustig is, merk ik dat de plekken waar de mistdruppels op mijn huid zijn gevallen een korstje hebben gekregen. Ze doen geen pijn meer, maar beginnen wel te jeuken. Heel erg. Ik probeer dat als een goed teken te beschouwen. Dat ze genezen. Ik kijk naar Peeta en Finnick en zie dat die allebei aan hun beschadigde gezichten zitten te krabben. Ja, deze nacht heeft zelfs Finnicks schoonheid aangetast.

'Niet krabben,' zeg ik, terwijl ik dat zelf ook dolgraag zou willen doen. Maar ik weet dat mijn moeder dat zou zeggen. 'Dan gaat het alleen maar ontsteken. Denken jullie dat we ons weer veilig op het drinkwater kunnen storten?'

We gaan op zoek naar de boom die Peeta aan het aftappen was. Finnick en ik staan klaar met onze wapens terwijl hij de tap erin wurmt, maar het gevaar lijkt geweken. Peeta heeft een goede ader gevonden en het water stroomt de tap uit; we lessen onze dorst en laten het warme water over onze jeukende lijven glijden. Daarna vullen we een paar schelpen met water om te drinken en lopen terug naar het strand.

Het is nog nacht, maar het kan geen uren meer duren voor de zon opkomt. Tenzij de Spelmakers dat willen. 'Waarom gaan jullie niet even slapen?' zeg ik. 'Ik hou wel een tijdje de wacht.'

'Nee, Katniss, laat mij dat maar doen,' zegt Finnick. Ik kijk in zijn ogen, naar zijn gezicht, en besef dat hij met moeite zijn tranen inhoudt. Mags. Ik kan hem op z'n minst even alleen laten, zodat hij haar verlies kan verwerken.

'Goed, Finnick, dank je wel,' zeg ik. Ik ga op het strand liggen met Peeta, die meteen wegzakt. Ik staar de nacht in en bedenk wat een verschil één dag kan maken. Gisterochtend stond Finnick nog op mijn moordlijst, en nu vind ik het geen probleem om te gaan slapen terwijl hij de wacht over ons houdt. Hij heeft Peeta gered en Mags laten sterven en ik weet niet waarom. Ik weet alleen dat ik hem zoveel verschuldigd ben dat ik het nooit zal kunnen terugbetalen. Ik kan nu alleen maar gaan slapen en hem in alle rust laten rouwen. En dat doe ik dan ook.

Halverwege de ochtend gaan mijn ogen weer open. Peeta ligt nog steeds uitgeteld naast me. Een grasmat die aan een stel takken is geprikt en over ons heen is gezet, beschermt onze gezichten tegen de zon. Ik ga rechtop zitten en zie dat Finnick niet stilgezeten heeft. Er staan twee gevlochten kommen met vers water erin. Een derde is gevuld met een berg wriemelende krabben.

Finnick zit op het strand en slaat ze met een steen kapot. 'Vers zijn ze het lekkerst,' zegt hij terwijl hij een brok roze vlees uit het schild scheurt en in zijn mond stopt. Zijn ogen zijn nog een beetje gezwollen, maar ik doe net alsof ik het niet zie.

Mijn maag begint te rammelen als ik het eten ruik en ik steek mijn hand uit om er ook een te pakken. Ik verstar als ik mijn vingernagels zie: ze zitten onder het bloed. Ik heb mezelf in mijn slaap helemaal opengekrabd.

'Als je krabt gaat het alleen maar ontsteken, hoor,' zegt Finnick.

'Dat zeggen ze, ja,' zeg ik. Ik loop het zeewater in en was het bloed van me af terwijl ik probeer te besluiten wat ik erger vind, pijn of jeuk. Zwaar geïrriteerd stamp ik het strand weer op, kijk naar de lucht en snauw: 'Zeg Haymitch, als je niet te dronken bent: we kunnen wel iets voor onze huid gebruiken, ja!'

Het is bijna grappig hoe snel de parachute boven mijn hoofd verschijnt. Ik steek mijn arm omhoog en de tube landt keurig in mijn hand. 'Dat werd tijd,' zeg ik, maar ik krijg de boze blik niet van mijn gezicht. Haymitch. Ik zou er heel wat voor overhebben om vijf minuten met hem te kunnen praten.

Ik plof naast Finnick in het zand en draai de dop van de tube. Er zit een dikke, donkere zalf in die een doordringende geur afgeeft, een mengeling van teer en dennennaalden. Ik trek mijn neus op terwijl ik een klodder van het spul op mijn handpalm knijp en over mijn been uitsmeer. Er ontsnapt een tevreden geluid uit mijn mond, want het maakt korte metten met mijn jeuk. De zalf geeft mijn met korsten bedekte huid helaas ook een afschuwelijke, grijsgroene kleur. Terwijl ik aan mijn andere been begin, gooi ik de tube naar Finnick, die me bedenkelijk aankijkt.

'Je ziet eruit alsof je wegrot,' zegt hij. Maar de jeuk is blijkbaar toch te sterk, want even later begint Finnick zijn huid ook te behandelen. De combinatie van de korsten met de zalf ziet er werkelijk verschrikkelijk uit. Ik moet lachen om zijn ontstelde blik.

'Arme Finnick. Is dit de eerste keer in je leven dat je niet mooi bent?' vraag ik.

'Dat moet wel, want zo heb ik me nog nooit gevoeld. Hoe heb jij dat al die jaren volgehouden?' vraagt hij.

'Gewoon niet in de spiegel kijken. Je vergeet het vanzelf,' zeg ik.

'Niet als ik naar jou blijf kijken,' zegt hij.

We smeren ons helemaal in en wrijven de zalf zelfs om de beurt op elkaars rug op de plekken waar onze hemden de huid niet bedekken. 'Ik ga Peeta wakker maken,' zeg ik.

'Nee, wacht,' zegt Finnick. 'Laten we het samen doen, met onze gezichten recht voor het zijne.'

Tja, hoe vaak zal ik nog lol kunnen hebben in mijn leven? Ik doe mee. We gaan allebei aan een kant van Peeta zitten, buigen ons voorover tot onze gezichten op een paar centimeter voor zijn neus hangen en schudden hem door elkaar. 'Peeta. Peeta, wakker worden,' zeg ik op een zachte, poeslieve toon.

Zijn ogen gaan knipperend open en dan schrikt hij op alsof hij door een mes gestoken wordt. 'Aaah!'

Finnick en ik vallen achterover in het zand en rollen over de grond van het lachen. Telkens als we ermee op proberen te houden kijken we naar Peeta's poging om een laatdunkend gezicht te trekken en dan beginnen we weer. Als we onszelf weer een beetje in de hand hebben, bedenk ik dat Finnick Odair misschien best oké is. In elk geval niet zo ijdel of verwaand als ik had gedacht. Eigenlijk is hij helemaal niet zo verschrikkelijk. En net als ik tot die conclusie ben gekomen, valt er naast ons een parachute neer met een vers brood eraan. Van vorig jaar weet ik dat Haymitch zijn geschenken vaak op een bepaald moment stuurt om een boodschap over te brengen, en ik zeg tegen mezelf: *Niet vergeten. Vrienden zijn met Finnick. Dan krijg je eten.*

Finnick draait het brood om en om in zijn handen en bestudeert de korst. Iets te bezitterig, terwijl dat heus nergens voor nodig is. Het is groenig van het zeewier, zoals al het brood uit District 4, dus we weten alle drie heel goed dat het voor hem is. Misschien beseft hij eigenlijk nu pas hoeveel het voor hem betekent, en dat dit wel eens het laatste brood zou kunnen zijn dat hij ziet. Misschien doet de korst hem op de een of andere manier aan Mags denken. Maar hij zegt alleen: 'Dit is vast heel lekker bij de krabben.'

Terwijl ik Peeta help met insmeren, maakt Finnick met geoefende hand de krabben schoon. We gaan bij elkaar zitten en eten het heerlijke zoete vlees en het zoute brood uit District 4.

We zien er allemaal wanstaltig uit – ook omdat sommige korstjes blijkbaar loslaten door de zalf –, maar ik ben blij dat we dat spul hebben gekregen. Niet alleen omdat het de jeuk verlicht, maar ook omdat het bescherming biedt tegen die gloeiende witte zon in de roze lucht. Aan de stand te zien schat ik dat het bijna tien uur is en dat we nu ongeveer een dag in de arena zijn. Elf tributen zijn dood. Dertien leven nog. Ergens in de jungle houden de andere tien zich verborgen. Drie of vier van hen zijn de Beroeps. Ik heb geen zin om te proberen te bedenken wie de anderen zijn.

Voor mij is de jungle in rap tempo van een schuilplaats in een onheilspellende val veranderd. Ik weet dat we op een gegeven moment gedwongen zullen zijn om ons er weer in te wagen, om te jagen of om opgejaagd te worden, maar voorlopig ben ik vast van plan hier op ons strandje te blijven. En Peeta of Finnick vinden dat volgens mij ook prima, anders zouden ze wel met een ander voorstel komen. Een tijdje lijkt de jungle bijna stabiel, hij gonst en glinstert maar laat niet zien welke gevaren hij herbergt. Dan klinkt er in de verte gegil. Aan de overkant begint een gedeelte van het oerwoud te trillen. Hoog op de heuvel komt een enorme golf omhoog die over de bomen heen raast en brullend de helling af rolt. Hij klapt met zo veel kracht op het water dat, ook al zitten wij helemaal aan de andere kant, de branding bruisend tot onze knieën kruipt en onze schamele bezittingen in het water komen te liggen. Met z'n drieën slagen we erin om alles weer te verzamelen voor het wordt meegesleurd, behalve dan onze aangevreten overalls, die zo zijn aangetast door het gif dat het niemand iets kan schelen als we ze kwijtraken.

Er klinkt een kanonschot. We zien de hovercraft verschijnen boven het gebied waar de golf omhoogkwam en een lijk uit de bomen plukken. *Twaalf*, denk ik.

De waterkring heeft de monstergolf opgenomen en de deining neemt langzaam af. We stallen onze spulletjes weer uit op het natte zand en willen net gaan zitten als ik ze zie. Drie gedaantes die ongeveer twee spaken verderop het strand op strompelen. 'Kijk,' zeg ik zachtjes terwijl ik in de richting van de nieuwkomers knik. Peeta en Finnick volgen mijn blik. Alsof we het van tevoren zo afgesproken hebben, trekken we ons tegelijkertijd terug in de schaduwen van de jungle.

Het drietal is er slecht aan toe – dat zie je meteen. Eén wordt praktisch voortgesleept door een tweede, de derde lijkt wel krankzinnig en zwalkt in wijde bochten rond. Ze zijn allemaal van top tot teen helderrood, alsof ze in de verf gedoopt zijn en buiten nog even moesten opdrogen.

'Wie zijn dat?' vraagt Peeta. 'Of wát zijn dat? Mutilanten?'

Ik trek een pijl naar achteren, klaar voor een aanval. Maar het enige wat er gebeurt, is dat degene die meegesleept werd op het strand in elkaar zakt. De sleper stampvoet van frustratie, draait zich om en duwt in een ogenschijnlijke vlaag van woede de rondjesdraaiende gek omver.

Finnicks gezicht klaart op. 'Johanna!' roept hij, en hij rent op de rode dingen af.

'Finnick!' hoor ik Johanna's stem antwoorden.

Peeta en ik kijken elkaar aan. 'En nu?' vraag ik.

'We kunnen Finnick moeilijk achterlaten,' zegt hij.

'Dat zal wel niet. Kom op dan,' zeg ik chagrijnig, want zelfs als ik wel een lijst met bondgenoten had gemaakt, dan had Johanna Mason daar beslist niet op gestaan. We benen over het strand naar de plek waar Finnick en Johanna elkaar net treffen. Als we dichterbij zijn, zie ik wie ze bij zich heeft en ik raak in de war. Dat is Beetee die daar op zijn rug op de grond ligt, en dat is Wiress die nu weer overeind staat en verdergaat met haar kringetjes. 'Ze is met Wiress en Beetee.'

'Knetter en Gek?' vraagt Peeta net zo verbaasd. 'Ik ben heel benieuwd wat hier aan de hand is.'

Als we bij hen zijn, gebaart Johanna druk naar de jungle terwijl ze heel snel tegen Finnick praat. 'We dachten dat het regen was, vanwege de bliksem weet je wel, en we hadden allemaal ontzettende dorst. Maar toen het naar beneden kwam, bleek het bloed te zijn. Dik, warm bloed. Je kon niets meer zien, niets meer zeggen zonder een mond vol bloed te krijgen. We wankelden maar een beetje rond in een poging om weg te komen. En toen is Blight tegen het krachtveld op gelopen.'

'Wat erg, Johanna,' zeg Finnick. Het duurt even voor ik de naam Blight kan thuisbrengen. Ik geloof dat hij Johanna's mannelijke medetribuut uit District 7 was, maar ik kan me hem nauwelijks herinneren. Volgens mij is hij zelfs niet eens naar de training gekomen, nu ik er zo over nadenk.

'Ja, nou ja, je had niet zoveel aan 'm, maar hij kwam wel uit District 7,' zegt ze. 'En hij heeft me met deze twee aan mijn lot overgelaten.' Ze geeft Beetee, die nauwelijks bij bewustzijn is, een por met haar schoen. 'Hij heeft bij de Hoorn des Overvloeds een mes in zijn rug gekregen. En zij...'

We kijken allemaal naar Wiress, die van top tot teen onder het opgedroogde bloed zit, rondjes loopt en ondertussen 'tiktak, tiktak' mompelt.

'Ja, nou weten we het wel. Tiktak. Gek is in shock,' zegt Johanna. Dat lijkt de aandacht van Wiress te trekken en ze buigt af naar Johanna, die haar hardhandig weer naar het zand duwt. 'Blijf maar lekker liggen, goed?'

'Hou je handen thuis,' snauw ik.

Johanna knijpt haar bruine ogen tot spleetjes en kijkt me vol haat aan. 'Hou je handen thuis?' sist ze. Voor ik kan reageren doet ze een stap naar voren en geeft me zo'n harde klap dat ik sterretjes zie. 'En wie heeft ze voor jou uit die bloederige klotejungle gesleept? Jij...' Finnick gooit haar tegenstribbelende lijf over zijn schouder, draagt haar naar het water en duwt haar een paar keer kopje-onder terwijl ze een heleboel erg beledigende dingen naar me schreeuwt. Maar ik schiet niet. Omdat ze bij Finnick is, en om wat ze zei, over dat ze hen voor mij gehaald heeft.

'Wat bedoelde ze daarmee? Heeft ze hen voor mij gehaald?' vraag ik aan Peeta.

'Ik weet het niet. Je wilde hen er in eerste instantie wel bij hebben,' helpt hij me herinneren.

'Ja, dat is waar. In eerste instantie.' Maar dat is geen antwoord. Ik kijk omlaag naar Beetees levenloze lichaam. 'Maar ik ben ze volgens mij ook zo weer kwijt als we niets doen.'

Peeta tilt Beetee op, ik pak Wiress bij de hand en we lopen terug naar onze kampplek op het strand. Ik zet Wiress in de branding zodat ze zich een beetje kan wassen, maar ze klemt alleen haar handen in elkaar en mompelt om de zo veel tijd 'tiktak'. Ik gesp Beetees riem los en zie dat hij er aan de zijkant met een touw van ranken een zware ijzeren cilinder aan vast heeft gebonden. Ik weet niet wat het is, maar als hij vond dat het de moeite waard was om te houden, dan wil ik het niet kwijtraken. Ik gooi het ding in het zand. Beetees kleren kleven aan zijn lijf door het bloed, en Peeta houdt hem in het water terwijl ik ze losweek. Het duurt even voor ik de overall heb uitgetrokken, en dan zien we dat zijn onderkleding ook helemaal rood is. We moeten hem helemaal uitkleden om hem schoon te kunnen krijgen, maar ik moet zeggen dat ik er nauwelijks meer mee kan zitten – er hebben dit jaar al zo veel naakte mannen op onze keukentafel gelegen. Na een tijdje raak je er eigenlijk wel aan gewend.

We spreiden Finnicks grasmat uit en leggen Beetee op zijn buik, zodat we zijn rug kunnen onderzoeken. Er loopt een jaap van zo'n vijftien centimeter lang van zijn schouderblad tot onder zijn ribbenkast. Gelukkig is hij niet erg diep. Maar Beetee heeft erg veel bloed verloren – dat zie je aan zijn bleke huid – en er sijpelt nog steeds bloed uit de wond.

Ik ga peinzend zitten en probeer logisch na te denken. Is er hier iets waarmee ik hem kan verzorgen? Zeewater? Ik voel me net mijn moeder toen ze alleen sneeuw had om haar patiënten mee te behandelen. Ik kijk naar de jungle. Daar groeit vast een hele apotheek in, als ik wist hoe ik hem moest toepassen. Maar dit zijn mijn planten niet. Dan denk ik aan het mos dat Mags me gaf om mijn neus mee te snuiten. 'Zo terug,' zeg ik tegen Peeta. Gelukkig groeit dat spul hier overal in het oerwoud. Ik trek een hele lading van de bomen en draag het in mijn armen naar het strand. Ik maak er een dik kussen van, leg dat op Beetees wond en bind het vast met ranken die ik om zijn lichaam wikkel. We laten hem wat water drinken en trekken hem dan naar de schaduw aan de rand van de jungle.

'Meer kunnen we niet doen, volgens mij,' zeg ik.

'Het is prima zo. Je bent echt goed in dat doktersgedoe,' zegt Peeta. 'Het zit in je bloed.'

'Niet waar,' zeg ik hoofdschuddend. 'Ik heb mijn vaders bloed.' Het soort bloed dat sneller gaat stromen tijdens de jacht, niet tijdens een epidemie. 'Ik ga even kijken hoe het met Wiress is.'

Ik pak een handvol mos om als poetslap te gebruiken en ga naast Wiress in het water staan. Ze verzet zich niet als ik haar kleren uittrek en het bloed van haar huid schrob. Maar haar ogen zijn groot van angst en ze reageert niet als ik tegen haar praat, behalve met een steeds dringender 'tiktak'. Ik heb wel het idee dat ze me iets duidelijk probeert te maken, maar zonder Beetee om haar gedachten uit te leggen, snap ik er niets van.

'Jazeker, tiktak. Tiktak,' zeg ik. Dat lijkt haar een beetje te kalmeren. Ik was haar overall tot er nauwelijks nog een spoortje bloed op zit en help haar er weer in. Hij is niet beschadigd zoals de onze. Haar riem is ook nog prima, dus die gesp ik ook weer om. Dan leg ik haar ondergoed samen met dat van Beetee onder een rots om het te laten weken.

Als ik Beetees overall heb schoongespoeld, hebben we ondertussen weer gezelschap gekregen van een brandschone Johanna en een schilferende Finnick. Johanna drinkt grote slokken water en propt zich vol met krab terwijl ik mijn best doe om ook iets bij Wiress naar binnen te krijgen. Finnick vertelt op een afstandelijke, bijna zakelijke toon over de mist en de apen, maar laat het belangrijkste detail van het verhaal achterwege.

Iedereen biedt aan om de wacht te houden, zodat de anderen kunnen rusten, maar uiteindelijk zijn Johanna en ik degenen die wakker blijven. Ik omdat ik me heel erg uitgerust voel, en zij omdat ze simpelweg weigert om te gaan liggen. Zwijgend zitten we samen op het strand tot de anderen in slaap gevallen zijn.

Johanna werpt voor de zekerheid nog even een blik op Finnick en vraagt dan aan mij: 'Hoe zijn jullie Mags kwijtgeraakt?'

'In de mist. Finnick droeg Peeta. Ik heb Mags een tijdje gedragen, maar toen kon ik haar niet meer houden. Finnick zei dat hij hen niet allebei kon dragen. Ze gaf hem een kus en liep zo het gif in,' zeg ik.

'Ze was Finnicks mentor, wist je dat wel?' zegt Johanna op een beschuldigende toon.

'Nee, dat wist ik niet,' zeg ik.

'Ze waren praktisch familie,' zegt ze even later, maar het klinkt al minder hatelijk.

We kijken hoe het water over het ondergoed klotst. 'Maar wat moest jij nou eigenlijk met Knetter en Gek?' vraag ik.

'Dat heb ik toch al gezegd – ik heb ze voor jou gehaald. Haymitch zei dat ik ze naar jou toe moest brengen als ik jouw bondgenoot wilde worden,' zegt Johanna. 'Dat heb je toch tegen hem gezegd?'

*Niet waar*, denk ik. Maar ik knik bevestigend. 'Bedankt. Ik waardeer het heel erg.'

'Dat mag ik hopen.' Ze kijkt me vol afkeer aan, alsof ik een vreselijk vervelend blok aan haar been ben. Ik vraag me af of het zo voelt als je een oudere zus hebt die een enorme hekel aan je heeft.

'Tiktak,' hoor ik achter me. Ik draai me om en zie dat Wiress naar ons toe gekropen is. Ze heeft haar ogen op de jungle gericht.

'O, hoera, daar is ze weer. Goed, ik ga slapen. Kun jij lekker met Gek de wacht houden,' zegt Johanna. Ze loopt weg en ploft neer naast Finnick.

'Tiktak,' fluistert Wiress. Met zachte dwang krijg ik haar zover dat ze voor me komt liggen en ik streel over haar arm om haar te kalmeren. Ze dommelt onrustig in terwijl ze af en toe haar vaste zinnetje zucht. 'Tiktak.'

'Tiktak,' beaam ik zacht. 'Bedtijd. Tiktak. Ga maar lekker slapen.'

De zon klimt steeds hoger tot hij recht boven ons aan de hemel staat. *Bijna twaalf uur*, denk ik afwezig. Niet dat het iets uitmaakt. Aan de overkant van het water, rechts van ons, zie ik de felle flits van een bliksemschicht die in de boom slaat en dan barst het onweer weer los. Op precies dezelfde plek als gisteren. Iemand is waarschijnlijk te dichtbij gekomen, waardoor de aanval in gang is gezet. Ik zit een tijdje naar het onweer te kijken terwijl ik Wiress rustig houd en me door het kabbelende water bijna vredig ga voelen. Ik denk aan de afgelopen nacht, toen de bliksem meteen na het klokgelui insloeg. Twaalf slagen.

'Tiktak,' zegt Wiress, die heel even bijna wakker wordt en dan weer wegzakt.

Twaalf slagen vannacht. Alsof het middernacht was. Toen de bliksemschicht. Nu de zon loodrecht boven ons. Alsof het twaalf uur 's middags is. En de bliksemschicht.

Langzaam sta ik op en kijk de omgeving rond. Daar is het onweer. In de taartpunt daarnaast werden Johanna, Wiress en Beetee overvallen door de bloedregen. Wij zaten hoogstwaarschijnlijk in het derde stuk, meteen dáár weer naast, toen de mist opkwam. En zodra die was weggezogen, kwamen de apen bij elkaar in het vierde deel. Tiktak. Mijn hoofd schiet naar de andere kant. Een paar uur geleden, rond een uur of tien, kwam die golf uit het gedeelte dat twee punten naar links ligt van het gebied waar nu het onweer woedt. Om twaalf uur 's middags. Om middernacht. Om twaalf uur 's middags.

'Tiktak,' zegt Wiress in haar slaap. Als het onweer ophoudt en de bloedregen rechts daarvan begint, begrijp ik opeens wat ze bedoelt.

'O,' fluister ik. 'Tiktak.' Mijn ogen glijden langs de volledige cirkel van de arena en ik weet dat ze gelijk heeft. 'Tiktak. Dit is een klok.'

# hoofdstuk 23

Een klok. In gedachten zie ik haast voor me hoe de wijzers langs de in twaalf stukken opgedeelde wijzerplaat van de arena gaan. Elk uur begint er een nieuwe verschrikking, met een nieuw wapen van de Spelmakers, en daarmee eindigt de vorige. Onweer, bloedregen, mist, apen – dat zijn de eerste vier uren van de klok. En op tien uur zit de golf. Ik weet niet wat er in de andere zeven gebeurt, maar ik weet wel dat Wiress gelijk heeft.

Op dit moment valt de bloedregen en wij zitten op het strand onder het apengedeelte, veel te dicht bij de mist naar mijn zin. Blijven de verschillende aanvallen binnen de grenzen van de jungle? Dat hoeft niet per se. De golf kwam ook verder. Als die mist het oerwoud uit kruipt, of als de apen terugkomen...

'Opstaan,' commandeer ik terwijl ik Peeta, Finnick en Johanna wakker schud. 'Opstaan – we moeten hier weg.' Maar er is nog genoeg tijd om hun de kloktheorie uit te leggen, om te vertellen wat Wiress bedoelde met haar getiktak en hoe de verschuiving van de onzichtbare wijzers in elk gedeelte een dodelijk verschijnsel oproept.

Ik denk dat ik iedereen die bij bewustzijn is heb overtuigd, behalve Johanna dan, die per definitie alles wat ik zeg stom vindt. Maar zelfs zij geeft toe dat we beter het zekere voor het onzekere kunnen nemen.

Terwijl de anderen onze spullen verzamelen en Beetee weer in zijn overall ritsen, maak ik Wiress wakker. Met een paniekerig 'Tiktak!' doet ze haar ogen open.

'Ja, tiktak, de arena is een klok. Het is een klok, Wiress, je had gelijk,' zeg ik. 'Je had gelijk.'

Haar gezicht ontspant van opluchting – ik denk omdat iemand eindelijk begrepen heeft wat zij waarschijnlijk al vanaf het eerste klokgelui wist. 'Middernacht.'

'Het begint om middernacht,' bevestig ik.

In mijn hoofd worstelt een herinnering zich een weg naar boven. Ik zie een klok. Nee, het is een horloge, in de handpalm van Plutarch Heavensbee. *'Het begint om middernacht,'* zei Plutarch, waarna mijn spotgaai heel even opgloeide. Achteraf gezien lijkt het wel alsof hij me een hint probeerde te geven over de arena. Maar waarom zou hij? Op dat moment was ik nog helemaal geen tribuut in deze Spelen. Misschien dacht hij dat ik er als mentor iets aan zou hebben. Of misschien is dit al die tijd het plan geweest.

Wiress knikt naar de bloedregen. 'Halftwee,' zegt ze.

'Precies. Halftwee. En om twee uur begint er daar een afschuwelijke, giftige mist,' zeg ik terwijl ik naar de jungle verderop wijs. 'Daarom moeten we nu naar een veilige plek.' Ze glimlacht en staat gehoorzaam op. 'Heb je dorst?' Ik geef haar de gevlochten kom aan en ze klokt bijna een kwart van het water naar binnen. Finnick geeft haar het laatste stukje brood en ze begint erop te kauwen. Nu we begrepen hebben wat ze wilde zeggen, is ze weer helemaal van de partij.

Ik controleer mijn wapens. Rol de tap en de tube zalf in de parachute en bind die met een rank aan mijn riem.

Beetee is nog steeds een beetje versuft, maar als Peeta hem op wil tillen, stribbelt hij tegen. 'Draad,' zegt hij. '*Wire*.'

'Ja, die is daar,' zegt Peeta tegen hem. 'Maak je maar geen zorgen om Wiress. Zij komt ook mee.'

Maar Beetee blijft zich verzetten. 'Draad,' houdt hij vol.

'O, ik weet al wat hij wil,' zegt Johanna ongeduldig. Ze steekt het strand over en pakt de cilinder die we tijdens het wassen van zijn riem gehaald hebben. Hij is bedekt met een dikke laag gestold bloed. 'Dit waardeloze prul. Het is een soort spoel met draad of zo. Zo is hij ook gewond geraakt. Hij wilde per se naar de Hoorn des Overvloeds rennen om dat ding te pakken. Ik snap niet hoe je dit als wapen zou kunnen gebruiken. Je zou er hooguit een stuk af kunnen snijden om als wurgtouw te gebruiken of zo. Maar laten we wel wezen, zie jij Beetee al iemand wurgen?'

'Hij heeft zijn Spelen met draad gewonnen, door een elektrische val op te zetten,' zegt Peeta. 'Voor hem is het het beste wapen dat er is.'

Ergens voelt het raar dat Johanna dat zelf niet heeft bedacht. Het klinkt niet oprecht. Verdacht. 'Vreemd dat je daar zelf niet op gekomen bent,' zeg ik. 'Terwijl jij toch degene bent die hem Knetter heeft gedoopt.'

Johanna's ogen worden gevaarlijke spleetjes. 'Ja, wat ontzettend dom van me, hè?' zegt ze. 'Ik was zeker afgeleid doordat ik jouw vriendjes in leven moest houden. En wat deed jij ondertussen ook alweer? O ja, jij liet Mags creperen.'

Mijn vingers klemmen zich om het messenheft in mijn riem.

'Toe dan. Probeer het maar. Het kan me niks schelen dat je zwanger bent, ik scheur zo je keel door,' zegt Johanna.

Ik weet dat ik haar op dit moment niet kan vermoorden. Maar het is slechts een kwestie van tijd met Johanna en mij. Voordat de een de ander afmaakt.

'Misschien moeten we allemaal een beetje rustig aan doen,' zegt Finnick terwijl hij me een priemende blik toewerpt. Hij pakt de spoel en legt hem op Beetees borstkas. 'Daar is je draad, Knetter. Pas je een beetje op waar je hem op aansluit?'

Peeta tilt Beetee op, die nu niet meer tegensputtert. 'Waarheen?'

'Ik wil graag naar de Hoorn des Overvloeds om de arena vanaf daar te bekijken. Om zeker te weten dat we gelijk hebben wat die klok betreft,' zegt Finnick. Iedereen vindt het best. Bovendien zou ik het niet erg vinden om nog eens een blik op die berg wapens te kunnen werpen. En we zijn nu met zijn zessen. Zelfs als je Wiress en Beetee niet meerekent, hebben we nog vier goede vechters. Het is zo anders dan vorig jaar, toen ik alles alleen moest doen. Ja, het is reuzefijn om bondgenoten te hebben, zolang je de gedachte maar van je af kunt zetten dat je hen uiteindelijk zult moeten vermoorden.

Beetee en Wiress vinden waarschijnlijk wel een manier om uit zichzelf dood te gaan. Als we ergens voor weg moeten rennen, zullen ze nooit ver komen, bijvoorbeeld. En ik zou er eerlijk gezegd geen moeite mee hebben om Johanna te doden, als ik Peeta daarmee zou beschermen. Of misschien wel gewoon om haar haar bek te laten houden. Ik heb eigenlijk vooral iemand nodig die Finnick voor mij vermoordt, want ik denk niet dat ik dat zelf zal kunnen. Niet na alles wat hij voor Peeta heeft gedaan. Ik zit erover te denken om hem in een soort confrontatie met de Beroeps te lokken. Het is keihard, ik weet het. Maar wat moet ik anders? Nu we de klok doorhebben, zal hij waarschijnlijk niet meer in de jungle sterven, dus zal iemand hem tijdens een gevecht moeten doden.

Omdat het zo weerzinwekkend is om hierover na te denken, doen mijn hersenen hun uiterste best om van onderwerp te veranderen. Maar het enige wat me van de huidige situatie afleidt, is fantaseren dat ik president Snow vermoord. Niet de fraaiste dagdromen voor een meisje van zeventien, vrees ik, maar wel erg bevredigend.

We lopen over de dichtstbijzijnde zandspaak behoedzaam naar de Hoorn toe, voor het geval de Beroeps zich daar schuilhouden. Ik denk niet dat ze er zijn, omdat wij al uren op het strand zitten en we geen enkel teken van leven hebben gezien. De middencirkel is inderdaad verlaten, zoals ik al had verwacht. Alleen de grote gouden hoorn en de kaalgeplukte berg wapens liggen er nog.

Als Peeta Beetee in het kleine beetje schaduw legt dat de Hoorn biedt, roept hij Wiress. Ze hurkt naast hem neer en hij drukt de spoel in haar handen. 'Wil je die even schoonmaken?' vraagt hij.

Wiress knikt, loopt op een sukkeldrafje naar de waterkant en doopt de spoel in de zee. Ze begint zachtjes een maf liedje te zingen over een muis die rond een klok rent. Het klinkt als een kinderrijmpje, maar blijkbaar wordt ze daar vrolijk van.

'O, nee hè, niet dat liedje weer,' zegt Johanna terwijl ze met haar ogen rolt. 'Dat heeft ze vannacht ook al uren gezongen, voor ze begon te tiktakken.'

Plotseling gaat Wiress kaarsrecht overeind staan en wijst naar de jungle. 'Twee,' zegt ze.

Ik volg haar vinger naar de plek waar de muur van mist net het strand op kruipt. 'Ja, kijk, Wiress heeft gelijk. Het is twee uur en daar is de mist.'

'Je kunt er de klok op gelijk zetten,' zegt Peeta. 'Heel slim dat je daarachter bent gekomen, Wiress.'

Wiress glimlacht en begint al zingend haar spoel weer in het water te dompelen. 'O, ze is meer dan alleen slim,' zegt Beetee. 'Het is haar intuïtie.' We draaien ons allemaal om om naar Beetee te kijken, met wie het weer een stuk beter lijkt te gaan. 'Ze voelt dingen aankomen als anderen nog niets in de gaten hebben. Als zo'n kanarie in jullie mijnen.'

'Wat is een kanarie?' vraagt Finnick aan mij.

'Dat is een vogeltje dat we mee de mijn in nemen zodat we kunnen zien of er giftige stoffen in de lucht zitten,' leg ik uit.

'Want dan gaat dat beest dood?' vraagt Johanna.

'Hij houdt eerst op met zingen. Dan moet je maken dat je wegkomt. Maar als de lucht te giftig is dan gaat hij dood, ja. En jijzelf ook.' Ik wil niet praten over stervende zangvogels. Het doet me denken aan mijn vaders dood en Rues dood en Maysilee Donners dood en aan mijn moeder die toen haar vogeltje kreeg. O, fijn, en nu moet ik ook nog aan Gale denken, die nu diep in die verschrikkelijke mijn zit, terwijl de dreigementen van president Snow hem nog steeds boven het hoofd hangen. Het is zo makkelijk om het daarbeneden op een ongeluk te laten lijken. Een zwijgende kanarie, een vonk en dan niets meer.

Ik richt mijn gedachten weer op mijn denkbeeldige moord op de president.

Ondanks haar irritaties over Wiress is Johanna enorm vrolijk voor haar doen. Terwijl ik mijn voorraad pijlen aanvul, snuffelt zij door de berg tot ze twee dodelijk uitziende bijlen heeft gevonden. Ik vind het maar een vreemde keus, maar dan werpt ze er een met zo veel kracht van zich af dat hij in het door de zon zacht geworden goud van de Hoorn des Overvloeds blijft steken. Natuurlijk. Johanna Mason. District 7. Houtbewerking. Ik durf te wedden dat ze al met bijlen smijt sinds ze kan lopen. Net als Finnick met zijn drietand. Of Beetee met zijn draad. Rue met haar plantenkennis. Ik besef dat dit weer zo'n nadeel is waar de tributen uit District 12 door de jaren heen mee te maken hebben gehad. Wij gaan pas de mijnen in als we achttien zijn. Het lijkt erop dat de meeste andere tributen al op jonge leeftijd iets over hun ambacht leren. Sommige dingen die je in een mijn doet, zouden in de Spelen van pas kunnen komen. Met een pikhouweel werken. Dingen opblazen. Dat kan je een voorsprong geven, zoals bij mij met mijn jachtervaring ook het geval was. Maar we leren het te laat.

Terwijl ik met de wapens in de weer was, heeft Peeta op zijn hurken met de punt van zijn mes iets op een groot, glad blad getekend dat hij uit de jungle heeft meegenomen. Ik kijk over zijn schouder en zie dat hij een kaart van de arena aan het maken is. In het midden staat de Hoorn des Overvloeds in zijn cirkel van zand waar de twaalf spaken uit lopen. Het ziet eruit als een taart die in twaalf gelijke stukken is opgedeeld. Een tweede rondje moet het water voorstellen en met een iets grotere kring daaromheen heeft hij de rand van de jungle aangegeven. 'Kijk eens hoe de Hoorn des Overvloeds ligt,' zegt hij tegen me.

Ik bestudeer de kaart en zie wat hij bedoelt. 'De krul wijst naar twaalf uur,' zeg ik.

'Precies, dus dit is de bovenkant van onze klok,' zegt hij, en hij krast snel de nummers één tot en met twaalf op de wijzerplaat. 'Tussen twaalf en één ligt het onweersgebied.' In piepkleine lettertjes zet hij ONWEER in de bijbehorende taartpunt, en schrijft dan met de klok mee BLOED, MIST en APEN in de daaropvolgende delen.

'En tussen tien en elf zit de golf,' zeg ik. Hij schrijft het erbij. Op dat moment komen Finnick en Johanna bij ons staan, tot de tanden toe gewapend met drietanden, bijlen en messen.

'Is jullie nog iets opgevallen in de andere delen?' vraag ik aan Johanna en Beetee, want misschien hebben zij nog wel andere dingen gezien dan wij. Maar ze kunnen zich alleen een heleboel bloed herinneren. 'Daar zou dus van alles kunnen gebeuren.'

'Ik zal de stukken markeren waar de dingen die de Spelmakers bedacht hebben ook buiten de jungle komen, zodat we daar uit de buurt blijven,' zegt Peeta, en hij zet schuine streepjes op de stranden van de mist- en de golfpunt. Dan leunt hij achterover. 'Nou ja, we weten in elk geval al veel meer dan vanochtend.'

We knikken allemaal bevestigend, en dan valt het me opeens op. De stilte. Onze kanarie zingt niet meer.

Ik aarzel geen moment. Terwijl ik me omdraai, leg ik een pijl op mijn boog en dan zie ik hoe een kletsnatte Gloss Wiress op de grond laat glijden. Haar doorgesneden keel lijkt een felrode grijns. De punt van mijn pijl verdwijnt in zijn rechterslaap, en in de fractie van een seconde die ik nodig heb om een nieuwe pijl te pakken, boort een van Johanna's bijlen zich diep in Kasjmiers borst. Finnick slaat een speer weg die Brutus naar Peeta werpt en krijgt het mes van Enobaria in zijn dijbeen. Als hier geen Hoorn des Overvloeds zou liggen om achter weg te duiken, zouden de tributen uit District 2 nu allebei dood zijn. Ik spurt naar voren om de achtervolging in te zetten. *Boem! Boem! Boem!* Het kanon bevestigt dat we niets meer voor Wiress kunnen doen en dat we Gloss en Kasjmier niet meer af hoeven te maken. Mijn bondgenoten en ik rennen om de Hoorn heen, achter Brutus en Enobaria aan, die over een van de zandstroken naar de jungle sprinten.

Plotseling schiet de grond met een ruk onder mijn voeten vandaan en ik word op mijn zij in het zand gesmeten. Het ronde stuk land waar de Hoorn des Overvloeds op ligt begint te draaien, heel snel, en ik zie de jungle in een waas voorbijrazen. Ik voel hoe de middelpuntvliedende kracht me naar het water trekt en ik klauw met mijn handen en voeten in de grond in een poging ergens houvast aan te vinden. Door het rondvliegende zand en de duizeligheid ben ik gedwongen mijn ogen dicht te knijpen. Ik kan niets anders doen dan me vastklemmen, tot we zonder af te remmen in één klap weer tot stilstand komen.

Hoestend en misselijk kom ik langzaam overeind en ik zie dat mijn gezelschap er net zo slecht aan toe is. Finnick, Johanna en Peeta hebben zich vast kunnen houden. De drie lijken zijn in het zeewater geworpen.

Alles bij elkaar zijn er tussen het moment waarop ik Wiress' liedje niet meer hoorde en nu waarschijnlijk nog geen twee minuten verstreken. Hijgend zitten we op het strand en schrapen het zand uit onze mond.

'Waar is Knetter?' vraagt Johanna. We staan in één keer overeind. Na een wankelend rondje om de Hoorn weten we zeker dat hij weg is. Dan ziet Finnick hem twintig meter verderop in de zee liggen; hij kan nauwelijks zijn hoofd boven water houden en Finnick duikt erin om hem op te halen.

Dan moet ik opeens weer aan de rol draad denken en aan hoe belangrijk die voor hem was. Paniekerig kijk ik om me heen. Waar is hij? Waar is die spoel gebleven? En dan zie ik hem – Wiress heeft hem nog steeds in haar handen geklemd, ver weg in het water. Mijn buik krimpt samen als ik besef wat ik nu moet doen. 'Dek me,' zeg ik tegen de anderen. Ik gooi mijn wapens neer en ren naar de strook zand waar haar lichaam het dichtst bij in de buurt drijft. Zonder vaart te minderen duik ik het water in en begin naar haar toe te zwemmen. Vanuit mijn ooghoek zie ik hoe boven ons de hovercraft verschijnt en de grijper naar beneden komt om haar mee te nemen. Maar ik ga door. Ik zwem zo hard ik kan en bots uiteindelijk met een klap tegen haar lichaam op. Naar adem happend duik ik omhoog, terwijl ik probeer om niets van het water binnen te krijgen, dat vol zit met bloed uit de open wond in haar hals. Ze drijft op haar rug, omhooggehouden door haar riem en de dood, en staart recht de genadeloze zon in. Ik moet de spoel met draad watertrappelend uit haar vingers wrikken, omdat haar levenloze greep zo sterk is. Het enige wat ik daarna nog kan doen is haar ogen sluiten, een afscheidsgroet fluisteren en wegzwemmen. Als ik de spoel op het strand gooi en mezelf het water uit trek, is haar lichaam verdwenen. Maar in mijn mond proef ik nog steeds haar bloed, vermengd met zeezout.

Ik loop terug naar de Hoorn des Overvloeds. Finnick heeft Beetee levend terug kunnen halen; hij heeft weliswaar veel water binnengekregen, maar zit nu wel rechtop en probeert alles eruit te snuiten. Hij is zo slim geweest om zijn bril vast te houden, zodat hij in elk geval nog kan zien. Ik leg de spoel in zijn schoot. Hij is brandschoon, er zit geen spoortje bloed meer op. Hij trekt er een stukje draad uit en rolt het tussen zijn vingers heen en weer. Dit is de eerste keer dat ik het zie, en het is een heel ander soort draad dan ik ken. Het heeft een lichte, gouden kleur en is zo dun als een haar. Ik vraag me af hoe lang hij is. Er zitten vast kilometers om die grote spoel. Maar ik vraag er niet naar, want ik weet dat hij aan Wiress denkt.

Ik kijk naar de sombere gezichten van de anderen. Nu zijn Finnick, Johanna en Beetee allemaal hun districtspartner kwijt. Ik loop naar Peeta toe en sla mijn armen om hem heen, en een tijdje blijven we zo allemaal zwijgend staan.

'Kom, ik wil van dit klote-eiland af,' zegt Johanna uiteindelijk. We hoeven alleen nog onze wapens te controleren, die we bijna allemaal hebben weten te behouden. Gelukkig zijn de klimplanten hier sterk, en de in de parachute gewikkelde tap en tube zalf hangen nog stevig aan mijn riem. Finnick trekt zijn hemd uit en verbindt daarmee de wond die Enobaria's mes in zijn dij heeft gemaakt; hij is niet erg diep. Beetee denkt dat hij wel weer kan lopen als we niet te snel gaan en ik help hem overeind. We besluiten naar het strand te gaan dat op twaalf uur ligt. Dan hebben we uren rust en als het goed is ook geen last van de laatste resten gif van de mist. Vervolgens lopen Peeta, Johanna en Finnick alle drie een andere spaak op.

'Twaalf uur, toch?' zegt Peeta. 'De krul wijst naar de twaalf.'

'Voordat ze ons ronddraaiden, ja,' zegt Finnick. 'Ik ging op de zon af.'

'Aan de zon kun je alleen maar zien dat het een uur of drie is, Finnick,' zeg ik.

'Het is na drieën, want het mist niet meer,' merkt Johanna op.

'Tenzij ze die hebben stopgezet toen ze ons rond gingen draaien,' zegt Beetee. 'Volgens mij bedoelt Katniss dat je niet zomaar kunt zeggen waar de drie zit op de klok, zelfs al weet je hoe laat het is. Je hebt hooguit een idee waar hij ongeveer zou kunnen zitten. Tenzij je bedenkt dat ze de buitenste ring van de jungle ook verschoven kunnen hebben.'

Nee, Katniss bedoelde iets heel simpels. Beetees theorie is veel ingewikkelder dan mijn opmerking over de zon. Maar ik knik alsof dat precies was wat ik wilde zeggen. 'Inderdaad, dus al deze paden kunnen naar twaalf uur leiden,' zeg ik.

We lopen om de Hoorn des Overvloeds heen en speuren de jungle af. Het ziet er allemaal precies hetzelfde uit. Ik moet opeens denken aan de hoge boom waar de bliksem om twaalf uur het eerst insloeg, maar in elke driehoek staat zo'n boom. Johanna wil de sporen van Enobaria en Brutus volgen, maar die zijn weggeblazen of weggespoeld. Het is onmogelijk te bepalen waar wat is. 'Ik had nooit over die klok moeten beginnen,' zeg ik verbitterd. 'Nu hebben ze ons die voorsprong ook nog afgepakt.'

'Het is maar tijdelijk,' zegt Beetee. 'Om tien uur zien we de golf en dan weten we weer waar we zijn.'

'Inderdaad, want ze kunnen niet de hele arena opnieuw vormgeven,' zegt Peeta.

'Het doet er niet toe,' zegt Johanna ongeduldig. 'Als je het niet tegen ons gezegd had, hadden we toch ook nooit ons kamp opgebroken, stomkop.' Ironisch genoeg is haar steekhoudende maar minachtende opmerking de enige die me opbeurt. Ja, als ik het niet gezegd had, waren we gewoon bij het miststrand blijven zitten. 'Vooruit, ik moet drinken. Heeft iemand nog een goed voorgevoel?'

We kiezen een willekeurige strook en gaan op weg; we hebben geen flauw idee naar welk cijfer we nu lopen. Als we bij de jungle komen, gluren we door het gebladerte om te kijken of we kunnen ontdekken wat daar eventueel op de loer ligt.

'Nou, als het goed is, is het nu apentijd. En ik zie er niet één,' zegt Peeta. 'Ik ga proberen een boom af te tappen.'

'Nee, het is mijn beurt,' zegt Finnick.

'Dan hou ik in elk geval de wacht,' zegt Peeta.

'Dat kan Katniss wel doen,' zegt Johanna. 'Jij moet een nieuwe kaart tekenen. Die andere is weggespoeld.' Ze rukt een groot blad van een boom en geeft het aan hem.

Heel even bedenk ik achterdochtig dat ze ons misschien wel uit elkaar proberen te halen om ons te kunnen vermoorden. Maar dat lijkt niet logisch. Ik kan Finnick makkelijk overmeesteren als hij met de boom bezig is en Peeta is veel groter dan Johanna. Dus loop ik zonder iets te zeggen met Finnick zo'n vijftien meter het oerwoud in, waar hij een goede boom vindt en er met zijn mes in begint te hakken om een gat te maken.

Terwijl ik daar sta, met mijn wapens in de aanslag, kan ik toch het vervelende gevoel niet van me afzetten dat er iets aan de hand is en dat dat met Peeta te maken heeft. Om de oorzaak van mijn ongerustheid te achterhalen, ga ik na wat er allemaal is gebeurd vanaf het moment dat de gong sloeg. Finnick die Peeta meesleurde vanaf zijn metalen plaat. Finnick die Peeta weer tot leven wekte toen zijn hart stilstond door de botsing met het krachtveld. Mags die de mist in liep zodat Finnick Peeta kon dragen. De morfling die zich voor hem wierp om de aanval van de aap af te weren. Het gevecht met de Beroeps ging haast te snel, maar heeft Finnick de speer van Brutus niet voor Peeta weggeslagen, ook al wist hij dat hij dan het mes van Enobaria in zijn been zou krijgen? En zelfs nu laat Johanna hem liever een kaart op een blad tekenen dan hem de gevaarlijke jungle in te laten gaan...

Er is geen twijfel mogelijk. Het is me een compleet raadsel waarom, maar om de een of andere reden proberen sommige winnaars hem in leven te houden, ook al moeten ze zichzelf daarvoor opofferen.

Ik ben met stomheid geslagen. Ten eerste is dat míjn taak. Ten tweede slaat het nergens op. Er kan maar een van ons winnen. Waarom hebben ze er dan voor gekozen om Peeta te beschermen? Wat heeft Haymitch in vredesnaam tegen hen gezegd, wat had hij te bieden dat ze Peeta's leven boven dat van henzelf stellen?

Ik weet waarom ík Peeta in leven wil houden. Hij is mijn vriend, en dit is mijn manier om me tegen het Capitool te verzetten, om hun afschuwelijke Spelen te ondermijnen. Maar als ik geen echte band met hem had, waarom zou ik hem dan willen redden, waarom zou ik hem boven mezelf verkiezen? Hij is dapper, dat zeker, maar we zijn allemaal dapper genoeg geweest om een van de Spelen te overleven. Hij heeft een vreselijk goed hart dat je moeilijk kunt negeren, maar dan nog... En dan bedenk ik opeens wat Peeta zoveel beter kan dan wij. Hij kan praten. Hij heeft de andere deelnemers bij zijn beide interviews volledig weggevaagd. En misschien komt het wel door die onderliggende goedheid dat hij een mensenmassa – nee, een land – met één enkele zin aan zijn kant kan krijgen.

Ik weet nog dat ik dacht dat dat precies de eigenschap was die de leider van onze revolutie zou moeten hebben. Heeft Haymitch de anderen daar ook van weten te overtuigen? Dat Peeta's tong het Capitool veel meer schade kan toebrengen dan alle fysieke kracht waar wij wellicht op kunnen bogen? Ik weet het niet. Het lijkt me nog steeds een erg grote stap voor sommige tributen. Ik bedoel, we hebben het hier wel over Johanna Mason, hoor. Maar hoe zou je anders hun onmiskenbare pogingen om hem in leven te houden moeten verklaren?

'Katniss, heb je die tap voor me?' vraagt Finnick, en ik kom met een schok weer terug in de werkelijkheid. Ik snijd de rank door waarmee de tap aan mijn riem is gebonden en steek het metalen buisje naar hem uit.

En op dat moment hoor ik de gil. Er zit zo veel angst en pijn in dat mijn bloed in mijn aderen stolt. En hij klinkt zo vertrouwd. Ik laat de tap vallen, vergeet waar ik ben of wat er voor me ligt, ik weet alleen dat ik naar haar toe moet, haar moet beschermen. Ik ren blindelings in de richting van de stem, zonder enig oog voor gevaar, ik baan me een woeste weg door ranken en takken, door alles wat me belet om bij haar te komen.

Bij mijn kleine zusje.

# hoofdstuk 24

*Waar is ze? Wat doen ze met haar?* 'Prim!' schreeuw ik. 'Prim!' Het enige antwoord is weer een gekwelde gil. *Hoe is ze hier gekomen? Waarom zit ze in de Spelen?* 'Prim!'

Ranken snijden in mijn gezicht en armen, kruipers grijpen mijn voeten. Maar ik kom dichter bij haar. Dichterbij. Heel dichtbij nu. Het zweet stroomt over mijn gezicht en prikt in de genezende zuurwonden. Hijgend probeer ik nog wat zuurstof uit de warme, vochtige lucht te halen. Prim maakt zo'n verloren, reddeloos geluid dat ik me niet eens kan voorstellen wat ze hebben gedaan om dat uit haar te krijgen.

'Prim!' Ik scheur een muur van groen kapot, kom op een open plek en hoor het geluid nog een keer, recht boven me. Boven me? Mijn hoofd klapt achterover. Hebben ze haar boven in de bomen gehangen? Als een bezetene speur ik de takken af, maar ik zie niets. 'Prim?' zeg ik smekend. Ik hoor haar, maar ik zie haar niet. Een nieuwe, glasheldere jammerklacht galmt door het bos, en het is overduidelijk waar hij vandaan komt. Uit de snavel van een klein zwart vogeltje met een kuif dat zo'n drie meter boven mijn hoofd op een tak zit. En dan begrijp ik het.

Het is een snatergaai.

Ik heb er nog nooit een gezien – ik dacht dat ze uitgestorven waren – en heel even bekijk ik hem, leunend tegen een boomstam met mijn hand in mijn stekende zij. De mutilant, de voorloper, de vader. Ik denk aan een spotlijster, laat dat beeld samensmelten met de snatergaai, en ja, ik snap hoe uit hun paring mijn spotgaai is voortgekomen. Er is niets waaruit blijkt dat de vogel een mutilant zou zijn. Behalve dan de afschuwelijke, levensechte stemgeluiden van Prim die uit zijn snavel blijven stromen. Met een pijl in zijn keel leg ik hem het zwijgen op en de vogel valt op de grond. Ik trek mijn pijl los en draai het ondier voor alle zekerheid ook nog de nek om. Dan gooi ik het weerzinwekkende beest het oerwoud in. Al had ik nog zo veel honger, ik zou niet eens in de verleiding komen om hem op te eten.

*Het was niet echt*, zeg ik tegen mezelf. *Net als de gemutileerde wolven van vorig jaar niet echt de dode tributen waren. Het is gewoon een sadistische truc van de Spelmakers.*

Finnick stormt de open plek op als ik net met wat mos mijn pijl schoonveeg. 'Katniss?'

'Niks aan de hand. Het gaat prima,' zeg ik, hoewel ik me allesbehalve prima voel. 'Ik dacht dat ik mijn zusje hoorde, maar...' Ik word onderbroken door een doordringend gegil. Het is een andere stem, niet die van Prim, maar van een jonge vrouw, zo te horen. Ik herken de stem niet, maar hij heeft onmiddellijk effect op Finnick. Hij trekt wit weg en ik zie zijn pupillen letterlijk groot worden van angst. 'Finnick, wacht!' zeg ik, en ik strek mijn arm uit om hem gerust te stellen, maar hij is al weg. Weggerend om het slachtoffer te zoeken, net zo onvoorzichtig als ik toen ik op zoek ging naar Prim. 'Finnick!' roep ik, maar ik weet dat hij zich niet zal omdraaien om te wachten tot ik een rationele verklaring geef. Dus ik kan niets anders doen dan achter hem aan gaan.

Hij is niet moeilijk te volgen, want ook al gaat hij heel snel, hij laat een duidelijk vertrapt pad achter zich. Maar de vogel zit minstens vierhonderd meter verderop, voornamelijk heuvelopwaarts, en als ik eindelijk bij hem ben, ben ik buiten adem. Hij loopt om een enorme boom heen. De stam is bijna anderhalve meter dik en pas na een meter of zes beginnen de takken. Het gegil van de vrouw komt ergens uit het gebladerte, maar de snatergaai is niet te zien. Finnick schreeuwt ook, telkens weer: 'Annie! Annie!' Hij is helemaal paniek en ik kan niet tot hem doordringen, dus ik doe wat ik anders ook gedaan zou hebben. Ik klim in een naburige boom, spoor de snatergaai op en schiet hem neer met een pijl. Hij valt recht naar beneden en komt voor Finnicks voeten op de grond terecht. Hij raapt hem op en legt langzaam het verband, maar als ik naar beneden glijd en naast hem kom staan, kijkt hij nog wanhopiger dan eerst.

'Rustig maar, Finnick. Het is maar een snatergaai. Ze hebben ons erin geluisd,' zeg ik. 'Het is niet echt. Het is niet jouw... Annie.'

'Nee, het is Annie niet. Maar het was wel haar stem. Snatergaaien imiteren wat ze horen. Hoe komen ze aan dat gegil, Katniss?' vraagt hij.

Ik voel het bloed uit mijn eigen wangen wegtrekken als ik begrijp waar hij op doelt. 'O, Finnick, je denkt toch niet dat ze...'

'Jawel. Dat is precies wat ik denk,' zegt hij.

Ik zie een beeld voor me van Prim in een witte kamer, vastgebonden aan een tafel terwijl gemaskerde, in mantels gehulde figuren die geluiden aan haar ontlokken. Ergens wordt ze gemarteld, of werd ze gemarteld, om die geluiden te verkrijgen. Mijn knieën worden slap en ik zak op de grond. Finnick probeert iets tegen me te zeggen, maar ik hoor hem niet. Wat ik uiteindelijk wél hoor, is een andere vogel die ergens links van me begint te krijsen. En dit keer is het de stem van Gale.

Voor ik weg kan rennen, grijpt Finnick mijn arm. 'Nee. Het is hem niet.' Hij trekt me mee, heuvelafwaarts, richting het strand. 'We moeten hier weg!' Maar er klinkt zo veel pijn door in Gales stem dat ik onwillekeurig tegenstribbel omdat ik naar hem toe wil. 'Het is hem niet, Katniss! Het is een mutilant!' schreeuwt Finnick tegen me. 'Toe nou!' Hij sleurt me mee, draagt me bijna, terwijl het langzaam tot me doordringt wat hij zei. Hij heeft gelijk, het is gewoon weer een snatergaai. Ik kan Gale niet helpen door dat beest te zoeken. Maar dat doet niets af aan het feit dat het Gales stem is, en dat iemand hem ergens op een bepaald moment die geluiden heeft laten maken.

Maar ik verzet me niet meer tegen Finnick, en net als in die nacht met de mist vlucht ik voor datgene waar ik niet tegen kan vechten. Alleen is het dit keer mijn hart en niet mijn lijf dat uit elkaar valt. Dit is ongetwijfeld weer zo'n wapen van de klok. Vier uur, blijkbaar. Als de wijzers naar vier uur tiktakken gaan de apen naar huis en komen de snatergaaien buiten spelen. Finnick heeft gelijk: het enige wat je kunt doen is zo snel mogelijk weggaan. Maar nu is er niets wat Haymitch in een parachute naar ons toe kan sturen dat mij of Finnick kan helpen om de wonden die de vogels ons hebben toegebracht te laten genezen.

Ik zie Johanna en Peeta bij de rand van het oerwoud staan en ik word overspoeld door een mengeling van opluchting en woede. Waarom is Peeta me niet komen helpen? Waarom is niemand achter ons aan gegaan? Zelfs nu blijft hij nog gewoon staan, met zijn handen omhoog, de palmen naar ons toegekeerd; zijn lippen bewegen maar de woorden bereiken ons niet. Waarom niet?

De muur is zo doorzichtig dat Finnick en ik er keihard tegenop botsen en naar achteren op de junglegrond vallen. Ik heb geluk. Mijn schouder heeft de klap grotendeels opgevangen, terwijl Finnick met zijn gezicht tegen de muur is opgeknald waardoor het bloed nu uit zijn neus stroomt. Dáárom zijn Peeta en Johanna en zelfs Beetee, die ik achter hen droevig zijn hoofd zie schudden, ons niet te hulp geschoten. Een onzichtbare barrière scheidt ons van het strand voor ons. Het is geen krachtveld. Je kunt de harde, gladde oppervlakte net zoveel aanraken als je wilt. Maar Peeta's mes en Johanna's bijl kunnen er geen enkel deukje in krijgen. Zonder verder dan een meter naar een zijkant te voelen, weet ik dat deze muur langs het hele stuk van vier tot vijf uur loopt. Dat betekent dat we als ratten in de val zitten tot het uur om is.

Peeta drukt zijn hand tegen de oppervlakte en ik breng de mijne omhoog om die ertegenaan te leggen, alsof ik hem door de muur heen kan voelen. Ik zie zijn lippen bewegen maar ik hoor hem niet, hoor niets buiten onze driehoek. Ik probeer te begrijpen wat hij zegt, maar ik kan me niet concentreren, dus ik staar alleen maar naar zijn gezicht en doe mijn best om mijn verstand niet te verliezen.

Dan komen de vogels. Eén voor één strijken ze neer op de takken om ons heen, waarna er een zorgvuldig gearrangeerde gruwelcompositie uit hun snavels komt. Finnick geeft het meteen op, hij ligt voorovergebogen op de grond en klemt zijn handen over zijn oren alsof hij zijn schedel kapot wil drukken. Ik probeer nog even te vechten en schiet mijn pijlenkoker leeg op de gehate vogels. Maar elke keer als er één dood neervalt, neemt een ander vlug zijn plek in. En uiteindelijk geef ik het op; ik kruip naast Finnick in elkaar en probeer de ondraaglijke geluiden buiten te sluiten, de geluiden van Prim, Gale, mijn moeder, Madge, Rory, Vick, zelfs van Posy, weerloze kleine Posy.

Ik weet dat het is opgehouden als ik Peeta's handen op mijn lijf voel, voel hoe ik van de grond word getild en de jungle uit word gedragen. Maar mijn ogen blijven dichtgeknepen, mijn handen over mijn oren geslagen, mijn spieren zijn te verkrampt om te kunnen ontspannen. Peeta wiegt me zachtjes heen en weer op zijn schoot en fluistert kalmerende woordjes. Het duurt heel lang voordat ik de ijzeren greep op mijn lichaam langzaam los begin te laten. En als ik dat doe, begin ik te beven.

'Rustig maar, Katniss,' fluistert hij.

'Jij hebt ze niet gehoord,' antwoord ik.

'Ik heb Prim gehoord. Meteen in het begin. Maar het was haar niet,' zegt hij. 'Het was een snatergaai.'

'Het was haar wel. Ergens. De snatergaai heeft het alleen maar overgenomen,' zeg ik.

'Nee, dat willen ze jullie laten denken. Net als toen ik me vorig jaar afvroeg of die mutilant echt de ogen van Glinster had gekregen. Maar het waren de ogen van Glinster niet. En dat was ook niet de stem van Prim. En als het haar wel was, dan hebben ze een opname van een interview genomen of zoiets en het geluid vervormd.

Om hem te laten klinken zoals zij klonk,' zegt hij.

'Nee, ze hebben haar gemarteld,' zeg ik. 'Ze is vast dood.'

'Katniss, Prim is niet dood. Hoe kunnen ze Prim nou vermoorden? We zijn bijna bij de laatste acht. En wat gebeurt er dan?' zegt Peeta.

'Dan gaan er nog zeven dood,' zeg ik moedeloos.

'Nee, thuis. Wat gebeurt er als ze bij de laatste acht tributen van de Spelen zijn?' Hij tilt mijn kin op zodat ik hem aan moet kijken. Dwingt me om oogcontact te maken. 'Wat gebeurt er dan? Bij de laatste acht?'

Ik weet dat hij me probeert te helpen, dus ik moet nadenken van mezelf. 'Bij de laatste acht?' herhaal ik. 'Dan gaan ze in je district je vrienden en familie interviewen.'

'Precies,' zegt Peeta. 'Ze interviewen je vrienden en familie. En kan dat als ze die eerst allemaal vermoord hebben?'

'Nee?' vraag ik, nog steeds onzeker.

'Nee. En daarom weten we dat Prim nog leeft. Denk je niet dat zij de eerste is die ze gaan interviewen?' vraagt hij.

Ik wil hem geloven. Heel graag. Maar die stemmen...

'Eerst Prim. Dan je moeder. Je neef Gale. Madge,' gaat hij verder. 'Het was een truc, Katniss. Een afschuwelijke truc. Maar wij zijn de enigen die er pijn door lijden. Wij zitten in de Spelen. Zij niet.'

'Geloof je dat echt?' vraag ik.

'Echt,' zegt Peeta. Ik aarzel, want ik weet dat Peeta iedereen alles kan laten geloven. Ik kijk naar Finnick voor bevestiging en zie dat hij gebiologeerd aan Peeta's lippen hangt.

'Geloof jij het, Finnick?' vraag ik.

'Misschien heeft hij wel gelijk. Ik weet het niet,' zegt hij. 'Denk je dat ze zoiets kunnen, Beetee? Dat ze iemands gewone stem nemen en daar dan...'

'O, jazeker. En het is nog niet eens zo moeilijk, Finnick. Onze kinderen leren een soortgelijke techniek op school,' zegt Beetee.

'Natuurlijk heeft Peeta gelijk. Het hele land is dol op het kleine zusje van Katniss. Als ze haar echt zouden doodmartelen, zou iedereen waarschijnlijk in opstand komen,' zegt Johanna vlak. 'En dat zouden we niet willen, hè?' Ze gooit haar hoofd in haar nek en schreeuwt: 'Het hele land in opstand? Nee, dat willen we niet!'

Mijn mond valt open van schrik. Niemand zegt zoiets tijdens de Spelen, nooit. Ze zullen de camera's zonder enige twijfel van Johanna hebben weggedraaid en haar eruit knippen. Maar ik heb haar gehoord en ik zal nooit meer hetzelfde over haar denken. Ze zal nooit de prijs voor aardigste tribuut winnen, maar ze heeft in elk geval wel lef. Of ze is gek. Ze pakt een paar schelpen en vertrekt richting de jungle. 'Ik ga water halen,' zegt ze.

Onwillekeurig grijp ik haar hand als ze langs me loopt. 'Blijf hier. De vogels...' Ik weet dat de vogels weg zijn, maar toch wil ik niet dat iemand daar het bos in gaat. Zelfs zij niet.

'Mij kunnen ze niets doen. Ik ben niet zoals jullie. Alle mensen van wie ik hield zijn dood,' zegt Johanna, en ze schudt met een ongeduldige beweging haar hand los. Als ze me een schelp vol water brengt, neem ik hem met een zwijgend knikje van dank aan, want ik weet dat ze het medelijden in mijn stem zal verachten.

Terwijl Johanna water en mijn pijlen haalt, speelt Beetee met zijn draad en gaat Finnick de zee in. Ik moet me ook wassen, maar ik blijf in Peeta's armen liggen, nog steeds te overstuur om te kunnen opstaan.

'Wie hebben ze voor Finnick gebruikt?' vraagt hij.

'Ene Annie,' zeg ik.

'Dat moet Annie Cresta zijn geweest,' zegt hij.

'Wie?' vraag ik.

'Annie Cresta. Dat was het meisje voor wie Mags zich als vrijwilliger heeft aangeboden. Ze heeft een jaar of vijf geleden gewonnen,' zegt Peeta.

Dat was dan de eerste zomer na het overlijden van mijn vader, toen ik voor het eerst mijn gezin te eten moest geven, toen mijn hele wezen in beslag werd genomen door het gevecht tegen de hongerdood. 'Ik kan me die Spelen nauwelijks herinneren,' zeg ik. 'Was dat het jaar van de aardbeving?'

'Ja. Annie was dat meisje dat gek werd toen haar districtspartner onthoofd werd. Ze rende er in haar eentje vandoor en verstopte zich. Maar door een aardbeving brak er een dam door en kwam de arena grotendeels onder water te staan. Ze won omdat zij het beste kon zwemmen,' zegt Peeta.

'Is ze daarna weer beter geworden?' vraag ik. 'Geestelijk, bedoel ik?'

'Dat weet ik niet. Ik kan me niet eens herinneren dat ik haar later nog gezien heb bij de Spelen. Maar ze zag er tijdens de boete dit jaar niet al te stabiel uit,' zegt Peeta.

*Dus Finnick houdt van háár*, denk ik. *Niet van zijn eindeloze rij flamboyante geliefden in het Capitool. Maar van een arm, gestoord meisje uit zijn eigen district.*

Een kanonschot brengt ons allemaal samen op het strand. Er verschijnt een hovercraft boven het gebied dat naar onze schatting tussen zes en zeven uur ligt. We kijken hoe de grijper tot vijf keer toe naar beneden zakt om alle delen van één aan stukken gescheurd lichaam op te halen. Met geen mogelijkheid is nog te zien wie het geweest is. Wat er ook gebeurt om zes uur, ik wil er nooit achter komen.

Peeta tekent een nieuwe kaart op een blad, schrijft SG, snatergaaien, in het stuk van vier tot vijf, en simpelweg BEEST in het gedeelte van waaruit de verscheurde tribuut werd opgehaald. We hebben nu een redelijk beeld van wat we in zeven van de twaalf uren kunnen verwachten. En het enige pluspunt aan de snatergaaiaanval is dat we nu in elk geval weer weten waar we zitten op de wijzerplaat.

Finnick vlecht maar weer eens een watermand en een net om mee te vissen. Ik neem een snelle duik en smeer nog wat zalf op mijn huid. Dan ga ik bij de branding zitten om de vis schoon te maken die Finnick vangt en te kijken hoe de zon achter de horizon zakt. De heldere maan komt al op en laat de arena in dat vreemde schemerlicht baden. We staan op het punt om aan onze maaltijd van rauwe vis te beginnen als we het volkslied horen. En dan zien we de gezichten...

Kasjmier. Gloss. Wiress. Mags. De vrouw uit District 5. De morfling die haar leven heeft gegeven voor Peeta. Blight. De man uit 10.

Acht doden. Plus nog acht in de eerste nacht. In anderhalve dag zijn we al twee derde van de deelnemers kwijt. Dat is vast een record.

'Ze jagen ons er als een speer doorheen,' zegt Johanna.

'Wie zijn er nog over? Naast ons vijven en District 2?' vraagt Finnick.

'Chaff,' zegt Peeta zonder enige aarzeling. Misschien kijkt hij naar hem uit vanwege Haymitch.

Er komt een parachute naar beneden met een stapel vierkante broodjes eraan. 'Die komen toch uit jouw district, Beetee?' vraagt Peeta.

'Ja, uit District 3,' zegt hij. 'Hoeveel zijn het er?'

Finnick telt ze, hij draait elk broodje om in zijn handen voor hij ze netjes bij elkaar legt. Ik weet niet wat het is met Finnick en brood, maar hij lijkt het haast obsessief te moeten aanraken. 'Vierentwintig,' zegt hij.

'Twee dozijn, dus?' vraagt Beetee.

'Precies vierentwintig,' zegt Finnick. 'Hoe zullen we ze verdelen?'

'Laten we er nu allemaal drie nemen, en dan mogen degenen die bij het ontbijt nog leven stemmen over de rest,' zegt Johanna. Ik weet niet waarom haar opmerking me aan het giechelen maakt. Omdat het waar is, denk ik. Johanna kijkt me bijna goedkeurend aan. Nee, niet goedkeurend. Maar misschien wel enigszins tevreden.

We wachten tot de monstergolf uit het stuk tussen tien en elf uur is gestroomd, wachten tot het water zich weer heeft teruggetrokken en gaan dan naar dat strand om ons kamp op te slaan. In theorie zouden we nu twaalf hele uren veilig moeten zijn voor de gevaren van de jungle. Uit het stuk tussen elf en twaalf komt een onheilspellend geklik, waarschijnlijk van een zwerm boosaardige insecten. Maar wat voor beesten de geluiden ook maken, ze komen niet buiten de grenzen van de jungle en wij blijven uit de buurt van dat stuk strand, voor het geval ze slechts één achteloze voetstap nodig hebben om het bos uit te vliegen.

Ik begrijp niet hoe het kan dat Johanna nog steeds overeind staat. Ze heeft sinds het begin van de Spelen nog maar één uur geslapen. Peeta en ik bieden aan om de eerste wacht te nemen, omdat wij uitgeruster zijn en omdat we even alleen willen zijn. De anderen zakken meteen weg, hoewel Finnick onrustig slaapt. Af en toe hoor ik hem Annies naam mompelen.

Peeta en ik gaan op het vochtige zand zitten, allebei een andere kant op. Mijn rug drukt tegen de zijne. Ik kijk naar het water en hij kijkt naar de jungle, want dat is beter voor me. Ik word nog steeds achtervolgd door de stemmen van de snatergaaien, die helaas niet overstemd worden door de insecten. Na een tijdje leg ik mijn hoofd op zijn schouder en voel hoe zijn hand mijn haar streelt.

'Katniss,' zegt hij zacht, 'het heeft geen zin om te doen alsof we niet doorhebben waar de ander mee bezig is.' Nee, dat zal wel niet, maar het is ook niet erg leuk om erover te moeten praten. Nou ja, niet voor ons in elk geval. De Capitoolkijkers zitten nu natuurlijk aan de beeldbuis gekluisterd om maar geen woord te hoeven missen.

'Ik weet niet wat je met Haymitch hebt afgesproken, maar je moet weten dat hij mij ook dingen heeft beloofd.' Dat weet ik natuurlijk allang. Hij heeft tegen Peeta gezegd dat hij mij in leven moest houden, zodat hij geen argwaan zou krijgen. 'Dus ik denk dat we er wel van uit kunnen gaan dat hij tegen één van ons gelogen heeft.'

Nu heeft hij mijn aandacht. Een dubbele afspraak. Een dubbele belofte. En alleen Haymitch weet welke echt is. Ik til mijn hoofd op en kijk Peeta aan. 'Waarom begin je daar nu over?'

'Omdat je niet moet vergeten dat het voor ons allebei een heel andere situatie is. Als jij doodgaat, en ik blijf leven, zal ik in District 12 geen leven meer hebben. Jij bént mijn leven,' zegt hij. 'Ik zou nooit meer gelukkig kunnen zijn.' Ik wil protesteren, maar hij legt een vinger op mijn lippen. 'Voor jou is het anders. Ik zeg niet dat het niet moeilijk zal worden. Maar er zijn meer mensen die jouw leven de moeite waard kunnen maken.'

Peeta doet zijn ketting met het gouden rondje af. Hij houdt hem in het maanlicht zodat ik de spotgaai goed kan zien. Dan glijdt zijn duim over een sluitinkje dat me nog niet eerder was opgevallen en het rondje klapt open. Het is niet massief, zoals ik dacht, het is een medaillon. In het medaillon zitten foto's. Rechts zie ik mijn moeder en Prim, lachend. En links zie ik Gale. Hij glimlacht zowaar.

Deze drie gezichten kunnen me op dit moment sneller breken dan wat ook ter wereld. Na wat ik vanmiddag heb moeten aanhoren... is dit het ideale wapen.

'Je familie heeft je nodig, Katniss,' zegt Peeta.

Mijn familie. Mijn moeder. Mijn zusje. En mijn zogenaamde neef Gale. Maar ik begrijp heel goed wat Peeta wil zeggen. Dat Gale echt mijn familie is, of dat op een dag kan worden, als ik blijf leven. Dat ik met hem zal trouwen. Dus Peeta geeft me tegelijkertijd zijn leven en Gale. Om me te laten weten dat ik me er van hem nooit schuldig over hoef te voelen. Peeta wil dat ik hem alles afneem. Alles.

Ik wacht tot hij over ons verzonnen kind zal beginnen, om de camera's te bespelen, maar dat doet hij niet. En daardoor weet ik dat dit voor hem niet bij de Spelen hoort. Dat hij me de waarheid vertelt over hoe hij zich voelt.

'Niemand heeft mij echt nodig,' zegt hij zonder zelfmedelijden. Zijn familie heeft hem inderdaad niet nodig, dat klopt. Ze zullen om hem rouwen, evenals een handjevol vrienden, maar ze zullen verdergaan. Zelfs Haymitch zal, met behulp van een heleboel illegaal gestookte alcohol, verdergaan. Ik besef dat er maar één iemand onherstelbaar kapot zal gaan als Peeta doodgaat. Ik.

'Ik wel,' zeg ik. 'Ik heb jou nodig.' Hij lijkt van streek, haalt diep adem alsof hij een lang betoog wil gaan afsteken, en dat is niet goed, helemaal niet zelfs, want dan begint hij natuurlijk over Prim en mijn moeder en daar raak ik alleen maar van in de war. Dus voordat hij iets kan zeggen, leg ik zijn lippen met een kus het zwijgen op.

Ik voel het weer. Dat wat ik nog maar één keer gevoeld heb. In de grot, vorig jaar, toen ik Haymitch zover probeerde te krijgen dat hij ons eten zou sturen. Ik heb Peeta tijdens die Spelen en daarna honderden keren gezoend. Maar er was maar één kus die diep vanbinnen iets bij me losmaakte. Eén die deed verlangen naar meer. Maar toen begon mijn hoofdwond te bloeden en moest ik van hem gaan liggen.

Dit keer zijn wij de enigen die onszelf kunnen onderbreken. En na een paar pogingen om nog iets te zeggen geeft Peeta het op. Het gevoel in mijn binnenste wordt warmer en verspreidt zich door mijn borstkas, door mijn lijf, strekt zich uit naar mijn armen en benen, naar alle uithoeken van mijn wezen. De kussen bevredigen me niet, ze hebben juist het tegenovergestelde effect en maken mijn behoefte alleen maar groter. Ik dacht dat ik een soort deskundige was op het gebied van honger, maar deze is helemaal nieuw voor me.

Bij de eerste donder van het onweer – de bliksem die om middernacht in de boom slaat – komen we weer bij onze positieven. Finnick wordt er ook wakker van. Met een felle kreet gaat hij overeind zitten. Ik zie zijn vingers in het zand klauwen terwijl hij zichzelf ervan probeert te overtuigen dat de nachtmerrie waar hij net nog in zat niet echt was.

'Ik kan niet meer slapen,' zegt hij. 'Een van jullie moet uitrusten.' Pas dan lijkt hij de uitdrukking op onze gezichten te zien, de manier waarop we met elkaar verstrengeld zijn. 'Of jullie allebei. Ik doe het wel in mijn eentje.'

Maar dat wil Peeta niet. 'Het is te gevaarlijk,' zegt hij. 'Ik ben niet moe. Ga jij maar even liggen, Katniss.' Ik protesteer niet, want ik moet inderdaad slapen als ik scherp genoeg wil blijven om hem in leven te houden. Ik laat me door hem naar de plek brengen waar de anderen liggen. Hij hangt de ketting met het medaillon om mijn nek en legt zijn hand dan op de plek waar onze baby zou zitten als hij bestond. 'Jij wordt een fantastische moeder, wist je dat?' zegt hij. Hij kust me nog één laatste keer en gaat dan terug naar Finnick.

Zijn toespeling op de baby geeft aan dat onze time-out van de Spelen erop zit. Dat hij weet dat het publiek zich zal afvragen waarom hij het overtuigendste argument uit zijn arsenaal niet heeft benut. De sponsors moeten gemanipuleerd worden.

Maar terwijl ik me uitstrek op het zand vraag ik me af of er meer achter zit. Bedoelt hij soms dat ik ooit nog kinderen met Gale zou kunnen krijgen? Nou, als dat zo is dan heeft hij het mis. Want dat ben ik nooit van plan geweest. En bovendien, als slechts een van ons een kind kan krijgen, dan zou dat Peeta moeten zijn, dat lijkt me voor iedereen overduidelijk.

Terwijl ik langzaam indommel probeer ik me een wereld voor te stellen, ergens in de toekomst, zonder Spelen, zonder Capitool. Een plek als het weiland in het lied dat ik voor Rue heb gezongen toen ze stierf. Waar Peeta's kind veilig zou kunnen zijn.

# hoofdstuk 25

Als ik wakker word, voel ik me heel even ontzettend gelukkig, en om de een of andere reden heeft dat iets met Peeta te maken. Het is natuurlijk absurd om nu gelukkig te zijn, want als het in dit tempo doorgaat, ben ik binnen een dag dood. En dat is nog in het beste geval, als ik erin slaag om de andere deelnemers en mijzelf te elimineren, zodat Peeta tot winnaar van de Kwartskwelling wordt gekroond. Maar toch is het zo'n onverwacht en heerlijk gevoel dat ik het nog even vasthoud, al is het maar voor een paar seconden. Voordat het schurende zand, de hete zon en mijn jeukende huid me dwingen om terug te keren naar de werkelijkheid.

De anderen zijn al opgestaan en kijken naar een parachute die langzaam naar het strand zweeft. Ik loop ernaartoe; we krijgen nog meer brood. Het is dezelfde zending als gisteravond. Vierentwintig broodjes uit District 3. Dan hebben we er nu in totaal drieëndertig. We nemen er allemaal vijf en bewaren er acht. Niemand zegt het hardop, maar als er nog iemand doodgaat, zijn die acht heel goed te verdelen. Op de een of andere manier zijn grapjes over wie de laatste broodjes zullen eten in het felle daglicht helemaal niet leuk meer.

Hoe lang kan dit bondgenootschap nog standhouden? Volgens mij had niemand verwacht dat het aantal tributen zo snel zou afnemen. Stel dat ik me vergis en dat de anderen Peeta helemaal niet beschermen? Stel dat het allemaal gewoon toeval was, of een tactiek om ons vertrouwen te winnen zodat ze ons makkelijk kunnen overmeesteren, of dat ik niet begrijp wat er daadwerkelijk aan de hand is? Wacht, dat is sowieso het geval. Ik begrijp inderdaad niet wat er aan de hand is. En als dat zo is, wordt het tijd dat Peeta en ik hem smeren.

Ik ga naast Peeta op het zand zitten om mijn broodjes te eten. Ik weet niet waarom, maar ik kan hem nauwelijks aankijken. Misschien komt het door al dat gezoen van vannacht, ook al is dat niets nieuws voor ons. Voor hem voelde het waarschijnlijk precies hetzelfde als anders. Misschien komt het doordat ik weet dat we nog maar zo weinig tijd overhebben. En doordat we elkaar onbedoeld zo tegenwerken als het erom gaat wie deze Spelen moet overleven.

Als we gegeten hebben, pak ik zijn hand en trek hem mee naar het water. 'Kom, dan leer ik je zwemmen.' Hij moet weg bij de anderen, zodat we onze ontsnapping kunnen bespreken. Het zal lastig worden, want zodra zij beseffen dat we het pact verbreken, zullen ze ons meteen als doelwit beschouwen.

Als ik hem echt zou leren zwemmen, zou ik zeggen dat hij zijn riem af moest doen, want die zorgt ervoor dat hij blijft drijven, maar wat maakt het uit? Ik leg hem de basisslagen uit en laat hem oefenen in het ondiepe water. In eerste instantie zie ik dat Johanna ons scherp in de gaten houdt, maar na een tijdje verliest ze haar belangstelling en gaat ze liggen slapen. Finnick vlecht een nieuw net van klimplanten en Beetee speelt met zijn draad. Ik weet dat dit het moment is.

Terwijl Peeta zijn schoolslag oefent, ontdek ik dat mijn laatste korstjes loslaten. Door voorzichtig met een handvol zand over mijn arm te wrijven, verwijder ik de laatste schilfers en daaronder komt gave nieuwe huid tevoorschijn. Ik roep Peeta, zogenaamd omdat ik hem wil laten zien hoe hij zichzelf kan ontdoen van de jeukende korstjes, en terwijl we onze huid boenen, begin ik over een vluchtpoging.

'Hoor eens, we zijn nog maar met z'n achten. Volgens mij wordt het tijd dat we ervandoor gaan,' zeg ik fluisterend, hoewel ik niet denk dat een van de tributen me kan horen.

Peeta knikt, en ik zie dat hij over mijn voorstel nadenkt. Hij overweegt of de kansen in ons voordeel zouden zijn. 'Ik weet het goed gemaakt,' zegt hij. 'We blijven nog tot Brutus en Enobaria dood zijn. Volgens mij is Beetee op dit moment bezig een soort val voor hen op te zetten. En daarna gaan we, dat beloof ik.'

Ik ben niet geheel overtuigd. Maar als we nu weggaan, krijgen we twee groepen tegenstanders achter ons aan. Misschien wel drie, want niemand weet wat Chaff van plan is. Bovendien moeten we ook nog op de klok letten. En ik moet ook aan Beetee denken – Johanna heeft hem speciaal voor mij gehaald, en als we weggaan zal ze hem beslist vermoorden. Maar dan dringt het tot me door: ik kan Beetee niet ook nog beschermen. Er kan maar één winnaar zijn, en dat moet Peeta worden. Dat moet ik accepteren. Elk besluit dat ik neem moet zíjn overlevingskansen vergroten.

'Goed dan,' zeg ik. 'We blijven tot de Beroeps dood zijn. Maar geen seconde langer.' Ik draai me om en zwaai naar Finnick. 'Hé, Finnick, kom eens? We zijn erachter gekomen hoe we je weer mooi kunnen maken!'

Met z'n drieën schuren we alle korstjes van onze lichamen, we helpen elkaar met onze ruggen en komen zo roze als Finnicks krabben het water weer uit. We smeren ons nog een keer in met een laag zalf, omdat ons nieuwe vel te teer lijkt voor het zonlicht, maar op deze gladde huid ziet het er lang niet zo vies uit en bovendien zijn we op deze manier goed gecamoufleerd in de jungle.

Beetee roept ons bij zich, en het blijkt dat hij in al die uren waarin hij met zijn draad zat te spelen inderdaad een plan heeft bedacht. 'Volgens mij zijn we het er allemaal over eens dat we ons nu moeten richten op het vermoorden van Brutus en Enobaria,' zegt hij vriendelijk. 'Ik denk niet dat ze ons openlijk zullen aanvallen nu ze zo in de minderheid zijn. We zouden hen waarschijnlijk wel kunnen opsporen, maar dat wordt een gevaarlijke en uitputtende klus.'

'Zouden ze doorhebben dat de arena een klok is?' vraag ik.

'Vast wel, en anders zal het niet lang meer duren. Misschien hebben ze wat minder details dan wij, maar ze weten vast wel dat er in bepaalde gebieden bepaalde aanvallen voorkomen en dat die elkaar opvolgen. Het kan hun ook niet ontgaan zijn dat de Spelmakers ons laatste gevecht hebben onderbroken. Wíj weten dat men ons daarmee in de war wilde brengen, maar zij vragen zich ongetwijfeld af wat het idee daarachter was, en ook dat zou hen naar het besef kunnen leiden dat de arena een klok is,' zegt Beetee. 'Dus ik denk dat we de meeste kans maken als we onze eigen val opzetten.'

'Wacht even, dan maak ik Johanna wakker,' zegt Finnick. 'Ze wordt razend als ze denkt dat ze iets heeft gemist.'

'Of niet,' mompel ik, want ze is altijd al behoorlijk razend, maar ik houd hem niet tegen. Ik zou zelf ook boos zijn als ik op dit punt niet bij een plan betrokken werd.

Als ze erbij gekomen is, stuurt Beetee ons allemaal wat naar achteren zodat hij de ruimte heeft in het zand. Hij trekt vlug een cirkel en verdeelt die in twaalf partjes. Het is de arena, dit keer niet getekend met de precieze strepen van Peeta, maar met de grove lijnen van een man die andere, veel ingewikkelder zaken aan zijn hoofd heeft. 'Als jullie Brutus en Enobaria waren, waar zou je je dan het veiligst voelen, met de kennis die je nu over de jungle hebt in je achterhoofd?' vraagt Beetee. Zijn stem klinkt absoluut niet betuttelend, maar hij doet me toch denken aan een leraar die de kinderen bij een les probeert te betrekken. Misschien komt het door het leeftijdsverschil, of gewoon doordat Beetee ongeveer een miljoen keer slimmer is dan wij.

'Waar wij nu zijn. Op het strand,' zegt Peeta. 'Dat is de veiligste plek.'

'En waarom zijn ze dan niet op het strand?' vraagt Beetee.

'Omdat wij daar zijn,' zegt Johanna ongeduldig.

'Precies. Wij zijn hier en nemen het strand in beslag. Waar zou je dan heen gaan?' vraagt Beetee.

Ik denk aan de dodelijke jungle en aan het strand dat al bezet is.

‘Ik zou me net aan de rand van de jungle verschuilen. Zodat ik zou kunnen ontsnappen als we werden aangevallen. En zodat ik ons zou kunnen bespioneren.’

‘En om te eten,’ zegt Finnick. ‘Het oerwoud zit vol vreemde dieren en planten. Maar door ons in de gaten te houden, zou ik weten dat ik de krabben veilig kon eten.’

Beetee glimlacht naar ons alsof we zijn verwachtingen overtreffen. ‘Inderdaad, goed zo. Jullie snappen het. Mijn plan is als volgt: we slaan om twaalf uur toe. Wat gebeurt er precies om twaalf uur ’s middags en om middernacht?’

‘Dan slaat de bliksem in de boom,’ zeg ik.

‘Precies. Ik stel voor dat we, nádat de bliksem ’s middags is ingeslagen, maar vóórdat hij om middernacht nog een keer inslaat, mijn draad helemaal vanaf die boom naar het zeewater trekken, dat uiteraard zeer goed geleidt. Als de bliksem inslaat, zal de elektriciteit langs de draad niet alleen het water in lopen, maar ook over het omliggende strand, dat dan nog steeds vochtig is door de golf van tien uur. Iedereen die op dat moment met het water of het zand in aanraking komt, zal geëlektrocuteerd worden,’ zegt Beetee.

Het is heel lang stil terwijl we allemaal Beetees plan verwerken. Het lijkt mij een beetje vergezocht en in feite onmogelijk. Maar waarom? Ik heb zelf duizenden strikken gezet. Is dit niet gewoon een grotere strik met een wat wetenschappelijker tintje eraan? Zou het kunnen werken? Hoe kunnen wij hier nou ooit iets zinnigs over zeggen, wij, tributen die zijn opgeleid om vis, hout en steenkool te verzamelen? Wij weten toch niet hoe je elektriciteit uit de lucht moet toepassen?

Peeta doet een poging. ‘Zou die draad echt zo veel stroom kunnen geleiden, Beetee? Hij ziet er zo breekbaar uit, alsof hij gewoon zal verbranden.’

‘O, hij zal ook verbranden. Maar pas nadat de elektriciteit erdoorheen gegaan is. Hij zal eigenlijk als een soort zekering fungeren, maar dan een waar de stroom wel doorheen loopt,’ zegt Beetee.

'Hoe weet je dat?' vraagt Johanna, duidelijk niet overtuigd.

'Doordat ik hem uitgevonden heb,' zegt Beetee, alsof die vraag hem enigszins verbaast. 'Het is eigenlijk geen gewone draad. En de bliksem is geen natuurlijke bliksem en de boom geen echte boom. Jij weet meer van bomen dan wij allemaal bij elkaar, Johanna. Die boom zou ondertussen toch allang verwoest moeten zijn?'

'Ja,' zegt ze nors.

'Maak je maar geen zorgen over de draad, die zal precies doen wat ik net gezegd heb,' zegt Beetee geruststellend.

'En waar zijn wij als dit gaat gebeuren?' vraagt Finnick.

'Diep genoeg in de jungle om veilig te zijn,' antwoordt Beetee.

'Maar dan zijn de Beroeps ook veilig, tenzij ze in de buurt van het water zijn,' merk ik op.

'Dat klopt,' zegt Beetee.

'En alle krabben zullen geroosterd worden,' zegt Peeta.

'Nog wel erger, vrees ik,' zegt Beetee. 'We zullen de zee hoogstwaarschijnlijk niet meer als voedselbron kunnen gebruiken. Maar jij hebt in de jungle toch ook eetbare dingen gevonden, Katniss?'

'Ja, noten en ratten,' zeg ik. 'En we hebben sponsors.'

'Nou, dan lijkt me dat niet zo'n probleem,' zegt Beetee. 'Maar omdat we bondgenoten zijn en we hier allemaal ons uiterste best voor zullen moeten doen, moeten jullie vieren besluiten of we het gaan proberen of niet.'

We zijn écht net schoolkinderen. Niet in staat om iets tegen zijn theorie in te brengen, op een paar uiterst simpele bezwaren na. Waarvan de meeste niet eens daadwerkelijk iets met zijn plan te maken hebben. Ik kijk naar de verontruste gezichten van de anderen. 'Waarom ook niet?' zeg ik. 'Als het mislukt, is het geen ramp. Als het wel werkt, is er een behoorlijk grote kans dat ze doodgaan. En zelfs als het niet lukt en we alleen alle krabben doodmaken, zijn Brutus en Enobaria die voedselbron ook kwijt.'

'Katniss heeft gelijk,' zegt Peeta. 'We kunnen het allicht proberen.'

Finnick kijkt naar Johanna en trekt zijn wenkbrauwen op. Zonder haar zal hij het niet doen. 'Goed dan,' zegt ze uiteindelijk. 'Het is in elk geval beter dan in de jungle op ze te moeten jagen. En ze zullen ons plan vast niet doorhebben, aangezien wij het zelf nauwelijks begrijpen.'

Beetee wil eerst de bliksemboom inspecteren voor hij de draad eraan vastmaakt. Aan de stand van de zon te zien is het ongeveer negen uur 's ochtends. We zullen hoe dan ook weg moeten van ons strand, dus we breken ons kamp op, lopen naar het strand dat voor het bliksemgebied ligt en trekken het oerwoud in. Beetee is nog steeds te verzwakt om in zijn eentje de helling te beklimmen, dus hij wordt afwisselend door Finnick en Peeta gedragen. Ik laat Johanna voorop gaan, omdat het vrijwel een rechte lijn omhoog is naar de boom, dus ik denk niet dat ze ons heel erg kan laten verdwalen. Bovendien kan ik veel meer schade aanrichten met mijn pijlenkoker dan zij met haar twee bijlen, dus het is beter als ik de achterhoede vorm.

De vochtige, benauwde lucht waar we al sinds het begin van de Spelen in rondlopen, drukt zwaar op mijn lijf. Ik wilde dat Haymitch ons niet de hele tijd brood uit District 3 stuurde, maar ons wat meer van dat spul uit District 4 gaf. Ik heb me de afgelopen twee dagen kapotgezweet en ik snak naar zout, ondanks de vis die ik heb gegeten. Een blok ijs zou ook een goed idee zijn. Of een glas koud water. Ik ben blij met het vocht uit de bomen, maar het heeft precies dezelfde temperatuur als het zeewater, de lucht, de andere tributen en ik. We zijn allemaal één grote stoofpot.

Als we vlak bij de boom zijn, stelt Finnick voor dat ik voorop ga. 'Katniss kan het krachtveld horen,' legt hij Beetee en Johanna uit.

'Kun je het hóren?' vraagt Beetee.

'Alleen met het oor dat in het Capitool is geopereerd,' zeg ik. Drie keer raden wie daar niet in trapt. Beetee natuurlijk. Want hij weet ongetwijfeld nog dat híj me geleerd heeft hoe je een krachtveld kunt herkennen, en het is vast sowieso onmogelijk om krachtvelden te horen. Maar om welke reden dan ook trekt hij mijn bewering verder niet openlijk in twijfel.

'Laat Katniss dan vooral voorop gaan, ja,' zegt hij terwijl hij even blijft staan om zijn beslagen brillenglazen schoon te poetsen. 'Met krachtvelden valt niet te spotten.'

De bliksemboom torent zo hoog boven de andere bomen uit dat ik hem onmogelijk kan missen. Ik pluk een trosje noten, zeg tegen de anderen dat ze moeten blijven staan en loop dan langzaam de helling op terwijl ik de noten voor me uit gooi. Maar ik zie het krachtveld vrijwel meteen, nog voor de noot ertegenaan komt, want het hangt nog geen vijftien meter verderop. Mijn ogen speuren het groen af en ontdekken een trillend vierkant hoog in de lucht rechts van me. Ik gooi een noot recht naar voren en hoor hem bevestigend knetteren.

'Niet verder lopen dan de bliksemboom,' zeg ik tegen de anderen.

We verdelen de taken. Finnick bewaakt Beetee terwijl die de boom onderzoekt, Johanna tapt water, Peeta verzamelt noten en ik ga een eindje verderop op jacht. De boomratten zijn helemaal niet schuw en ik schiet er moeiteloos drie neer. Als ik het geluid van de tienuursgolf hoor, weet ik dat ik terug moet, dus ik loop naar de anderen en vil de dieren. Dan trek ik op een meter voor het krachtveld een streep in de aarde zodat we niet te ver zullen lopen, en vervolgens gaan Peeta en ik zitten om de noten te roosteren en blokjes rat te verschroeien.

Beetee is nog steeds met de boom bezig – ik weet niet wat hij allemaal doet, ik geloof dat hij dingen opmeet en zo. Op een gegeven moment scheurt hij een reepje schors los, komt bij ons staan en gooit het in het krachtveld. Het wordt teruggeworpen en komt roodgloeiend weer op de grond terecht. Na een paar seconden heeft het zijn normale kleur weer gekregen. 'Aha, dat verklaart een hoop,' zegt Beetee. Ik kijk naar Peeta en moet op mijn lip bijten om niet in lachen uit te barsten, want Beetee is de enige die daar kennelijk wijzer van wordt.

Op dat moment horen we ook de klikkende geluiden opkomen in het gebied naast het onze. Dat betekent dat het elf uur is. In de jungle klinkt het veel harder dan gisteravond op het strand. We luisteren allemaal ingespannen.

'Het is niet machinaal,' zegt Beetee stellig.

'Ik zou denken dat het insecten zijn,' zeg ik. 'Kevers misschien.'

'Iets met kaken,' voegt Finnick er nog aan toe.

Het geluid zwelt aan, alsof ze zich door ons gefluister bewust worden van de aanwezigheid van vers vlees. Wat het ook voor beesten zijn, ik durf te wedden dat ze ons binnen een paar seconden tot op het bot toe kaal kunnen vreten.

'Het wordt sowieso tijd om te gaan,' zegt Johanna. 'Binnen een uur barst het onweer los.'

We blijven echter wel in de buurt en lopen naar de hoge boom in het gedeelte van de bloedregen. Daar houden we op onze hurken een soort picknick en eten onze junglemaaltijd terwijl we wachten op de bliksemflits die aangeeft dat het twaalf uur is. Op Beetees verzoek klim ik zodra het geklik wegsterft het bladerdak in. Als de bliksem inslaat verblindt hij me, zelfs vanaf hier, zelfs in deze felle zon. Hij omhult de boom in de verte volledig, zet hem in een verzengend, blauwwit licht en laat de lucht eromheen knetteren van elektriciteit. Ik glijd naar beneden en vertel Beetee wat ik heb gezien. Hij lijkt tevreden, ook al heb ik er niet echt een wetenschappelijk verslag van kunnen maken.

We lopen met een omtrekkende beweging terug naar het strand van tien uur. Het zand is glad en vochtig, schoongeveegd door de golf van vanochtend. Beetee geeft ons in wezen een vrije middag, zodat hij ondertussen aan zijn draad kan werken. Omdat het zijn val is en wij volledig op zijn kennis moeten vertrouwen, voelt het gek genoeg een beetje alsof we eerder uit school mogen. Eerst doen we om de beurt een dutje aan de schaduwrijke rand van het oerwoud, maar tegen het eind van de middag is iedereen wakker en onrustig. Dit is misschien wel onze laatste kans om voedsel uit de zee te halen, dus we besluiten er een soort feestmaal van te maken. Onder leiding van Finnick vangen we vissen met een speer en krabben in een net; we duiken zelfs naar oesters. Dat vind ik het leukst – niet dat ik oesters nou zo lekker vind, ik heb ze ooit één keer gegeten in het Capitool en ik vond ze veel te slijmerig. Maar het is geweldig, zo diep onder water, alsof je in een andere wereld bent. Het water is heel helder en de zanderige grond wordt opgesierd door scholen kleurige vissen en vreemde zeeanemonen.

Johanna houdt de wacht terwijl Finnick, Peeta en ik het eten schoonmaken en klaarleggen. Peeta heeft net een oester opengewrikt als ik hem hoor lachen. 'Hé, moet je kijken!' Hij houdt een glinsterende, volmaakte parel ter grootte van een erwt omhoog. 'Als je genoeg druk uitoefent op steenkool krijg je vanzelf parels, wist je dat?' zegt hij met een serieus gezicht tegen Finnick.

'Niet waar,' zegt Finnick minachtend. Maar ik lig in een deuk, want ik weet nog hoe die arme Effie Prul ons vorig jaar zonder enig benul op die manier bij de inwoners van het Capitool probeerde aan te prijzen, voordat we bekend waren. Als steenkool dat door ons zware bestaan werd samengeperst tot parels. Schoonheid ontstaan uit ellende.

Peeta spoelt de parel schoon in het water en geeft hem aan mij. 'Voor jou.' Ik leg hem op mijn handpalm en kijk hoe hij in het zonlicht alle kleuren van de regenboog heeft. Ja, ik zal hem bewaren. In de laatste paar uren van mijn leven zal ik het dicht bij me dragen, dit laatste geschenk van Peeta. Het enige geschenk dat ik echt kan aannemen. Misschien geeft het me kracht tijdens mijn laatste ogenblikken.

'Dank je wel,' zeg ik terwijl ik de parel in mijn vuist klem.

Koeltjes kijk ik in de blauwe ogen van de jongen die nu mijn grootste tegenstander is, de jongen die zijn eigen leven zou geven om mij te redden. En ik beloof mezelf plechtig dat ik zijn plan zal dwarsbomen.

De lach verdwijnt uit die ogen, en ze staren zo priemend in de mijne dat het lijkt alsof ze mijn gedachten kunnen lezen. 'Het medaillon heeft niet gewerkt, hè?' zegt Peeta, ook al zit Finnick vlak naast ons. Ook al kan iedereen hem horen. 'Katniss?'

'Jawel,' zeg ik.

'Maar niet zoals ik het bedoeld had,' zegt hij, en hij wendt zijn blik af. Daarna kijkt hij alleen nog maar naar de oesters.

Net als we willen gaan eten, komt er een parachute naar beneden met twee aanvullingen op onze maaltijd. Een potje pittige rode saus en alweer een stapel broodjes uit District 3. Finnick begint ze uiteraard meteen te tellen. 'Weer vierentwintig,' zegt hij.

Dan hebben we bij elkaar dus tweeëndertig broodjes. We nemen er allemaal vijf en bewaren er zeven, die we nooit eerlijk zullen kunnen verdelen. Het is brood voor één persoon.

De zoute vis, de sappige krabben. Dankzij de saus smaken zelfs de oesters veel lekkerder. We proppen ons vol tot we niet meer kunnen, en dan hebben we nog eten over. Als we het bewaren zal het bederven, dus we gooien alle restjes in het water zodat de Beroeps ze niet kunnen pakken als we weggaan. De schelpen laten we gewoon liggen, die spoelt de golf wel weg.

Nu kunnen we alleen nog maar wachten. Peeta en ik gaan zwijgend hand in hand bij het water zitten. Hij heeft gisteren zijn verhaal gehouden, maar ik ben niet van gedachten veranderd, en ik kan niets zeggen om hém van gedachten te laten veranderen. De tijd van verleidelijke cadeaus is voorbij.

Maar de parel heb ik nog, samen met de tap en de zalf veilig weggestopt in de parachute aan mijn riem. Ik hoop dat hij mee teruggaat naar District 12.

Mijn moeder en Prim zullen vast wel begrijpen dat ze hem aan Peeta terug moeten geven voor ze mijn lichaam begraven.

# hoofdstuk 26

Het volkslied begint, maar vanavond staan er geen gezichten in de lucht. Het publiek zal wel onrustig zijn, dat wil natuurlijk bloed zien. Maar Beetees val is veelbelovend, dus de Spelmakers hebben nog geen andere ellende over ons uitgestort. Misschien zijn ze gewoon benieuwd of hij zal werken.

Als Finnick en ik schatten dat het ongeveer negen uur is, verlaten we ons met schelpen bezaaide kamp, lopen naar het strand van twaalf uur en beginnen bij het maanlicht in stilte aan de klim naar de bliksemboom. Door onze volle buik gaat het moeizamer en zijn we eerder buiten adem dan vanochtend. Ik begin spijt te krijgen van die laatste twaalf oesters.

Beetee vraagt of Finnick hem wil helpen, en ik sta met de anderen op wacht. Voordat hij ook maar één stukje draad aan de boom bindt, haalt Beetee eerst tientallen meters van de klos af. Finnick moet dat stuk stevig aan een afgebroken tak vastmaken en op de grond leggen. Dan gaan ze allebei aan een kant van de boom staan en geven de spoel aan elkaar door terwijl ze de draad heel vaak om de stam slaan. Eerst lijkt dat volstrekt willekeurig te gebeuren, maar dan zie ik in de maneschijn aan Beetees kant een patroon ontstaan, een soort ingewikkeld doolhof. Ik vraag me af of het iets uitmaakt hoe de draad om de boom zit, of dat hij dit alleen doet om het voor het publiek wat spectaculairder te maken, want de meeste mensen thuis weten net zo weinig van elektriciteit als ik.

Beetee is net klaar met de stam als we de golf horen donderen. Ik ben er nog steeds niet achter op welk punt tussen tien en elf hij precies naar beneden rolt. Eerst moet het water zich ophopen, dan komt de echte golf en dan volgt nog de nasleep van de overstroming. Maar aan de stand van de maan te zien is het halfelf.

Dan onthult Beetee de rest van zijn plan. Omdat Johanna en ik ons het makkelijkst door de dichte begroeiing kunnen bewegen, wil hij dat wij met de spoel teruglopen naar de zee en onderweg de draad afwikkelen. We moeten hem over het strand van twaalf uur leggen en dan de metalen spoel met de draad die er nog omheen zit diep in het water laten vallen, waarbij we er goed op moeten letten dat hij echt naar de bodem zinkt. Dan moeten we snel de jungle weer in rennen. Als we nu gaan, nú, dan moeten we onszelf in veiligheid kunnen brengen.

'Ik wil mee om hen te beschermen,' zegt Peeta onmiddellijk. Ik weet dat hij me na mijn reactie op de parel nu echt geen moment meer uit het oog wil verliezen.

'Jij bent te langzaam. Bovendien heb ik je hier nodig. Katniss kan hen zelf wel beschermen,' zegt Beetee. 'We hebben geen tijd voor discussies. Het spijt me. Als de meisjes het willen overleven, moeten ze nu vertrekken.' Hij geeft de spoel aan Johanna.

Mij bevalt dit plan ook helemaal niet. Hoe kan ik Peeta van zo'n afstand nou beschermen? Maar Beetee heeft gelijk. Door zijn been zal Peeta nooit op tijd beneden kunnen zijn. Johanna en ik zijn het snelst en het zekerst op de junglegrond. Ik kan geen andere oplossing bedenken. En als ik hier iemand vertrouw behalve Peeta, dan is het Beetee wel.

'Het komt wel goed,' zeg ik tegen Peeta. 'We gooien gewoon die spoel in de zee en dan komen we meteen weer terug.'

'Niet naar het onweergebied,' helpt Beetee me herinneren. 'Kom naar de boom in het gedeelte tussen één en twee uur. Als jullie merken dat je te weinig tijd hebt, ga dan nog één stuk verder. Maar ga in geen geval terug naar het strand voor ik de schade heb kunnen vaststellen.'

Ik leg mijn handen om Peeta's gezicht. 'Maak je geen zorgen. Ik zie je om middernacht.' Ik geef hem een zoen, en voordat hij nog meer bezwaar kan maken, laat ik hem los en draai me om naar Johanna. 'Klaar?'

'Waarom ook niet?' zegt Johanna schouderophalend. Ze vindt het duidelijk net zo vervelend als ik om samen een team te moeten vormen. Maar we zitten allemaal gevangen in Beetees val. 'Jij houdt de wacht en ik wikkel de draad af. We kunnen later altijd nog omwisselen.'

Zonder er verder nog woorden aan vuil te maken, beginnen we aan de afdaling. We zeggen sowieso nauwelijks iets tegen elkaar en lopen in een vrij rap tempo naar beneden, terwijl de één zich met de spoel bezighoudt en de ander op de omgeving let. Als we ongeveer halverwege zijn, horen we het geklik aanzwellen, dat aangeeft dat het al elf uur is geweest.

'We moeten opschieten,' zegt Johanna. 'Ik wil een heel eind bij dat water vandaan zijn voor de bliksem inslaat. Je weet maar nooit of Knetter ergens een verkeerde berekening heeft gemaakt.'

'Laat mij de spoel maar een tijdje dragen,' zeg ik. Het is zwaarder om de draad af te rollen dan om de wacht te houden, en we zijn al heel lang bezig.

'Hier,' zegt Johanna, en ze geeft me de cilinder aan.

We hebben allebei onze handen nog op de metalen klos liggen als we iets voelen trillen. Plotseling komt de dunne gouden draad van bovenaf in sprongen naar beneden, hij rolt zich op tot slordige lussen en krult om onze polsen, en dan kronkelt het uiteinde naar onze voeten.

In een fractie van een seconde beseffen we wat er is gebeurd. Johanna en ik kijken elkaar aan, maar we hoeven het geen van beiden hardop uit te spreken. Vlak boven ons heeft iemand de draad doorgesneden. En diegene kan hier elk moment zijn.

Mijn hand schudt de draad van zich af en heeft zich net om de veren van een pijl gesloten als de metalen buis tegen de zijkant van mijn hoofd slaat. Voor ik het weet lig ik op mijn rug tussen de klimplanten met een verschrikkelijke pijn in mijn linkerslaap. Er is iets mis met mijn ogen. Alles wordt afwisselend scherp en onscherp terwijl ik mijn best doe om de twee manen die in de lucht zweven weer samen te brengen. Ik kan nauwelijks ademhalen en dan besef ik dat Johanna op mijn borstkas zit en mijn schouders met haar knieën tegen de grond drukt.

Ik voel een steek in mijn linkeronderarm. Ik probeer me los te rukken, maar ik ben nog te verzwakt. Johanna boort iets, de punt van haar mes denk ik, in mijn vlees en draait het rond. Het doet verschrikkelijk veel pijn, alsof ik word opengereten, en dan stroomt er iets warms over mijn pols naar mijn handpalm. Ze veegt over mijn arm en besmeurt mijn halve gezicht met mijn eigen bloed.

'Blijf liggen!' sist ze. Haar gewicht drukt niet langer op mijn lichaam en ik ben alleen.

*Blijf liggen?* denk ik. *Hè? Wat is er aan de hand?* Mijn ogen gaan dicht om de onsamenhangende wereld buiten te sluiten en ik probeer te begrijpen wat er met me gebeurt.

Ik kan alleen maar denken aan hoe Johanna Wiress een zet gaf op het strand. *'Blijf maar lekker liggen, goed?'* Maar ze viel Wiress niet aan. Niet zoals ze mij aanviel. Ik ben Wiress ook helemaal niet. Ik ben niet Gek. *'Blijf maar lekker liggen, goed?'* galmt het door mijn hoofd.

Ik hoor voetstappen. Twee mensen. Ze stampen, doen niet hun best om onopgemerkt te blijven.

De stem van Brutus. 'Die redt het niet! Kom, Enobaria!' De voeten verdwijnen in de nacht.

Is dat zo? In mijn halfbewusteloze toestand probeer ik het antwoord te vinden. Red ik het niet? Ik ben momenteel niet in staat om daar iets tegen in te brengen. Ik kan eigenlijk sowieso nauwelijks logisch nadenken. Dit weet ik: Johanna heeft me aangevallen. Sloeg met die cilinder tegen mijn hoofd. Sneed in mijn arm, waarbij ze mijn aders en slagaders waarschijnlijk onherstelbaar beschadigd heeft, en voor ze tijd had om het karwei af te maken, doken Brutus en Enobaria op.

Het bondgenootschap is opgeheven. Finnick en Johanna hebben vast afgesproken dat ze zich vanavond op ons zouden storten. Ik wíst wel dat we er vanochtend vandoor hadden moeten gaan. Ik weet niet aan wiens kant Beetee staat. Maar ik ben vogelvrij, en Peeta ook.

*Peeta!* Mijn ogen schieten open van paniek. Peeta staat boven bij de boom nietsvermoedend te wachten; hij kan makkelijk overrompeld worden. Misschien heeft Finnick hem zelfs al vermoord. 'Nee,' fluister ik. Die draad werd vlak boven ons doorgeknipt, door de Beroeps. Finnick, Beetee en Peeta – die weten vast niet wat er hierbeneden aan de hand is. Ze kunnen zich alleen maar afvragen wat er is gebeurd, waarom de draad opeens slap hangt, misschien is hij zelfs wel teruggeschoten naar de boom. Dat kan op zich toch geen aanleiding zijn om iemand te vermoorden? Johanna heeft blijkbaar toch in haar eentje besloten dat het tijd was om ons de rug toe te keren. Dat ze mij zou vermoorden, zou vluchten voor de Beroeps, om Finnick vervolgens zo snel mogelijk bij de strijd te betrekken.

Ik weet het niet. Ik weet het niet. Ik weet alleen dat ik terug moet naar Peeta om hem in leven te houden. Met alle wilskracht die ik in me heb, ga ik rechtop zitten en duw me dan met mijn rug tegen een boomstam overeind. Gelukkig kan ik me ergens aan vasthouden, want de jungle schommelt op en neer. Zonder enige waarschuwing buig ik me voorover en braak de feestmaaltijd weer uit; ik kokhals tot er geen oester meer in mijn lijf kan zitten. Bevend en kletsnat van het zweet probeer ik vast te stellen hoe mijn lichaam eraantoe is.

Als ik mijn gewonde arm optil, sproeit het bloed in mijn gezicht en maakt de grond opnieuw een angstaanjagende duik. Ik knijp mijn ogen stijf dicht en klamp me vast aan de boom tot alles weer een beetje stabiel lijkt. Dan zet ik een paar behoedzame stappen naar de volgende boom, trek wat mos los en bind dat stevig om mijn arm, zonder de wond nog verder te onderzoeken. Beter. Veel beter als ik het niet hoef te zien. Dan laat ik mijn hand heel voorzichtig aan mijn hoofdwond voelen. Ik heb duidelijk wat inwendige beschadigingen opgelopen, maar ik geloof niet dat ik bang hoef te zijn dat ik doodbloed. Niet uit mijn hoofd, in elk geval.

Ik veeg mijn handen droog aan het mos en pak bibberig met mijn gewonde linkerarm mijn boog vast. Leg de keep van een pijl op de pees. Dwing mijn voeten de helling op te lopen.

Peeta. Dit is mijn laatste wens. Ik heb beloofd dat ik hem in leven zou houden. Ik voel me iets beter als ik bedenk dat hij nog leeft, want er is nog geen kanon afgegaan. Misschien heeft Johanna echt wel helemaal alleen gehandeld, in de wetenschap dat Finnick haar kant zou kiezen als haar bedoelingen duidelijk werden. Hoewel ik moeilijk in kan schatten wat er tussen die twee speelt. Ik denk aan de manier waarop hij ter bevestiging naar haar keek voor hij toestemde om te helpen bij het opzetten van Beetees valstrik. Hun bondgenootschap, gebaseerd op een jarenlange vriendschap en op wie weet wat nog meer, is veel sterker dan het onze. Dus als Johanna zich tegen mij heeft gekeerd, kan ik Finnick eigenlijk ook niet meer vertrouwen.

Een paar seconden nadat ik tot deze conclusie ben gekomen, hoor ik dat er iemand langs de helling op me af komt rennen. Peeta en Beetee kunnen geen van beiden zo snel lopen. Ik duik weg achter een gordijn van ranken en kan me nog net op tijd verstoppen. Finnick vliegt voorbij, zijn huid donker van de zalf; hij schiet als een hert door het struikgewas. Al snel is hij bij de plek waar ik ben aangevallen; hij moet het bloed zien. 'Johanna! Katniss!' roept hij. Ik blijf zitten waar ik zit tot hij wegloopt, in dezelfde richting als Johanna en de Beroeps.

Ik probeer zo snel mogelijk vooruit te komen zonder de wereld weer om me heen te laten draaien. Mijn hoofd bonkt door mijn razende hartslag. De insecten zijn waarschijnlijk opgewonden geraakt door de geur van mijn bloed, want ze klikken nu zo hard dat het als een constante dreun in mijn oren klinkt. Nee, wacht.

Misschien suizen mijn oren wel van de klap. Dat zal pas duidelijk worden als de insecten weer ophouden. Maar als de insecten stil worden, begint het onweer. Ik moet harder lopen. Ik moet bij Peeta zien te komen.

Ik blijf stokstijf staan als ik het kanonschot hoor. Er is iemand dood. Ik weet dat het iedereen zou kunnen zijn, nu alle tributen bang en gewapend rondrennen. Maar wie het ook was, ik vrees dat met deze dode een soort algemeen gevecht zal losbarsten in de nacht. Mensen zullen eerst doden en dan pas nadenken. Ik dwing mijn benen om te rennen.

Mijn voeten blijven ergens achter haken en ik val voorover op de grond. Ik word omhuld door iets, raak verstrikt in snijdende draden. Een net! Dit is vast een van Finnicks supernetten, opgehangen om mij gevangen te nemen, en hij staat nu natuurlijk ergens in de buurt klaar met een drietand in zijn hand. Ik spartel even met mijn armen en benen, maar daardoor komt het net alleen maar strakker om me heen te zitten.

Dan zie ik het opeens glanzen in het maanlicht. Verward til ik mijn arm op en zie dat er allemaal gouden draden omheen gewikkeld zijn. Het is helemaal geen net van Finnick, het is de draad van Beetee. Als ik voorzichtig overeind kom, merk dat ik vastzit in een kluwen die op de weg terug naar de bliksemboom achter een boomstam is blijven haken. Langzaam bevrijd ik mezelf, doe een stap opzij en loop verder naar boven.

Het goede is dat ik op de juiste weg zit en niet zo gedesoriënteerd ben door mijn hoofdwond dat ik mijn richtinggevoel kwijt ben. Het slechte is dat de draad me aan het naderende onweer herinnert. Ik hoor de insecten nog, maar worden ze al stiller?

Ik blijf de lussen draad volgen, die nu ongeveer een meter links van me liggen, maar ik zorg er wel voor dat ik ze niet aanraak. Als de insecten inderdaad stiller worden en de eerste bliksem elk moment in de boom kan slaan, dan zal alle elektriciteit door die draad razen en iedereen die daar aankomt, gaat dood.

Duizelig zie ik de boom in beeld verschijnen; de stam is helemaal behangen met goud. Ik ga langzamer lopen en probeer me wat onopvallender te bewegen, maar ik mag al blij zijn dat ik overeind sta. Ik kijk of ik de anderen ergens zie. Niemand. Er is hier niemand. 'Peeta?' roep ik zachtjes. 'Peeta?'

Ik hoor een zacht gekreun, en als ik me vliegensvlug omdraai, zie ik iemand een klein stukje heuvelopwaarts op de grond liggen. 'Beetee!' roep ik uit. Ik ren naar hem toe en kniel naast hem neer. De kreun was waarschijnlijk een soort reflex, want hij is buiten bewustzijn, hoewel ik op een snee onder zijn elleboog na geen verwondingen zie. Ik ruk een handvol mos los en verbind hem onhandig terwijl ik hem ondertussen bij probeer te brengen. 'Beetee! Beetee! Wat is er aan de hand? Wie heeft je gesneden? Beetee!' Ik schud hem heen en weer op een manier waarop je een gewonde nooit heen en weer mag schudden, maar ik weet niet wat ik anders moet doen. Hij kreunt weer en tilt heel even zijn hand op om me af te weren.

Op dat moment zie ik dat hij een mes vastheeft, een mes dat ik volgens mij eerder op de dag nog bij Peeta heb gezien en dat nu losjes met draad omwikkeld is.

Verbluft ga ik overeind staan en til de draad op, die inderdaad aan de achterkant van de boom blijkt vast te zitten. Het duurt even voor ik weer aan dat andere, veel kortere stuk denk dat Finnick om een tak moest winden en op de grond moest leggen voor Beetee überhaupt aan de boom begon. Ik dacht dat het iets met de stroom te maken had, dat hij het apart hield om later te kunnen gebruiken. Maar dat heeft hij niet gedaan, want hier ligt waarschijnlijk zo'n vijfentwintig meter.

Ik tuur de heuvel op en besef dat we maar enkele passen bij het krachtveld vandaan zijn. Daar hangt het vierkantje waardoor ik het kan zien, hoog aan mijn rechterhand, op precies dezelfde plek waar het vanochtend ook hing. Wat heeft Beetee gedaan? Heeft hij echt geprobeerd om het mes in het krachtveld te steken, net als Peeta per ongeluk had gedaan? En waar slaat die draad op? Was dat zijn noodplan? Als het niet zou lukken om het water onder stroom te zetten, wilde hij dan de energie van de bliksemflits het krachtveld in sturen? Maar wat zou er dan gebeuren? Niets? Een heleboel? Zouden wij allemaal geroosterd worden? Het krachtveld bestaat ook voornamelijk uit energie, denk ik. Het veld in het Trainingscentrum was onzichtbaar. Dit veld lijkt op de een of andere manier de jungle te weerspiegelen. Maar ik heb het zien haperen toen Peeta zijn mes erin stak en mijn pijlen erin vlogen. De echte wereld ligt er recht achter.

Mijn oren tuiten niet meer. Het waren toch de insecten. Ik weet het nu zeker, want het geklik sterft weg en ik hoor nu alleen nog de junglegeluiden om me heen. Aan Beetee heb ik niets. Ik kan hem niet wakker krijgen. Ik kan hem niet redden. Ik weet niet wat hij met het mes en de draad wilde doen en hij is niet in staat om het uit te leggen. Het mosverband om mijn arm is nat van het bloed en het heeft geen zin om mezelf voor de gek te houden. Ik ben zo duizelig dat ik binnen een paar minuten zal flauwvallen. Ik moet weg bij deze boom en...

'Katniss!' Ik hoor zijn stem, ook al is hij ver weg. Maar waar is hij mee bezig? Peeta zal ondertussen toch wel begrepen hebben dat iedereen op ons jaagt. 'Katniss!'

Ik kan hem niet beschermen. Ik kan niet snel of ver meer lopen en het is maar de vraag of ik nog wel kan schieten. Ik doe het enige wat ik kan om de aanvallers bij hem vandaan en naar mij toe te lokken. 'Peeta!' schreeuw ik. 'Peeta, ik ben hier! Peeta!' Ja, ik zal hen naar me toe lokken, iedereen die hier in de buurt is, ik lok hen bij Peeta vandaan, naar mij en de boom toe, die straks zelf in een wapen zal veranderen. 'Ik ben hier! Ik ben hier!' Hij haalt het niet. Niet met dat been, midden in de nacht. Hij haalt het nooit op tijd. 'Peeta!'

Het werkt. Ik hoor hen komen. Twee zijn het er. Ze stampen door de jungle. Mijn knieën worden slap en ik zak naast Beetee in hurkzit op de grond. Ik houd mijn pijl en boog in de aanslag. Als het me lukt om hen uit te schakelen, zal Peeta dan de anderen overleven?

Enobaria en Finnick komen bij de bliksemboom aan. Ze kunnen mij niet zien, ik zit boven hen op de helling en mijn huid is gecamoufleerd door de zalf. Ik richt op de hals van Enobaria. Met een beetje geluk zal Finnick achter de boom wegduiken om beschutting te zoeken als ik haar neerschiet, net op het moment dat de bliksem inslaat. En dat kan elk ogenblik gebeuren. Ik hoor alleen nog af en toe een zacht insectenklikje. Ik kan hen nu doden. Ik kan hen allebei doden.

Nog een kanon.

'Katniss!' loeit Peeta's stem. Maar dit keer geef ik geen antwoord. Naast me haalt Beetee nog steeds zwakjes adem. Hij en ik zullen nu allebei snel doodgaan. Finnick en Enobaria zullen doodgaan. Peeta leeft nog. Er zijn twee kanonnen afgegaan. Brutus, Johanna, Chaff. Twee van hen zijn al dood. Dat betekent dat Peeta nog maar één tribuut zal hoeven te doden. Meer kan ik niet voor hem doen. Eén vijand.

*Vijand. Vijand.* Het woord trekt aan een recente herinnering in mijn hoofd. Sleept haar het heden in. De uitdrukking op Haymitch' gezicht. *'Katniss, als je in de arena bent...'* Die boze blik, dat wantrouwen. *'Nou?'* Ik hoor mijn eigen stem weer scherp worden door de onuitgesproken beschuldiging. *'Vergeet dan niet wie de vijand is,'* zegt Haymitch. *'Dat is alles.'*

De laatste raad die Haymitch me heeft gegeven. Waarom zou ik daaraan herinnerd moeten worden? Ik heb altijd geweten wie de vijand is. Wie ons uithongert en martelt en vermoordt in de arena. Wie straks al mijn dierbaren zal vermoorden.

Mijn boog zakt omlaag, terwijl het tot me doordringt wat hij bedoelde. Ja, ik weet wie de vijand is. En dat is niet Enobaria.

Eindelijk bekijk ik Beetees mes met een heldere blik. Mijn beverige handen schuiven de draad van het heft, wikkelen hem vlak boven de veren om mijn pijl en maken hem vast met een knoop die ik tijdens de training heb geleerd.

Ik sta op en draai me om naar het krachtveld – ik ben nu duidelijk te zien, maar dat kan me niets meer schelen. Het enige wat me kan schelen is de plek waar ik de punt op moet richten, de plek waar Beetee zijn mes in had gestoken als hij had kunnen kiezen. Mijn boog gaat omhoog naar het trillende vierkant, het foutje, de... Hoe zei hij het ook alweer? De zwakke plek. Ik laat de pijl wegvliegen, zie hoe hij zijn doel raakt en verdwijnt, met de gouden draad achter zich aan.

Mijn haar gaat overeind staan en de bliksem slaat in de boom.

Er schiet een witte flits over de draad, en heel even baadt de arenakoepel in een oogverblindend blauw licht. Ik word met mijn rug tegen de grond geworpen, mijn lichaam kan niets meer, ik ben verlamd, mijn opengesperde ogen zijn verstard terwijl er vederlichte plukjes materie op me neerdalen. Ik kan Peeta niet aanraken. Ik kan mijn parel niet eens aanraken. Mijn ogen gaan turend op zoek naar één mooi laatste beeld dat ik mee kan nemen.

Vlak voor de ontploffingen beginnen, vind ik een ster.

# hoofdstuk 27

Alles lijkt tegelijkertijd los te barsten. De grond explodeert in regens van aarde en kleine stukjes plant. Bomen schieten in brand. Zelfs de hemel wordt gevuld met felgekleurde bloemen van licht. Ik snap niet waarom de lucht wordt gebombardeerd, tot ik besef dat de Spelmakers daar vast vuurwerk afsteken terwijl de echte vernietiging hierbeneden plaatsvindt. Voor het geval het niet leuk genoeg is om te kijken naar hoe de arena en de overgebleven tributen met de grond gelijkgemaakt worden. Of misschien om onze bloederige dood op te luisteren.

Zullen ze iemand in leven laten? Zullen de vijfenzeventigste Hongerspelen een winnaar hebben? Misschien niet. Deze Kwartskwelling was immers bedoeld om... Wat stond er ook alweer op die kaart die president Snow voorlas?

'*... om de rebellen eraan te herinneren dat zelfs hun sterkste mensen niet zijn opgewassen tegen de macht van het Capitool...*'

Zelfs de sterksten van de sterken zullen niet zegevieren. Misschien is het nooit de bedoeling geweest dat iemand deze Spelen zou winnen. Of misschien hebben ze dat na mijn laatste rebelse daad besloten.

*Het spijt me, Peeta,* denk ik. *Het spijt me dat ik je niet heb kunnen redden.* Hem redden? De kans is groter dat ik hem de laatste kans om te blijven leven heb ontnomen, hem verdoemd heb door het krachtveld te vernietigen. Als we het allemaal volgens de regels hadden gespeeld, hadden ze hem misschien wel laten leven.

De hovercraft verschijnt onaangekondigd boven me in de lucht. Als het rustig was geweest, en er een spotgaai in de buurt had gezeten, was de jungle stilgevallen en had ik vervolgens de waarschuwingsroep van de vogel gehoord die altijd aan een Capitoolhovercraft voorafgaat. Maar in dit bombardement zouden mijn oren zo'n subtiel geluid nooit kunnen waarnemen.

De grijper komt uit de buik van de hovercraft tot hij recht boven me hangt. De metalen klauwen glijden onder me. Ik wil schreeuwen, wegrennen, me eruit worstelen, maar ik ben verstard, ik kan niets doen behalve vurig hopen dat ik doodga voor ik bij de schimmige figuren aankom die boven op me wachten. Ze hebben me niet laten leven om me tot winnaar te kronen, maar om mijn dood zo langzaam en openbaar mogelijk te laten verlopen.

Mijn ergste vrees wordt bewaarheid als ik in de hovercraft begroet word door het gezicht van Plutarch Heavensbee, Hoofdspelmaker. Wat een zooitje heb ik gemaakt van zijn mooie Spelen met die slimme, tikkende arenaklok vol winnaars. Hij zal boeten voor zijn falen, moet het waarschijnlijk met zijn leven bekopen, maar niet voordat hij mij gestraft heeft. Hij steekt zijn hand naar me uit, om me te slaan, denk ik, maar hij doet iets veel ergers. Met zijn duim en wijsvinger strijkt hij mijn oogleden dicht en veroordeelt me tot de kwetsbaarheid van het donker. Nu kunnen ze alles met me doen en ik zal het niet eens zien aankomen.

Mijn hart bonkt zo hard dat het bloed onder mijn doorweekte mosverband uit stroomt. Mijn hoofd wordt wazig. Misschien kan ik toch nog doodbloeden voor ze me weer opgeknapt hebben. In gedachten fluister ik een bedankje aan Johanna Mason voor de uitstekende wond die ze me heeft toegebracht, en dan val ik flauw.

Als ik terugzweef naar een soort halfbewustzijn, voel ik dat ik op een zachte tafel lig. Er zitten buisjes in mijn linkerarm. Ze proberen me in leven te houden, want als ik rustig en alleen de dood in glij, zal dat een overwinning zijn. Ik kan me nog steeds nauwelijks verroeren, kan mijn ogen niet opendoen, mijn hoofd niet optillen. Maar in mijn rechterarm zit nog wat beweging. Hij flapt langs mijn lijf, als een vin, nee, levenlozer, als een knuppel. Ik heb haast geen controle over mijn motoriek, zelfs geen bewijs dat ik nog wel vingers heb. Toch lukt het me om net zolang met mijn arm te zwaaien tot de buisjes eruit zijn. Er begint iets te piepen, maar ik kan niet lang genoeg wakker blijven om te zien wie daardoor wordt opgeroepen.

Als ik weer bovendrijf, zijn mijn handen vastgebonden aan de tafel en zitten de buisjes weer in mijn arm. Maar ik kan nu wel mijn ogen opendoen en mijn hoofd een heel klein stukje optillen. Ik lig in een grote kamer met een laag plafond en een zilverachtig licht. Er staan twee rijen bedden tegenover elkaar. Ik hoor de ademhaling van wat naar ik aanneem mijn medewinnaars zijn. Recht tegenover me zie ik Beetee met zo ongeveer tien verschillende machines aan zijn lijf. *Laat ons toch gewoon doodgaan!* schreeuw ik in gedachten. Ik bonk hard met mijn hoofd tegen de tafel en raak weer bewusteloos.

Als ik eindelijk echt wakker word, ben ik niet langer vastgebonden. Ik til mijn hand op en zie dat ik vingers heb die ik kan bewegen wanneer ik dat wil. Ik duw mezelf overeind en houd me vast aan de met zachte materie beklede tafel tot de kamer scherp wordt. Mijn linkerarm zit in het verband, maar de buisjes bungelen aan een standaard naast het bed.

Er is verder niemand in de kamer, behalve Beetee, die nog steeds voor me ligt en in leven wordt gehouden door zijn arsenaal aan machines. Maar waar zijn de anderen? Peeta, Finnick, Enobaria en... en... en nog één, toch? Johanna, Chaff of Brutus – één van hen leefde nog toen het bombardement begon. Ik weet zeker dat ze ons allemaal als voorbeeld willen stellen. Maar waar zijn ze heen gebracht? Zijn ze van het ziekenhuis naar de gevangenis gegaan?

'Peeta...' fluister ik. Ik wilde hem zo graag beschermen. Ben nog steeds vastbesloten dat te doen. Aangezien ik er niet in geslaagd ben om hem tijdens zijn leven te helpen, moet ik hem nu zoeken en doden voor het Capitool kan bepalen op welke afschuwelijke manier hij aan zijn eind zal komen. Ik laat mijn benen van de tafel glijden en kijk om me heen, op zoek naar een wapen. Er liggen een paar in steriel plastic verpakte injectiespuiten op een tafel bij Beetees bed. Perfect. Het enige wat ik nodig heb is lucht en een goede ader om hem in te prikken.

Ik blijf even staan en vraag me af of ik Beetee zal doden. Maar als ik dat doe, zullen de monitoren gaan piepen en dan word ik gesnapt voor ik bij Peeta ben. In stilte beloof ik dat ik terug zal komen om hem ook te doden als ik de kans krijg.

Op een dunne nachtpon na ben ik naakt, dus ik stop de spuit onder het verband om de wond in mijn arm. Er staan geen bewakers bij de deur. We zitten ongetwijfeld kilometers onder het Trainingscentrum of in een of ander Capitoolbolwerk, en het is vast onmogelijk om te ontsnappen. Maakt niet uit. Ik wil niet ontsnappen, ik wil alleen iets afmaken.

Ik sluip door een smal gangetje naar een ijzeren deur die op een kier staat. Er is iemand in de kamer. Ik haal de spuit tevoorschijn en pak hem stevig beet. Terwijl ik plat tegen de muur ga staan, luister ik naar de stemmen aan de andere kant van de deur.

'Er is geen contact meer met 7, 10 en 12. Maar 11 heeft nu het transport in handen, dus we hopen dat zij wat voedsel naar buiten kunnen krijgen.'

Plutarch Heavensbee, volgens mij. Hoewel ik maar één keer echt met hem gesproken heb. Een schorre stem stelt een vraag.

'Nee, het spijt me. Ik kan je echt niet naar 4 brengen. Maar ik heb opdracht gegeven om haar zo snel mogelijk op te halen. Meer kan ik niet voor je doen, Finnick.'

Finnick. Mijn gedachten doen hun uiterste best om het gesprek te begrijpen, en het feit dat het wordt gevoerd door Plutarch Heavensbee en Finnick. Zijn ze zo dol op hem in het Capitool dat zijn misdaden hem vergeven zullen worden? Of had hij echt geen idee van wat Beetee van plan was? Hij vraagt weer iets met een hese stem. Ik hoor de wanhoop die erin verscholen ligt.

'Doe niet zo dom. Dat is wel het stomste wat je zou kunnen

doen. Dan gaat ze zeker weten dood. Zolang jíj leeft, zullen ze háár ook laten leven, als lokaas,' zegt Haymitch.

Zegt Haymitch! Ik gooi de deur open en struikel de kamer in. Haymitch, Plutarch en een zwaar toegetakelde Finnick zitten rond een tafel waar een maaltijd op staat waarvan niemand eet. Door de gebogen ramen stroomt daglicht en in de verte zie ik de kruinen van een bos. We vliegen.

'Was je het zat om jezelf de hele tijd buiten westen te slaan, schat?' zegt Haymitch, hoorbaar geïrriteerd. Maar als ik naar voren hel, staat hij op en pakt me bij mijn polsen zodat ik niet omval. Hij kijkt naar mijn hand. 'Dus jij wou met een injectiespuit het Capitool te lijf gaan? Zie je nou, daarom laat niemand jou de plannen bedenken.' Ik staar hem niet-begrijpend aan. 'Laat los.' Ik voel de druk om mijn rechterpols toenemen tot ik gedwongen ben mijn vuist te openen en de spuit op de grond te laten vallen. Hij zet me in een stoel naast Finnick.

Plutarch zet een kom bouillon voor me neer. Met een broodje erbij. Drukt een lepel in mijn hand. 'Eet,' zegt hij op een veel aardiger toon dan Haymitch net aansloeg.

Haymitch gaat recht tegenover me zitten. 'Katniss, ik ga uitleggen wat er gebeurd is. Je mag pas vragen stellen als ik uitgepraat ben. Begrepen?'

Ik knik stom. En dit is wat hij me vertelt.

Zodra de Kwartskwelling was voorgelezen, werd er een plan bedacht om ons allemaal uit de arena te laten ontsnappen. De winnaars uit 3, 4, 6, 7, 8 en 11 waren hier allemaal in meer of mindere mate van op de hoogte. Plutarch Heavensbee maakt al enige jaren deel uit van een ondergrondse verzetsgroep die als doel heeft het Capitool omver te werpen. Hij heeft ervoor gezorgd dat de spoel met draad tussen de wapens bij de Hoorn des Overvloeds lag. Het was Beetees taak om een gat in het krachtveld te blazen. Het brood dat we in de arena kregen, was een code voor de tijd waarop we gered zouden worden. Het district waar het brood vandaan kwam, gaf de dag aan. Drie. Het aantal broodjes stond voor het tijdstip. Vierentwintig. De hovercraft komt uit District 13. Bonnie en Twill, de vrouwen uit District 8 die ik in het bos heb ontmoet, hadden gelijk over het bestaan en de defensievermogens ervan. Momenteel zijn we in een zeer omtrekkende beweging op weg naar District 13. Ondertussen is er in de meeste districten in Panem een algehele opstand uitgebroken.

Haymitch zwijgt even om te zien of ik het allemaal nog kan volgen. Of misschien is hij wel even uitgepraat.

Het is verschrikkelijk veel om te moeten verwerken, dit uitvoerige plan waarin ik slechts een pion was, net zoals ik eigenlijk een pion in de Hongerspelen had moeten zijn. Ingezet zonder daar toestemming voor te hebben gegeven, zonder het te weten. In de Hongerspelen wist ik in elk geval nog dat er met me gespeeld werd.

Mijn zogenaamde vrienden zijn een stuk stiekemer geweest.

'Je hebt mij niets verteld.' Mijn stem klinkt net zo schor als die van Finnick.

'We hebben expres niets tegen jou en Peeta gezegd. Dat risico konden we niet lopen,' zegt Plutarch. 'Ik was al bang dat je tijdens de Spelen iets over mijn loslippigheid met het horloge zou zeggen.' Hij haalt zijn zakhorloge tevoorschijn en laat zijn duim over het kristal glijden, waardoor de spotgaai opgloeit. 'Toen ik je dit liet zien, wilde ik je natuurlijk alleen maar een hint geven over de arena. Omdat je mentor zou worden. Ik dacht dat het een eerste stap zou zijn om je vertrouwen te winnen. Het was nooit bij me opgekomen dat je weer een tribuut zou kunnen worden.'

'Ik begrijp nog steeds niet waarom Peeta en ik niet bij het plan betrokken zijn,' zeg ik.

'Omdat ze jullie als eersten zouden proberen op te halen als het krachtveld eraan ging, en hoe minder jullie wisten, hoe beter,' zegt Haymitch.

'Als eersten? Hoezo dan?' vraag ik, terwijl ik zijn gedachtegang probeer te volgen

‘Om dezelfde reden waarom wij allemaal hadden afgesproken dat we zouden sterven om jullie in leven te houden,’ zegt Finnick.

‘Niet waar. Johanna heeft geprobeerd mij te vermoorden,’ zeg ik.

‘Johanna heeft je buiten westen geslagen om de volgchip uit je arm te snijden en Brutus en Enobaria bij je weg te lokken,’ zegt Haymitch.

‘Hè?’ Mijn hoofd doet zo vreselijk veel pijn en ik wil dat ze ophouden met die cirkelredeneringen. ‘Ik snap niet wat...’

‘We moesten jou redden, omdat jij de spotgaai bent, Katniss,’ zegt Plutarch. ‘Zolang jij leeft, leeft de revolutie.’

De vogel, de speld, het lied, de bessen, het horloge, de cracker, de jurk die in brand vloog. Ik ben de spotgaai. Het meisje dat bleef leven, in weerwil van de plannen van het Capitool. Het symbool van de opstand.

Dat vermoedde ik al toen ik in het bos op de ontsnapte Bonnie en Twill stuitte, hoewel ik toen geen idee had van de ware omvang. Maar die mocht ik ook helemaal niet weten. Ik denk aan Haymitch’ snerende opmerkingen toen ik zei dat ik District 12 wilde ontvluchten, mijn eigen opstand wilde beginnen, dat er misschien wel een District 13 zou kunnen bestaan. Leugens en bedrog. En als hij daarover kon liegen, verscholen achter zijn masker van sarcasme en dronkenschap, zo overtuigend en zo lang, waar heeft hij dan nog meer over gelogen? Ik weet het wel.

‘Peeta,’ fluister ik.

‘De anderen hebben Peeta in leven gehouden, omdat we wisten dat we jou niet in een bondgenootschap konden houden als hij dood zou gaan,’ zegt Haymitch. ‘En we konden het risico niet nemen om jou onbeschermd te laten rondlopen.’ Zijn woorden zijn achteloos, zijn uitdrukking verandert niet, maar hij kan niet verhullen dat zijn huid asgrauw wordt.

‘Waar is Peeta?’ bijt ik hem toe.

‘Hij is samen met Johanna en Enobaria door het Capitool uit de arena gehaald,’ zegt Haymitch. En dan heeft hij eindelijk het fatsoen om zijn ogen neer te slaan.

Technisch gezien ben ik ongewapend. Maar men moet nooit de schade onderschatten die vingernagels kunnen aanrichten, vooral niet als het slachtoffer er niet op voorbereid is. Ik werp me over de tafel en kras met mijn vingers over Haymitch' gezicht tot het bloed over zijn wangen stroomt en hij gewond raakt aan een van zijn ogen. En dan schreeuwen we allebei heel, heel vreselijke dingen naar elkaar, en Finnick probeert me naar buiten te dragen, en ik weet dat Haymitch me wel kapot zou kunnen scheuren, maar ik ben de spotgaai. Ik ben de spotgaai en het is al moeilijk genoeg om me in leven te houden.

Andere handen schieten Finnick te hulp en dan lig ik weer op mijn tafel, mijn lichaam aan banden, mijn polsen vastgesjord, dus sla ik mijn hoofd uit woede keer op keer tegen de tafel. Er prikt een naald in mijn arm en mijn hoofd doet zo'n pijn dat ik ophoud met vechten en alleen nog maar een afschuwelijk gejank uitstoot, als van een stervend dier, tot mijn stem stokt.

Het medicijn brengt verdoving, geen slaap, dus ik zit gevangen in een wazige, dof kloppende ellende die een eeuwigheid lijkt te duren. Ze stoppen hun buisjes weer in mijn arm en zeggen sussende dingen tegen me die niet tot me doordringen. Ik kan alleen maar aan Peeta denken, die ergens op een soortgelijke tafel ligt terwijl ze informatie uit hem proberen te krijgen die hij niet eens kan verschaffen.

'Katniss. Katniss, het spijt me.' Finnicks stem komt uit het bed naast me en glipt mijn bewustzijn in. Misschien omdat we dezelfde pijn voelen. 'Ik wilde teruggaan om hem en Johanna te halen, maar ik was verlamd.'

Ik geef geen antwoord. De goede bedoelingen van Finnick Odair betekenen helemaal niets.

'Voor hem is het minder erg dan voor Johanna. Ze komen er snel genoeg achter dat hij echt niets weet. En ze zullen hem niet vermoorden als ze denken dat ze hem tegen jou kunnen gebruiken,' zegt Finnick.

'Als lokaas?' zeg ik tegen het plafond. 'Net zoals ze Annie als lokaas gebruiken, Finnick?'

Ik hoor hem huilen, maar het kan me niet schelen. Ze zullen waarschijnlijk niet eens de moeite nemen om haar te verhoren; Annie is veel te ver heen. Helemaal doorgeslagen sinds haar Spelen jaren geleden. Zou me niets verbazen als ik dezelfde kant op ga. Misschien ben ik al gek aan het worden en durft niemand het tegen me te zeggen. Ik vóél me behoorlijk krankzinnig, in elk geval.

'Ik wou dat ze dood was,' zegt hij. 'Ik wou dat ze allemaal dood waren en wij ook. Dat zou het beste zijn.'

Tja, wat moet je daar nou op zeggen? Ik kan er moeilijk iets tegen inbrengen, aangezien ik zelf ook met een injectiespuit rondliep om Peeta te vermoorden op het moment dat ik de anderen hoorde. Wil ik echt dat Peeta doodgaat? Ik wil... Ik wil hem terug. Maar ik zal hem nu nooit meer krijgen. Zelfs als de rebellentroepen op de een of andere manier het Capitool ten val zouden kunnen brengen, dan kun je ervan op aan dat president Snow persoonlijk Peeta's keel zal doorsnijden, al is dat het laatste wat hij doet. Nee. Ik zal hem nooit meer terugkrijgen. Dan is de dood inderdaad het beste.

Maar weet Peeta dat ook, of zal hij blijven vechten? Hij is zo sterk en hij kan zo goed liegen. Denkt hij dat hij nog een kans maakt om te overleven? Kan het hem überhaupt nog iets schelen? Hij was het in elk geval niet van plan. Hij had het leven al afgeschreven. Misschien is hij zelfs wel gelukkig als hij weet dat ik gered ben. Heeft hij het gevoel dat hij zijn missie om mij in leven te houden heeft volbracht.

Volgens mij haat ik hem nog meer dan ik Haymitch haat.

Ik geef het op. Ik praat niet meer, ik reageer niet meer, ik eet en drink niet meer. Ze kunnen van alles en nog wat in mijn arm pompen, maar er is meer voor nodig om iemand in leven te houden als diegene niet meer wil. Ergens heb ik het vreemde idee dat zelfs als ik sterf, Peeta misschien wel mag blijven leven. Niet als een vrij man, maar als een Avox of zo, om de toekomstige tributen uit District 12 te dienen. Dan zou hij misschien nog een manier kunnen vinden om te ontsnappen. Mijn dood zou hem dus eigenlijk nog steeds kunnen redden.

En als dat niet zo is, dan maakt het ook niet uit. Ik vind het al prima om uit woede te sterven. Om Haymitch te straffen, die, van alle mensen op deze klotewereld, Peeta en mij tot speelstukken in zijn Spelen heeft gereduceerd. Ik vertrouwde hem. Ik heb alles wat me lief was in zijn handen gelegd. En hij heeft me verraden.

*'Zie je nou, daarom laat niemand jou de plannen bedenken,'* heeft hij gezegd.

Dat is waar. Geen mens met een greintje gezond verstand zou mij de plannen laten bedenken. Want ik kan nog niet eens een vriend van een vijand onderscheiden.

Er komen een heleboel mensen langs om met me te praten, maar ik laat al hun woorden klinken als het geklik van de insecten in de jungle. Ver weg, zonder betekenis. Gevaarlijk, maar alleen als je dichterbij komt. Zodra de woorden te duidelijk worden, kreun ik net zolang tot ze me meer pijnstillers geven en dan zijn alle problemen zo weer verholpen.

Tot ik op een dag mijn ogen opendoe en iemand op me neer zie kijken die ik niet kan buitensluiten. Iemand die niet zal smeken, of dingen zal uitleggen, of zal denken dat hij me met wanhopige woorden van mijn voornemen kan afbrengen, omdat hij de enige is die echt weet hoe ik in elkaar zit.

'Gale,' fluister ik.

'Hé, Catnip.' Hij buigt zich voorover en strijkt een losse pluk haar uit mijn gezicht. De ene helft van zijn gezicht is nog niet zo lang geleden verbrand. Zijn arm zit in een mitella, en ik zie het verband onder zijn mijnwerkersblouse. Wat is er met hem gebeurd? Hoe is hij hier gekomen? Er is iets heel ergs gebeurd thuis.

Het is niet zozeer dat ik Peeta vergeet, maar meer dat ik me de anderen weer herinner. Er is maar één blik op Gale voor nodig, en opeens stormen ze het heden weer in, schreeuwend om erkenning.

‘Prim?’ vraag ik hijgend.

‘Ze leeft nog. En je moeder ook. Ik heb hen er op tijd uit kunnen krijgen,’ zegt hij.

‘Zijn ze niet in District 12?’ vraag ik.

‘Na de Spelen hebben ze vliegtuigen gestuurd. Brandbommen afgeworpen.’ Hij aarzelt. ‘Nou ja, je weet wat er met de As is gebeurd.’

Dat weet ik inderdaad. Die heb ik zien afbranden. Dat oude pakhuis, vol kolenstof. Het hele district zit onder dat spul. Er laait een nieuwe angst in me op als ik in gedachten brandbommen op de Laag zie vallen.

‘Zijn ze niet in District 12?’ herhaal ik. Alsof ik daarmee op de een of andere manier de waarheid kan ontwijken.

‘Katniss,’ zegt Gale zacht.

Ik herken die stem. Daarmee praat hij ook altijd tegen gewonde dieren als hij voorzichtig naar ze toe loopt om ze de genadeklap te geven. Instinctief gaat mijn hand omhoog om zijn woorden af te weren, maar hij pakt hem beet en houdt me stevig vast.

‘Niet doen,’ fluister ik.

Maar Gale is niet iemand die dingen voor me verzwijgt. ‘Katniss, er is geen District 12 meer.’

EINDE VAN BOEK TWEE